Zum Buch:

Eben erst von einer traumhaften Wanderung im Lamington Nationalpark zurückgekehrt, erfährt Mieke, dass ihr Feriendomizil evakuiert werden muss. Auf der Flucht vor dem Feuer rettet sie einen verletzten Koala, der verloren durch den brennenden Wald irrt. Dabei bringt sie sich selbst in Gefahr, doch in letzter Minute kommt ihr Feuerwehrmann Rob zu Hilfe, um sie aus den Flammen zu retten. Er ist beeindruckt von Miekes Mut und bringt sie auf die Idee, sich professioneller in der Wildtierrettung zu engagieren. Mieke zögert nicht und wird Teil der Tierschutzorganisation „We for Wildlife“. Hier lernt sie Jodie kennen, und so unterschiedlich die beiden Frauen auch sind, die Liebe zu den Tieren verbindet sie. Zusammen mit Jodie und Rob tritt Mieke den Kampf gegen die Flammen an.

Zur Autorin:

Lea Lobrecht ist studierte Naturschutzbiologin und setzt sich seit Jahren in ihrer Wahlheimat Australien für die Wildtiere ein. Während der Buschfeuer hat sie aktiv geholfen und hautnah erlebt, welchen Einfluss die Katastrophe auf Menschen, Tiere und Umwelt hat.

Lea Lobrecht

Im Land der wilden Pfoten

Roman

HarperCollins

1. Auflage 2022
Erstausgabe

Umschlaggestaltung von Zero Werbeagentur, München
Umschlagabbildung von progressman, Klara Zamourilova,
bmphotographer / Shutterstock
Gesetzt aus der Stempel Garamond
von GGP Media GmbH, Pößneck
Druck und Bindung von CPI books GmbH, Leck
Printed in Germany
ISBN 978-3-7499-0234-7
www.harpercollins.de

Vorwort

Australiens Buschfeuer im Dezember 2019 und Januar 2020 haben unsagbare Zerstörung verursacht, zu Tränen gerührt und Menschen an den Rand ihrer Vorstellungskraft gebracht. Viele starben, Häuser und Heimaten wurden zerstört, eine halbe Milliarde Tiere fiel den Flammen zum Opfer, darunter allein achttausend Koalas. Die ganze Welt litt mit Australien.

Die Buschfeuer sind gleichzeitig der Ursprung unglaublicher Geschichten. Viele sprengen sämtliche Superlative. Einige erzählen von Hoffnung, andere von unsagbaren Schrecken, Schmerzen und Verlust. Manche rühren zum Weinen, andere zum Lachen.

Als studierte Naturschutzbiologin aus Deutschland setze ich mich seit fünfzehn Jahren in meiner Wahlheimat Australien für die Wildtiere ein. In meiner Tätigkeit als ehrenamtliche Wildtierretterin habe ich vielen Tieren zu einer zweiten Chance verholfen und andere Wildtierpfleger unterstützt. Hautnah habe ich während des »Black Summer« Geschichten miterlebt, die mich zum Schreiben dieses Romans bewegt haben. Ortsnamen habe ich geändert, und viele Bestandteile der Geschichte entstammen meiner Fantasie. Übereinstimmungen mit echten Menschen sind Zufall. Dennoch liegt diesem Buch ein wahrer Kern zugrunde, und viele der Ereignisse haben sich ähnlich zugetragen. Die Buschfeuer haben neben all ihrem Elend noch etwas geschaffen: Menschen, die zu Helden wurden. Ich empfinde tiefe Dankbarkeit, ihre Taten in Schriftform festhalten zu können.

Naturkatastrophen und der vom Menschen verursachte Klimawandel lassen einen an der Zukunft unseres Planeten und unserer Zivilisation zweifeln. Dennoch dürfen wir nie aufgeben, für unsere Natur zu kämpfen, denn jeder Einzelne kann einen Unterschied machen.

Lea Lobrecht

Kapitel 1

Der Wald brannte. Staub wirbelte auf und vermischte sich mit dem immer dichter werdenden Rauch, der die Sicht auf das Bergpanorama des Regenwaldes nahm. Mieke fuhr so schnell es die holprige Straße erlaubte, ohne zu riskieren, dass ihr Mietwagen ins Schleudern geriet. Das Unterholz rechts von ihr, das zwischen den massiven Stämmen der Eukalyptusbäume die Straße säumte, hatte bereits Feuer gefangen. Es war nur eine Frage der Zeit, bis Funken übersprangen, die auch die Vegetation links von ihr in Flammen versetzen würden.

Ein Wanderparkplatz tauchte vor Mieke auf. Gestern noch war sie hier spazieren gewesen, hatte Fotos gemacht, von den Feigenbäumen mit ihrem weit ausschweifenden Wurzelwerk, von den Regenbogenloris, die sich in den Wipfeln tummelten, und den Filandern, die durchs Dickicht huschten.

Der legendäre Lamington Nationalpark sollte das erste Ziel ihrer dreimonatigen Urlaubsreise nach Australien sein. Doch ihre Pläne, sich hier von der Trennung von Alexander zu erholen, waren von dem Buschfeuer durchkreuzt worden.

Ein Schatten huschte über die Straße, und Mieke trat hart auf die Bremse. Sie verfehlte den Koala um Haaresbreite. Er hielt kurz inne, schaute den Wagen an und tapste dann hastig weiter, um im Gebüsch zu verschwinden. Gerade als Mieke aufs Gaspedal drücken wollte, kam Wind auf. Mieke biss sich auf die Lippen. Die Wipfel wogten hin und her, Funken flogen. Die Überlebenschancen des Koalas waren gleich null, aber sie selbst musste sich auch beeilen. Wie viel Zeit blieb ihr?

Ein Ast auf der bisher verschonten Straßenseite fing Feuer. Bald würden die Flammen die schmale Gebirgsstraße wie einen Tunnel umfangen.

Ein Blick in den Rückspiegel – niemand zu sehen. Sie war die letzte Besucherin der Kurrawong Lodge gewesen. Alle Gäste waren evakuiert worden. Irgendwo hinter ihr befanden sich nur noch Liam und Jenny, die Besitzer der Lodge, die in aller Eile ihr Hab und Gut zusammentrugen.

Als die Warnung ausgesprochen worden war, hatte Mieke sich nichts ahnend den Coomera- und den Yarrabilgong-Wasserfall angesehen, die gemeinsam in ein Becken stürzten, wie zwei Liebende, die sich auf ewig im schaumigen Nass vereinen wollten. Die kühle Luft nahe am Wasser war befreiend gewesen und hatte ihr geholfen, über die letzten Monate in Deutschland zu sinnieren, die ihr Leben so auf den Kopf gestellt hatten. Die Wasserfälle boten den Besuchern normalerweise ein beeindruckendes Spektakel, doch in dieser Zeit der Dürre waren sie auf ein dünnes Rinnsal reduziert. Das Land war zu trocken und ausgelaugt.

Erst als Mieke wieder in der Lodge angekommen war, hatte sie von der Evakuierung und dem drohenden Feuer erfahren, in Windeseile all ihre Sachen zusammengepackt und in den Mietwagen geworfen.

Mieke gab sich einen Ruck, schaltete den Motor ab und sprang aus dem Auto. Die heiße, mit Rauch geschwängerte Luft biss in den Augen, und sie hustete. Instinktiv hielt sie sich den Arm vor den Mund und rannte hinter dem Koala her. Vorbei an Pinien und Eukalyptusbäumen, die von unzähligen Ranken bewachsen waren, ein grün-braunes Durcheinander, das sich immer wieder in sich selbst verschlang. Der Berghang war steil, es kostete sie alle Konzentration, nicht abzurutschen. Binnen weniger Sekunden war sie schweißgebadet.

Ihr Blutdruck stieg an und ließ ihr Herz rasen, gleichzeitig wurde ihr Mund trocken, als Adrenalin ausgeschüttet wurde. Sie kletterte über eine besonders widerspenstige Wurzel, und ihre Hände zitterten so stark, dass sie den Halt verlor. Fluchend rutschte sie ab und entdeckte endlich den Koala, der gerade dabei war, eine junge Akazie hinaufzuklettern. Der Baum war eine Todesfalle, denn dies war kein träges Feuer, das die Wipfel verschonte und somit den Tieren die Möglichkeit eines Rückzugs bot.

Vom Frühstücksraum der Lodge hatte Mieke vor ihrer Abfahrt noch einen Blick auf die Flammenwand an der gegenüberliegenden Bergwand erhaschen können. Es war mehr als deutlich gewesen, mit welch übermenschlichen Kräften sie sich vorwärtsschob, alles auffressend, was ihr in den Weg kam. Selbst die turmhohen Tallowwood-Bäume, deren Kronen bis zu sechzig Meter in die Höhe ragten, verschwanden binnen weniger Sekunden unter den leckenden Flammen. Schwärme von Kakadus waren krächzend aufgestiegen und gegen die Windrichtung davongeflohen.

Hier, wo Mieke jetzt war, brannte nur das Unterholz, aber das konnte sich jederzeit und schnell ändern. Der Koala war nur noch wenige Schritte entfernt. Sein angesengtes Fell rauchte, und er kam nur langsam den Baum hoch. Bei jeder Bewegung grunzte er gequält. Mieke sprang vor, griff ihn von hinten und hob ihn vom Stamm. Er war erstaunlich schwer, aber die Angst gab ihr Kraft. Mit einer Hand zog sie sich ihr T-Shirt aus, mit der anderen versuchte sie, den vor Schmerzen schreienden Koala auf den Boden zu drücken, um ihn daran zu hindern, weiter in sein Unglück zu rennen. Doch nicht der Druck, den sie ausübte, löste die Schmerzen aus, sondern die Wunden an seinen verbrannten Pfoten. Seine Klage erinnerte Mieke an das Weinen eines verzweifelten Kleinkindes, das nicht verstand, warum es leiden musste. Dieses Heulen war kaum auszuhalten, doch Mieke schluckte die Tränen hinunter, die aufzusteigen drohten. Sie durfte keine Zeit verlieren.

Schnell wickelte sie das Tier in ihr Shirt und sprintete mit der schweren Last zum Auto zurück. Wieder musste sie husten, ihre Augen tränten und ließen sie die Dinge nur unscharf erkennen. Endlich hatte sie den Wagen erreicht, warf sich mit dem verwundeten Tier auf den Fahrersitz und zog die Tür hinter sich zu.

Es dauerte ein paar Minuten, bis sie ein Handtuch aus einer ihrer Taschen gekramt, den Koala zusätzlich darin eingewickelt und dieses mit einer Jacke verknotet hatte, sodass nur noch sein Kopf herausguckte.

»Es tut mir so leid, es wird alles gut«, raunte Mieke dem Tier zu, das entsetzlich zappelte und versuchte, sich aus seinem Kleidergefängnis zu befreien. Sie streichelte dem Kleinen sanft über die Ohren. Das schien ihn zu beruhigen.

Entschlossen blickte Mieke auf. Sie musste den Motor starten und so schnell wie möglich von hier verschwinden. Der graue Schleier um sie herum war jetzt so dicht, dass sie die Straße kaum noch erkennen konnte. Es war laut, das Feuer brüllte, und überall knackte und krachte es, wenn Äste auf dem Boden aufschlugen. Panik erfüllte Mieke. Hoffentlich kam sie hier lebend heraus. Ihre Hand zitterte, als sie den Startknopf des Autos drückte. Der Motor blieb stumm. Wieder versuchte sie es, dieses Mal hektischer, aber nichts passierte.

Es waren noch etwa zwanzig Kilometer bis ins Tal, wo der Lamington Nationalpark endete und gerodeten Kuhwiesen Platz machte, durch die sich der Nerang River wand. Der Fluss versprach Rettung, aber der Weg war zu Fuß nicht schnell genug zu schaffen.

Ein Blick auf ihr Handy zeigte Mieke, dass sie keinen Empfang hatte. Entsetzt hob sie beide Hände vor den Mund.

»Verdammter Mist«, presste sie zwischen ihren Fingern hervor. Alexander hätte bestimmt gewusst, was mit dem Auto nicht stimmte, er war gut in technischen Dingen. »Hätte, hätte, Lichterkette«, dachte sie und suchte das Armaturenbrett nach Hinweisen ab.

Als ein Motorengeräusch ertönte, schaute Mieke hoffnungsvoll auf. Ein Feuerwehrauto raste um die Ecke und legte nur wenige Meter vor ihr eine Vollbremsung hin. Heraus sprang ein Mann Mitte dreißig in orangefarbener Uniform, der ohne Umschweife auf sie zukam und die Autotür aufriss.

»Kommen Sie mit, schnell«, rief er ihr auf Englisch zu.

Ohne den Koala loszulassen, schnappte Mieke sich ihre Bauchtasche mit dem Reisepass, warf sich ihren noch immer mit dem Nötigsten gepackten Wanderrucksack über eine Schulter, kletterte umständlich aus dem Auto und folgte ihrem Retter.

Gerade hatte sie es sich mit dem Koala auf dem Beifahrersitz des Feuerwehrautos bequem gemacht, da sah sie, wie sich ein weiteres Fahrzeug aus dem Rauch schälte. Liam und Jenny.

Ach du Schande, ging es Mieke durch den Kopf, ich blockiere die Straße. Und tatsächlich schaffte Liam es nicht, an ihrem Hyundai SUV vorbeizukommen.

Die Türen gingen auf, und die beiden Lodgebesitzer stiegen aus, stolperten auf sie zu und kletterten ebenfalls zu ihnen in den Wagen. Mieke rutschte näher an den Fahrersitz, während Liam eng zu ihr aufschloss, damit auch Jenny noch Platz fand. Beide waren außer Atem, und die Angst und Verzweiflung stand ihnen ins Gesicht geschrieben. Keiner sagte ein Wort.

Zwei bange Minuten fuhr das Feuerwehrauto rückwärts die gewundene Straße hinab. Mieke vermied den Blick zur Steilkante, an der es mehrere Hundert Meter bergab ging.

Der Feuerwehrmann bemerkte ihre Unruhe. »Alles gut, ich habe das schon öfter gemacht«, beruhigte er sie und warf hinterher: »Ich bin übrigens Rob, und ich bringe euch hier heil heraus. Versprochen.«

Dankbar schaute Mieke ihn an, und die Erleichterung rieselte beinahe physisch spürbar ihren Rücken hinunter. Robs erdige Stimme hatte einen beruhigenden Klang, souverän und vertrauenswürdig.

Kurz darauf fand er einen Aussichtspunkt, breit genug, um das Fahrzeug zu wenden. Trotzdem kam er dem Hang dabei so nah, dass Mieke zu fühlen glaubte, wie die Kante unter ihnen bröselte. Ihre Zuversicht fiel in sich zusammen, und für einen Moment durchflutete sie Panik, bis die Reifen wieder auf festem Boden griffen. Rob schien ihr lautes Aufatmen nicht zu bemerken, er war vollkommen auf sein gewagtes Manöver konzentriert. Jenny neben ihr weinte, und Liam beruhigte sie mit leisen Worten. Mieke konnte nur erahnen, wie es den beiden gehen mochte. Sie verloren gerade ihr Lebenswerk, ihre Existenzgrundlage. Die beiden waren bereits Anfang sechzig. Da fing man nicht mal eben von vorne an. Selbst die Dinge, die sie auf die Schnelle ins Auto hatten packen können, waren nur ein Bruchteil ihrer Habseligkeiten, doch nun hatten sie dank ihr kaum eine Handvoll Akten mitnehmen können. Das war alles, was ihnen blieb.

Mieke suchte nach den richtigen Worten, um sich zu entschuldigen, dass sie die Straße blockiert hatte. Doch was sagte man in einer solchen Situation?

»Alles in Ordnung mit euch?«, fragte sie stattdessen irgendwann. »Nein«, antwortete Liam und fügte hinzu: »Aber wir sind unverletzt, und das ist vorerst das Wichtigste.« Es klang weniger zuversichtlich, als er vermutlich beabsichtigt hatte, und Mieke war nicht sicher, ob er an seine eigenen Worte glaubte. Er hatte seinen Arm um Jenny gelegt, sein Kopf war knallrot wie der Schein des Feuers, der langsam schwächer wurde.

Miekes Gedanken rasten. In Deutschland war es noch Nacht, was bedeutete, dass ihre Schwester Lina gerade schlief. Mieke musste also nicht befürchten, dass sie aus den Medien erfuhr, dass die Kurrawong Lodge abgebrannt war, und sich unnötige Sorgen machte. Lina war bezüglich Miekes Reise beinahe aufgeregter gewesen als Mieke selbst. Sie hatte ihre ältere Schwester in den letzten Wochen immer wieder über verschiedene Risiken aufgeklärt: Bullenhaie in den Küstengewässern und Flüssen wurden auch in knietiefem Wasser gefährlich, wenn auch nicht so sehr, wie man es sich häufig ausmalte. Die beeindruckenden Tiere waren scheue Wesen, denen ihr beängstigendes Revolvergebiss mit den lebenslang nachwachsenden Zähnen und die Darstellung in Filmen zum Verhängnis wurde. Sie schürten eine Angst in den Menschen, die sie zu ihren Feinden machte.

Seewespen waren vor allem im Norden Australiens ein Problem, und auch blau geringelte Kraken, die als die giftigsten Tiere der Welt galten, kamen an der Ostküste nur selten vor.

Schlangen hingegen waren ein Problem in Queensland, vor allem die tödlich giftigen Braunschlangen.

Spinnenbisse wiederum ließen sich gut behandeln und vermeiden, wenn man nicht unbedacht an einen Außenwasserhahn oder unter ein Stück Rinde fasste. Vor Zecken musste man sich um diese Jahreszeit allerdings auch in Acht nehmen. Es gab hier eine Art, deren Biss Lähmungen verursachte, die tödlich enden konnten.

Nach jeder erschreckenden Neuigkeit hatte Mieke ihr versichert, aufzupassen. Sie war auf alles vorbereitet – nur nicht auf Feuer.

Sie würde Lina eine Nachricht schreiben, bevor diese aufwachte. Leider hatte sie immer noch kein Netz. Das musste also warten.

Der Koala in Miekes Arm wimmerte unablässig. Mieke hatte bisher nicht gewusst, dass diese Tiere zu solchen Geräuschen fähig waren. Sein Hinterkopf fühlte sich heiß und versengt an, sein Blick war trübe. Sie vermied es, dem Drang nachzugeben, ihn hin- und herzuwiegen, denn das würde dem Kleinen sicherlich noch mehr Schmerzen zufügen. »Alles gut«, murmelte sie ihm stattdessen zu und hoffte, dass er ihre guten Absichten verstand.

»Hier, reib ihn damit ab. Und gib ihm etwas zu trinken«, sagte Rob und deutete auf den Fußraum, in dem einige Wasserflaschen herumkullerten. »Aber nicht direkt aus der Flasche, Koalas müssen trinken, ohne den Kopf in den Nacken zu legen, sonst kann Wasser in die Atemwege geraten und sie können eine Lungenentzündung bekommen.«

Dankbar ließ Mieke ein paar Tropfen auf ihre Hand laufen, und der Kleine schleckte gierig daran. Vorsichtig tupfte sie ihm den Ruß aus dem Gesicht.

»Ihr seid mit Sicherheit die Letzten, die noch auf dem Berg waren?«, fragte Rob, und Liam antwortete mit leiser Stimme: »Ja. Wir haben genau Liste geführt. Mieke war die letzte Besucherin.« Er wischte sich über die Stirn und schob hinterher: »Wir haben schon viel erlebt, aber damit haben wir nicht gerechnet. Es ging so schnell. Gestern hieß es noch, der Wind habe sich gedreht.«

»Ja, ihr könnt von Glück reden, dass ich in der Nähe war. Eigentlich sollte ich weiter südlich einen Kollegen einsammeln, um ein Grasfeuer zu begutachten, als ich über Funk hörte, dass sich in Kurrawong noch Menschen befinden. Ein paar eurer gestrigen Besucher hatten Bescheid gegeben. Ich hätte hier gar nicht hochgedurft, aber unter diesen Umständen hätte der Rettungshubschrauber es nicht rechtzeitig geschafft, geschweige denn landen können.«

Er sagte das ohne einen Vorwurf in der Stimme, und dafür war Mieke dankbar. Hätte sie früher von dem Buschfeuer erfahren, sie wäre die Erste gewesen, die ihr Zimmer geräumt hätte. Die Lodge lag abgelegen auf der Bergkuppe des Mount Echo, und es gab nur diese eine Zufahrtsstraße, die sich vierzig Kilometer durchs Buschland schlängelte, vorbei an legendären Wasserfällen und großartigen Aussichtspunkten. Mieke hatte hier eine ganze Woche verbringen wollen. Dieser Plan war jetzt gescheitert.

Jenny schniefte laut, und Mieke fand eine Packung mit Taschentüchern in der Mittelablage, die sie ihr reichte. »Hier«, sagte sie, und Jenny nahm die Box dankbar entgegen. Ihr Gesicht war von der Hitze und den Tränen aufgedunsen.

Mieke schluckte. »Es tut mir alles so leid. Das ist unfassbar.« Verlegen schob sie hinterher: »Waren im Auto noch wertvolle Sachen?«

Jenny nickte. »Ja und Nein. Es sind alles nur Sachen.« Die ältere Frau versuchte zu lächeln, aber Mieke spürte, dass sie es nur tat, um ihr Entsetzen zu verbergen. »Mach dir keine Vorwürfe, Kind«, sagte sie und schaute Mieke fest an. »Es war sehr mutig von dir, einen Koala zu retten. Die Wenigsten hätten sich das getraut, und noch weniger hätten es auch geschafft. Immerhin ist das ein Wildtier, das bereit ist, sich zu wehren.«

»Trotzdem fühle ich mich schrecklich, dass ihr durch mich noch mehr verloren habt.«

»Ein Leben ist wichtiger. Wirklich.« Ihr selbstsicherer Ausdruck brach zusammen, ein Schütteln ging durch ihren Körper, und sie verfiel in hemmungsloses Schluchzen. Liam strich ihr hilflos durchs Haar und flüsterte: »Alles gut, ich bin bei dir, mein Schatz.«

Die Temperaturanzeige auf dem Armaturenbrett veränderte sich nicht, obwohl es steil bergab ging. Als sie den Berg vor zwei Tagen hochgefahren war, hatte es einen starken Unterschied zwischen der Hitze im Tal und dem kühleren Bergklima gegeben, heute hatte das Feuer dieses Gefälle vernichtet – wie so vieles andere. Immerhin hatten sie die Flammen hinter sich gelassen, und die Sicht war wieder besser. Die direkte Gefahr war gebannt.

Mieke schaute auf die dichte Vegetation, die den Stress durch die Dürre verriet, die Australien seit Jahren plagte. Es waren nur subtile Hinweise, aber jetzt, wo sie darauf achtete, entgingen sie ihrem geschulten Auge als Naturschützerin nicht. Welke Blätter, absterbende Äste im Wipfelbereich, von Insekten und Krankheit befallene Stämme.

Zu Hause in Deutschland engagierte sie sich seit Jahren für den Wald und die wilden Tiere, die in ihm wohnten. Auch dort litt die Natur, doch es war kein Vergleich zu dem, was Mieke hier erlebte. Es tat ihr im Herzen weh, das angeschlagene Ökosystem zu betrachten. Und nun dieses überraschende Feuer, das sich in dem ausgedörrten Buschland ungehemmt ausbreiten konnte.

Gerade kamen sie an einem Straßenschild vorbei, das Mieke auf der Hinfahrt fotografiert hatte. Jetzt sahen sie nur die Rückseite, doch Mieke wusste auch so, dass es die Flagge der Aborigines zeigte und die Besucher des Lamington Nationalparks mit den Worten *Nyah-nyah ngalingah kurul kurulbu* begrüßte. Darunter stand auf Englisch *Take care of our wilderness*. Mieke hatte das Foto von dem Schild an Lina geschickt.

Rob räusperte sich: »Ich bringe euch direkt zur nächsten Krankenstation. Ihr habt viel Rauch eingeatmet und solltet euch unbedingt untersuchen lassen.«

»Und was machen wir mit dem hier?«, fragte Mieke und hob den Beutel mit dem Koala leicht an. Langsam kehrte ihr Geruchssinn zurück, und sie rümpfte die Nase, als der starke, mit Asche und Rauch vermischte Eigengeruch des Koala-Männchen zum ersten Mal ihr olfaktorisches System erreichte.

»Erst seid ihr dran. Um deinen Schützling kümmern wir uns später. Ich weiß genau, wo wir ihn hinbringen müssen.«

Trotz seines ländlichen Akzents konnte Mieke Rob gut verstehen. Sie betrachtete den Mann, der etwa in ihrem Alter sein musste, vielleicht ein paar Jahre älter. Er hatte kurzes braunes Haar und hellgrüne Augen, die trotz der angespannten Situation eine tiefe Ruhe ausstrahlten. Würde die Erinnerung an Alexander nicht so bitter schmecken, hätte sie ihn durchaus interessant gefunden. Jetzt war sie einfach nur dankbar, dass er sie vor dem sicheren Tod gerettet hatte.

Die Untersuchung im winzigen Buschkrankenhaus von Tallebudgera dauerte lange.

»Wirklich, mir geht es gut«, beteuerte Mieke der Krankenschwester, die sich ihrer Meinung nach viel zu viel Zeit damit ließ, ihren Zustand zu bewerten. Ihre langsamen, fast gedehnten Bewegungen machten sie noch verrückt.

Liam und Jenny waren direkt mit Sauerstoff versorgt worden und würden mindestens die Nacht über im Krankenhaus bleiben. Mieke, der es deutlich besser ging als dem älteren Ehepaar, durfte erst einen Fragebogen ausfüllen.

Endlich erschien ein Arzt im Türrahmen, um sie zu untersuchen. Lunge, Augen, Ohren. Sie hatte Glück gehabt. Doch der Arzt gab keine Entwarnung.

»Mit Rauchgasvergiftungen ist nicht zu spaßen«, sagte er ernst und folgte ihrem unruhigen Blick zur Tür. »Viele Komplikationen und auch Todesfälle treten mit einer Zeitverzögerung von bis zu sechsunddreißig Stunden auf.«

Mieke dachte über den Kommentar nach und beschloss, sich sofort bei einem Arzt zu melden, falls sie verspätete Probleme bekommen würde. Doch im Moment war das Risiko überschaubar, und so bedankte sie sich, füllte noch einige weitere Formulare aus und zahlte die Rechnung. Ihre Auslandskrankenversicherung würde das sicher übernehmen. Sie war froh, die weißgrauen Betonwände des Gebäudes hinter sich zu lassen und zu Rob in den Wagen zu springen, der in Seelenruhe auf einem Sandwich kaute. Der Koala saß in einem Jutebeutel, den Rob im Krankenhaus ergattert hatte, und schaute Mieke aus seinen trüben Augen vorwurfsvoll an.

»Es kann losgehen«, sagte Mieke und schnallte sich an.

Rob schob ihr ein Sandwich in einer dreieckigen Plastikverpackung zu, es war mit Thunfisch und Mayonnaise bestrichen. Ihr Magen knurrte laut, als sie hineinbiss.

In der Dämmerung ging es nur langsam voran. Dies war die Zeit, in der viele Kängurus aktiv wurden und am Straßenrand grasten. Sobald sich der Wagen näherte, wurden die Tiere aufgescheucht. Immer wieder bremste Rob, wenn ein Känguru die Fahrbahn kreuzte.

Jetzt, wo sie mit ihm allein war, fiel die innere Anspannung, die Mieke die letzten Stunden gefesselt hatte, etwas von ihr ab. Ihre Gedanken kehrten zu Liams und Jennys Zuhause zurück. Bei der Geschwindigkeit, mit der das Feuer sich durch den Wald fraß, war von der Kurrawong Lodge mittlerweile bestimmt nichts mehr übrig. Fast achtzig Jahre lang hatte das Bergresort den Naturgewalten getrotzt. Jenny hatte ihr erzählt, dass die ersten Besucher, die ihre Eltern damals aufgenommen hatten, noch in Zelten übernachtet hatten und mit Maultieren den Berg hinaufgeritten waren. Die Lodge hatte Zyklonen, Hagelstürmen und Gewittern getrotzt, war eine sichere Festung inmitten der Gondwana-Regenwälder gewesen, die Teil des Weltkulturerbes waren. Durfte sie auf ein Wunder hoffen?

Mieke hatte einen Kloß im Hals, aber weinen konnte sie nicht. Dafür war das Ganze einfach zu überwältigend.

Als es völlig dunkel geworden war und ihre Begegnungen mit Kängurus wieder abnahmen, drehte Rob das Radio leiser und fragte: »So, und jetzt erzähl mal. Was treibt dich in unser schönes Land, Mieke?«

Sie war dankbar für die Ablenkung. »Ich wollte mir die Ostküste anschauen. Erst den Lamington, dann runter nach Port Macquarie, Sydney bis nach Melbourne und schließlich nach Adelaide. Am Ende hatte ich geplant, den Urlaub auf Kangaroo Island ausklingen zu lassen.«

»Hui«, kommentierte Rob und zog die Augenbrauen hoch. »Das ist eine anständige Strecke. Wie viel Zeit hattest du dafür geplant?«

»Drei Monate.«

Rob lachte. »Ach so. Ich hatte jetzt so etwas wie zwei Wochen erwartet. Das höre ich nämlich häufiger von Touristen. Die Entfernungen in Australien werden einfach unterschätzt. Auf einer Landkarte wirkt es viel zu übersichtlich. Bis man dann ein paar Tage unterwegs ist und merkt, wie langsam man hier vorankommt.«

»Ne, keine Angst. Ich habe das alles gut recherchiert.« Es war der 12. November 2019, und ihr Rückflug war für den 8. Februar 2020 gebucht. Genug Zeit, um das Land, seine

Menschen und Tiere kennenzulernen. Zumindest theoretisch. Sie seufzte. »Leider bin ich jetzt wohl bei Teil eins meines Plans schon stecken geblieben.«

Sie hatte sich so auf ihren Urlaub gefreut. Darüber, im kristallklaren Korallenmeer direkt vor der Ostküste schnorcheln zu gehen und die regenbogenbunten Riffe zu erkunden, mit all seinen Bewohnern, die mehr oder weniger Zähne besaßen. Auch wenn ihr die Vorstellung, einem Hai zu begegnen, gehörigen Respekt einflößte. Als Kind war sie mit ihrer Familie häufig nach Spanien gefahren. Eines Tages hatte es einen Hai-Alarm gegeben, während sie mit Lina im Wasser geplanscht hatte. Die Panik, die danach ausgebrochen war, hatte sich tief in Miekes Gedächtnis gebrannt.

Sie hatte geplant, in den Wellen vor Byron Bay zu versinken, um anschließend an den sagenhaften, mit Palmen bewachsenen Sandstränden Koala Islands jeden Gedanken an Alexander zu verdrängen.

Vier Jahre lang hatte sie in die Beziehung investiert und alles darangesetzt, ein gemütliches Nest vorzubereiten, um eine Familie zu gründen. Bis zu dem verdammten Tag Anfang Juni, als ihre Schwester sie angerufen hatte.

Lina arbeitete als Arzthelferin, und als Alex in ihre Praxis gewechselt war, hatte sie Einblick in seine Akten bekommen. Natürlich hatte sie Mieke keine Einzelheiten verraten dürfen, doch sie hatte ihrer Schwester eindringlich ans Herz gelegt, mit Alex ernsthaft über seine Zukunftspläne zu sprechen.

So hatte Mieke herausgefunden, dass ihr Freund sich bereits mit Ende zwanzig hatte sterilisieren lassen. Mieke war wie vor den Kopf gestoßen gewesen. Sie gestand jedem Mann zu, für sich zu entscheiden, ob er eine Familie gründen und Kinder haben wollte, auch wenn diese Entscheidung endgültig war. Doch Alex hatte Mieke nie von diesem Eingriff erzählt, obwohl er von ihrem Kinderwunsch wusste. Und das war definitiv ein Problem.

Er hatte die Situation heruntergespielt und angemerkt, dass ihre Beziehung noch längst nicht in dem Stadium sei, in dem man über eine ernste Familiengründung nachdenke. Außerdem sei das ja wohl eine Kleinigkeit, die man leicht vergessen könne, hatte Alex hinzugefügt. Und auch wenn er das nicht ernst gemeint haben konnte, war es doch typisch für ihn – er ging Diskussionen gerne aus dem Weg.

Gerade war Mieke vierunddreißig geworden, und zum Kinderkriegen lief ihr die Zeit weg. Es war nicht einfach gewesen, Alex zu verlassen, aber die richtige Entscheidung. Jemand, der keine Rücksicht auf ihre Wünsche und ihre Gefühle nahm und es nicht einmal schaffte, ein offenes Gespräch zu suchen, auf den konnte man nicht bauen. Trotzdem tat die Erinnerung weh.

Hier im Land der Traumzeit und der Beuteltiere, mit seinen landschaftlichen Gegensätzen, wo sich tropischer Regenwald mit dem roten Sand des Outbacks abwechselte, hatte sie jeden Gedanken an Alexander löschen wollen. Doch wie konnte sie unter diesen Umständen noch einen Strandurlaub genießen und die Schönheit der Küsten bewundern, wenn hinter ihr das Land in Staub und Asche lag? Sie musste ihre Pläne ändern. Und zuallererst musste sie sicherstellen, dass ihrem Koala geholfen wurde.

»War alles ein bisschen viel heute, oder?«, kommentierte Rob ihr Schweigen. Seine tiefe, melodische Stimme jagte einen Schauer über Miekes Rücken, denn es war genau die Art von Stimme, von der man sich wünschte, dass sie einem abends zuprostete, während man sich gemeinsam vor dem Kamin einkuschelte, um den Herbststurm zu vergessen, der vor den Fenstern tobte.

»Nein, es ist alles okay«, log Mieke. »Ich habe nur nachgedacht.« Vor ihnen tauchte die Einfahrt zu einem Wildtierkrankenhaus auf. Angespannt betrachtete sie Rob von der Seite. Seine Miene war verschlossen. »Ich mache mir mehr Sorgen um den Kleinen hier.«

Der Koala in ihren Armen hatte aufgehört zu zappeln, seine Augen waren geschlossen, und während der letzten Minuten war sein Atem immer flacher geworden. Als jetzt sein Kopf nach vorne kippte, wusste Mieke, dass es zu spät war.

Während sie ihren Gedanken nachgehangen hatte, hatte der Koala seinen Kampf aufgegeben. Er hatte es nicht geschafft.

Kapitel 2

Die Blockhütte lag versteckt zwischen blühenden Lilly Pillys und mächtigen Ironbarks, auf deren zerfurchter Rinde prächtige Geweihfarne wuchsen. Es war bereits spät in der Nacht, und das Mondlicht brach sich in einem silberfarben lackierten Windspiel, das auf Robs Veranda leise vor sich hin klimperte. Mieke sah sich im Garten um, über dem das Kreuz des Südens funkelte und sie daran erinnerte, wie weit weg sie von zu Hause war. Vierzehn Länder lagen auf der Flugroute zwischen hier und Norderwald in der Lüneburger Heide.

Ein kleines Beuteltier kletterte im Gebälk der Veranda. Aber anstatt vor ihnen zu flüchten, kam es auf sie zu.

»Das ist Cuddles«, kommentierte Rob und schnalzte mehrfach mit der Zunge, bis ihm das Tier auf den Arm sprang. »Er ist ein Fuchskusu.«

Als Rob ihr die Tür zur Blockhütte aufhielt, strömte Mieke der Geruch von Holz und kaltem Kamin entgegen. Das kleine Gebäude bestand nur aus zwei Zimmern – einer Wohnküche und einem Schlafzimmer mit Bad. Trotz der Enge war es gemütlich. Und sehr ordentlich, alles hatte seinen Platz. Es fehlte nur der Glasfaseranschluss zu Miekes perfektem Wohntraum.

»Darf ich kurz dein Badezimmer benutzen?«, fragte Mieke.

»Natürlich«, antwortete Rob und deutete darauf. Mieke verschwand in dem kleinen Raum und schloss die Tür hinter sich. Der Geruch des Koalas hing immer noch an ihr, und sie nahm das Stück Seife aus der Schale, um ihn loszuwerden.

Doch egal, wie lange sie schrubbte, es wurde nicht besser. Selbst als sie ein kleines Handtuch nutzte und ihre Haut sich vom Rubbeln rot verfärbte, roch sie das Tier, als würde sie es in den Armen halten. Auch sein Gewicht schien auf ihrer Haut zu liegen. Eine Phantompräsenz.

Die Fahrt nach Tallebudgera hatte vielleicht eine Dreiviertelstunde gedauert, die Untersuchung etwa siebzig Minuten. Danach waren sie für weitere anderthalb Stunden unterwegs gewesen. Insgesamt hatte sie den Koala keine vier Stunden gekannt, und trotzdem fühlte sie sich ihm gegenüber verantwortlich – und nicht nur das, sie fühlte sich schuldig. Sie hatte ihr Bestes gegeben, versuchte sie sich selbst zuzureden. Aber es war nicht gut genug gewesen.

Es hatte viele kleine Entscheidungen gegeben, in denen das Schicksal eine andere Wendung hätte nehmen können. Sie hätte den Koala schneller fangen können, damit er weniger Rauch einatmete. Sie hätte ihn besser ruhigstellen können, um Stress zu vermeiden, und ihn direkt ins Wildtierkrankenhaus bringen lassen, statt sich vorher in Tallebudgera untersuchen zu lassen. Wenn sich zu jedem Zeitpunkt und bei jeder Entscheidung die Möglichkeiten teilten, dann hatte der Koala vielleicht in irgendeinem Paralleluniversum überlebt. Und sie hatte den falschen Weg gewählt. Das war verzeihlich. Oder nicht?

Es klopfte an der Tür. »Alles okay da drin?«, hörte sie Robs besorgte Stimme.

»Ja. Bin gleich da.« Die Seife war ein deutliches Stück geschrumpft, als Mieke sie zurücklegte. Der resistente Schmutz unter ihren Fingernägeln war verschwunden, aber ihre Arme brannten. Ein letzter Blick in den Spiegel zeigte ihr ein rot geflecktes Gesicht mit gestresstem Blick. Sie atmete tief aus, um sich zu sammeln.

Rob schaute hoch, als sie durch die schmale Badezimmertür zu ihm trat, und musterte sie fragend. Mieke zwang sich zu einem kurzen Lächeln. Das reichte ihm als Bestätigung, dass alles in Ordnung war.

Er holte eine Schale mit Apfelstücken aus dem Kühlschrank und stellte sie vor Cuddles, der sie gierig verschlang. Dabei hielt er die Stücke mit beiden Händen fest wie ein Eichhörnchen, das eine Nuss verspeist, und betrachtete Mieke mit großen Augen. Auch wenn ihr Magen vor Trauer um den Koala verkrampft war, schmolz sie bei dem Anblick dahin. Der Fuchskusu wusste nichts von dem Schrecken, den Mieke eben erlebt hatte. Es war einfach nur es selbst. Ein unschuldiges Tier, das einen gesunden Appetit besaß.

»Ist das deins?«

Rob schüttelte den Kopf. »Er gehört sich selbst, aber er ist gerne hier. Ich habe ihn bei einem Grasfeuereinsatz im Beutel seiner toten Mutter gefunden, da wog er gerade mal neunzig Gramm. Er war winzig, hatte noch kein Fell. Aber er war ein Kämpfer und wollte die Zitze nicht loslassen. Ich musste sie abschneiden, um ihn zu retten. Eigentlich sucht er sich sein Futter mittlerweile selbst, aber wenn er schon mal hier ist, kann er einen Snack haben.« Während er redete, setzte er einen Kessel mit Wasser auf. Mieke ging ihm zur Hand, als Rob anfing, Gemüse zu schnippeln, und schaute sich um.

An den Wänden der Hütte hingen gerahmte Naturfotografien. Einige zeigten die regenbogenbunte Rinde von Eukalyptusbäumen, andere blühende Wüstenerbsen oder Goannas, die in der Sonne badeten. Zwischendurch ein Kunstdruck, der drei Kinder in einem Billabong zeigte. Miekes Wohnzimmer zu Hause schmückten Bilder einer Heidschnuckenherde und Nahaufnahmen von Wollgras im Pietzmoor. Zwei Welten für sich – und sich doch nicht unähnlich. Trotzdem schien der Boden unter ihren Füßen zu schwanken, die ganze Situation war surreal, als stecke sie selbst in einem Bild fest.

»Das ist von Jane Sutherland«, unterbrach Rob ihre Gedanken und zeigte auf den Druck. »Eine begnadete Künstlerin und eine außerordentliche Frau. Sie wurde zu einer Zeit geboren, als ein Wahlrecht für Frauen noch nicht zur Debatte stand. Dennoch hat sie sich gegen alle Widerstände durchgesetzt.«

Mieke schaute ihn nachdenklich an. Letztes Jahr in der Adventszeit hatte sie mit Alexander eine Ausstellung mit Werken der feministischen Künstlerin Miriam Schapiro in Berlin besucht. Die Bilder hatten sie berührt, Schapiros Lebensgeschichte sie inspiriert, während Alexander sich abfällig geäußert und die Werke als »Hausfrauenkunst« bezeichnet hatte. Sein Geschmack traf Picasso, vielleicht, weil der Kubist ebenso misogyn gewesen war wie er selbst.

»Du kannst mein Bett haben, ich schlafe auf der Couch«, sagte Rob im nächsten Satz. Wie der einen Meter neunzig große Mann auf der winzigen Chaiselongue Platz finden wollte, war Mieke unklar. Doch bevor sie widersprechen konnte, kam Rob ihr zuvor.

»Keine Widerworte!«, lachte er. »Ich nutze die häufig, sie ist geräumiger, als sie aussieht.«

Eine pelzige Hand legte sich auf Miekes Arm und lenkte sie ab. Cuddles' Hals streckte sich gierig vor, bis sie ihm ein Stück Möhre gab. Mit seiner rosafarbenen Nase schnüffelte er daran, dass die Barthaare zitterten, bevor er anfing zu futtern. Auf seiner Brust glänzte das Fell rostrot.

»Daran erkennst du, dass Cuddles ein Männchen ist«, erklärte Rob. »Hier liegt die Duftdrüse, mit der Fuchskusus ihr Revier markieren.«

Mieke gab Cuddles ein weiteres Stück Möhre, und als der Eintopf auf dem Gasherd köchelte, winkte Rob sie zum Wohnzimmer herüber, um es sich gemütlich zu machen.

»Meine Mutter kümmert sich um verletzte und verwaiste Wildtiere«, erzählte Rob. »Ich bin damit aufgewachsen, dass Tiere ein Bestandteil des Alltags sind.«

»Bei mir war es das genaue Gegenteil. Meine Schwester und ich, wir haben uns ein Haustier gewünscht, aber unsere Eltern waren dagegen. Das hat uns allerdings nicht abgehalten, uns um Tiere zu kümmern. An den Wochenenden haben wir im Tierheim ausgeholfen, die Sommerferien beim Landschaftsschutz verbracht, und später sind wir der Eichhörnchenhilfe Norderwald beigetreten.«

Miekes Eltern lebten mittlerweile getrennt. Kurz nach Linas achtzehntem Geburtstag hatten sie die Neuigkeiten verkündet, bald darauf war ihr Vater ausgezogen. Beide Elternteile hatten es seit Langem und in gegenseitigem Einvernehmen geplant, es gab keinen Rechtsstreit und keinen Hass. Der Vater bekam den Mercedes, die Mutter den A6. Für Lina war es eine Überraschung gewesen, Mieke hatte es geahnt. Ihre Eltern hatten sich am Ende zwar geduldet, aber nicht mehr geliebt. Den Kindern zuliebe hatten sie die Ehe aufrechterhalten, aber die Gleichgültigkeit zwischen ihnen war omnipräsent gewesen. Zärtliche Blicke hatten gefehlt, Berührungen waren auf ein Mindestmaß reduziert gewesen.

»Was ist ein Eichhörnchen?«, fragte Rob interessiert und unterbrach damit ihre Erinnerungen. Mieke musste lachen. Eichhörnchen waren für sie eine Selbstverständlichkeit. Sie googelte nach einem Foto und zeigte es ihm. »Ich habe auch schon Igel, Fledermäuse, alle Arten von Vögeln und einen Fuchswelpen in Pflege gehabt.«

Rob lächelte. »Du musst unbedingt meine Mum kennenlernen! Neben Fuchskusus und anderen Kleinbeutlern zieht sie Kängurus und Vögel auf, und sie hat auch ein paar Koalas rehabilitiert.«

Ein Stich fuhr durch Miekes Herz. Sie musste wieder an den Koala denken, dessen leblosen Körper sie im Wildtierkrankenhaus abgegeben hatte. Die ganze Rückfahrt über war sie stark geblieben, hatte sich mit Rob über das Feuer unterhalten, ihren Beruf und ihre Familie – alles, nur um nicht dieses Gefühl des Verlusts zuzulassen. Nun kämpfte sie gegen die aufsteigenden Tränen – und verlor. Verlegen drehte sie sich weg, als sich ihre Augen füllten.

Rob rückte vorsichtig ein Stück näher. »Es holt dich gerade ein, richtig?« Samt lag in seiner Stimme, als er ihr zaghaft und etwas unbeholfen auf den Rücken klopfte. »Lass es ruhig zu. Du musst dich vor mir nicht zurückhalten.«

Mieke schniefte. »Es tut mir leid.« Das schmerzerfüllte Wimmern des Koalas würde sie noch lange im Schlaf verfolgen.

Wieder fuhr seine warme Hand mitfühlend über ihren Rücken, und tatsächlich lenkte es sie von ihren düsteren Gedanken ab. Es fühlte sich viel zu gut an, seine Nähe verwirrte sie.

Ohne es zu wollen, hatte sie vorhin registriert, dass nur eine Zahnbürste in dem Glas im Badezimmer stand. Auch sonst gab es keinerlei Hinweis auf eine Partnerin. Er schien also nicht verheiratet zu sein. Mieke schüttelte leicht den Kopf, um die Gedanken zu verscheuchen. Natürlich war er attraktiv, aber so umwerfend nun auch wieder nicht. Und es war definitiv nicht der richtige Zeitpunkt.

»Mach dir bloß keine Vorwürfe«, versuchte er sie zu beruhigen. »Du hast dein Bestes gegeben. Ein Wildtierretter hätte auch nicht viel mehr tun können.«

»Da bin ich mir eben nicht sicher. Und selbst wenn, mein Bestes war nicht gut genug. Nicht, solange es ein Besser gab.« Mieke schluckte die nächsten Tränen hinunter und wischte sich über die Augen. »Was ist ein Wildtierretter?«

»Mit denen kooperieren wir. Jetzt im Moment ganz besonders eng. Die Priorität der Feuerwehr ist die Feuerbekämpfung und die Rettung von Menschen. Aber wenn die Lage einigermaßen sicher ist, geben wir den Wildtierrettern Bescheid, und die fangen dann die verletzten Tiere ein und kümmern sich um sie. Natürlich müssen wir wegen der Astbruchgefahr offiziell immer davor warnen, die verbrannten Waldgebiete zu betreten, schließlich sind die Retter meist Privatpersonen. Aber realistisch gesehen könnten wir die Menschen ohnehin nicht aufhalten, wenn sie den Tieren wirklich helfen wollen. Deshalb unterstützen wir sie so gut es geht. In regelmäßigen Abständen gibt es Fortbildungen, die die Helfer darauf vorbereiten, in die Gefahrengebiete vorzudringen und mit den Tieren umzugehen, ohne dabei ihr eigenes Leben zu gefährden.«

»In Deutschland ist die Tierrettung viel einfacher«, stellte Mieke fest, dankbar für den Themenwechsel. »Manchmal fallen junge Eichhörnchen aus dem Nest oder tauchen plötzlich verlassen auf einem Wanderweg auf. Manchmal wird auch in solchen Fällen die Feuerwehr gerufen, aber die ist oft dankbar, wenn wir ihr die Arbeit abnehmen.«

»Das ist interessant. Hier kümmert sich die Feuerwehr nicht selbst um Tiere. Wir kommen nur bei größeren Vorfällen mit Tieren, wie wenn zum Beispiel eine Pferdeherde über den Highway läuft oder es eine neue Seuche gibt – meistens dann, wenn eine hohe Mannstärke oder schweres Gerät zur Absicherung benötigt wird.«

Er lehnte sich nach vorne, um ihr Wasser nachzuschenken.

»Du hast großes Glück gehabt, dein Anhalten am Berg hätte auch endgültige Konsequenzen für dich haben können.«

Mieke nickte, wusste aber, dass sie jederzeit wieder genauso reagieren würde.

Als sie am nächsten Morgen aufwachte, war Rob verschwunden. Auf dem Tisch lag ein Zettel, auf dem er ihr mitteilte, dass er zu einem Einsatz im Lamington Nationalpark gerufen worden war, und ihr vorschlug, seine Mutter Sandy zum High Tea zu besuchen. Prüfend hob Mieke das Papier, um seine sorgfältig, fast penible Handschrift zu begutachten. Er hatte die Nachricht auf die Rückseite eines Kassenbons gekritzelt. Neugierig überflog sie seine Einkäufe. Milch. Brot. Lauch. Hackfleisch. Butter. Käse. Nagellack. Sie stutzte und prüfte den Posten. Cherries Nail Polish (colour 43: pink). Stirnrunzelnd faltete sie den Bon und steckte ihn ein.

Da sie ihren Urlaub ohnehin umplanen musste, nahm sie Robs Idee gerne an. Nach einer ausgiebigen Dusche kramte sie ihren Bikini aus dem Rucksack, den sie bei jeder Wanderung dabeihatte, denn hier konnte einem nach jeder Kurve ein vorher versteckter See begegnen, in dem man sich erfrischen konnte. Wenigstens die Unterwäsche konnte sie damit heute wechseln. Dann schlüpfte sie in ihre alten Klamotten, die noch immer stark nach Rauch rochen. In den nächsten Tagen würde sie sich neue besorgen, denn bedauerlicherweise hatte sie ihr restliches Gepäck im Auto zurücklassen müssen. Die wichtigsten Unterlagen waren zum Glück in der Bauchtasche gewesen, die sie im letzten Moment noch vom Sitz geschnappt hatte.

Zunächst rief sie ihre Schwester Lina an und berichtete von ihrem Abenteuer, aber auch, dass es ihr gut ging und sie alles heil überstanden hatte. Wie zu erwarten, war Lina schockiert und stellte Dutzende von Fragen, viele davon mehrfach. Als

Mieke ihr von dem Koala und seinem vergeblichen Kampf erzählte, hakte Lina besonders oft nach. Gemeinsam weinten sie um das Tier und die verbrannte Lodge.

»Möchtest du nach Hause kommen?«, fragte Lina.

Mieke dachte nach: Wollte sie zurück nach Deutschland? Ja, das Feuer hatte ihre Pläne vernichtet. Doch dieser Zwischenfall hatte eine Seite in ihr berührt, die ihr zuvor verschlossen gewesen war. Eine Art sturer Kampfgeist, der sich dem Unaussprechlichen stellte. Nein, sie war sich sicher. Ihre Entscheidung war bereits gefällt. »Es kommt der Tag, da werde ich mehr über die Dinge enttäuscht sein, die ich nicht gemacht habe, als die, die ich gewagt habe und die schiefgegangen sind. Hier und jetzt kann ich helfen – ich bleibe.«

Die Sonne stand schon hoch am Himmel, als Mieke durch das Tor zum Nachbargrundstück spazierte, vorbei an den dichten Papageienpflanzen, die in voller Blüte standen. Ein gluckerndes, fast grunzendes Geräusch ließ sie den Kopf drehen. Hinter ihr stand ein Emu und glotzte sie an.

»Keine Angst, der ist nur neugierig«, rief ihr eine Frau von der Veranda aus zu und warf dem erwartungsvoll dreinblickenden Vogel eine Handvoll Getreide hin. Sofort lief der Emu zu ihr und fing an, die Körner aufzupicken. Die Frau hatte die gleichen hellgrünen Augen wie Rob, und auch ihre schlanken Gesichtszüge erinnerten Mieke an ihn. Es war unverkennbar, dass es sich um seine Mutter Sandy handelte.

»Du musst Mieke sein«, grüßte Sandy und bat sie ohne Zögern ins Haus. Die hellgraue Fassade im Hampton-Stil war mit mehreren Giebeln ausgestattet und um einiges geräumiger als Robs Blockhütte. Als Mieke das Innere betrat, fielen ihr sofort mehrere Baumwollbeutel auf, die in einer Ecke hingen und in denen Kängurubabys schliefen. Auf der Anrichte stand ein Kasten, in dem weitere, säuberlich aufgereihte Beutel in verschiedenen Größen hingen. Manche waren aus Baumwolle, andere aus weichem Polarfleece oder Flanell. Aus einem lugte der winzige Fellkopf eines Beutelsäugers heraus, wahrscheinlich ein junges Possum, vermutete Mieke. Sofort fühlte sie sich wie zu Hause. Auch bei ihr war alles funktional für die Tiere umgebaut worden, neben Fotorahmen und Erinnerungen standen Pipetten, Baumwolltupfer und Pulverdosen in den Regalen.

»Trinkst du deinen Kaffee mit Milch?«, fragte Sandy, und Mieke, der der Schlafmangel Kopfschmerzen bereitete, nahm dankend an. Sandy winkte ab und schob ihr den Teller mit den Kürbis-Scones hin, einem krümeligen Brötchen, das nur aus vier Zutaten bestand: Mehl, Butter, Milch und Kürbis. Auf der Etagere befanden sich außerdem noch Orangen-Mohnkuchen und Karamell-Shortbread, alles in mundgerechten Happen präsentiert.

»Bitte bediene dich«, sagte sie, während sie sich selbst einen Scone nahm. »So, und jetzt zu dir. Rob hat erzählt, dass du gestern evakuiert werden musstest«, sagte sie und strich sich eine ihrer braunen Strähnen aus dem Gesicht. »Wie geht es dir?«

»Ja. Das Feuer kam überraschend und breitete sich schnell aus, aber mir geht es gut. Aber ohne Rob würde ich vielleicht heute nicht hier sitzen.«

Stolz blitzte in Sandys Augen auf. »Rob ist ein guter Feuerwehrmann.« Dann wurde sie nachdenklich. »Aber dort oben sollte es eigentlich nicht brennen«, sagte Sandy nachdenklich. Sie trank einen Schluck Kaffee, verzog das Gesicht und goss sich etwas Milch nach. »Der feuchte Regenwald und die zerklüfteten Steinbrüche haben Brände bisher immer aufgehalten. Früher war ich jeden Winter in der Kurrawong

Lodge, Jenny und Liam sind tolle Gastgeber. Ich hoffe, sie finden einen Weg, die Lodge wiederaufzubauen.«

Betroffen verzog Mieke ihr Gesicht. In der Lodge hatten viele historische Fotos gehangen, aus einer Zeit, in der Jenny und Liam noch bevorzugt auf Pferden unterwegs gewesen waren. Diese Fotos waren verloren, wie so vieles andere auch. Sandy schnüffelte. »Es riecht nach Rauch«, stellte sie fest.

»Das ist meine Kleidung. Ich musste meinen Koffer zurücklassen«, gab Mieke beschämt zu. Das konnte Sandy nicht so stehen lassen. Eine Viertelstunde später hatte sie sie neu eingekleidet, während sich Miekes eigene Sachen in der Waschmaschine drehten.

Sandy war kleiner als Mieke, dafür üppiger, und es war nicht ganz einfach gewesen, etwas zu finden, was Mieke tragen konnte. Aber das weite Baumwollkleid passte sich ihrer Figur an, als sie es mit einem neongelben Gürtel schnürte.

Ein schrilles Klingeln ließ Mieke zusammenzucken und riss sie aus ihren Gedanken. Sandy hingegen schaltete ruhig den Wecker aus. »Fütterungszeit! Magst du mir helfen?«, fragte sie und führte Mieke in eine gemütliche Ecke, in der zwei Chesterfield-Sessel neben einer Récamiere standen.

Einen nach dem anderen hob Sandy die Stoffbeutel aus dem Kasten heraus, um den Possums ihre Milch zu geben. Das Kleinste war nackt, blind und so klein, dass Sandy ihm einen nadeldicken Schlauch in den Mund schob, der mit einer Spritze verbunden war. Seine Haut war rosa, die geschlossenen Augen groß, die Lider blau: eine fast außerirdische Erscheinung. Dennoch streckte es die dürren Pfoten mit der Porzellanhaut zur Spritze hin, als wisse es genau Bescheid. Die Possums blieben beim Füttern im Beutel, und Sandy half ihnen beim Trinken, indem sie eine Hand um ihre Köpfe legte und dabei ihre Augen bedeckte.

»Das entspannt sie«, erklärte sie Mieke. Immer wieder bat sie sie, die Temperatur der Milch zu messen und sie in einem Wasserbad aufzuwärmen, wenn sie sich zu stark abgekühlt hatte. »Wenn du die Flasche an den Arm hältst und kaum einen Temperaturunterschied spürst, dann ist es perfekt.«

Die älteren Tiere bekamen die Milch entweder direkt aus der Spritze oder aus einer Flasche. Sandy zeigte Mieke, wie man die zierlichen Tierbabys mit einem Tuch massierte, um nach dem Trinken ihre Verdauung anzuregen.

»Wie oft musst du sie füttern?«, fragte Mieke, die selbst häufig zu Stoßzeiten mit dunklen Augenringen zur Arbeit erschienen war, weil sie zweistündlich zur Nachtfütterung der Eichhörnchen hatte aufstehen müssen. Eichhörnchenpflege hatte den Nachteil, dass es pro Jahr zwei Würfe gab und man daher von März bis September gut beschäftigt war. Hinzu kam, dass jeder Wurf drei bis acht Junge umfasste.

»Das kommt drauf an. Die ganz Jungen alle zwei Stunden, den im blauen Beutel alle drei und die zwei Großen einmal pro Nacht. Früher fand ich das schwierig, jetzt bin ich daran gewöhnt und wache von allein auf.«

Nach den Possums waren die Kängurus dran, die bis dahin in einer in einem Gestell befestigten Hängetasche geschlafen hatten. Deren Fläschchen waren um einiges größer. Sandy weckte eines nach dem anderen, sodass sie im Stehen trinken konnten. Es waren insgesamt fünf Joeys, und Sandy hielt in jeder Hand eine Flasche, während Mieke sich erst mal auf ein Joey konzentrierte. Dabei hielt sie wie Sandy die Flasche so hoch, dass die kleinen Beuteltiere ihren Kopf in den Nacken legen mussten, um zu saugen.

»Das sind Billa und Bong. Die beiden habe ich vor einer Woche auf der Landstraße nach Currumbin eingesammelt.

Am selben Tag, im Abstand von einem Kilometer.« Ihre Züge verhärteten sich. »Billas Mutter war noch nicht ganz tot, ich musste nachhelfen. Ihre Verletzungen waren zu stark, sie war nicht mehr zu retten.« Sandys Blick war auf den Kasten mit den Spritzen gerichtet, der auf einer Anrichte stand. Mieke verstand: Hier lagerten auch Medikamente, die Tiere endgültig von ihrem Schmerz erlösten.

»Viele Kängurus werden überfahren, wenn sie in der Dämmerung am Straßenrand grasen. Aber die Joeys in den Beuteln überleben den Aufprall oft und können mehrere Tage durchhalten. Deswegen ist es wichtig, den Beutel zu überprüfen, wenn man an einem frisch überfahrenen Känguru vorbeikommt.«

Nachdem alle Tiere versorgt und wieder in ihren Beuteln verstaut waren, gingen die beiden Frauen spazieren.

Schweigend wanderten sie, bis Mieke ein Gebüsch mit lilafarbenen Blüten entdeckte.

»Der ist hübsch. Was ist das für ein Busch?«

Sandy verzog ihr Gesicht: »Lantana«, sagte sie abfällig und pflückte ein Blatt ab, das sie zwischen den Fingern verrieb. Ein penetranter Geruch stieg auf. »Das wächst hier überall. Es riecht furchtbar, verbreitet sich schnell und verdrängt einheimische Pflanzen – ursprünglich kommt es aus Amerika. Rob gibt sich alle Mühe, aber wir werden es einfach nicht los.«

Mieke betrachtete den blühenden Busch. So schön die australische Natur war, so fragil und anfällig war sie auch. Bereits vor 230 Millionen Jahren hatte sich der Kontinent aus dem südlichen Teil Gondwanas gelöst und der Fauna und Flora damit eine Gelegenheit gegeben, sich in einem abgeschlossenen System ganz auf die Begebenheiten vor Ort anzupassen. Auch nach seiner Erstbesiedelung durch die Aborigines war

Australien jahrtausendelang von anderen Kontinenten isoliert gewesen. So war ein ökologisches Gleichgewicht entstanden.

Erst während der letzten Jahrhunderte hatte es wieder Einflüsse von außen gegeben. Neue Siedler hatten das Land entdeckt und erschlossen und immer wieder fremde Lebewesen eingeschleppt, die das Ökosystem störten. Agarkröten, Füchse, Kaninchen, Wildschweine, Katzen oder Gartenpflanzen – zu groß ist die Zahl der Eindringlinge, gegen die die australische Natur sich nicht zu wehren vermag.

»Rob hat Lantana mal mit einer schönen Frau verglichen, die alle Augen auf sich zieht, aber toxisch für ihre Umgebung ist. Sie breitet sich immer mehr aus, bis ihre aufdringliche Schönheit allgegenwärtig ist und sie das Leben um sich herum erstickt hat.«

Sandy kniete nieder und pflückte eine mauvefarbene Blüte aus einem pfahlgrünen Busch.

»Die hier hingegen ist hübsch und nützlich. Das ist Emu Bush. Die Aborigines haben ein Gebräu aus den Blättern hergestellt, das für Wundheilung eingesetzt wurde.«

Als Mieke sich interessiert dazuhockte, sah sie einen Schatten über Sandys Gesicht fallen. Eine Erinnerung schien sie zu überrumpeln, und der Schatten wurde zur Gewitterwolke, als Sandys Stirn sich krauste. Irritiert beobachtete Mieke, wie Sandy die Blüte in ihrer Faust zerknüllte.

Gerade als sie das Haus wieder erreichten, parkte Rob seinen Wagen. Er lächelte, als er Mieke entdeckte. Seine Füße steckten in schweren Stiefeln, und ein intensiver Rauchgeruch ging von ihm aus. Seine breiten Schultern hingen müde herab.

»Wie siehst du denn aus?«, fragte er Mieke belustigt, die schmunzelnd mit den Achseln zuckte. Es musste merkwürdig für ihn sein, sie in den Kleidern seiner Mutter zu sehen.

»Ich habe was für dich«, fuhr er an seine Mutter gewandt fort und hielt ihr einen Beutel entgegen. »Zwei Kurzkopfgleitbeutler. Hast du für die noch Platz?«

Vorsichtig nahm Sandy den Stoffbeutel entgegen, aus dem ein moschusähnlicher Geruch aufstieg, und holte die handtellergroßen Tiere heraus. Mit ihrem hellgrauen Fell und dem geringelten Schwanz erinnerten die putzigen Tierchen Mieke an eine winzige Version von Cuddles. Zwischen ihren Augen zog sich ein schwarzer senkrechter Strich über den Kopf den Rücken hinunter, der die ausdrucksvollen Gesichter geschminkt wirken ließ. »Faszinierend«, fand Mieke.

Sandy lächelte. »Wenn sie ausgewachsen sind, können sie über fünfzig Meter weit durch die Luft gleiten«, erklärte Rob. »Leider kann man das so gut wie nie beobachten, da sie nachtaktiv sind.« Robs Begeisterung ließ sie ein weiteres Mal an Alexander denken. Als er nach der Trennung seine Sachen aus der Wohnung abgeholt hatte, hatte Mieke etwas verloren in den plötzlich so leeren Räumen gestanden. »Dann hast du jetzt endlich Platz für dein verdammtes Igelgehege«, hatte Alexander schließlich aber gespottet und all ihre Zweifel verfliegen lassen, ob ihre Entscheidung, der Beziehung ein Ende zu setzen, richtig gewesen war. Alexander hatte nie Verständnis für ihren ehrenamtlichen Einsatz gezeigt, für ihn war es reine Zeitverschwendung, Tiere aufzupäppeln, die »im Gefecht der Evolution anscheinend unterlegen waren«, wie er das genannt hatte.

»Möchtest du dir mal einen aus der Nähe anschauen?«, bot Sandy an und hob eine Hand in Miekes Richtung.

Vorsichtig nahm Mieke das federleichte Tierchen entgegen, das sofort anfing, auf ihrer Hand herumzuklettern. Bei näherem Hinsehen konnte sie die Flugmembran erkennen, die sich zwischen seinen Armen und Beinen spannte.

»Ein wahres Wunder der Natur«, fand sie und gab gut acht, dass der Winzling nicht herunterpurzelte. »Wie so vieles hier in Australien.« Sie seufzte. »Ich habe nachgedacht. Ich kann nicht entspannt Urlaub machen, wenn hier Menschen und Tiere um ihre Heimat kämpfen. Viel lieber würde ich helfen, mich um Wildtiere kümmern.« Sie reichte Sandy das Tier zurück, bevor es zu nervös wurde.

Sandy beäugte sie kritisch. »Meinst du das ernst?«

»Ja. Es fühlt sich falsch an, jetzt noch an Urlaub zu denken. Und wenn ich ehrlich bin, habe ich mir schon immer Aufgaben gesucht, denn herumsitzen, zuschauen oder gar Katastrophen wie die Buschfeuer zu verdrängen, das liegt mir nicht.«

»Du bist ganze drei Monate hier, richtig?«, fragte Sandy. Dabei schob sie den Beutel mit den Kurzkopfgleitbeutlern in ihren Ausschnitt, wohl um die Tiere zu wärmen oder sie ihren Herzschlag spüren zu lassen. »Aber kommt erst mal ins Haus.«

Während Sandy die Neuzugänge untersuchte, bereitete Mieke ihnen, Sandys Anweisungen folgend, ein Gehege vor. Dafür schnitt sie Zweige eines gelb blühenden Akazienbaumes ab, die sie im Käfig befestigte. Die Enden steckte sie in Wassergefäße, damit sie sich länger hielten. Mithilfe eines Hanfseils, das sie zwischen den Käfigstäben hindurchwebte, schuf sie Klettermöglichkeiten. In die Futterschüsseln kamen Mehlwürmer, ein klein geschnittener Apfel, aus dem sie sorgfältig die Kerne entfernte, Bananenstücke und eine Proteinbreimischung aus einem Pulver, das speziell auf die Bedürfnisse von Kurzkopfgleitbeutlern zugeschnitten war.

»Ihnen fehlt nichts. Aber sie sind zu jung, um allein in der Wildnis zu überleben«, urteilte Sandy, als sie die Tiere in ihren neuen Käfig packte. Diese versteckten sich sofort zwischen den Blättern der Eukalyptuszweige. »Im Gegensatz zu mir«, sagte sie und seufzte. »Die Zeit geht zu schnell vorbei. Gestern war ich achtzehn und plante nur bis zum nächsten Abendessen, und jetzt?«

»Hm, ich denke, man ist so alt, wie man sich fühlt«, sagte Mieke ausweichend, denn das war die Antwort, die Sandys Frage zu bedingen schien.

»Nein, so meine ich das nicht. Ich fühle mich nicht alt. Ich bin nur schon viel zu lange jung.« Sie lachte und die Falten in ihrem Gesicht lachten mit.

»Das ist eine positive Sichtweise«, antwortete Mieke. »Ich habe mir nie viel Gedanken über das Altern gemacht. Man ist immer so alt, wie man ist, und das ist eines der wenigen Dinge, die man nicht ändern kann.«

»Es sei denn, man steht auf Botox«, sagte Sandy. »Aber ich stehe lieber zu meinen Falten. In meinem Alter muss man nicht so aussehen, als hätte man sich morgens das Gesicht gebügelt.« Wie auf ein Zeichen gruben sich Lachfältchen in Sandys Augenwinkel. Sie standen ihr gut.

Rob stieß wieder zu ihnen und begutachtete den Käfig. »Sieht gut aus«, urteilte er. »Fehlen noch ein paar Rückzugsorte, und ich würde in der Ecke eine Zwischenetage mit einem Stück Rinde einbauen, aber insgesamt passabel.«

Seine Mutter grinste verschmitzt und zwinkerte Mieke zu. »Das kannst du als großes Kompliment auffassen. Rob ist ein echter Perfektionist, wenn es um Tiergehege geht. Er macht da eine Wissenschaft draus, nicht wahr, Rob?« Dieser war gerade dabei, die Drahtbefestigung eines Stocks, der den Tieren als Leiter diente, fester zuzuziehen.

»Da kommt er ganz nach seinem Vater«, fügte sie hinzu, und Mieke bemerkte, wie Rob ganz leicht zusammenzuckte. Von seinem Vater war bisher nichts zu sehen und auch nicht die Rede gewesen, und auch auf den Fotos im Haus hatte Mieke niemanden entdecken können, der in das Profil gepasst hätte.

Gemeinsam gingen sie ins Haus und kümmerten sich um das Abendessen. Der Braten würde etwa eine Stunde im Ofen brauchen, bis dahin setzten sie sich an den gedeckten Tisch und unterhielten sich.

»Dieses Jahr hat es noch weniger geregnet als sonst. Dir ist vielleicht aufgefallen, wie trocken es überall ist?« Sandy wartete nicht auf Miekes Antwort, sondern erzählte weiter. »Der Natur geht es schlecht. Aber es liegt nicht nur an der Kargheit des Landes. Am Ende geht es in Australien immer um die Kohle – im wahrsten Sinne des Wortes.« Sie erzählte vom Fracking der Minengesellschaften, die große Mengen an Wasser aus dem Erdreich zogen, um Gas aus den Kohleflözen zu gewinnen, von nicht nachhaltiger Farmwirtschaft und dem Klimawandel, den die australischen Politiker so gerne leugneten.

»Die Natur spielt für unsere Politiker einfach keine große Rolle. Obwohl die Temperaturen steigen und es ständig neue Hitzerekorde gibt«, echauffierte sich Rob. »Die Buschfeuer verhalten sich anders als früher. Natürlich gehören Feuer zum australischen Ökosystem dazu, und viele Pflanzen sind auf die Feuer zur Fortpflanzung angewiesen. Bei manchen Bäumen wie dem riesigen Mountain Ash springen die Samenkapseln erst bei hohen Temperaturen auf und geben ihr kostbares Gut frei. Und der Grasbaum blüht ausschließlich nach einem Buschfeuer, von denen er in seiner jahrhundertelangen Lebensspanne so einige erlebt. Wohin man schaut, unsere Natur braucht Feuer. Selbst die Banksia vor meinem Schuppen hat epikormische Knospen. Wurde bei einem Brand die Rinde verletzt, sprießen die Triebe, die schon vorher unter der schützenden Hülle gebildet wurden. Feuer ist essenziell, und das wussten bereits die Aborigines, die mit verschiedenen Techniken dafür gesorgt haben, dass der ewige Kreislauf weitergeht.«

»Aber«, warf Sandy ein, »diese wichtige Funktion wird nur erfüllt, wenn die Natur im Gleichgewicht ist, wenn das Feuer nicht stärker ist als Flora und Fauna und diese genug Zeit und Kraft haben, um sich nach dem Brand wieder zu erholen. Und das ist nicht mehr der Fall. Ich glaube, es wird eine schlimme Feuersaison werden. Vielleicht sogar eine, die alle Rekorde bricht. Und das bringt mich auf dich«, kam Sandy auf den Punkt. »Es ist abzusehen, dass bald jede Menge ehrenamtliche Helfer gebraucht werden, die sich um die betroffenen Wildtiere kümmern. Deshalb sponsert die Gruppe *We for Wildlife* einen dreitägigen Trainingskurs an der Gold Coast, in dem man sich zum qualifizierten Wildtierretter ausbilden lassen kann. Die Verpflegung während des Kurses wird gestellt, um Unterbringung muss man sich selbst kümmern.«

»Gerade mal drei Tage – das reicht?«, wunderte sich Mieke, die in Deutschland zeitaufwendige Kurse und Trainingseinheiten für jede heimische Wildtierart belegt hatte.

»Eigentlich nicht. Es geht mehr um Grundlagen. Aber nach Ende des Kurses ist angedacht, dass die Teilnehmer noch eine Weile von den Organisatoren in direkt betroffenen Gebieten eingesetzt werden. So soll gesichert sein, dass die ersten Einsätze unter – wenn auch indirekter – Anleitung stattfinden und die Retter unabhängig vom Kurs erste Erfahrungen sammeln, dabei aber jederzeit Rücksprache halten können. Allerdings müsstest du dich beeilen, die Kurse beginnen immer freitags, das wäre schon übermorgen. Was meinst du, wäre das was für dich?«

Rob kam Mieke zuvor. »Überleg dir das gut, Mieke. Das ist ein hartes Pflaster da draußen.« Seine Stirn krauste sich, und Mieke verstand, dass er sie vor den Bildern beschützen wollte, die gerade durch seinen Kopf rasten.

»Rob«, unterbrach sie ihn mit ruhiger Stimme. »Der Kurs klingt perfekt für mich. Ich habe mich bereits in Deutschland viele Jahre um hilfebedürftige Tiere gekümmert, und nicht alle davon haben überlebt. Ich weiß, worauf ich mich einlasse.«

Rob schüttelte den Kopf, schwieg aber, was Mieke ihm hoch anrechnete. Alexander hatte ständig versucht, sie zu bevormunden, und stundenlang argumentiert, wenn er anderer Meinung gewesen war.

»*We for Wildlife* ist eine wunderbare Organisation«, überging Sandy die Situation, während sie den Braten aus dem Ofen holte und ihnen allen die Teller füllte. »Ich habe schon viel mit der Gruppe zu tun gehabt. Manchmal halte ich Vorträge für sie in Grundschulen, um den Kindern die Wildtiere näherzubringen.« Sofort beneidete Mieke die Schüler um diese Erfahrung. Sandy war eine beeindruckende Frau und musste einen nachhaltigen Eindruck hinterlassen.

»Ich habe immer eine Auswahl an Federn, Eiern oder Stacheln im Gepäck, wenn ich den Klassenraum betrete«, erzählte sie weiter. »Damit möchte ich vor allem die Neugier der Kinder wecken. Man respektiert nur, was man kennt. Und um etwas kennenzulernen, muss man erst einmal wissen, dass es existiert. Du wärst erstaunt, wie viele Erwachsene hier keine Ahnung von unseren Tieren haben, und die umzuerziehen, das ist ein Kampf gegen Windmühlen. Kinder kann man noch formen und ihnen die Liebe zur Natur mit einfachen Mitteln nahebringen. Und manchmal sind sogar sie es, die den Erwachsenen anschließend spielend leicht die Augen öffnen können, indem sie selbst die Welt um sich herum viel deutlicher wahrnehmen.«

Später am Abend telefonierte Mieke mit Lina, die ihr zu dem Vorhaben gratulierte: »Ich finde es toll, dass du dich einsetzt. Das passt zu dir.«

Mieke lachte. »Bisher habe ich den Kurs noch nicht begonnen«, wehrte sie ab. Doch ihr Rucksack stand schon bereit, und die ausgedruckte Anmeldebestätigung lag obenauf.

»Ich wünschte, ich könnte an deiner Seite sein«, seufzte Lina. »Stattdessen hänge ich im deutschen Winter bei Dauerregen fest. Mein Chef hat es versäumt, rechtzeitig neues Personal einzustellen, nachdem zwei Kollegen gekündigt haben. Ich schiebe fast täglich Überstunden. Aber nächste Woche fangen zwei Neue an, dann trete ich kürzer.«

»Wenn ich das hier alles heil überstehe, fahren wir nächstes Jahr gemeinsam nach Australien«, versprach Mieke ihr.

»Hast du alle anderen Übernachtungen schon storniert? Effizient, wie du immer bist.«

»Nein, das mache ich in den nächsten Tagen. Die Entscheidung war ja sehr spontan, und ich habe morgen noch den ganzen Tag Zeit, bevor ich an die Gold Coast fahre.«

»Du wolltest dich eigentlich in Australien entspannen, Schwesterherz. Bitte übernimm dich nicht.«

Mieke lehnte sich an den Klafter Holz, der hinter Robs Hütte gestapelt war. Dass Lina sich Sorgen um sie machte, war nichts Neues.

»Ich kann nicht anders, Lina. Nach dem, was ich erlebt habe, muss ich einfach helfen. Den Plan, die letzte Urlaubswoche auf Koala Island zu verbringen, halte ich aber aufrecht. Darauf hatte ich mich so gefreut, und ich denke, nach einigen Rettungsaktionen wird mir diese Erholung guttun. Um innerlich runterzukommen. Ich werde mich nicht auspowern. Das verspreche ich dir.« Koala Island lag vor der Goldküste südlich von Brisbane und war bekannt für seine stetig wachsende Koala-Population. Während Koalas in vielen Teilen des Landes immer seltener wurden, lebten sie auf der Insel geschützt, fern von Urbanisierung und Fragmentierung, wilden Hunden und Chlamydien. Sie hatte ein Panorama-Zimmer im Koala Island Haven Resort gebucht, denn um von dort aus ein Fotomotiv mit Koala zu finden, müsse man nur vor die Tür treten, hatte eine Reisebloggerin geschrieben. Das hatte vielversprechend geklungen.

Nach dem Gespräch mit Lina rief Mieke die Mietwagenfirma an, die wenig begeistert davon war, dass sie ihr Auto im Buschfeuer verloren hatte. Schließlich erklärte man sich dennoch bereit, ihr einen neuen Wagen zu stellen, da ihr Hyundai vollversichert gewesen war.

Am nächsten Morgen erklärte Sandy ihr, wie sie am besten zur Gold Coast kam und an wen sie sich dort wenden sollte. Als sie sich verabschiedet hatten, bedachte Sandy sie mit einem merkwürdigen Blick.

»Ist was?«, fragte Mieke und schaute wie automatisch an sich herunter.

»Nein. Alles gut. Pass gut auf dich auf.« Sie umarmte Mieke noch einmal und brachte sie zur Tür, wo Rob bereits auf sie wartete, um sie zum Mietwagenverleih zu bringen. Dieses Mal hatte Mieke einen Toyota Rav4 mit Allradantrieb und eingebautem GPS gewählt. Damit würde sie halbwegs problemlos in die Einsatzgebiete kommen und hoffentlich auch wieder hinausfinden.

»Wenn dir der Kurs nicht gefällt oder du Fragen hast, melde dich bitte bei mir, okay?«, bat Rob, als auch sie sich Auf Wiedersehen sagten. Er reichte ihr eine Stofftüte mit alten T-Shirts und Shorts aus seiner Jugend, die Sandy in ihrer Kleidertruhe gefunden hatte. Ihre Hände streiften sich, und für einen Augenblick hatte Mieke das Gefühl, als hätte Rob die Berührung provoziert. Doch seine Augen glänzten unschuldig, und es schien, als schaue er an ihr vorbei.

»Ich bin mir sicher, dass wir uns wieder über den Weg laufen«, sagte sie selbstsicher, tippte sich an die Stirn und stieg ins Auto. Rob bewegte sich keinen Schritt, und sie öffnete das Fenster. »Aber das nächste Mal rette ich dich«, versprach sie mit einem Zwinkern.

Kapitel 3

Während draußen brüllend heiße Temperaturen herrschten, war das Zimmer, in dem die angehenden Wildtierretter ihre Ausbildung begannen, auf Kühlschranktemperatur heruntergekühlt. Fröstelnd rieb Mieke sich die Arme und setzte sich wahllos auf einen leeren Platz. Jetzt bereute sie es, sich morgens für das dünne T-Shirt entschieden zu haben.

»Hi«, sagte sie zu der Frau neben sich, die stark nach Zigaretten roch und deren rechte Gesichtshälfte ein verschlungenes Tattoo zierte. »Ich bin Mieke.«

»Jodie«, antwortete die Frau, ohne sie anzusehen, holte ein Hubba Bubba aus der Tasche und begann, es mit offenem Mund zu kauen.

Mieke sah sich um. Außer Jodie saßen hauptsächlich Frauen zwischen dreißig und vierzig im Raum, die in ihren wenig risikofreudigen Modevorstellungen recht homogen wirkten. Jodie fiel deutlich aus dem Schema.

Die Kursleiterin, eine üppige Frau mit blonder Löwenmähne, die so schnell sprach, dass Mieke Probleme hatte, ihren Vortrag im Kopf zu übersetzen, stellte sich als Amy Harper vor. Amy trug ein schickes Kostüm und perfektes Make-up. Sie sah aus wie jemand, der sich die Hände wusch, wenn er aus der Dusche kam. Aber sie war freundlich, professionell und kam schnell zur Sache.

»Früher war ich in der Seevogelrettung aktiv, heute arbeite ich nebenberuflich in der Verwaltung.«

Nach der Ansprache zeigte sie ihnen einen Film über

Buschfeuer und Verhaltensregeln. Beim Anblick der lodernden Flammen bekam Mieke eine Gänsehaut – zu nah war die Erinnerung.

Schließlich schaltete Amy den Fernseher aus. »Die wichtigste Lektion, die ich euch mitgeben möchte, ist: Riskiert niemals euer Leben! Wir brauchen keine Helden, sondern kühle Analytiker, die die Gefahr vernünftig einschätzen und verantwortungsbewusst handeln.«

Ein Vortrag über die gewünschte Kooperation mit der Feuerwehr, die Rollenverteilung innerhalb des Löschzuges und weitere Regeln folgte. Dann eine PowerPoint-Präsentationen zum Thema Orientierung im Buschland und noch mehr Regeln. Dieses Mal für das Durchqueren verbrannter Flächen.

»Ihr müsst immer mindestens zu zweit unterwegs sein. Ein Waldbrand betrifft auch unterirdische Wurzelsysteme, und es kann passieren, dass der Boden kollabiert. Von einer Sekunde auf die andere sitzt man in einem unterirdischen Gefängnis mit einem Kubikmeter Erde über dem Kopf, weil die verkohlten Wurzeln instabil geworden sind und nachgeben. Es kann auch sein, dass sich unterirdisch Glutnester halten, die dann besonders gefährlich sind. Sicherheit geht immer vor.«

Jodie hing gelangweilt im Plastikstuhl neben Mieke, die Augen halb geschlossen, die Beine lang ausgestreckt. Als sie gähnte, rümpfte eine Teilnehmerin die Nase und schüttelte den Kopf.

»Eure Aufgabe ist es, die Tiere aus den Risikogebieten zu holen, die Erstversorgung durchzuführen und sie anschließend an lokale Pfleger weiterzureichen, die die Rehabilitation übernehmen.« Mieke schaute an Jodie vorbei, die ungeniert auf den Fingernägeln kaute. Diese Frau machte es ihr schwer, sich auf den Vortrag zu konzentrieren.

»Jede Tierart verhält sich anders, wenn sie sich der Bedrohung durch das Feuer gegenübersieht, und das kann je nach Situation die Lebenschancen deutlich erhöhen oder auch senken. Schnabeligel, Wombats und Reptilien buddeln sich in Löchern und Gängen im Boden ein und können dort ganz gut überleben, während der Feuersturm über ihnen tobt. Wenn sie nicht das Pech haben und ihre Gänge einstürzen oder sie an einer Rauchvergiftung sterben. Kängurus hingegen fliehen vor der Feuerbrunst, ebenso die Vögel. Letztere lassen allerdings ihre in der Regel noch flugunfähigen Jungen zurück, und für diese bedeutet das Feuer oft den sicheren Tod.«

Sie schaute in die Runde, als prüfe sie die Reaktionen ihrer Zuhörer. Niemand sagte etwas. Es waren solche Details, mit denen man normalerweise nicht in Berührung kam, die es binnen weniger Sekunden schafften, dass sich Bilder und Videos im Kopf bildeten, auch ohne dass man jemals ein Tier in Todesangst erlebt hatte. Zumindest vermutete Mieke das, denn sie selbst konnte das Gewicht des Koalas in ihrem Arm noch immer fühlen, wenn sie tief in sich hineinspürte. Das unglaublich dichte weiche Fell unter ihren Fingerspitzen, die langen Krallen an ihrem Arm. Keiner ihrer Einsätze in Deutschland war so dramatisch gewesen. Es war nicht einfach, die aufsteigende Traurigkeit zu unterdrücken.

Wie auf ein Stichwort sagte Amy: »Koalas klettern bei nahender Gefahr hoch auf die Bäume. Das ist ausreichend bei bodennahen Feuern, aber bei größeren Bränden, wie sie momentan an vielen Orten entstehen, die sich dort bilden, wo es lange nicht gebrannt hat oder wo es besonders trocken ist, da verbrennen sie elendig in den Flammen.«

Mieke schaute sich um und sah, wie einige der Kursteilnehmer mit sich kämpften. Winzige Veränderungen in ihrer Haltung, dem Blick, der Art, wie sie ihren Stift hielten, oder das Weichen des Blutes aus ihren Wangen. Nicht jeder war für diese Aufgabe gemacht, und manche verstanden es erst jetzt. Nach der ersten Pause waren bereits zwei Stühle leer. Jodie allerdings wirkte tiefenentspannt, fast abwesend. Erst als Amy in ihrem Vortrag bei der Ersten Hilfe für Wildtiere ankam, erwachte Jodie umgehend aus ihrem Dämmerschlaf und saß gerade im Stuhl.

»Sammeln wir alle Tiere ein, oder beschränken wir uns auf bestimmte Arten?«, unterbrach sie Amy. »Dürfen wir Injektionen bei Dehydrierung setzen? Ab welchem Alter ist ein Joey lebensfähig?« Ihre Fragen kamen schnell, und sie gab Amy keine Möglichkeit, entsprechend zu antworten. Ein paar der Kursteilnehmer rollten bereits mit den Augen. Da hob eine junge Frau namens Iris schüchtern die Hand. »Äh«, setzte sie an und wurde rot, als sich alle Augen auf sie fixierten. »Lassen sich die Wildtiere überhaupt von uns anfassen?«

Amy lächelte. »All diese Fragen sind gut und richtig, und wir werden sie alle beantworten, doch lasst uns vorne anfangen. Nicht alle haben bereits erste Erfahrungen, so wie Jodie. Wartet kurz.« Sie verließ den Raum, nur um kurz darauf mit einer Box wiederzukommen. »Kommt alle näher, wir machen eine praktische Übung«, bat sie die Kursteilnehmer, und Mieke reihte sich mit den anderen im Kreis um sie. In der Box saß ein Beuteltier mit auffällig quer gestreiftem Fell, länglicher Schnauze und einem langen Schwanz.

»Das ist ein Numbat, auch Ameisenbeutler genannt. Wolly kann aufgrund einer Schulterverletzung nicht mehr ausgewildert werden und dient mir häufig zu Schulungszwecken. Anders als die anderen seiner Artgenossen ist er sehr zahm.«

Sie hob den Numbat aus der Box und zeigte ihren Schülerinnen, wie man ihn festhielt und untersuchte. »Manche Tiere kann man am Schwanz fassen, andere auf gar keinen Fall. In eurem Handbuch steht mehr zu dem Thema. Iris, möchtest du Wolly zu Übungszwecken einen Verband am Bein anlegen?«

Verlegen trat diese vor und rollte unsicher eine Mullbinde um das Bein des Tieres. Amy ließ Wolly los, und der sprang vom Tisch. Sein Verband löste sich und rutschte ihm vom Bein. »Ja, das war schon ein ganz guter Versuch. In der Realität muss der Verband natürlich gut fixiert werden, denn die Tiere werden sich wehren und zappeln, das muss er aushalten. Mieke, könntest du uns jetzt zeigen, wie du ihn wieder einfangen würdest? Bitte pass mit seiner Schulter auf, die ist zwar längst verheilt, aber immer noch schwach.« Mieke nickte und griff nach dem Handtuch, das Amy ihr hinhielt. Dann konzentrierte sie sich. Wolly war zahm, aber er hatte diese Übung schon oft hinter sich gebracht und wusste, was ihn erwartete. Erst ging sie langsam auf ihn zu, ohne ihn dabei direkt anzusehen, aber jedes Mal, wenn sie näher kam, rannte er unter den nächsten Tisch. Dann drehte sie sich ganz weg, beobachtete ihn aus dem Augenwinkel und pirschte sich seitwärts näher – wieder verschwand der Numbat unter einem anderen Tisch.

»Darf ich mal?«, fragte Jodie, und das spornte Mieke an. Sie beobachtete den Numbat, las seine Bewegungen, sprang mit einer gezielten Bewegung nach vorne und warf das Handtuch über ihn. Augenblicklich hielt das Tier in seiner Bewegung inne, und Mieke hob ihn vorsichtig mit dem Handtuch hoch und trug ihn zu seiner Box. Der Trick war, nicht zu zögern – das hatte auch bereits die Jagd nach dem Koala gezeigt.

Amy nickte und notierte sich etwas in ihr Notizbuch, aber Iris schaute sie bewundernd an. Jodie nickte ihr zwar kurz wohlwollend zu, fragte dann aber erneut ungeduldig: »Darf ich jetzt?«

Im Anschluss an die Praxisübungen lernte die Gruppe die Bedürfnisse der verschiedenen Tierarten im Schnelldurchlauf kennen. Wolly durfte nun in seiner Box bleiben, und Amy benutzte Kuscheltiere, um die Wundversorgung zu demonstrieren, zu zeigen, wie man verwaiste Tierbabys mithilfe verschiedener Beutel und Wärmflaschen oder auch kühler Lappen auf der richtigen Temperatur hielt.

»In dieser Tabelle hier findet ihr die optimalen Temperaturen, auf denen ihr die jeweiligen Jungtiere halten solltet. Denn ihr wollt die Kleinen weder frieren lassen, noch wollt ihr sie frittieren«, erklärte Amy und klickte auf die nächste Folie ihrer PowerPoint-Präsentation. Diese zeigte ein totes Possum-Joey mit krebsroter Haut. »Alles schon passiert. Das Joey auf dem Foto wurde von seinen Rettern gekocht, weil sie es ohne Isolierung auf ihre heiße Teeflasche gelegt haben.«

Mieke schluckte, machte sich Notizen auf den Ausdrucken, die sie bekommen hatten, und versuchte, möglichst viel von dem zu behalten, was Amy ihnen erklärte und das war einiges.

Als Mieke am Abend in ihr Hotelzimmer kam, war sie erschöpft. Es war nicht ganz einfach, all die Eindrücke zu verarbeiten, und sie beschloss, Lina anzurufen.

»Hast du keine Angst?«, fragte ihre Schwester.

Mieke dachte kurz nach. »Nein, Angst nicht, nicht vor dem Feuer. Eher Respekt vor der Situation und ein wenig auch vor den emotionalen Erfahrungen, die mich erwarten.«

»Ich glaube, das ist genau dein Ding. Und außerdem hast du bisher noch kein einziges Wort über Alexander verloren, das ist neu«, kommentierte sie, und in diesem Punkt musste Mieke ihr recht geben.

Wegen Alexander hatte sie auch ihren Job als Fremdsprachenkorrespondentin gekündigt. Er hatte als Deutsch-Französisch-Übersetzer im Großraumbüro neben ihr gesessen.

Ihn nach der Trennung täglich sehen zu müssen war unerträglich für sie gewesen. Kurz vor ihrer Abfahrt hatte er sie zu einem Abendessen eingeladen, doch Mieke hatte abgelehnt. Man konnte Freundschaft durch Liebe ersetzen – aber Liebe nicht durch Freundschaft.

Am Mittag des dritten Tages bekam jeder Teilnehmer ein Handbuch zur Erstversorgung und eine Liste mit den wichtigsten Telefonnummern: Wildtierpfleger, Tierärzte, lokale Feuerwehr- und Polizeistationen. Und auch die der Schlangenfänger in Queensland, denn zum Einfangen der Reptilien brauchte man eine Spezialausbildung.

»Weitere Nummern findet ihr in unserer App. Dort stellen wir euch auch das Handbuch in einer digitalen Version zur Verfügung. Wenn wir euch losschicken, geben wir euch eine Grundausstattung mit, aber ihr müsst selbst dafür sorgen, dass ihr wirklich alles dabeihabt, was ihr braucht, und immer wieder ersetzt, was aufgebraucht wurde. In der App und auch auf unserer Webseite findet ihr Vorschläge für weiteres Equipment. Wir teilen euch gleich noch in Teams ein, in denen ihr in den nächsten Tagen eure ersten Einsätze absolvieren werdet.«

Alle applaudierten, als Amy sich bei ihnen für die Teilnahme bedankte und einen Stapel Urkunden verteilte.

Die Tür ging auf, und ein junger Mann kam herein. »Einen Moment noch«, rief er. Erst mal: Gratulation zum bestandenen Kurs. Sicher freut ihr euch jetzt, dass ihr endlich in die Praxis entlassen werdet und mithelfen könnt. Allerdings findet morgen noch ein eintägiger Baumkletterkurs statt. Gibt es jemanden, der daran teilnehmen möchte? Ein solcher Kurs ist sinnvoll, wenn ihr in die Verlegenheit kommt, Koalas einfangen zu müssen.«

Miekes Arm schoss in die Höhe.

Amy lächelte sie an und ließ ihren Blick durch den Raum gleiten. »Gut, ich drucke euch beiden die Anmeldeformulare aus. Ich denke, dann ist es auch sinnvoll, dass ihr ein Team bildet. Im Anschluss an den Kurs könnt ihr gemeinsam Richtung Toowoomba fahren. Es brennt in einem Waldgebiet östlich der Stadt, und es werden dort dringend ein paar Wildtierretter benötigt.«

Mieke drehte den Kopf, um zu sehen, wer die andere Person war, die sie begleiten würde. Es war Jodie.

Der Baumkletterkurs begann einfach, wie so vieles im Leben. Erst im Laufe der ersten Stunde wurde es komplizierter. Sowohl Mieke als auch Jodie kämpften mit dem Seil, versuchten das Gewicht über Äste zu werfen, und verhedderten, sich im Geschirr. Ihr Lehrer, ein hübscher junger Kerl mit einem strahlenden Lächeln und Wuschellocken, war die Ruhe selbst, als er sie immer wieder korrigierte und dabei ermahnte: »Nehmt jeden Baum ernst. Äste brechen leicht, und das tut auch euer Rückgrat. Selbst ein Sturz aus wenigen Metern kann tödlich enden, und Koalas fliehen in ihrer Panik oft bis in schwindelerregende Höhen.« Mieke hoffte, dass sie das Klettersystem, das sich wie von Zauberhand immer wieder selbst zu verknoten schien, nie würde einsetzen müssen. Trotzdem gab es ihr Sicherheit, zu wissen, dass sie im Notfall wenigstens die Grundlagen beherrschte.

Nach diesem weiteren Schulungstag tat ihr alles weh. Sie hatte nicht einmal mehr die Kraft, das Handy zu halten, um mit Lina zu telefonieren. Doch da sie sich für den nächsten Morgen mit Jodie verabredet hatte, war es ohnehin besser, wenn sie früh schlief.

Gemeinsam mit Jodie machte Mieke sich auf den Weg zur nächsten Drogerie, um die wichtigsten Utensilien für ihren ersten Einsatz zu besorgen. Sie hatten sich vor dem Hotel getroffen und fuhren nun pünktlich um 8:30 Uhr, als das Geschäft öffnete, auf den Parkplatz. Gerade wollte Mieke aus dem Wagen steigen, da hielt Jodie sie zurück. »Warte! Mach immer dein Radio an, wenn du aussteigst«, sagte sie, während sie den Countrysender aufdrehte. Miekes irritiertem Blick begegnete sie mit der Erklärung: »Wenn das Radio läuft, klaut niemand das Auto. Dann denken alle, man ist nur mal eben weg.«

»Wir sind nur mal eben weg.« Ratlos schaute sie auf den Eingang der Drogerie, vor der sie standen. Doch Jodie ließ sich nicht beirren.

In der Tat dauerte der Einkauf wesentlich länger, als Mieke erwartet hatte. Jodie wählte die Utensilien ganz genau aus und drehte jedes Teil dreimal um.

»Wir brauchen anderes Verbandsmaterial. Das hier kann nicht direkt auf die Haut«, bestimmte sie und nahm die beiden Rollen, die Mieke eben in den Einkaufskorb gelegt hatte, wieder heraus. »Glaub mir, als Ex-Junkie kenne ich mich aus.«

Mieke horchte auf. Dass Jodie eine Vergangenheit als Drogensüchtige hatte, war ihr neu, und dass sie es so nebenbei erwähnte, fand Mieke befremdlich. Aber jetzt hatte sie einen anderen Fokus. Jodie schien sich gut mit Erste-Hilfe-Material auszukennen, aber das tat Mieke auch. Wortlos tauschte sie eine Flasche mit einer desinfizierenden Alkohollösung gegen eine mit Povidon-Jod aus.

»Hey«, mischte sich Jodie sofort ein. »Jod ist keine gute Idee. Das hat dieselbe Farbe wie Blut, und man sieht beim Auftragen nicht, was man bereits behandelt hat und was nicht.«

»Das stimmt«, entgegnete Mieke. »Ich denke, wir sollten beide Fläschchen mitnehmen. Wenn ein verwundetes Tier stark gestresst ist und zappelt, könnte Povidon-Jod sich besser eignen, weil es im Gegensatz zu anderen Mitteln nicht brennt.«

Schließlich hatten sie es geschafft und alles Wichtige für sich und die Versorgung der Tiere gefunden und in ihren Rucksäcken und dem Kofferraum von Miekes Mietwagen verstaut. Es konnte losgehen.

Auf der Fahrt über den Warrego Highway, der sie bis an den Fuß der Great Dividing Range brachte, auf der Toowoomba lag, versuchte Mieke, mit Jodie über den bevorstehenden Einsatz zu reden. Aber Jodie winkte ab: »Wir brauchen nichts zu planen. Es kommt, wie es kommt.« Vermutlich hatte sie recht. Der Hunger des Feuers und die Angst der Tiere ließen sich nicht vorhersagen, und so konnten sie auch nicht planen, wie sie vorgehen würden. Trotzdem hatte Mieke noch einige Schwierigkeiten mit Jodies schroffer und wenig zugänglicher Art.

Bei Murphys Creek nahmen sie die Ausfahrt und bewegten sich auf die endlosen Wälder zu, die sich bis an den Horizont erstreckten. Ein graugrünes Buschland mit spärlichem Unterwuchs, das immer wieder von wild wuchernden Katzenkrallen erstickt wurde. Auch diese Pflanze gehörte hier nicht her, und auch hier konnten die leuchtend gelben Blüten nicht davon ablenken, welche Gefahr sie für das Ökosystem bedeutete.

»Mein Ex hat hier mal aufgeräumt«, meldete sich Jodie zu Wort. »Die setzen gerne mal Knastis ein, um Pflanzenschädlinge wie die Katzenkrallen zu entfernen.« Sie öffnete das Fenster und spuckte ihren Kaugummi aus. »Hat er wenigstens einmal einen guten Beitrag geleistet.«

Mieke spürte, wie es unter ihrer Haut pulsierte. Mit jemanden wie Jodie hatte sie noch nie zu tun gehabt, daran würde sie sich erst mal gewöhnen müssen. Ihre Nase juckte, und sie unterdrückte ein Niesen. Die Straße vor ihnen war schnurgerade und führte genau in die Berge hinein. Die Farbe des Himmels wandelte sich von Blau zu Grau, und dann sah sie es: Hinter den Hügeln brannte es. Ein subtiler Rauchgeruch hatte auch hier Kakadus aufgescheucht – diesmal waren es Schwärme von Rosakakadus, die das Gebiet verließen.

Die Anweisung, die Amy ihnen mit auf den Weg gegeben hatte, lautete, der asphaltierten Straße zu folgen, bis sie auf die Absperrung der Feuerwehr trafen, und sich dort zu erkundigen, welche Abschnitte sie betreten durften.

Ein enges Ziehen machte sich in Miekes Magen breit, als sie realisierte, dass es jetzt richtig losging, doch das änderte sich schlagartig, als Jodie ihr ins Lenkrad griff und laut »Anhalten!« bellte.

Der Wagen geriet ins Schlingern, aber Mieke schaffte es, ihn zum Halten zu bringen.

»Was sollte das denn?«, rief sie entgeistert, aber Jodie antwortete nicht, sondern schnallte sich wortlos ab und stürzte nach draußen, um die Straße ein Stück zurückzulaufen.

Jetzt sah Mieke es auch. Dort im Zaun am Straßenrand hing ein Känguru, das sich im Stacheldraht verheddert hatte. Sie legte den Rückwärtsgang ein und setzte den Wagen einige Meter zurück, bevor auch sie ausstieg und zu Jodie eilte.

Die Haut am Hals des Tieres war aufgerissen, eingetrocknetes und frisches Blut klebten am Oberkörper. Durch sein wildes Gezappel zog der Draht sich immer tiefer in das Fleisch. Auf der Flucht vor dem nahenden Feuer musste das Känguru den Stacheldraht übersehen haben. Mieke schnappte sich die Plastiktüten mit den Einkäufen aus dem Kofferraum und eilte hinterher.

Ein erbärmlicher Gestank ging von dem Tier aus, das im ungleichen Kampf gegen den Zaun bereits dabei war zu verlieren. Seine Augen waren verdreht, sodass man das Weiße sehen konnte.

Mieke würgte. Es kostete sie alle Kraft, die Ruhe zu bewahren. Ihre Utensilien in den Tüten waren noch unsortiert und verpackt. Erste Lektion gelernt, schoss es ihr durch den Kopf, die Utensilien hätten ordentlich sortiert in verschiedene Behälter gehört, um sofort einsatzbereit zu sein. So wühlte sie sich durch die erste Tüte. Fand zum Glück schnell die Packung mit den Handschuhen, reichte Jodie ein paar und zog sich selbst welche über, während sie in die Knie ging und leise auf das Tier einsprach. Dabei versuchte sie, tief und melodisch zu klingen: »Ruhig, ganz ruhig, wir tun dir nichts.«

Jodie hielt ihr die kurze Seite eines Badetuchs hin, und gemeinsam wickelten sie das Tier darin ein. So gefesselt, versuchte Mieke, es stillzuhalten, während Jodie sich bemühte, es mithilfe einer Drahtschere zu befreien.

Das Tier musste schon viel zu lange in seiner Falle gefangen sein, erkannte Mieke. In den Wundrändern war bereits Eiter zu erkennen.

Das Känguru brüllte vor Schmerz. Dabei riss es den Kopf heftig zur Seite, und Jodie rutschte mit der Schere aus. Frisches Blut spritzte ihnen entgegen und traf Mieke an der Wange. Sie unterdrückte den Reflex, es abzuwischen, aber ihr Griff lockerte sich.

»Scheiße, verdammte. Pack es fester!«, schrie Jodie und sammelte die Schere vom Boden ein, an der nun Dreck und Blut klebten. Sie wischte die Klingen an ihrem T-Shirt ab und setzte sie wieder an.

Mieke gab sich alle Mühe, doch das Tier hatte in seiner Panik erhebliche Kräfte mobilisiert. Es trat und wand sich, und Mieke kämpfte mit dem sich lockernden Handtuch. Ihre Fingerknöchel traten bleich hervor, aber sie hatte keine Chance: Ein letztes Aufbegehren, das Känguru riss den Kopf nach vorne, dann war plötzlich Stille.

»Nein«, flüsterte Mieke und verkrampfte ihre Finger, als der Körper des Tieres erschlaffte.

»Scheiße! Verfickte Dreckscheiße!«, fluchte Jodie. »Es hat sich das Genick gebrochen.«

Miekes Herz klopfte wild und ließ das Blut in ihren Ohren pulsieren. Die Schere steckte immer noch in dem Draht am Hals und färbte sich langsam rot, während Jodie Mieke so vorwurfsvoll anschaute, als sei das Ganze ihre Schuld gewesen.

Sie schreckte zusammen, als es in den Zweigen des Blackthorns vor ihnen knackte. Kurz darauf hüpfte ein kleineres Känguru daraus hervor, das sie furchtsam anblickte. Seine kurzen Arme hielt es vor die Brust gepresst. Unruhig schaute es zwischen den beiden Frauen und dem verendeten Tier, das vermutlich seine Mutter war, hin und her und kräuselte dabei seine kleine Schnute.

Dann gab es einen knatternden Kehllaut von sich, der Mieke direkt ins Herz ging. Entsetzt ließ sie das tote Tier los und starrte das Kleine an.

Auf was hatte sie sich da bloß eingelassen?

Doch es war keine Zeit für Zweifel. Mieke bewegte sich wie in Zeitlupe, bis sie nur noch eine Armeslänge von dem Joey entfernt war. Dann packte sie blitzschnell zu und erwischte es am Schwanz. Es versuchte, nach vorne zu springen, aber Mieke ließ nicht los.

Plötzlich war Jodie neben ihr und warf ein weiteres Handtuch über das Tier und rollte das Kleine wie in einen Burrito darin ein. Mit festem Griff trugen sie es zum Auto. Damit es während der Untersuchung nicht entwischte, begannen sie damit erst im Kofferraum.

Sie stellten fest, dass es sich um ein junges Weibchen handelte und es ihm so weit gut ging. Es schien mit dem Schrecken davongekommen zu sein – und hatte seine Mutter verloren. Zum Schluss wählte Mieke Amys Nummer und berichtete von dem Ereignis.

Damit sie bei ihren ersten Einsätzen alles richtig machten und keine wesentlichen Verletzungen oder Warnhinweise übersahen, hatten sie zum Ende des Kurses vereinbart, jeweils einmal kurz mit Amy Rücksprache zu halten, wenn sie ein Tier gefunden hatten.

»Sag ihr, dass es ein graues Riesenkänguru ist«, rief Jodie ihr zu.

Als Amy den Anruf annahm, trat Mieke automatisch ein paar Schritte zur Seite, die Hand vor das freie Ohr hebend, während sie Amy erklärte, was passiert war. »Es wiegt etwa vier Kilo, hat Fell am ganzen Körper und kann sich selbstständig außerhalb des Beutels bewegen. Äußerliche Verletzungen konnten wir keine finden. Aber es ist dehydriert. Die Haut wirkt faltig. Wie lange seine Mutter in dem Zaun festhing, wissen wir nicht, aber da bereits Eiter in der Wunde zu sehen war, müssen es sicher ein paar Tage gewesen sein.«

Amy gab ihnen Anweisungen: »Steckt das Joey mit einer Wärmflasche in einen der Doppelbeutel. Aber zuerst gebt ihr ihm ein paar Tropfen vom dem Glukosegel.«

Mieke gab die Informationen an Jodie weiter, die sofort aktiv wurde.

»Dann schaut in dem Futterkasten aus dem Starterset nach«, fuhr Amy fort. »Dort findet ihr das Milchersatzpulver, das ihr mit Wasser anrühren könnt. Die Anleitung befindet sich auf der Packung. Ihr müsst zuerst das Gewicht des Joeys bestimmen, eine Waage liegt bei. Und vergesst das Buschfeuer für heute, bringt das Joey lieber zum Arzt nach Nord-Toowoomba. Dr. Baker kann es nach der Untersuchung direkt an einen Wildtierpfleger geben. Auf dem Weg könnt ihr eine Fledermaus einsammeln, die eine Farmersfamilie in ihrem Wohnzimmer gefunden hat.«

Mieke seufzte innerlich. Sie hatten noch nicht mal die Buschfeuer erreicht und schon mehr als alle Hände voll zu tun.

»Natürlich. Bitte schick mir die Adresse per Textnachricht. Gibt es weitere Informationen zu dem Flughund?«

»Fledermaus, nicht Flughund. Kennst du den Unterschied?«

»Entschuldige, natürlich.« Da hatte die Telefonverbindung ihr wohl einen Streich gespielt. »Fledermäuse sind kleiner und nutzen Ultraschall. Flughunde fliegen mit Sehkraft.«

Diese Informationen hatte sie auf einer Tafel im Kölner Zoo gelesen, in dem ein paar Flughunde aus Vanuatu gehalten wurden.

»Ja, genau. Flughunde leben in Bäumen, Fledermäuse in Höhlen. Flughunde haben eine Kralle am Zeigefinger, Fledermäuse nicht, in Flughundkolonien kann es auch tagsüber laut zur Sache gehen, in Fledermauskolonien herrscht meist Stille. Die beiden Tierarten haben weniger miteinander gemein, als man auf den ersten Blick vermuten würde. Vor allem sind Flughunde Vegetarier, während Fledermäuse Insekten fressen. Wenn ihr sie entgegennehmt, prüft ihren Zustand. Ist sie unterernährt oder ebenfalls dehydriert? Ist sie bereits ausgewachsen? Vermutlich hat sie Hunger. Für diesen Fall findet ihr Mehlwürmer in der Futterbox. Verfüttert nur die Mehlwürmer, die noch leben!«

»Alles klar. Dann holen wir jetzt die Fledermaus und bringen anschließend beide in die Klinik. Danke dir Amy und bis später. Wir melden uns noch mal.« Mieke ließ ihr Handy wieder in die Hosentasche gleiten und berichtete Jodie ihre nächsten Pläne. Sie entschieden, dass Jodie nun das Steuer übernehmen würde, während Mieke sich um das Joey kümmerte.

Die kommende halbe Stunde war wie ein Déjà-vu für Mieke: Wieder einmal saß sie mit einem Wildtier im Stoffbeutel auf dem Beifahrersitz, hoffend, dass es Hoffnung gab. Nur dass statt der beruhigenden Aura von Rob eine ehemalige Drogensüchtige neben ihr saß, die ihren Führerschein anscheinend im Lotto gewonnen hatte. Denn Jodie fuhr schnell und hielt sich nicht an Trivialitäten wie Geschwindigkeitsbeschränkungen und Mittellinien. Eine Nachricht blinkte auf ihrem Handy auf. »Wie geht's? Seid ihr schon unterwegs?«, schrieb Rob, und Mieke entspannte sich ein wenig. Einhändig tippte sie: »Alles gut so weit. Wir haben heute ein Joey gerettet.«

»'ne Kippe wär jetzt gut«, murmelte Jodie.

Mieke hob die Augenbrauen. »Bitte nicht.«

»Schon klar. Aber eins sag ich dir: Drogen machen alles einfacher. Seit dem Entzug lass ich die Finger davon, aber manchmal erinnere ich mich, warum ich mit dem Scheiß überhaupt angefangen habe.«

»Und, warum hast du dich darauf eingelassen?«

Jodie rümpfte die Nase, und die Muskeln um ihre Augen zuckten. Mieke merkte, dass das Thema sie mehr bewegte, als sie zugab. Auf einmal verstand sie, dass Jodies oft so abweisende Art eine Art Schutzschicht war. Sie hatte viele schlechte Erfahrungen im Leben und auch mit anderen Menschen gemacht. Dass sie sich ihr gegenüber nun öffnete, war wahrscheinlich ein Zeichen von Vertrauen. Sie nahm sich vor, Jodie weiter aus der Reserve zu locken, denn eins war klar: In Jodie steckte mehr, als es zuerst den Anschein hatte. Einfach werden würde das nicht, aber das war momentan ohnehin nichts.

»Um nicht innerlich tot zu sein. Der Stress auf der einen Seite, die Langweile auf der anderen. Ich wollte nicht wahrhaben, dass Erwachsensein bedeutet, jeden Tag bedeutungslosen Routinen zu folgen und stumm den dummen Vorgaben eines Vorgesetzten zu folgen, der heimlich in seinem Büro wichst, während ich seine verdammten Regale einräume. Nur damit ich Toilettenpapier und Waschmittel kaufen kann.«

»Also eine Art Selbstschutz.«

»Das habe ich mir damals auch eingeredet. Aber weißt du was? Ich war einfach nur scheißegoistisch. Weil mir alles andere scheißegal war.«

Jodie bremste hart und bog auf die Einfahrt, die zur Farm führte. Mieke nahm sich vor, künftig wieder selbst das Steuer zu übernehmen.

Der Wald war Weiden gewichen. »Schau mal da«, sagte Jodie plötzlich. Eine Brahman-Kuh stand isoliert von ihrer Herde und kaute auf einem langen, weißen Gegenstand. Vor ihr im kurzen Gras lag ein Skelett.

»Kaut die etwa auf einem Knochen?« Der Anblick war so unnatürlich und falsch, dass sich Miekes Magen zusammenzog. Die langen Ohren der Kuh hingen traurig hinunter, auch die faltige Haut des Halses, alles an ihr wirkte hängend, tragisch, fast gruselig.

»Phosphormangel«, erklärte Jodie achselzuckend. »Ist hier in Queensland ganz normal. Und Knochen finden sich in fast jedem Paddock. Vielleicht ist der von einer anderen Kuh oder einem Känguru.«

»Schadet sie damit nicht ihren Zähnen?«, fragte Mieke, die sich vage daran erinnerte, dass Kühe nur im Unterkiefer Zähne besaßen, während sich im Oberkiefer eine Hornplatte befand.

»Ich glaube, die Kuh lebt da eher im Augenblick. Phosphormangel ist eine schlimme Sache.« Schon waren sie an der Herde vorbei. Das nächste Zeichen einer Kuh war ein Schädel, der mitten in der Einöde an einem Gatter hing. Kein besonders beeindruckendes Exemplar, ein Horn war abgebrochen, das Nasenbein eingedrückt.

Hinter dem Tor wartete die Farmerin neben ihrem geparkten Jeep. Altersflecken zeichneten ihr von Falten durchzogenes, wettergegerbtes Gesicht. Links und rechts neben ihr standen zwei etwa zehnjährige Mädchen, beide mit karottenroten Haaren, wahrscheinlich ihre Enkeltöchter. Die Schwestern trugen das gleiche Shirt, auf dem über dem Bild einer Prinzessin »Sei einzigartig!« stand. Um die Ironie zu verstehen, die in diesem Anblick lag, waren sie wahrscheinlich noch zu jung.

Die Begrüßung war tonlos. »Hier«, sagte die Farmerin und reichte Jodie einen Schuhkarton, ohne sie dabei anzuschauen. Ihre Mimik verriet kein Gefühl. »Die hing in meinem Ventilator. Eine Langohrfledermaus. Nyctophilus geoffroyi, glaube ich.«

Jodie nahm ihr den Karton ab, nicht ohne die Farmerin mit einem Blick zu bedenken, der Mieke unter die Haut ging. Jodie schien etwas zu spüren, das für sie nicht greifbar war.

Die Farmerin hob den Arm, und die beiden jungen Mädchen trollten sich und stiegen in den Jeep. »Den Karton brauche ich zurück«, sagte sie.

Mieke betrachtete den abgewetzten Karton argwöhnisch. Was hatte Amy gesagt? Mitglieder der Öffentlichkeit, sogenannte MOPs, waren immer freundlich zu behandeln, unabhängig davon, was sie von sich gaben: »In eurer Rolle als Wildtierretter repräsentiert ihr *We for Wildlife* und haltet euch dementsprechend an unsere Etikette. Ihr bleibt immer professionell, egal, wie unverschämt die Leute reagieren – und glaubt mir, es gibt einige, die eure Grenzen testen werden.«

Mieke holte einen Transportkäfig und einen weichen Fleecebeutel aus dem Auto und stellte beides vor sich hin. »Ich bin bereit. Wenn du den Karton öffnest, hole ich sie heraus.« Zum Zeichen hob sie ihre behandschuhte Hand.

Jodie machte sich daran, den Deckel zu öffnen, aber die nächsten Worte der Alten ließ sie in der Bewegung innehalten. »Die Flügel wachsen bei denen doch nach? Ich musste den einen zur Hälfte abschneiden, um sie hinter dem Gitter hervorzubekommen.«

Es war kalt. Draußen brüllte die Sonne mit derselben Intensität wie zuvor, aber Mieke hatte die Klimaanlage auf die höchste Kühlstufe gestellt. Die Kälte betäubte zwar nicht die Wut, die in ihr tobte, aber sie milderte das Entsetzen.

Jodie fluchte im Viersekundentakt. Irgendwann stellte sie das Radio aus. »Weißt du, was mich am meisten aufregt? Klar, die meisten Leute haben keine Ahnung von Tieren. Aber dieses Miststück wusste, um welche Fledermausart es sich handelt. Auf Latein. Es gibt ungefähr sechzig Arten in Australien – die war kein Anfänger.«

Mieke schwieg. Das war ihr auch aufgefallen.

Sie hielten auf einem Schotterplatz, der einen Blick auf das Panorama der bewaldeten Hügel freigab. Hier würden sie übernachten. Jodie bot ihr eine Zigarette an, Mieke lehnte ab. Zur Flasche Rum sagte sie Ja.

Sie hatten sowohl das Känguru als auch die Fledermaus in der Tierarztpraxis in Nord-Toowoomba abgegeben. Einer von beiden durfte weiterleben. Und mit jedem Schluck Rum verwischte der Gedanke an den Schmerz, den die Fledermaus hatte durchleben müssen und ihr Warten auf das Unvermeidliche.

Kapitel 4

Der kalte Rauch überlagerte alle anderen Gerüche im Wald. Es war merkwürdig ruhig, die Luft war unbewegt, und selbst die Zeit schien stillzustehen. Der Himmel war blau, und die wenigen Wolkenfetzen wirkten wie Zähne.

»Das ist der Illawarra Creek.« Mieke deutete auf ein ausgetrocknetes Flussbett. Der Boden war rissig, das Ufer zeugte von Erosion – hier war schon lange kein Wasser mehr geflossen. Sie hatte sich Karten für das Gebiet heruntergeladen, auf die sie auch offline Zugriff hatte. »Der mündet ein paar Kilometer weiter südlich in den Murphys Creek.«

Netz gab es in dem Waldgebiet bei Toowoomba, das sie gestern bereits angepeilt hatten, nicht. Aber die Feuerwehr, die sie vor einer Stunde getroffen hatten, hatte ihnen erklärt, wo sie den Wald betreten durften und auch, aus welchem Gebiet sie sich besser fernhielten.

Heute waren sie besser vorbereitet. Vor ihrer Abfahrt von dem Schotterplatz hatten sie mit akribischer Genauigkeit ihr Equipment geprüft. Mieke schleppte einen Medizinkoffer, in dem die wichtigsten Erste-Hilfe-Sachen, Handtücher, Stoffbeutel sowie verschiedene Werkzeuge bereitlagen. Außerdem trug sie einen Rucksack mit Wasser, einem Verarztungs-Kit für Schlangenbisse und dem Satellitentelefon für den absoluten Notfall. Jodie trug momentan nur die Verantwortung. Das ging aber in Ordnung, denn während Mieke zielstrebig geradeaus stapfte, lief Jodie im Zickzack, prüfte Spuren und suchte das Gebüsch ab. Nachher würden sie die Rollen tauschen. Die gemeinsame Erfahrung mit der Fledermaus, so traurig sie auch gewesen war, hatte das Eis gebrochen – die Zusammenarbeit funktionierte nun besser. Außerdem, das musste Mieke ihr lassen, hatte Jodie ihnen ein herzhaftes Frühstück zubereitet, das sich hatte sehen lassen können. Zu Hause ließ Mieke die erste Mahlzeit des Tages oft ausfallen, aber die Arbeit im Wald und die frische Luft machten sie hungrig. Jodie lebte vegetarisch, und es war erstaunlich, was sie mit einem Stück Tofu, einer Handvoll Tomaten und einer Avocado auf einem Spirituskocher anstellen konnte.

Auch der Kofferraum war für einen Einsatz vorbereitet.

Ein doppelt gefaltetes Handtuch diente als Unterlage für etwaige medizinische Behandlungen, daneben hatten sie fein säuberlich Wundreiniger, Verbandsmaterialien, Zuckerlösung und eine Isolierflasche mit heißem Wasser bereitgelegt.

Doch jetzt waren sie vorerst zu Fuß unterwegs und hatten das Auto stehen lassen.

Das Feuer hatte verbrannte Stämme und schwarzen Boden hinterlassen. Auf seinem Weg zum Bergrücken hatte es die gesamte Strauchschicht und die niedrigen, krautigen Pflanzen auf dem Waldboden verschlungen, der Boden war kahl, kein Grün mehr zu sehen. In der Luft lag feine Asche, die Mieke unangenehm im Hals und in der Nase kitzelte.

Auch an den hohen Bäumen war das Feuer mehrere Meter hochgeklettert und hatte in dem Bereich alle Blätter versengt. Kein Vogel war zu hören, keine Echse im Unterholz. Selbst die Bullenameisen, die sonst mit ihren langen Beinen auf der Suche nach Futter über den Boden irrten, waren verschwunden. Einzelne Rauchfahnen stiegen aus Baumstümpfen und umgefallenen Stämmen, doch das Feuer hatte keine Kraft mehr, denn der Zunder fehlte.

Mieke spürte eine merkwürdige Leere in sich. Es war, als beträte sie ein verlassenes Kriegsgebiet. Ungewiss dessen, was sie dort finden würde, doch mit der Gewissheit, dass es nichts Schönes sein würde. Dennoch spürte sie eine Zuversicht, die ihr Kraft gab. Gerade weil der Job so hart war, wollte sie ihn machen. Eben weil sich kaum jemand dafür eignete und sie deshalb die Verantwortung trug, ihre Fähigkeiten zu nutzen, um sie für diesen guten Zweck einzusetzen. Zu helfen, wo es ging. Und Erlösung zu bringen, wenn Hilfe zu spät kam.

»Meine Arme jucken«, beschwerte sich Jodie und kratzte über den langen Ärmel ihres Hemdes. Mieke zuckte mit den Schultern, sie selbst spürte nichts. Die Luft war rein – weder Mücken noch andere stechende Biester schwirrten um sie herum. Und selbst wenn, sie waren gut geschützt. Im Ort Toowoomba hatten sie an einem Laden für Arbeitsschutzkleidung gehalten und sich mit robusten Baumwollhemden mit Neonstreifen und dazu passenden langen Hosen eingedeckt.

»Das liegt bestimmt daran, dass die Hemden neu sind. Wir hätten sie vor dem Tragen waschen sollen«, vermutete Mieke.

Jodie rubbelte weiter heftig an ihrem Arm. »Macht mich wahnsinnig, das juckt wie die Hölle.«

Für eine Sekunde schloss Mieke die Augen. Der letzte Schluck Rum gestern Abend war einer zu viel gewesen. Der Kater drückte auf ihre Nerven. Trotzdem verstand sie Jodies Problem. »Sollen wir Hemden tauschen?«, bot sie an. »Vielleicht macht das einen Unterschied für dich. Mein Hemd juckt nicht.«

Jodie hielt inne. »Das würdest du tun?«

Mieke nickte, knöpfte das Hemd auf und strich es sich von den Schultern. Jodies Arme waren wirklich gerötet. Dankbar schlüpfte sie in Miekes Hemd. Sie trugen dieselbe Größe, auch wenn Jodie um einiges dünner war als sie. »Danke«, sagte Jodie, und Mieke lächelte.

Als sie den nächsten Schritt machen wollte, zuckte sie zurück. Beinahe wäre sie auf ein schwarzes Knäuel getreten, das vor ihr auf dem Boden lag. Eine verbrannte Schlange, von welcher Art, das war nicht mehr zu erkennen. Ihre Körperhaltung ließ Mieke vermuten, dass sie sich in Schmerzen gewunden und sich schließlich zusammengekrümmt hatte, um den Flammen möglichst wenig Oberfläche zu bieten. Mieke hatte wenig für Schlangen übrig, aber der Anblick jagte ihr einen Schauer über den Rücken. Niemand hatte es verdient, so zu sterben.

Kurz darauf stießen sie auf eine weitere Leiche. Jodie keuchte. Ein Känguru, das seitwärts lag, die Beine abgespreizt. Sein Fell war versengt, die Haut schwarz und der Bauch merkwürdig aufgebläht. Mieke kniete nieder und fuhr dem Tier über das Gesicht, um ihm die Augen zu schließen. Es war ein Männchen und hatte daher keinen Beutel, in dem sich ein Joey verstecken konnte. Das Tier war kräftig gewesen, in der Blüte seines Lebens und doch nicht schnell genug, um vor dem Feuer zu fliehen. Mieke atmete langsam aus und wieder ein, um die Trauer fortzuschieben, die sich in ihr ausbreitete.

Es klickte neben ihr, als Jodie für ihren Bericht ein Foto mit ihrem Handy schoss. Amy wollte von ihnen regelmäßige Berichte haben, aber auch für ihre eigenen Unterlagen war das langfristig interessant. Es gab zu viele Eindrücke, um sie sich alle zu merken.

Kurz darauf musste Jodie weitere Bilder machen, als sie auf den Rest der Herde stießen. Sechs adulte Kängurus, davon ein Alpha-Männchen. Alle im Laufen gefallen, als die Flammen sie überrollten. Schwarz verbrannte Haut, verdrehte

Glieder – Mieke unterdrückte alle Emotionen. In ihrem Herz klirrten Scherben, aber ihr Gehirn musste funktionieren, damit sie die Kontrolle behielt und helfen konnte. Trotzdem spürte sie, wie ihr das Blut aus den Wangen gewichen war und es in ihrem Magen rumorte. Schon jetzt hatte sich der Anblick der toten Tiere in ihre Erinnerungen eingemeißelt, bereit, sie zu verfolgen, wenn sie die Augen schloss.

Dieses Privileg, einen authentischen Teil Australiens sehen zu können, war ein Blick hinter die Kulissen des Höllentheaters.

Es roch nach Tod und Verwesung, nach verbrannter Haut und gebratenem Fleisch. Gemeinsam suchten sie die Weibchen unter den toten Tieren und ließen ihre Hände in deren Beutel gleiten. Miekes Geist schien sich von ihrem Körper zu lösen, und ihre Augen nahmen eine Kameraperspektive ein. Ihr Trick, um die grauenhaften Anblicke nicht an sich heranzulassen.

Vor ein paar Jahren hatte sie nachts eine komplette Wildschweinfamilie auf der Autobahn eingesammelt. Die Polizei hatte eine kurzzeitige Sperrung vorgenommen, während sie mit einigen anderen Helfern die Leichen wegräumte. Einige der Ferkel waren noch nicht tot, allerdings so schwer verletzt gewesen, dass sie erlöst werden mussten. Damals hatte sie die Technik zum ersten Mal angewendet.

Auch Jodies Gesicht hatte an Farbe verloren, ihre Augen wirkten dunkel, aber in ihren Zügen lag Entschlossenheit. Mieke war dankbar dafür, dass sie in Jodie jemanden gefunden hatte, der sich von seinen Emotionen nicht überrumpeln ließ.

Ein schmatzendes Geräusch erklang, als Mieke ihre Hand aus einem leeren Beutel gleiten ließ. Das Känguru vor ihr war in besonders schlechtem Zustand. Das Fell war versengt, die

Haut schwarz, und die Körperteile waren in allen möglichen Positionen verrenkt.

Die meisten Kängurus waren Jungtiere, aber bei einem älteren Weibchen fühlte Mieke einen bohnengroßen Gegenstand im Beutel und zog ihn heraus. Traurig betrachtete sie das tote Joey mit seinen geschlossenen Augen und der nackten Porzellanhaut. Es wog fast nichts, ein Leben so klein und kurz wie ein Augenblick. Im Gegensatz zu den größeren Kängurus wirkte es merkwürdig friedlich.

»Lass uns das hier stellvertretend für die anderen Tiere vergraben«, schlug sie vor und schloss die Hand vorsichtig zur Faust, wie um dem Kleinen einen letzten Zufluchtsort zu gewähren, bevor seine Seele endgültig ins Nirvana schwebte.

Jodie nickte und deutete auf das Wurzelwerk eines Baumes. Es war nicht schwierig, dass Joey zu vergraben, denn die Erde war weich und locker. Oben auf das winzige Grab legten sie zwei Stöcke, die ein Kreuz bildeten. Mieke sah Robs Gesicht vor sich – hatte er sich je daran gewöhnen können? Er liebte Tiere ebenso wie sie.

»Ruhe in Frieden, kleines Känguru«, sagte sie und legte ein Blatt, das einsam in der Asche gelegen hatte, neben das Kreuz auf die Grabstätte. »Dein Leben war kurz, aber nicht umsonst. Kein Leben ist umsonst.« Sie suchte nach passenden Worten, aber der Geruch der toten Tiere um sie herum lähmte sie und raubte ihr die Konzentration. Dann fiel ihr ein Spruch ein, den sie auf der Beerdigung ihrer Großmutter gehört hatte. Sie adaptierte ihn: »Niemand kennt den Tod, es weiß auch keiner, ob er nicht das größte Geschenk für alle Lebewesen ist. Dennoch wird er gefürchtet, als wäre es gewiss, dass er das schlimmste aller Übel sei.«

»Sokrates«, sagte Jodie so selbstverständlich, als gehörte dieses Wissen zur normalen Schulbildung der Bourgeoisie.

Mieke stand aus ihrer Hocke auf und klopfte sich verwirrt die Hände an der Hose ab.

»Woher weißt du das?«

Jodie richtete sich auf. »Weiß ich halt. Was soll denn die Scheißfrage? Ich bin doch kein Asi.«

Mieke ließ den Blick von ihren ausgemergelten Armen über die schlecht blondierten Haare und das Gesichtstattoo gleiten. Sie bemerkte, dass Jodies Augen mit Wasser gefüllt waren und sie mit den Tränen kämpfte.

Dann schüttelte sie den Kopf, denn sie hatte sich dabei ertappt, einen Menschen nach Äußerlichkeiten zu beurteilen – eine Eigenschaft, die sie bei anderen verachtete. In Jodie steckte mehr, als es den Anschein hatte.

»Nein, natürlich nicht, aber ich wusste es nicht, und ich habe irgendwie nicht erwartet, dass du dich für Philosophie interessierst. Hier, du siehst verschwitzt aus.« Versöhnlich reichte sie Jodie die Wasserflasche.

Müde wischte sich diese mit dem Ärmel erst über die Augen, dann über den Mund.

»Danke. Die Zunge klebt mir am Gaumen.«

Mit gierigen Zügen trank sie die Flasche aus und reichte sie Mieke leer zurück. Diese erschrak, denn sie hatte auch großen Durst. Ihre lange Kleidung war warm, und ihr eigener Schweißgeruch stieg ihr in die Nase. Doch dann holte Jodie eine zweite Wasserflasche aus einem Köfferchen, von der Mieke nichts gewusst hatte. »Hier, trink du auch.«

Mieke lächelte.

»Harter Tobak.« Jodies Wangen wirkten blutleer. »Verdammt, Mieke. Wir müssen heute wenigstens ein einziges Tier retten, sonst drehe ich durch.«

»Ja. Ich weiß, was du meinst. Ein Erfolgserlebnis. Ein Hoffnungsschimmer, um die innere Anspannung zu lösen.«

Sie erhoben sich und gingen weiter, bis Jodie innehielt und mit einem Stock im Boden stocherte. Der gab plötzlich nach, und Jodie verschwand in einem Loch.

»Verfluchter Bockmist«, fluchte es zwei Meter unter Mieke. Diese legte sich an den Rand des Erdlochs und hielt Jodie auffordernd die Hand hin. Davor hatte Amy sie gewarnt. Mühsam, aber unverletzt kletterte Jodie zurück ins Sonnenlicht.

»Das kam unerwartet. Der Boden hat einfach nachgegeben.«

»Ja, ich hätte auch wenigstens ein wenig mehr warnende Anzeichen erwartet, bevor man einbricht.«

Jodie klopfte sich ihre Kleidung sauber, was jedoch nicht sehr viel half, bevor sie gemeinsam weiterstapften. Sie traten jetzt vorsichtiger auf, immer auf der Hut vor nachgebendem Boden. Ein paar Meter weiter fanden sie das Skelett eines großen Vogels, es war völlig verkohlt.

»Ich glaube, es reicht, Jodie. Lass uns gehen. Hier scheint nichts mehr zu leben.« Kaum hatte sie das gesagt, hörte sie ein gespenstisches Zischen weit über ihnen. Gleichzeitig legten sie beide die Köpfe in den Nacken.

»Du hast uns gejinxt«, sagte Jodie, und als Mieke sie irritiert anblickte, erklärte sie: »Ein australischer Aberglaube besagt, dass man das Schicksal provoziert, wenn man eine übereilte Aussage trifft.« Im Eukalyptusbaum, ungefähr sieben Meter über ihnen, klaffte ein Astloch. »Scheiße.«

»Ein Nest.« Mieke sondierte die Lage. Das Loch war weit außerhalb ihrer Reichweite. Der Stamm des Baumes war zu rutschig zum Klettern, es gab keine niedrigen Äste. »Sieht so aus, als gehört der tote Vogel zum Nest. Und selbst wenn nicht – ich glaube nicht, dass die Vogeleltern das Feuer überlebt haben.«

Im Fußraum der Rücksitze lag das zusammengeknüllte Seilsystem mit Klettergurt. Mieke war froh, dass Jodie nicht vorschlug, es zu benutzen. Nicht nur, dass sie dafür den ganzen Weg zum Auto hätten zurücklaufen müssen, es war auch unglaublich kompliziert zu benutzen, und sie hatten es nach dem Kurs und ohne Hilfe nicht noch einmal ausprobiert.

»Halt mal«, Jodie drückte ihr ihre Sonnenbrille in die Hand, deren Gläser durch Jodies Sturz in das Erdloch völlig verdreckt waren. »Ich habe mich schon mit Dealern geprügelt, da haben andere noch mit Barbies gespielt. Da lass ich mich doch nicht von einem lausigen Baum unterkriegen.«

Sie schritt auf den Baum zu und versuchte erfolglos, an ihm hochzuklettern. Wie Don Quichottes Kampf gegen die Windmühlen, dachte Mieke und schaute sich in Ruhe um. Jodie umklammerte den Baum mit allen vieren und zog sich einen halben Meter hoch, bis sie wieder abrutschte.

»Versuch es doch mal mit der Lilly Pilly nebenan«, schlug Mieke vor und deutete auf den Nachbarbaum, der um einiges astreicher und leichter zu erklettern war. Weiter oben kreuzten sich seine Äste mit denen des Eukalyptusbaums. »Aber bitte sei vorsichtig!«

Tatsächlich erklomm Jodie diesen Stamm in Windeseile und schaffte es von hier aus, auf einen oberschenkeldicken Ast des Eukalyptusbaumes zu gelangen, der sie in die Nähe der Baumhöhle brachte. Doch er schwankte bedrohlich, und es regnete kleine Rindenstückchen, als sie versuchte, Halt zu finden. Besorgt schaute Mieke zu, wie sie sich weiter Richtung Stamm zog.

»Halt dich bloß gut fest«, rief sie und brachte Jodie dazu, nach unten zu schauen.

»Na danke. Ohne diesen Rat hätte ich schon längst losgelassen.« Sie klammerte sich an den Ast. »Fuck, ist das hoch.«

Am Stamm des Eukalyptusbaumes angekommen, kletterte sie eine Etage tiefer und konnte endlich einen Blick in das Astloch werfen. »Da soll mich doch ...« Sie zog einen grauweißen Flauschball heraus und wog ihn in der Hand. Unschlüssig schaute sie zu Mieke hinunter.

»Da sind fünf Küken drin.« Der kleine Vogel in ihrer Hand knatterte bedrohlich.

»Du kannst schlecht mit denen gemeinsam hinunterklettern. Warte«, entschied Mieke. Sie ließ den Verschluss des Medizinkoffers aufschnappen und zog einen festen Beutel aus Fleece heraus. Diesen band sie an dem langen Seil fest, dass einen Großteil des Innenraums des Medizinkoffers vereinnahmte. Am anderen Ende des Seils befestigte sie einen kurzen dicken Ast.

»Vorsicht«, rief sie Jodie zu und warf den Stock mitsamt dem Ende des Seils zu ihr hinauf. Diese beugte sich nach vorne, um danach zu greifen. Sie schwankte, verlor fast ihr Gleichgewicht und fing sich doch im letzten Moment. Gerade so bekam sie den Stock zu fassen. Der Ast unter ihr knarrte. Hastig zog den Beutel herauf, während Mieke ihr zurief: »Pack die Küken in den Beutel. Darin können wir sie sicher hinunterlassen, und dann komm runter, so schnell du kannst.«

Die Idee funktionierte, und kurz darauf hielt Mieke das erste Küken in der Hand. Die flache Maske im Gesicht und der kurze krumme Schnabel verrieten, dass es sich um eine Eulenart handeln musste. In den Armschwingen des Flaumfederkleides zeigten sich erste Ansätze von Flugfedern, das Kleine war demnach viele Wochen davon entfernt, das Fliegen zu lernen. Ängstlich schaute es sie an und versuchte, sich aus ihrem Griff zu befreien.

»Ist gut, du bist in Sicherheit«, versprach Mieke, kniete sich auf den staubigen Boden und packte das Küken vorsichtig in einen Beutel. Sie wiederholten das Spiel, bis alle fünf sicher gemeinsam in dem Beutel saßen. Dann begann Jodie mit dem Abstieg.

Als sie sich schwer atmend neben Mieke niederließ, hatte diese die Kleinen bereits alle untersucht.

»Gut gemacht, Jodie. Die Küken sind in Ordnung, soweit ich das beurteilen kann. Haben aber wahrscheinlich viel Rauch geatmet. Wir sollten sie alle zusammen mit der Wärmflasche auf eine Lage Handtücher in die Plastikbox packen und die Box abdunkeln.«

In dem Moment knackte es hinter ihnen, und Mieke handelte instinktiv. Sie ließ das Handtuch fallen, schrie und sprang nach vorne, über die Küken hinweg. Noch während sie sich abrollte, sah sie aus dem Augenwinkel, wie der oberschenkeldicke Ast fiel, auf dem Jodie eben noch gesessen hatte. Es krachte laut, als er auf dem Boden aufschlug, und Jodie unter dem Blätterwerk seiner Verzweigungen verschwand. Staub wirbelte auf. Eine Druckwelle ging durch den Boden und riss an Miekes Eingeweiden. Nur Augenblicke später traf der Schall auf eine Hügelwand, und ein knallendes Echo hallte durch den Wald, das nur langsam abebbte. In den folgenden Sekunden hielt Mieke den Atem an, hoffend, dass Jodie jeden Moment losbrüllen oder zumindest laut fluchen würde.

Stille.

Wo Mieke eben noch gestanden hatte, lag ein dicker Ast, unter dem ihre Fußspuren im Sand zu sehen waren und ihr verrieten, was hätte passieren können. Sie selbst war unverletzt, aber der Schreck lähmte sie. Ihr Puls ging so schnell, dass ihr erst schwindelig und dann so übel wurde, dass ihre Spucke warm zusammenlief. Halt suchend taumelte sie einen Schritt zurück, als sich alles zu drehen anfing. Die Zeit dehnte sich, und nach einer gefühlten Ewigkeit raschelte etwas. Mieke sprang auf und sah silberne Sternchen vor den Augen – dieselben, die sie sonst nur bei Migräneanfällen sah.

»Jodie?«

Jetzt sah sie den blonden Haarschopf am Boden liegen und, völlig mit Asche verdreckt, Jodies dünne Gestalt. Die Wucht des dicken Astes hatte sie verfehlt, aber mehrere kleinere Zweige hatten sie zu Boden gedrückt. Sofort fiel Miekes lähmende Starre ab. Jodie schaute sie ausdruckslos an, während Mieke sie befreite.

»Alles in Ordnung mit dir? Bist du verletzt?«

»Verfluchte, verdammte, verkackte Dreckscheiße«, sagte Jodie, so ruhig und sachlich, als sei es eine Feststellung. »Mir geht es gut. Alles nur Kratzer.«

Vor Erleichterung umarmte Mieke Jodie, die sich dabei versteifte, sich die Umarmung aber gefallen ließ. »Man, Jodie, mach das nicht noch mal.«

»Ich geb mir Mühe«, brummte Jodie, mit einer zarten Röte auf den Wangen. »Wo sind die Küken?«

Nun deutete Mieke auf den ebenfalls unversehrten Beutel neben Jodies Beinen. Ein furchtsames Zischen drang durch den Stoff. »Lass uns von hier verschwinden und die Kleinen in Sicherheit bringen!«, bat Mieke, und so machten sie sich langsam, und noch immer leicht benommen von dem Schreck, auf den Rückweg zum Auto.

Dort angekommen, wusch Jodie sich Hände und Gesicht und überprüfte dann selbst noch einmal den Zustand der Eulenküken. Jodie tat gefasst, aber Mieke merkte, dass ihre Bewegungen fahriger waren als gewohnt.

Sie hob ein Tier nach dem anderen aus dem Beutel, spreizte seine Flügel und schaute ihm in den Schnabel, während Mieke in einem Vogelbestimmungsbuch blätterte. »Östliche Schleiereulen. Nachtaktiv. Weitverbreitet, brüten ganzjährig, ernähren sich vorwiegend von Mäusen, Ratten und kleinen Reptilien. Werden durchschnittlich nur vier Jahre alt, in Gefangenschaft leben sie deutlich länger.«

Sie klappte das Buch wieder zu. »Das ist alles schön und gut, hilft uns aber nicht wirklich weiter. Wir haben kein Futter für die Kleinen.«

In ihrem Bestand befand sich Milchpulver und Nahrung für Possums, Schnabeligel, Koalas und Kängurus in verschiedenen Altersstadien. Aber nichts, das sich für Eulenküken eignete. Zwischen den Beuteln und Boxen stand eine Tüte mit Vogelfutter, die Jodie kurz anhob und dann wieder wegstellte. »Zusatzfutter für Sittiche. Das ist für uns sinnvoll wie Deo mit Schweißgeruch.« Deutlich unzufrieden sah sie Mieke an, die Falte zwischen ihren Brauen gefährlich sichtbar. Mieke verstand sie – man konnte nicht auf alles vorbereitet sein, aber natürlich war das in Momenten wie diesem frustrierend.

»Ich sehe das genau wie du. Allerdings können wir auch schlecht in Zukunft Mäuse oder Eintagsküken im Gepäck haben. Wir sollten die Eulen so schnell wie möglich an jemanden weiterreichen, der sie versorgen kann.«

»Ja, lass uns Amy nachher anrufen. Ich erinnere mich daran, dass ihre Pflegestation in der Nähe des Highways liegt. Aber erst, wenn wir hier fertig sind. Und ich denke, wir haben auch genug Zeit, um noch eine kurze Runde durch den Wald zu drehen.«

»Gerne«, antwortete Mieke. Die Eulenküken hatten ihr die Hoffnung zurückgegeben und ihren Ehrgeiz geweckt, zu finden, was noch lebte.

»Im Nappa Valley in Kalifornien werden Schleiereulen eingesetzt, um die Mäusepopulationen in den Weingärten niedrig zu halten«, erzählte Jodie. »Die Mäuse richten in den Weinbergen viel Schaden an.«

»Interessant. Wie kommst du darauf?«

»Die letzte Schleiereule, die ich gesehen habe, lag tot in einer Scheune. Sie hatte eine Maus verspeist, die vorher einen Giftköder gegessen hatte.«

»Ja, das kenne ich. Bei uns in Deutschland ist Gift leider auch oft die Universallösung. Egal, ob gegen Unkraut oder Nagetiere.«

»Ich hasse das. Es denkt einfach niemand darüber nach, was für Konsequenzen solche Dinge für Wildtiere haben.«

Mieke nickte. Auch in ihrer eigenen Nachbarschaft wurde Rattengift gerne und großzügig eingesetzt. Und das, obwohl sie seit Jahren Aufklärungsarbeit leistete.

»Man darf nicht müde werden, seine Mitmenschen daran zu erinnern, dass jeder Eingriff in die Natur Folgen hat«, sagte sie, fast als müsste sie sich selbst Mut zusprechen.

»Vivere est militare«, ergänzte Jodie.

»Ja«, stimmte Mieke ihr zu, »Man muss kämpfen. Aber man darf sich nicht verbittern lassen.« Die Eichhörnchenhilfe Norderwald bekam jedes Jahr Zulauf von neuen Mitgliedern, von denen viele am Ende der Saison wieder verschwunden waren, wenn sie merkten, dass manche Missstände nicht zu ändern waren. Es brauchte Weitsicht und Willensstärke, um mit Ignoranz und Dummheit umzugehen. Die Wildtierpflege war selten romantisch, es gab Krankheit, Verletzungen, Trauma und Tod, und die Erfolge, wenn sie eintraten, waren meist klein und unscheinbar.

Die Eulen saßen eng aneinandergeschmiegt in ihrer Box, und nachdem sie das Wasser verweigerten, das Mieke ihnen mit einer Pipette anbot, breitete Jodie zur Abdunkelung ein Handtuch über ihnen aus.

»Die sind erst mal versorgt«, entschied sie. Die Kofferraumklappe ließen sie offen stehen, damit genügend frische

Luft ins Auto kam und die Küken in der Hitze nicht doch noch verendeten. Dann wanderten sie wieder in den Wald hinein – oder das, was davon übrig war.

Tatsächlich entdeckten sie kurz darauf ein Wallaby, so stark mit Ruß bedeckt, dass es mit dem Fell verschmolzen schien. Wie versteinert blieb es stehen, richtete langsam seinen Oberkörper auf und starrte die beiden Frauen an. Seine Ohren zuckten unsicher.

Jodie machte einen langsamen Ausfallschritt nach links, Mieke trat nach rechts hinter ein Gebüsch. Doch das Wallaby war wachsam und hoppelte mit unsymmetrischen Bewegungen davon. »Es hat Schmerzen. Hinterher!« Mieke beschleunigte den Schritt, folgte ihm, darauf bedacht, sich möglichst lautlos zu bewegen. Aus Jodies Richtung raschelte es, als sie ungelenk durch eine Verwehung von verkohlten Blättern trat. Trotz seiner Verletzungen war das kleinere und wendigere Wallaby schneller als sie beide und verschwand hinter einer Kuppe.

»Wo ist es?«, flüsterte Jodie, als sie den Ort zeitgleich erreichten, an dem das Beuteltier eben noch gestanden hatte. Mieke schaute sich suchend um. Vor ihnen lag ein eintöniger grauer Wald. Kein Wallaby war in Sicht. Seine Fußspuren waren auf der Ascheschicht gut erkennbar, verliefen sich dann aber auf dem steinigen Boden vor ihnen.

»Verdammt.«

Vorsichtig durchkämmten sie das Gebiet, achteten darauf, dass sie sich nicht aus den Augen verloren und auf sicheren Grund traten. Das Wallaby war unauffindbar. Dafür entdeckte Mieke eine weitere Tierleiche: ein etwa katzengroßes totes Beuteltier, eingerollt in einem hohlen Baumstamm, der quer über einem Graben lag. Offensichtlich hatte es hier nach Schutz vor den Flammen gesucht. Vergeblich, wie der schlaffe

Körper bewies. Das Fell war um einiges dunkler als das von Cuddles, und als Mieke es aus der Höhle herauszog, konnte sie den dünnen Schwanz und die kleinen Ohren erkennen. Cuddles war ein Fuchskusu gewesen, bei diesem Exemplar hier handelte es sich um einen östlichen Ringelschwanzbeutler. Diese Art lebte im Gegensatz zu den Fuchskusus in sozialen Verbänden, die sich die Arbeit bei der Kindererziehung teilten. Außerdem waren die Tiere nicht nur in Baumhöhlen zu finden, sondern bauten sich auch dichte Blattnester im Geäst, sogenannte Dreys, ähnlich wie die Kobel der Eichhörnchen. Die Informationen, die Mieke im Trainingskurs erhalten hatte, rasten ihr durch den Kopf wie in einem Fiebertraum. Und hatte Rob nicht erwähnt, dass beide Arten eine erstaunlich große Geräuschpalette auf Lager hatten?

Die Leichenstarre war noch nicht eingetreten, das Tier musste erst vor Kurzem verendet sein. »Komm mal her.« Sie winkte Jodie, damit sie ein Foto machen konnte, da spürte sie es. Etwas rührte sich im Beutel des Leichnams und kurz darauf guckte ein kleiner Kopf heraus. Mieke starrte überrascht in die Knopfaugen des Kleinen und fing sich dann. Joeys waren selten aggressiv, aber Mieke trug ohnehin feste Handschuhe. Ohne zu zögern, hielt sie ihre Hand neben den Bauch des Muttertiers.

Das Junge kletterte unbeholfen auf ihre Handfläche, als hätte es verstanden, dass seine Mutter ihm keinen Schutz mehr bot. Sein Fell war bereits voll ausgebildet, aber das Kleine war deutlich dünner als ein ausgewachsenes Tier. Ameisen krabbelten auf seinem Körper herum, und Mieke schnippte sie sachte weg. Dann drückte sie das Kleine an ihre Brust, bis sie im Medizinkoffer einen weichen Fleecebeutel gefunden hatte. Es war ein Gefühl, als würde sich warmer Sirup in ihrem Bauch ausbreiten, als das Possum ein leises klickendes Geräusch machte. Auf einmal fühlte sie sich Rob ganz nah und verstand, wie es ihm gehen musste, wenn er ein schutzloses Tier fand.

»Die kriegen oft mehr als ein Junges«, sagte Jodie, tastete den Beutel ab und leuchtete in den Baumstamm hinein, aber es blieb bei dem einen Jungtier.

»Könntest du mir die Glukoselösung reichen?«, bat Mieke und nahm dankbar die Spritze mit dem Gel entgegen, die Jodie ihr kurz darauf gab. »Eine weitere Seele gerettet.«

Im Unterschied zu Rob hatte sie die Möglichkeit, sich auf jedes einzelne Tier zu konzentrieren, Rob hingegen hatte den ganzen Wald im Blick. Beide Aufgaben waren wichtig, doch gerade war sie froh, dass ihr erstere zufiel.

»Ja. Nicht jeder Tag kann gut sein. Aber man kann jedem verdammten Tag was Gutes abgewinnen.«

Kapitel 5

Der Wagen machte einen Satz nach vorne und landete hart hinter der Senke. »Scheiße«, fluchte Jodie und hielt sich am Haltegriff fest. »Jetzt bloß kein geplatzter Reifen.«

Mieke fuhr vorsichtiger, lenkte den Wagen an den tiefen Schlaglöchern vorbei und vermied es, die erodierten Spurrillen zu kreuzen, damit ihren ohnehin traumatisierten Pfleglingen weiterer Nervenkitzel erspart blieb.

Jodie telefonierte mit der Auffangstation. Mieke versuchte gar nicht erst zu verstehen, worum es ging, denn Jodie sprach schnell, lachte oft und verwendete viel Slang. Einige Begriffe wie »sheila«, »mate« und »roo« waren Mieke bekannt, aber da war noch mehr, offensichtliche Abkürzungen von Worten, saloppe Formulierungen, Auslassungen in Sätzen. Das hatte nichts mehr mit dem sauberen britischen Englisch zu tun, das an den heimischen Schulen gelehrt wurde.

»Alles klar. Eve erwartet uns«, sagte Jodie, nun wieder mit monotonem Klang und gut verständlich.

»Danke«, sagte Mieke, was dazu führte, dass Jodie sie überrascht anschaute.

»Wofür?«

»Das war eine gute Teamleistung. Ich denke, wir …« Sie brach ab und überlegte. »Ich denke, wir haben uns tapfer geschlagen. Und deine Kletteraktion war grandios.« Sie hörte, wie Jodie die Luft einsog, um etwas zu entgegnen, aber sie blieb still. Das kannte sie von Lina, die auch oft damit kämpfte, Komplimente anzunehmen.

Die Fahrt dauerte anderthalb Stunden, obwohl es keine zwanzig Kilometer Distanz Luftlinie waren. Aber sie mussten den ganzen Weg zum Highway zurückfahren, eine Auffahrt später wieder herunter und in einer Haarnadelkurve den Berghang hinauf zum Furry, Scaly, Feathery Sanctuary.

War es wirklich ein erfolgreicher Tag gewesen? Heute hatten sie einen Ringschwanzbeutler und fünf Eulenküken gerettet. Ein spirituelles Plus. Aber sie hatten das verletzte Wallaby nicht erwischt, waren zu spät gekommen für die Känguruherde, das winzige Joey und auch die Schlange. Es war zu grausam, um echte Freude über das Leben zuzulassen, dass sie geborgen hatten, wenn gleichzeitig Tiere gestorben waren. Eine bleierne Schwere drückte auf Miekes Gemüt, als hätte sie es nicht geschafft, dem fallenden Ast auszuweichen, und er läge nun auf ihr, mit unerbittlichem Gewicht, bereit, ihr bei jedem Befreiungsversuch die Luft ein weiteres bisschen abzuschnüren.

Für eine Sekunde musste sie an Koala Island denken und daran, dass sie dort sehen würde, warum sie eigentlich nach Australien gekommen war – ein Stück heile Welt. Wenn das hier alles vorbei war, würde sie barfuß über den weichen, weißen Sand der Insel laufen und die Kamera um den Hals tragend Koalas beim Dösen beobachten …

Als sie auf die Einfahrt zur Auffangstation einbogen und sich die Umgebung plötzlich veränderte, heiterte sich ihre Stimmung schlagartig weiter auf. Hier gab es Gehege links und rechts des Weges, einen Rasensprenger, der für grünes Gras sorgte. Mieke bremste den Wagen auf Schrittgeschwindigkeit ab. Sie entdeckte einen niedrigen Wellblechzaun, der einen Gemüsegarten abgrenzte, in dem Rüben, Rote Bete und Lauch wuchsen. Entlang des Zauns standen Blumenkübel, in denen blassrote Kängurupfoten und mauvefarbene Lechenaultia wuchsen, wie die selbst gravierten Holzschilder verrieten, die in der Erde steckten.

Hinter einem Maschendrahtzaun ruhte eine Herde Kängurus im Schatten eines Busches. Es war ein wilder Mix an Arten, die sich in der Wildnis aus dem Weg gegangen wären, sich hier aber in trauter Einigkeit den begrenzten Platz teilten. Ein Weibchen kam langsam auf sie zu und nutzte seinen Schwanz dabei als Stütze. Es schaute ihnen nach, als sie vorbeifuhren, von Angst keine Spur.

Hinter den Gehegen stand eine drei Meter lange Voliere mit Possumboxen, aus der Eukalyptuszweige mit roten, handtellergroßen Blüten lugten.

»Hier wird Ash sich wohlfühlen«, entschied Jodie.

»Wer ist Ash?«, aber Mieke ahnte es bereits, als Jodie auf das Stoffbündel im Fußraum deutete, in dem der kleine Beutler schlief.

»Ash ist ein passender Name«, fand Mieke. »Das Mädchen aus der Asche.«

»Genau. Ash ist aber auch der Titel meines Lieblingbuches von Malinda Lo. Eine moderne Cinderella-Adaption, in der Ash sich in die Jägerin Kaisa verliebt, nachdem sie sich dem dunklen Elfenprinz versprochen hat.«

Mieke hob eine Augenbraue. Jodie steckte voller Überraschungen.

»Malinda Lo – ist das eine chinesische Autorin?«

»Ja. Lebt aber in den USA. Da würde ich auch gerne mal hin.«

Mieke parkte rückwärts in eine Lücke zwischen einem verrosteten Holden und einem ebenso antiken Motorrad ein.

»Wir sind da.«

Wenige Sekunden später trat eine Frau um die Hausecke, begrüßte sie überschwänglich, während Mieke und Jodie ihre

Schützlinge aus dem Auto holten. Eve war eine herzliche Frau mit rotblonden, schulterlangen Haaren, zierlicher Statur und einer einnehmenden Art. Schon nach wenigen Minuten fiel Mieke auf, dass sie die seltene Fähigkeit besaß, immer in Bewegung zu bleiben, ohne gehetzt zu wirken.

»Schön, dass ihr gut hergefunden habt. Ich habe English Breakfast Tea aufgesetzt, ich hoffe, das ist in Ordnung. Ich komme so selten zum Einkaufen in die Stadt, und der Supermarkt in Bowlder hat einfach keine gute Auswahl. Macht doch erst mal eine Pause, und ich kümmere mich um eure Tiere.«

Sie nahm Jodie den Ringelschwanzbeutler ab und brachte ihn ins Haus, eine einstöckige Ziegelsteinbude, so provisorisch gebaut, dass Mieke ahnte, dass das Haus nie bessere Zeiten erlebt hatte. Jodie und Mieke folgten Eve vorbei an Tischen, Schränken und Abstellflächen, die mit Equipment, Medikamenten, Käfigen und Boxen überquollen. Mitten im Raum standen mehrere Kühlschränke, die von brummenden Generatoren hinter dem Haus betrieben wurden, was dem Haus die Atmosphäre eines Bienenstockes verlieh.

Im fensterlosen Wohnzimmer schlug ihnen heiße Luft entgegen. Eine Klimaanlage gab es nicht, nur einen winzigen Ventilator, dessen rotierende Blätter minimale Luftverwirbelungen schafften, weitaus nicht genug, um die Hitze aus Miekes Gesicht zu vertreiben. Ihre Haut schien zu glühen. Sie war froh, als sie die Box mit den Eulenküken auf einem Tisch abstellen konnte.

Ihre Arme waren schwer, der rechte wund. Wurde sie krank?

Tee war das Letzte, was sie nun wollte, aber als Eve ihr eine dampfende Tasse reichte, nahm sie diese aus Höflichkeit an. Sie trank ein paar Schluck, und erstaunlicherweise half er etwas gegen die aufgestaute Hitze in ihr. Dennoch klebte ihr T-Shirt an ihr, und sie fühlte sich mit jeder Minute unwohler. Während Jodie von ihrer Rettungsaktion erzählte, entschuldigte Mieke sich für einen Moment und verschwand im Bad.

Auch das war kein Luxus-Spa. Die ockerfarbenen Kacheln bissen sich mit der lachsfarbenen Badematte. Mieke spritzte sich Wasser ins Gesicht, aber es brachte keine Erfrischung, denn es war lauwarm. Als sie einen Schluck trinken wollte, spuckte sie sofort wieder aus. Es war Regenwasser, schmeckte süßlich und organisch. Hier draußen gab es also keinen Anschluss an das Versorgungsnetz. Wahrscheinlich wurde das Regenwasser wie auf den meisten ländlichen Grundstücken hier auf dem Dach gesammelt und floss dann zunächst durch eine verdreckte Regenrinne, bevor es im Tank landete. Auch Rob nutzte Regenwasser, hatte er ihr erklärt, hatte aber einen Filter eingebaut, der das Wasser säuberte.

Trotzdem tat es gut, einen Moment Privatsphäre zu haben. Mieke schloss den Toilettendeckel und setzte sich darauf, um ihre Gedanken zu sammeln. Gegenüber befand sich eine in Fliesen gefasste Badewanne, der Duschvorhang darüber war zugezogen. Kraft und Adrenalin hatten sie heute durch den Tag getragen, nun schien beides aufgebraucht. Wie sollte sie weiter vorgehen? Während des Kurses hatte alles ganz einfach geklungen. In betroffene Gebiete fahren, Tiere retten, harte Arbeit, emotionale Grenzerfahrung – das wäre alles in Ordnung gewesen, aber das hier? Mieke fehlte die präzise Organisation, der konkrete Plan und der Plan B. Der fallende Ast hatte Jodie nur knapp verfehlt. Amy gegenüber hatte Jodie diesen Zwischenfall nicht erwähnt, aber er hatte sie ebenso tief erschüttert, das hatte Mieke Jodie angesehen.

Es klapperte, und Mieke schreckte zusammen. Instinktiv schaute sie zu dem Fenster hinüber, das weit offen stand. Sie tupfte sich mit einem Tuch über die Stirn, langsam schien sie sich zu akklimatisieren.

Wieder klapperte es, und etwas klatschte auf den Wannenboden. Verwundert zog Mieke den Vorhang zur Seite und blickte einem ausgewachsenen Pelikan in die Augen, der ebenso verdutzt zurückstarrte. Langsam, ganz langsam zog sie den Vorhang wieder zu, warf noch einen letzten Blick in den Spiegel und kehrte dann zu den anderen beiden ins Wohnzimmer zurück.

»Du weißt schon, dass du einen Pelikan in der Badewanne sitzen hast?«, fragte Mieke mit einem Zwinkern. Eve lachte. »Ja, das ist Eremy. Der kann nachher wieder in seinen Teich zurück. Den musste ich zum Reinigen ausleeren, und es dauert eine Weile, bis er wieder vollgelaufen ist. Der Wasserdruck ist leider ziemlich niedrig.«

Sie klemmte ein Milchfläschchen zwischen ihre Beine, tupfte Ash das weiße Bärtchen von der Schnute und reichte die Kleine an eine brünette Frau weiter, die den Raum betrat und schüchtern in ihre Richtung nickte. »Du kannst sie zu den anderen auf die Veranda bringen. Danke.«

An Mieke und Jodie gewandt, erklärte sie: »Das ist Milena, eine Studentin an der Universität Toowoomba. Sie kommt oft und hilft, ein ganz liebes Mädchen aus Lubuskie in Polen. Ihr schriftliches Englisch ist besser als ihr gesprochenes, aber sie hat ein Händchen für Tiere.« Eve desinfizierte sich die Hände mit einem grünen Gel aus einer Flasche. »Es kommen fast nur Ausländer zum Helfen hierher. Warum, weiß ich nicht.«

»Grillen und chillen macht uns Aussies halt mehr Spaß«, vermutete Jodie und schnaubte verächtlich.

Eve zeigte ihnen den Käfig, in dem die Eulenküken nun saßen. »Milena wird den nachher schön einrichten. Die Kleinen werden hier eine ganze Weile bei mir verbringen müssen.

Eulen kriege ich selten rein, meistens nur erwachsene Tiere nach nächtlichen Autounfällen. Und für diese Patienten kann ich oft nicht viel tun. Abgesehen von den inneren Schäden, müssen auch die Flügel und Federn wieder vollständig heilen, damit sie in der Wildnis überleben können, und das ist oft nicht der Fall.«

»Warum?«, fragte Jodie. »Wilde Tiere überleben in der Natur doch auch mit leichten Macken.«

»Ja, einige schon. Ibisse mit gebrochenen Füßen, Flughunde mit fehlender Kralle – das alles kann kompensiert werden. Aber Eulen müssen bei der Jagd völlig geräuschlos fliegen können, sonst entwischt ihnen ihre Beute. Dann sterben sie einen qualvollen Hungertod. Deshalb schläfere ich sie lieber in Frieden ein, wenn absehbar ist, dass sie nicht rehabilitiert werden können, und erspare ihnen die ganze Tortur.«

So logisch das auch klang, Mieke war nicht ganz damit einverstanden. Ihre Devise war, das Leben um jeden Preis zu erhalten – deshalb hatte sie auch keine Patientenverfügung unterschrieben, wie die meisten anderen erwachsenen Mitglieder ihrer Familie. »Ich lebe nicht als Gemüse weiter«, hatte Lina gesagt und Mieke eine Kopie der Unterlagen in die Hand gedrückt. Ihre Eichhörnchen ließ sie erst einschläfern, wenn wirklich alle Möglichkeiten ausgereizt waren.

Ein Arm schob sich unter ihre Achsel, und sie riss die Augen auf. Sie war im Stehen eingenickt, und nur Eves eiserner Griff hinderte sie daran, umzukippen. »Oh«, sagte sie und versuchte, ihr Gleichgewicht wiederzufinden.

»Komm, ich zeige dir deine Schlafecke«, entschied ihre Gastgeberin und half ihr, ihre wenigen Sachen ins Haus zu tragen. Mieke schaffte es noch, ihren Schlafsack auszurollen, ließ sich darauffallen und spürte schon im Wegdämmern, wie Eve ihr ein Kissen unterschob.

Zum Frühstück gab es Toast mit Avocado. Eve träufelte etwas Balsamicocreme darauf und streute Sesam obenauf. Mieke folgte ihrem Beispiel, es schmeckte süßlich und herzhaft zugleich. Jodie aß eine halbe Scheibe, dann zog sie ihre Zigarettenpackung hervor. »Ich geh raus, eine rauchen.«

»Hast du keinen Hunger?«

»Das ist heute mein Frühstück«, antwortete sie achselzuckend. Mieke nutzte die Gelegenheit des ruhigen Moments beim Frühstück, um von Eve mehr über das Sanctuary zu erfahren. Vor ihnen standen zwei Tassen mit dampfendem Tee.

»Ich wohne hier bereits mein halbes Leben«, erzählte diese. »Die Hütte war nie als Wohnhaus gedacht, sondern diente meinen Eltern ursprünglich als Refugium fürs Wochenende. Meine Mutter sah es als ihr Chalet, mein Vater ging gerne auf die Jagd.« Während sie das sagte, ballte sie ihre Hand zur Faust, und Mieke verstand. Auch sie hatte einige Entscheidungen deshalb getroffen, weil ihr Vater in diesen Dingen ein schlechtes Beispiel war und sie es anders machen wollte. Er hatte ungern mit anderen geteilt, Mieke gab lieber, als zu nehmen. Er konnte nicht verzeihen, Mieke hatte von früh an Empathie bewiesen. Die Hartherzigkeit, die ihm zu eigen war, war ihr fremd.

»Nachdem meine Eltern gestorben sind, zog ich hierher. Das passte gut, denn ich hatte mich gerade von meinem Mann getrennt. Das war Ende der Neunziger. Ich fing an, mich um verletzte Tiere zu kümmern, und als die Leute das mitbekamen, brachten sie mir immer mehr Tiere. So beschloss ich, mein Zuhause offiziell zur Pflegestation zu machen. Inzwischen bekomme ich regelmäßig Nachschub aus Toowoomba, Highfields, Helidon und selbst aus Crows Nest.«

»Bist du die einzige Pflegerin hier in der Gegend?«

»Nein. Es gibt viele. Aber das ist so eine Sache. Ich kann mich um jede Art kümmern, und das hat sich herumgesprochen. Deshalb machen sich die Leute oft nicht die Mühe, einen anderen Pfleger zu kontaktieren, und bringen mir einfach alles, was sie finden.« Sie rührte in ihrer Tasse, probierte, verzog das Gesicht und warf ein Stück Würfelzucker hinein. »Natürlich verteile ich viele der Tiere direkt weiter. Ich kann nicht jedes Tier versorgen, das würde meine Kapazitäten übersteigen. Außerdem ist es wichtig, dass andere Pfleger keinen Neid aufbauen, und auch, dass neue Pfleger Erfahrungen sammeln können. Die schweren Fälle und schwierigen Arten behalte ich aber alle selbst. Ich würde zum Beispiel niemals einen Großflugbeutler hergeben.«

»Weil die zu empfindlich sind?«

»Genau.«

Mieke wischte die Hände an einem Stück Küchenrolle ab und brachte ihren Teller zur Spüle. Das Wasser war bereits eingelassen, Eve ließ Geschirr erst einweichen, bevor sie spülte.

»Ist das wirklich so, dass Pfleger sich gegenseitig ihre Tiere neiden?« Es klimperte, als Jodie durch den Perlenvorhang trat und einen Schwall Zigarettenrauch mitbrachte.

»Leider passiert das gelegentlich. Für manche Pfleger sind Tiere Statussymbole, mit denen sie sich gerne schmücken. Wer einen Koala in Pflege hat, der macht was her. Das ist zwar nicht die Regel, aber es kommt vor. Auch, dass Pfleger untereinander einen Tauschhandel betreiben, um sich um interessante Arten kümmern zu können.«

Mieke verzog das Gesicht. »Zwei Kleinbeutler und ein Känguru gegen einen Koala?« Eve lachte, aber Mieke blieb ernst.

Zehn Minuten später folgten sie Eve durch eine Hintertür hinaus in einen schattigen Bereich, in dem ein künstlicher Bach mit Wasserfall sich in einem ewigen Kreislauf bewegte. Er war Teil eines Geheges, in dem zwischen Laub und melonengroßen Steinen ein ausgehöhlter Baumstamm lag. Eve beugte sich vor und stellte eine Schale auf den Boden. Kurz darauf kam ein Schnabeligel aus der Höhle hervorgetapst und stiefelte zielsicher auf sein Futter zu, die beeindruckenden Grabkrallen waren dabei nicht zu übersehen. Mieke schaute dem Tier fasziniert zu, als es seine Zunge aus der schnabelartigen Schnauze hervorschnellen ließ, um den bräunlichen Brei zu schlecken. Der schmeckte ihm anscheinend gut, denn es schmatzte laut dabei. Dieser Anblick war Balsam für die Seele und setzte einen Flicken auf Miekes mentale Wunden, die in den letzten Tagen entstanden waren.

Für einen kurzen Augenblick schwappte eine warme Welle durch ihren Körper – ein angenehmes Kribbeln, wie nur Australien es auslösen konnte. Ein ganz bestimmtes Fernweh, das von Wildtieren, Natur und roter Erde träumen ließ. Es stimulierte den Nucleus accumbens im unteren Vorderhirn, und daraufhin setzte dieses opioide Rauschgefühl ein, ließ den Alltagssumpf im Nebel verschwinden, und ein Empfinden des reinen Glücks setzte ein. Der Schnabeligel schaute kurz hoch und beäugte sie skeptisch, bevor er seinen Brei weiterfutterte.

Jodie deutete auf einen kleinen Teich in der Ecke des Geheges. »Der sieht tief aus. Hast du keine Angst, dass der Schnabeligel darin ertrinkt?«

Eve setzte zu einer Antwort an, aber Mieke kam ihr zuvor. »Schnabeligel sind ausgezeichnete Schwimmer«, sagte sie und hielt den Blick fest auf das Tier gerichtet. Die Information hatte sie aus einer National Geographic.

Viele Gehege in der Station wirkten improvisiert und über die Jahre gewachsen. Die Umzäunung der beiden Emus war ein Flickwerk aus Resten verschiedener Drahtzäune, an einer Seite war ein Loch mit einer Holzpalette gestopft worden. Ein Wombat lebte in einer Art Kleingarten mit einer Ziegelsteinbehausung als Höhlenersatz. Außerdem hingen drei Flughundjunge zwischen einigen Teddys und schlauchförmigen Hundespielzeugen an einem Wäscheständer. Emsig spreizten sie ihre Flügel aus, um den Vorbeigehenden ihre Daumenkralle entgegenzustrecken. Die lederne Haut wirkte weich.

»Vorsicht, die springen euch gleich an. Sie mögen es, wenn man sie herumträgt, weil ihre Mütter es auch tun würden. Ihr solltet sie aber nur nehmen, wenn ihr schon gegen ABL geimpft seid«, sagte sie, pflückte die Babys nacheinander vom Ständer und hängte sie sich an ihr T-Shirt, wo sie sich sofort mit ihren Füßen einhakten. Mieke guckte fragend, und Eve erklärte: »ABL steht für Australian Bat Lyssavirus. Ein Virus, das eine tollwutähnliche Krankheit auslöst, die zum Tod führen kann. Nur wenige Flughunde tragen das Virus in sich, und sie müssen einen schon beißen oder kratzen, um einen anzustecken. Trotzdem sind alle Flughundpfleger vorsorglich geimpft. Auch wenn es, glaube ich, insgesamt nur drei Todesfälle wegen ABL in der aufgezeichneten Geschichte Australiens gab.«

Mieke beobachtete die possierlichen Fledertiere, die nun tiefenentspannt an Eves T-Shirt hingen. Eines hatte sogar die Augen geschlossen.

»Die sind wirklich zutraulich. Und diese Gesichter! Meine Güte, die sehen aus wie Hundewelpen«, schwärmte Mieke, verliebt in die Knopfaugen der drei Flughunde und ihre weiten Nasenlöcher, die sie noch kindlicher erscheinen ließen und an Zeichnungen von freundlichen Drachen aus Kinderbüchern erinnerten.

»Meine Lieblingstiere«, sagte Eve, aber ihre Augen verdunkelten sich. »Und wahrscheinlich die am meisten missverstandene Art in ganz Australien. Jeder liebt Koalas, weil die das Kindchenschema am besten erfüllen und keinen Schaden anrichten. Kein Wunder, wenn man jeden Tag gute achtzehn Stunden lang schläft. Flughunde sind leider unbeliebt, obwohl die Vielfalt und Gesundheit unseres Ökosystems von ihnen abhängt, denn sie spielen eine unglaublich wichtige Rolle als Pflanzenbestäuber und Samenverbreiter. Ohne Flughunde gäbe es keine Bäume. Und ohne Bäume gäbe es keine Koalas. Ergo: Wer Koalas liebt, sollte Flughunde zu schätzen wissen.«

»Aber Flughunde sind doch sehr nett anzusehen. Wo ist denn das Problem?«, fragte Mieke, und Jodie stimmte ihr zu: »Ich finde die bezaubernd.«

»Du machst dir keine Vorstellung davon, wie die Bevölkerung diese Tierart hasst. Natürlich nicht jeder, aber es gibt einfach zu viele Vorurteile, die meisten davon kompletter Unsinn. Flughunde sind für viele nachtaktive, vampirhafte Silhouetten am Nachthimmel, vor denen man sich fürchtet. Natürlich zu Unrecht, Flughunde würden niemals einen Menschen angreifen. Aber sie kreischen laut, und wer sein Auto unter einem Feigenbaum parkt, darf am nächsten Morgen die Scheiben sauber schrubben. Die Verdauung von Flughunden ist nämlich sehr rapide. Teil des Problems ist auch, dass Flughunde in Gruppen fliegen und sie somit den Eindruck einer Invasion erwecken können, wenn sie in der Dämmerung gemeinsam auf Futtersuche ausschwärmen. Tatsache ist, dass der Gesamtbestand jedes Jahr zurückgeht. Es ist nicht ihre Schuld, dass wir ihren Lebensraum zerstören und sie sich neue Wohn- und Futterorte in besiedelten Ecken und Vororten suchen müssen.«

»In Sydney wurden ganze Kolonien mit Wasserwerfern von den städtischen Mitarbeitern vertrieben, und in Cairns ist das jetzt auch geplant«, warf Jodie ein, und Eve zuckte zusammen. »In Cairns auch? Trotz der starken Flughundlobby? Das ist enttäuschend.« Wieder seufzte sie und spielte mit einem der Flughunde an ihrem Shirt. »Da denkt man, man lebt im Jahre 2019, und die Politiker stecken noch im Mittelalter fest.«

Als Nächstes zeigte Eve ihnen eine halb fertige Voliere, deren Außengitter schon im Betonfundament verankert waren, aber deren Dach fehlte. Ein glatzköpfiger Mann schraubte an den Türangeln.

»Hi, Eve, ich komm hier nicht weiter. Hugo wird sich noch ein paar Tage gedulden müssen«, sagte er mit schottischem Akzent. Hugo, das erklärte Eve, war ein Keilschwanzadler mit einer Flügelspannweite von knapp zwei Metern.

»Was hat Hugo denn?« Der große Vogel saß in einem Papageienkäfig mit Blick auf die Baustelle. Jeder andere Vogel hätte in dem Käfig viel Platz gehabt, aber Hugo wirkte wie eine Sardine in einer Dose.

»Er wurde vergiftet und ist dann, krank wie er war, in die Glasscheibe eines Gewächshauses geflogen. Dabei hat er Glück im Unglück gehabt, weil er dort eingesammelt wurde – er hat überlebt, die anderen beiden Adler nicht. Die hat man tot aufgefunden. Ein Farmer wollte sie loswerden, weil sie angeblich seine Schafe rissen.«

»Wie bitte? Stehen Adler denn nicht unter Naturschutz?«, fragte Mieke entsetzt. Allein der Gedanke, so ein edles Tier vorsätzlich zu vergiften, war gegen ... ja gegen was denn eigentlich? Gegen die Grundsätze von Moral und Ethik und die menschliche Natur, entschied sie.

»Hoffentlich hat er seine verdiente Strafe bekommen.«

»Ha!«, mischte sich Jodie ein. »Ich wette hundert Dollar, dass er nicht mehr als einen strengen Zeigefinger vor Gericht gesehen hat.«

Eve schwieg, und Mieke bohrte nicht nach. Manchmal wurden Wahrheiten schrecklicher, wenn man sie aussprach. Sie setzten ihren Rundgang fort. Eve erklärte ihnen zu jedem Tier etwas über die Krankheit oder Verletzung, an der es litt, was sie unternommen hatte, und auch, wie die Chancen standen, dass es wieder ganz gesund wurde.

Anschließend half Mieke beim Wäschewaschen. Ganze Berge an Stoffbeuteln, Tüchern und Decken mussten gereinigt werden.

»Das ist wirklich viel«, fand sie und stopfte einen Stapel Dreieckstücher in die Maschine. »So viel muss selbst meine Schwester mit ihren zwei Kindern nicht in einer Woche waschen.«

»Eine Woche? Das ist von zwei Tagen«, lachte Eve und reichte ihr eine Handvoll Lappen. »Ich wünschte, ich hätte eine industrielle Waschmaschine, ich komme kaum hinterher. Oder zumindest ein paar mehr Textilien wären gut, aber die werden unter Pflegern wie Gold gehandelt.«

Mieke wog einen Beutel in der Hand und schaute ihn sich genauer an. Er war geschickt designt, so, dass alle Nähte versteckt waren und ein Tier nirgendwo mit den Krallen hängen bleiben konnte. Außen war er aus festem Baumwollstoff gefertigt, innen befand sich ein weicher Flanelleinsatz. Lina hatte für die Eichhörnchenhilfe Norderwald schon mehrfach Textilien genäht – Kobel, Beutel, Hängematten. In der ruhigen Wintersaison traf sie sich mit einer Kunst- und Handwerkergruppe, mit der sie gemeinsam Produkte für Wildtiere werkelte. Mieke machte eine geistige Notiz, Lina auf Eves Not anzusprechen.

Nach dem Waschen half sie Eve beim Füttern der Kängurus und Reinigen der Gehege. Auch bei den Eulenküken schaute sie vorbei. Eve hatte sie in eine schmale abgedunkelte Box gesetzt, die den Stamm eines Baumes imitieren sollte. Die Kleinen schliefen und ließen sich von Mieke nicht stören. Jodie hatte sich gerade abgemeldet, um eine Raucherpause einzulegen. »Dafür packe ich nachher mit doppelten Energien an«, entschuldigte sie sich, aber Mieke winkte ab. »Alles gut. Lass dir ruhig Zeit, Pausen sind wichtig.«

Eve erzählte Mieke, dass der Staat einzelne Wildtierpfleger und kleinere Organisationen nur minimal unterstützte und sie von Spendengeldern abhing.

»Ich hasse es zu betteln. Aber ohne Spenden geht es nicht«, sagte sie bekümmert, und Mieke konnte es ihr nachfühlen. Wie viel Geld hatte sie selbst für ihre Wildtierpflege in Deutschland ausgegeben? Es hatte seinen Grund gehabt, warum sie und Alexander getrennte Konten geführt hatten. Er hatte nicht eingesehen, sein Geld für ihr »Hobby« auszugeben, wie er es nannte. Aber sie hatte nie mehr als eine Handvoll Tiere in Pflege gehabt – Eve hingegen kümmerte sich um Dutzende von Wildtieren, davon nicht wenige, die nur teure Spezialnahrung vertrugen und Medikamente nehmen mussten. Auf dem Fünfkilosack Proteinpulver, das den Flughunden täglich über ihr Obst gestreut wurde, klebte ein Preisschild: $99,95. Ein Blick in die Speisekammer verriet ihr, wie Eve die Kosten stemmte: Unter den Lebensmittelvorräten für Eve selbst befanden sich vor allem Reis, Kartoffeln und Äpfel. Überall wurde gespart. An der Einrichtung und ihrer Kleidung: Auf einem Tischchen stand eine Nähmaschine, daneben eine Box mit Flicken.

Ein Fluchen ertönte und dann ein Klappern. Doch als Mieke und Eve rausstürmten, um nach Jodie zu sehen, stand diese bereits wieder auf der zweitobersten Sprosse einer Klappleiter und schraubte das letzte Wellblech auf das Dachgerüst an.

»Bin gleich fertig«, grunzte sie, ohne die beiden anzuschauen. In ihrer Hosentasche steckte eine Zange.

Überrascht betrachtete Eve das neue Dach ihrer Adlervoliere. »Hast du das gerade allein angeschraubt? Ich dachte, das kriegen wir nie fertig. Wo ist denn Angus?«, fragte Eve, deutlich beeindruckt.

Der Schotte saß hinter ihnen auf einer Bank und zog ein beleidigtes Gesicht. Neben ihm stand eine offene Butterbrotdose.

»Angus«, sagte Jodie und stieg betont langsam die Leiter herab, »hat mir erzählt, dass ihm der Bohraufsatz fehlt, um die Schrauben anzubringen.« Ihr linker Mundwinkel zog sich spöttisch nach oben. »Angus meinte auch, dass ich ihm ruhig die praktische Arbeit überlassen solle. Er ist der Meinung, diese Arbeit sei nichts für Frauen.« Ihre Stimme klang amüsiert. »Das ist zwar ein äußerst nett gemeintes Angebot, aber Hugo will sich bestimmt endlich mal wieder strecken und seine Flügel ausbreiten.« In ihren Augen blitzte es schelmisch. Mieke verkniff sich ein Grinsen, aber zwinkerte ihr zu.

»Wunderbar, Jodie. Das sieht gut aus«, bedankte sich Eve.

»So«, rieb Jodie sich die Hände. »Was kann ich als Nächstes machen?«

Mieke beobachtete, wie Angus in sein Sandwich biss. Ketchup rann ihm das Kinn herunter, und Mieke bekam fast Mitleid mit ihm. Aber nur fast. Angus war mindestens zwanzig Jahre älter als Alexander, aber die beiden hatten eine Gemeinsamkeit: Die fest zusammengepressten Lippen in Kombination mit steiler Zornesfalte, das war das Zeichen gekränkter

Männlichkeit. Schadenfreude war eigentlich nicht Miekes Metier, aber sie fühlte sich mit Jodie verbunden und verstand ihren Ehrgeiz, Angus zu zeigen, das praktische Kompetenz nichts mit dem Geschlecht zu tun hatte. Ihre Gedanken schweiften zu Rob. Er war gewohnt, den Ton anzugeben, dass seine Männer auf ihn hörten und genau taten, was er sagte, er war unabhängig und selbstbewusst – konnte er Kompromisse eingehen? Dann wiederum musste sie an Sandy denken und lächelte. Unter ihrer Obhut hatte er mit Sicherheit gelernt, Frauen zu respektieren.

In den nächsten Stunden arbeiteten sie gemeinsam am Wombatgehege und tauschten die improvisierten Zaunpfähle gegen Holzlatten aus. Jodie war gut gelaunt und überließ Mieke den Akkuschrauber, um die Latten auszurichten und zu halten, während Mieke die Schrauben setzte. Es kam ihr vor, als müssten sie als starkes Frauenteam ein Zeichen in dieser Welt setzen. Typen wie Angus, egal, wie gut sie es vielleicht meinten, sollten wissen, dass sie es jederzeit mit ihnen aufnehmen konnten. Zeitgleich zog der Keilschwanzadler Hugo in seine neue Voliere ein, die Eve innen mit Zweigen und anderen Accessoires einrichtete. Das würde für den Rest seines Lebens sein Zuhause sein, denn mit seinem beschädigten Flugel konnte er nicht mehr ausgewildert werden. Eve besaß eine spezielle Lizenz, um einen Raubvogel zu Demonstrations- und Bildungszwecken zu halten, und würde ihm bei sich deshalb lebenslanges Asyl gewähren.

Abends grillten sie mit Eve, die streng vegan lebte und daher nur Gemüse auf den Rost legte. Zucchini, Zwiebeln, Rote Bete, Möhren, Mais, Auberginen. Mieke störte das nicht – die knusprigen Zwiebeln strömten einen verführerischen Duft aus, und das andere Gemüse hatte diese herrlichen

Grillstreifen, die man nur bekommt, wenn man Essen auf einem Rost zubereitet. Zusammen mit selbst gebackenem Brot und leckeren Dips und Soßen schmeckte das alles köstlich. Eve hatte einen rustikalen Grillplatz angelegt, mit dem Lagerfeuer und einem dreibeinigen Schwenkgrill in der Mitte und Holzblöcken zum Sitzen rundherum. Die Kohle glühte rot, und ab und zu stiegen kleine Aschefahnen auf, wenn ein Windstoß durch den Garten fuhr. Ein schöner Moment. Schade, dass Rob nicht hier war, überlegte Mieke. Gerne hätte sie ihm von dem Tag und den Tieren berichtet und gehört, was er zu sagen hätte.

»Prinzipiell stimme ich dir zu«, sagte Jodie gerade zu Eve. Sie hatte, ganz in ihrem Element, die Grillzange übernommen und wendete das Gemüse. »Immerhin bin ich Vegetarier und finde, dass Fleisch einfach nur ekelhaft ist. Aber gänzlich auf Tierprodukte zu verzichten, das hat doch keinen Sinn.«

Mieke lehnte sich zurück und hörte zu. Eve argumentierte geschickt und geübt – diese Diskussion hatte sie anscheinend schon oft geführt. Auch Mieke, die wenig und nur ausgewähltes Biofleisch aß, kam ins Nachdenken. »Ehrlich gesagt, ich denke, dass man Tiere lieben und trotzdem Fleisch essen kann«, sagte sie, doch als die Worte in ihrem Kopf nachhallten, kamen sie ihr merkwürdig hohl vor.

»Nein«, entgegnete Eve. »Das geht nicht. Ich kann nicht mein Leben in den Dienst der Tiere stellen und dann einige von ihnen aufessen. Das wäre Speziesismus und passt daher nicht zusammen«, sagte sie und deutete auf ihren Gürtel. »Der ist aus Hanf, statt aus Leder, meine Schuhe aus Kunstleder und die Autositze meines Nissans aus Polyamid. Es gibt immer eine Alternative.«

»Aber warum hast du ein Problem mit Milch und Eiern – das geben die Tiere doch freiwillig?«, fragte Jodie.

»Erst zu den Eiern. Hühner sind Hochleistungsmaschinen, die durch die enorme körperliche Belastung in der Industrie oft schon nach zwei Jahren aussortiert werden. In der Natur können sie um ein Vielfaches älter werden. Und für jede weibliche Legehenne, die schlüpft, sitzt im Nachbarei ein kleines Hähnchen, das sofort geschreddert wird.«

Mieke legte den Maiskolben auf den Teller, in den sie eben noch herzhaft hineingebissen hatte. Ihr war der Appetit vergangen. Sie kaufte Eier aus Freilandhaltung und hatte sich damit gut gefühlt.

»Und Milchkühe produzieren nur Milch, wenn sie jedes Jahr kalben. Und was passiert mit den Kälbchen? Die werden geschlachtet. Die männlichen Kälber, die Bobby Calves, meist direkt nach der Geburt. Dabei leisten sie nicht einmal einen besonderen Beitrag zur Nahrungskette, weil sie kaum Fleisch auf den Rippen haben.«

Jodies Mund, zum Gegenargument geöffnet, klappte wieder zu. Die rote Bete hatte Eves Zähne rot gefärbt, und Mieke schluckte bei dem Anblick, der ihre Aussage auf makabre Weise untermalte. Die zierliche Frau hatte es geschafft, im Alleingang eine voll funktionsfähige Pflegestation aufzubauen – man sollte sie nicht unterschätzen. Wenn sie lachte, lachten ihre Sommersprossen mit – wenn sie ernst war, bekamen ihre Augen einen Ausdruck von Autorität.

»Ab dem zweiten Lebensjahr beginnt für die Milchkühe die Dauerschwangerschaft. Sensible, gefühlvolle Tiere mit starken Familienbanden werden zu reinen Produktionseinheiten degradiert. Was wir unter Milchgeben verstehen, definiert die Industrie als Laktationsphase. Die Zeit, die eigentlich dem Kälbchen gehört. An jedem Glas Milch klebt Blut.«

»Hm«, machte Jodie, das Wasserglas in ihrer Hand betrachtend.

Mieke schaute in die glühenden Kohlen des Feuers. Eve machte ihnen keine Vorwürfe, sie sprach nur Wahrheiten aus.

Und sie hatte mit jeder ihrer Aussagen recht – aber Mieke konnte einfach nicht dieselben Konsequenzen daraus ziehen, wie Eve es tat. Das Leben war kompliziert genug, das Kochen nahm ohnehin schon viel Zeit ein – sie war nicht bereit, sich weitere Zwänge aufzuerlegen. Allerdings könnte sie häufiger beim kleinen Biohof in Upverdingen einkaufen statt im Supermarkt. Der lag zwar nicht besonders verkehrsgünstig, aber dafür war er für seine gute Tierhaltung und die selbst gemachten Produkte überregional bekannt.

»Als die Tierschutzorganisation PETA abgepacktes Fleisch aus fünf namhaften Supermärkten testete, fand sie heraus, dass fünfundsechzig Prozent der Fleischproben antibiotikaresistente Bakterien enthielten. Und wer jetzt sagt, bei PETA engagieren sich nur Spinner, dem kann man nur ähnliche Ergebnisse der amerikanischen Behörde für Lebens- und Arzneimittel vorlegen. Es ist lediglich eine Frage der Zeit, bis ein Bakterium oder Virus die Welt verändert, weil irgendwer das Bedürfnis verspürt, in halb rohes Fleisch zu beißen.«

»Aber was schlagt ihr vor? Dass alle Menschen zu Veganern werden? Dafür müsste man die Gemüse- und Sojaproduktion stark erhöhen. Das ist unrealistisch und würde außerdem weitere Abholzung bedeuten.«

»Nein, ich erwarte nur, dass jeder sich etwas mehr Mühe gibt. So, wie er halt kann. Dann wäre der Menschheit und auch den Tieren schon um einiges geholfen.«

Eves Worte waren hart, aber die Art, wie sie sie aussprach, freundlich. Trotzdem war Mieke froh, als Eve nun das Thema wechselte und von ihren Plänen zum Ausbau der Auffangstation erzählte. Falls sie genug Spenden sammeln konnte. Falls die Buschfeuer ihr im Wald gelegenes Refugium auch dieses Jahr wieder verschonte. Zu viele »falls«.

Nach dem Essen hängte Eve einen traditionellen australischen Billy über die Glut und kochte noch einmal frischen Tee. Er schmeckte herb, fast bitter. Es war dieselbe English-Breakfast-Mischung wie zuvor, doch der Rauch des Feuers, der sich im Teewasser absetzte, veränderte das Aroma. Allerdings hatte er auch eine merkwürdig beruhigende Wirkung und machte sie alle schläfrig. Jodie gähnte, und auch Mieke spürte, wie die Müdigkeit sie einholte.

»Wir reden morgen weiter«, schlug Eve vor und verteilte die Asche im Grill, bevor sie vorsichtig eine Flasche Wasser darüber ausgoss.

Danach führte sie sie ins Haus und zeigte auf eine Ecke des Wohnzimmers, in der sie eine doppelte Luftmatratze bereitgelegt hatte. »Ich habe euch eine Schlafecke eingerichtet, in der ihr mehr Platz habt«, sagte Eve. »Und die Luftmatratze ist rückenschonender als eure Isomatten.«

»Immerhin müssen wir heute die Decke nicht teilen«, erklärte Jodie schmunzelnd, hielt eine Wolldecke hoch und zwinkerte Mieke zu, die daraufhin auflachte.

Nach einer schlaflosen Nacht, in der Jodie neunzig Prozent der Matratze für sich beschlagnahmt hatte, während sie wie ein Walross mit Schnupfen schnarchte, wachte Mieke gerädert auf, als der typische, nach Gelächter klingende Ruf eines Kookaburras vor dem Fenster zu hören war und seine Kollegen mit einstimmten.

Die Uhr zeigte sechs, Jodie war schon aufgestanden. Kein Wunder, sie hatte bestimmt gut geschlafen.

Mieke streckte sich, ihr Rücken tat weh. Eve lächelte ihr vom Küchentisch aus zu und schob eine dampfende Tasse in ihre Richtung. »Guten Morgen. Kaffee?«, fragte sie. Auf ihrem Schoß hockte ein Possum, dem sie mit einer Hand eine Babyflasche hinhielt.

»Oh, das ist nett. Ich dachte, du trinkst nur Tee.«

»Kaffee am Morgen – außer gestern, da war das Pulver alle. Tee zu jeder anderen Uhrzeit.«

Mieke rappelte sich von der Matratze auf, nahm sich die Tasse vom Tisch und trat damit nach draußen vor die Tür. Es polterte hinter dem Schuppen, in dem Eve ihre unbenutzten Behälter, Käfige und Boxen lagerte, und Mieke lugte neugierig um die Ecke. Statt eines Tieres fand sie Jodie, die auf dem Überrest einer landwirtschaftlichen Maschine hockte und rauchte.

»Morgen«, sagte Mieke und wich dem Qualm aus, der in ihre Richtung wehte. »Gut geschlafen?«

»Hm«, brummte Jodie und zog tief an der Zigarette. »Das würde ich nicht gerade sagen. Du hast dich im Schlaf ständig hin und her gewälzt.«

»Und du hast geschnarcht wie ein Presslufthammer.«

»Oh man, sorry. Das liegt am Rauchen«, sagte Jodie entschuldigend. »Ich sollte mit dem Scheiß unbedingt aufhören.« Sie war barfuß, ihre Fußnägel rot lackiert, und auf den Fußrücken war eine Schildkröte tätowiert. Darunter, wie selbst gestochen, ein japanisches Schriftzeichen.

»Was bedeutet das eigentlich?«, fragte Mieke und deutete auf das Tattoo.

»Die Schildkröte steht für Geduld und Vertrauen. Das japanische Schriftzeichen fand ich einfach nur schön. Wahrscheinlich soll es irgendwas Heroisches wie ›Ehre‹ oder ›Kampfgeist‹ ausdrücken, aber vielleicht heißt es auch einfach nur ›Hühnersuppe‹, weil irgendwo ein Strich fehlt.«

Mieke schaute entsetzt, aber Jodie winkte lachend ab.

»Jetzt sei doch nicht so ernst. Das habe ich mir stechen lassen, da war ich gerade volljährig. Jetzt denke ich mehr über solche Dinge nach.«

Miekes Handy klingelte, eine Nachricht. Rob hatte ihr ein Selfie geschickt. Mit Helm, Sonnenbrille und Daumen hoch. Sie lächelte und knipste ein Selfie von sich – im Pyjama, mit ungekämmtem Haar und erhobener Kaffeetasse – und schickte das Foto kommentarlos zurück. Rob meldete sich gleich wieder: »Carpe diem! Schön, dass es dir gut geht. Ich freue mich auf die spannenden Berichte deiner Einsätze, wenn wir uns wiedersehen.«

Das war eine eindeutige Bestätigung, dass er einem Wiedersehen nicht abgeneigt war. Mieke überlegte, ob sie ihn anrufen sollte, aber offensichtlich war er gerade auf dem Weg zur Arbeit oder bereits dort.

Jodie beobachtete sie missmutig. »Dein Feuerwehrmann? Ich sag dir eins: Aussie-Männer sind alle Schrott. Egoistisch, rechthaberisch und sexistische Chauvinisten. Und sie treiben gerne Doppelspielchen, halten sich eine hier und dort eine andere. Such dir lieber einen Deutschen.«

»Nein, du verstehst da was falsch. Rob und ich, wir sind nur Freunde. Und ich denke nicht, dass die Kultur eine Rolle dabei spielt, ob man ein Idiot ist oder nicht. Glaub mir, diese Spezies gibt es auch in Deutschland.« Sie dachte an Alex, auf den alle drei von Jodie genannten Adjektive zutrafen, und war sich sicher, dass er eine ebensolche Flitzpiepe gewesen wäre, wenn er in Syrien, Amerika oder Russland zur Welt gekommen wäre.

»Wenn du meinst. Ich habe mit der Männerwelt abgeschlossen. Mein nächster Kerl ist eine Frau. Darauf kannst du wetten.« Als Mieke sie daraufhin eine Sekunde zu lange anschaute und dabei die Augenbrauen hob, lachte Jodie. »Keine

Angst, ich steh nicht auf deinen Typ. Und du wärst mir ohnehin zu anstrengend.«

»Du mir auch«, entfuhr es Mieke mit einem Lachen. Fast hätte sie »du mich auch« gesagt.

Jodie klopfte auffordernd neben sich, und Mieke setzte sich, beide Hände an der Tasse, die herrlich warm war. Um diese Uhrzeit war es in Australien erstaunlich kühl. Schon in einer Stunde allerdings würde die Hitze sie wieder eingeholt haben.

»Sag mal, darf ich fragen, aus welchem Grund du bei der Tierrettung mitmachst?«, fragte sie Jodie. »Ich meine, ich selbst setze mich schon seit Jahren im Tierschutz ein, und nachdem ich ein Buschfeuer live miterlebt habe, war die Sache für mich klar. Was hat dich bewegt?«

Jodie hustete, bevor sie die Kippe ausdrückte und den Stummel in ihrer fast leeren Kaffeetasse versenkte. »Den meisten Menschen kann man meiner Meinung nach nicht mehr helfen«, brummte sie. »Die sind damit beschäftigt, sich selbst zu bedauern, nur um sich dann in das nächste Unglück zu stürzen. Tiere hingegen geraten unverschuldet in Notlagen.«

»Nicht jeder Schicksalsschlag ist selbst verschuldet«, warf Mieke ein.

»Ich hab noch nie ein Tier gesehen, dass sich ein Schrottauto kauft, nur um fünfzig Kilometer später pleite und mit Motorschaden am Highway zu stehen, um dann von der Polizei zu erfahren, dass die Karre ohnehin gestohlen war.« Das hörte sich so an, als hätte sie genau das bereits erlebt. Jodie hob die Kaffeetasse an, um einen Schluck zu trinken, erinnerte sich im letzten Moment an die Kippe und verzog das Gesicht. »Brr, so eine Plörre. Eves Kaffee ist entkoffeiniert«, flüsterte sie Mieke verschwörerisch zu. »Davon wird man leider überhaupt nicht wach. Und Sojamilch im Kaffee geht für mich einfach gar nicht.«

Mieke grinste und nippte versuchshalber vorsichtig an ihrem Kaffee. Sie konnte Jodie nicht so ganz zustimmen. So sicher sie gestern noch gewesen war, nicht auf Milch verzichten zu wollen, musste sie doch gestehen, dass ihr die Sojamilch erstaunlich gut schmeckte. Sie gab dem Kaffee eine ganz natürliche Süße. »Und hast du vorher mit Wildtieren gearbeitet?«, führte sie das Gespräch fort.

»Yeah, mein Dad war Tierarzt für Kleintiere. Verletzte Wildtiere hat er in seiner Praxis umsonst behandelt. Ich sollte in seine Fußstapfen treten, aber ich war das schwarze Schaf der Familie. Hat in der Schule mit den Noten nicht so geklappt, wie Daddy das gerne gehabt hätte. Und na ja, während der Abschlussprüfungen war ich bis an die Kiemen zugekifft und konnte das mit dem Studium vergessen. Dann hab ich den falschen Typen kennengelernt, dann noch einen. Ist halt kacke gelaufen. Bis letztes Jahr hab ich als Kassiererin gearbeitet, bis mein Boss mich rausgeworfen hat. Kam immer zu spät wegen der Drogen. Na ja, war aber ohnehin ein Scheißjob und mein Boss ein Wichser. Aber jetzt habe ich den Entzug hinter mir und bin sauber bis unter die Achseln.«

»Das war bestimmt schwierig, der Entzug?«, mutmaßte Mieke, und Jodie schaute sie mit einem vielsagenden Blick an, der das ganze Leid der Welt zu enthalten schien.

»Mein Therapeut sagt, ich brauche ein neues Ziel. Und mein Dad musste seinen Beruf nach einem Schlaganfall an den Nagel hängen. Er ist halbseitig gelähmt, kann nicht mehr sprechen und leidet unter seinem Zustand wie ein Hund. Ich mach das für ihn. Damit er ein verdammtes Mal stolz auf mich sein kann.«

»Das ist er bestimmt«, sagte Mieke und massierte sich ihre Beine, die sich merkwürdig weich anfühlten. Ihre Eltern waren beide noch gesund und fit, aber die Zeit verschonte niemanden. »Du hast viel falsch gemacht, aber letztendlich die richtige Entscheidung getroffen und den Entzug hinter dich gebracht.«

»Na ja und ich liebe Tiere«, überging Jodie diesen Hinweis, doch Mieke meinte eine gewisse beschämte Freude in ihrem Gesicht zu erkennen. »Die wollen einem wenigstens nichts Böses. Also, sie handeln nicht aus bösem Willen. Natürlich müssen sie töten, um zu fressen, aber eben nicht, um dir zu schaden.«

Miekes Handy klingelte, und sie entschuldigte sich und nahm an. »Hi, Lina, so spät noch wach?«, begrüßte sie ihre Schwester und schritt dabei die Einfahrt entlang, um ungestört zu reden.

»Morgen, Süße. Tolle Bilder hast du mir geschickt – danke!« Mieke hatte ihr am Abend zuvor Fotos von Eves Rehabilitationszentrum gemailt. Besonders faszinierend fand sie allerdings weniger die Tiere an sich, als vielmehr die Beutel und Taschen, die den verwaisten Tierkindern als temporäres Zuhause dienten. »Wie viele dieser Beutel braucht Eve pro Tier pro Tag? Woher bekommt sie die normalerweise?«, fragte sie, und Mieke wurde hellhörig. Im Hintergrund bellten Linas Hunde Zuckerbrot und Peitsche. Zuckerbrot war eine Dänische Dogge aus einer rumänischen Tötungsstation, die Besitzerin des Chihuahuas Peitsche war verstorben. Darin waren sich die Geschwister schon immer einig gewesen: Wenn man helfen konnte, dann tat man es. Und wenn dabei ein ungleiches Paar wie Zuckerbrot und Peitsche herauskam, dann feierte man die Vielfalt des Lebens.

»Du hast doch schon wieder etwas ausgeheckt. Warum dieses spezielle Interesse, Schwesterherz?«

»Nur so«, log Lina so offensichtlich, dass Mieke sich fragte, wie ihre Schwester es schaffte, überhaupt ein Geheimnis für sich zu behalten. »Knips mal ein Foto von den Beuteln«, verlangte sie, und Mieke versprach es. Nach dem Telefonat schaute sie ihr Fotoalbum durch und schickte ihr eine Auswahl an Bildern. Außer den Stoffbeuteln aus Baumwolle und Flanell gab es noch Hängebeutel aus dickerem Material, die vorne einen Schlitz hatten, durch den die Joeys Zugang zum Inneren hatten. Über selbst gebauten Holzständern hatte Eve spezielle Taschen gehängt, in denen Possums verwahrt wurden, auf einer Anrichte lag einen Stapel Flughundrollen, in denen die Allerkleinsten eingewickelt wurden. Allerdings nicht in dieser Jahreszeit, denn Flughunde bekamen ihre Babys zwischen Oktober und Dezember. Mieke hatte alles fotografiert, weil es neu und interessant war. Aber warum wollte Lina das so genau wissen? Einer Ahnung folgend, loggte sie sich übers Handy in ihren Facebook-Account ein und verstand Linas Fragerei: »Werkelgruppe für australische Wildtiere« hieß ihre neue Facebook-Gruppe, vierundzwanzig Mitglieder waren beigetreten, es gab zwei Beiträge, einer davon der Willkommensgruß von Lina. Na gut, der Wille zählte. Sie steckte das Handy wieder weg.

Plötzlich ertönte ein gellender Schrei. Ein Klappern. Dann ein Fluchen.

So schnell sie konnte, rannte Mieke die Einfahrt entlang, um die Kurve herum bis hin zum ersten Kängurugehege. Am Wegrand saß Jodie auf dem Boden, ihr Bein blutete. Etwas Längliches schlängelte sich vor ihr.

»Fuck!«, schrie Jodie und robbte ein Stück nach hinten, weg von der Schlange.

Für den Bruchteil einer Sekunde blieb Mieke stehen, beurteilte die Situation. Dann stürzte sie vor und zog Jodie nach hinten. Die Schlange verzog sich ins nächste Gebüsch.

»Hat sie dich gebissen?« Die Frage war überflüssig, die beiden Zahnabdrücke waren deutlich auf Jodies Unterschenkel zu sehen. »Mist. Was für eine Schlangenart war das?«, fragte Mieke und zückte bereits das Handy.

»Scheiße, tut das weh«, schrie Jodie und rieb sich über das Bein. »Irgendeine Giftschlange, sieht man doch!«

»Halt still, verdammt!«, rief Mieke, während sie mit dem Rettungsdienst verbunden wurde.

Eve kam auf sie zugeeilt und verstand sofort.

»Bleib sitzen, beweg dich nicht«, befahl sie.

»Ich hab keinen Bock zu krepieren.«

»Keine Angst. Wir sind bei dir«, versprach Eve. »Je ruhiger du bleibst, desto weniger kann sich das Gift ausbreiten.« Gleichzeitig zwang sie Jodie, sich flach hinzulegen. Geduldig sammelte sie die Ameisen auf, die versuchten, auf Jodie zu klettern, und machte ihr ein Kissen aus einem Büschel Gras.

»Fuck. Die Dreckschlange ist aus dem Nichts aufgetaucht. Passt auf, dass sie euch nicht auch noch erwischt.«

»Keine Sorge. Entspann dich.« Doch in Eves Augen stand Sorge. Ihr Blick wanderte zu dem Gebüsch und dem Kängurugehege dahinter. »Ich lauf zum Haus, um Verbandsmaterial zu holen. Wir sollten einen Verband um das Bein wickeln.« Mieke nickte, und Eve sprintete los.

Vorsichtig zog Mieke Jodies Schuhe und Socken aus, und als Eve zurückkam, half sie ihr, das Bein zu schienen und den Verband fest um das gesamte Bein zu wickeln.

Während der nächsten halben Stunde wurde Mieke die Bedeutung der Relativität der Zeit vor Augen geführt, denn jede einzelne dieser dreißig Minuten dehnte sich zu einer eigenen

Ewigkeit, die sämtliche temporalen Superlative wie kosmische Zwerge erscheinen ließ.

Jodie fluchte beinahe ununterbrochen vor sich hin, bemühte sich aber, ruhig liegen zu bleiben. Mieke tröstete sie mit ruhiger Stimme. Als Jodie sich übergeben musste, half Mieke ihr, sich zur Seite zu drehen. Jodies Augenlider hingen herab, das erste Anzeichen der einsetzenden Muskellähmung. Schweiß stand auf ihrer Stirn, und ihre Hände zitterten. Mieke schauderte, und sie spulte gedanklich alle Erste-Hilfe-Maßnahmen ab, die ihr einfielen, die Bilder explodierten in ihrem Kopf. Die Erinnerungen der letzten Tage kamen hoch. Tote Tiere. Verbrannte Tiere. Umstürzende Bäume. Schlangenbiss. All die Dämonen tanzten unter der Oberfläche, bereit, um auszubrechen.

Sie hielt es nicht aus, tatenlos neben der hilflosen Jodie zu sitzen, und sprang stattdessen auf, holte ein Glas Wasser, das sie ihr vorsichtig an die Lippen führte und sprach weiter beruhigend auf Jodie ein, um sich ihr eigenes Entsetzen nicht anmerken zu lassen. In dem Moment zischelte es im Gebüsch, und die Schlange wand sich heraus, kreuzte ihren Weg und verzog sich ein paar Meter weiter hinter einen Haufen Reifen.

»Oh nein«, flüsterte Eve und winkte Mieke näher zu sich heran. »Siehst du die Schwanzspitze, die verhältnismäßig dünn im Vergleich zum Rest des kompakten Körpers ist? Das ist eine Todesotter, unverkennbar.« Auf ihren Wangen zuckte es.

»Wie gefährlich sind die?«, flüsterte Mieke.

»Das ist eine Giftnatter, und die zählen zu den giftigsten Schlangen Australiens. Ihr Toxin ist so stark, dass ein unbehandelter Biss innerhalb weniger Stunden zum Tod führt.«

Mieke schaute sie entsetzt an, und beide drehten sich zu Jodie um. Diese japste nach Luft, ihre Haut wurde blasser.

Die Schlange musste kräftig zugebissen und eine große Portion Gift injiziert haben. Viel Zeit blieb ihr nicht.

In der Ferne glaubte Mieke für einen Moment die Totenglocke des Pförtners zu hören, der kam, um Jodie abzuholen. Es war der Krankenwagen, der endlich den Weg die holprige Straße entlang gefunden hatte.

Kapitel 6

Der Sanitäter beugte sich vor und nahm wiederholt Jodies Puls. Mieke hielt sich an den Kanten des harten Klappstuhls im Krankenwagen fest. Obwohl sie angeschnallt war, rutschte sie immer wieder seitlich vom Sitz. Jodie war blass, hatte die Augen geschlossen. An ihrem Daumen hing der Sauerstoffmesser. Um sie herum blinkten Maschinen. Es war eng.

»Wie geht es ihr?«, fragte Mieke. Krampfhaft hielt sie sich an einer Querstange fest, ihre Fingerknöchel traten weiß hervor.

»So weit stabil. Das muss aber nichts heißen.« Diese Antwort war unbefriedigend, ließ alle Optionen offen. Der Sanitäter zog eines von Jodies unteren Augenlidern herab und schaute sich den Augapfel prüfend an.

»Du bist gut mit ihr befreundet, nehme ich an?«

»Ja, wir arbeiten zusammen.« Sie dachte kurz nach. »Und wir sind auch befreundet. Wenn es um ihre nächsten Verwandten geht, kann ich aber leider nicht weiterhelfen. Ihr Handy befindet sich in der Umhängetasche. Soll ich nachschauen, ob es passwortgeschützt ist?«

»Nein, lass gut sein. So schlimm ist es noch nicht.« Diese Worte gaben Mieke wieder Hoffnung. Der Krankenwagen fuhr schnell und ratterte über die Bodenwellen und Löcher. Erst als sie den Stadtrand von Toowoomba erreichten, schaltete der Fahrer die Sirene ein.

Im Krankenhaus war viel los. In dieser Woche fand die Royal Agricultural Show in Toowoomba statt, mit vielen veralteten Kirmesgeräten, riskanten Wettbewerben, wie Axtwerfen und Akkordsägen, und Tiervorführungen, die sowohl die Teilnahme gestresster Jungbullen als auch halbwilder Stock-Horse-Hengste beinhalteten, erzählte ihr der Sanitäter. Es war bereits sein neunter Einsatz in dieser Schicht.

Das führte zu Hochbetrieb in der Notaufnahme des kleinen Krankenhauses, das für solche Auslastungen nicht ausgelegt war. Zu Miekes Erleichterung wurde Jodies Bahre an all den Wartenden vorbeigefahren und direkt in den Untersuchungssaal hinter den Schwingtüren gebracht.

»Ab hier übernehme ich«, sagte ein junger Arzt mit müdem, aber charmantem Lächeln, und Mieke beobachtete zufrieden, wie sich seine Pupillen weiteten, als er sie bemerkte. Er hielt kurz inne und schaute sie eine Sekunde zu lange an.

»Sind die Patientendaten schon aufgenommen worden?«, fragte er die Krankenschwester, die Jodie von der Bahre abschnallte, ohne den Blick von Mieke zu nehmen.

»Noch nicht.« Mieke kramte Jodies Führerschein aus deren Tasche hervor und reichte ihn dem jungen Arzt.

»Bitte schön. Vielen Dank für die schnelle Hilfe.« Sie schaute auf sein Namensschild. »Doktor Johnson. Kann ich bei Jodie bleiben?«

»Schlangenbisse haben Priorität. Da darf man keine Zeit verlieren. Und ja, du kannst gerne bleiben. Hier nennt mich übrigens jeder beim Vornamen – ich bin Oliver. Ich kümmere mich persönlich um deine Freundin.«

Mieke lächelte – egal, aus welcher Motivation heraus der Arzt ihnen die Chefbehandlung gab –, Jodie konnte sie gut gebrauchen.

Jodie wurde untersucht und ein Gegengift verabreicht.

»Das Serum ist erprobt und wirkt in den meisten Fällen gut. Ausnahmen sind natürlich immer möglich. Und leider hat das Antidot viele Nebenwirkungen. Wir werden deine

Freundin mindestens noch weitere vierundzwanzig Stunden unter Beobachtung halten müssen, wenn nicht noch länger. Blutabnahmen sind alle zwei Stunden nötig.«

Er gab einer Krankenschwester weitere Anweisungen. Dann schaute er auf die Armbanduhr.

»So spät schon. Ich habe gleich meine Morning-Tea-Pause. Darf ich dich vielleicht auf eine Tasse Kaffee einladen nach dem Schreck?«

Seine hohlen Wangen zeugten von viel Arbeit und wenig Schlaf, aber seine blauen Augen verrieten Intelligenz und Menschenverstand. Mieke zögerte.

»Deine Freundin braucht jetzt vor allem Ruhe. Da kannst du im Moment nicht viel tun«, schob er hinterher, und Mieke gab sich einen Ruck. Die Sorge um Jodie nagte an ihr, etwas Ablenkung würde ihr guttun, und Oliver wirkte nett.

»Klar, gerne. Aber ich lade ein.«

Sie wartete auf dem Flur, bis er seine Sachen aus dem Personalraum geholt hatte, und machte sich dann mit ihm gemeinsam auf den Weg zu seinem Auto. Obwohl das Café nur einen Block entfernt lag, bestand Oliver darauf, sein Auto zu nehmen, und nach kurzem Protest von Mieke – es ging einfach gegen ihre Grundsätze, eine solch kurze Strecke mit dem Auto zu fahren – ließ sie sich aufgrund der hohen Temperaturen doch überzeugen, dass es die richtige Entscheidung war. Als Mieke in den Mercedes GLE 350d stieg und das futuristische Dashboard mit 360-Grad-Kamera und den neuesten Features sah, verstand sie auch, warum Oliver seinen Wagen hatte nehmen wollen: Es war das männliche Äquivalent dazu, unauffällig den Spaghettiträger des Kleides von der Schulter rutschen zu lassen.

Sie hatten Glück und fanden direkt vor dem Café einen Parkplatz. Der Eingang des Cafés mit dem passenden Namen

Vintage Amethyst war flankiert von zwei Jacarandas, draußen saßen mehrere ältere Pärchen, einige davon offensichtlich Patienten des Krankenhauses, erkennbar an ihren Verbänden, Gehhilfen und der legeren Kleidung. Ein alter Mann mit einem Schlauch in der Nase hatte eine Sauerstoffflasche auf einem fahrbaren Gestell neben sich stehen, vor ihm lag eine Schachtel Zigaretten auf dem Tisch. Konsequent bis zum Schluss, dachte Mieke. Die Jacarandas waren bereits verblüht, aber einzelne lila Blätter erinnerten an die Pracht, die sie pünktlich zum Semesterbeginn der University of Southern Queensland versprüht haben mussten. Direkt vor der Balustrade des Cafés wuchs ein Grevilleabusch, in dessen Zweigen ein Regenbogenlori hockte. Sein knallblauer Kopf war halb in einer Blüte verschwunden, während er gierig den Nektar trank.

»Kurz vor Sonnenuntergang treffen die sich hier überall zu Hunderten. Dann ist das Gezwitscher unerträglich laut, und man freut sich, wenn die Sonne weg ist und es leiser wird.« Das konnte Mieke sich nicht vorstellen – je mehr Vögel, desto besser, fand sie.

Sie bestellte zwei Cappuccinos, und Oliver ließ es sich nicht nehmen, außerdem zwei Lamingtons zu ordern. Sie suchten sich einen kleinen Tisch vor einer Living Wall, einem quadratischen Rahmen, in den liebevoll verschiedene Pflanzen eingesetzt wurden, sodass sie eine Art kleinen horizontalen Garten bildeten. In sämtlichen Cafés in Südost-Queensland war dieses Wohnaccessoire inzwischen beliebt, um die subtropische Note der Region zu betonen. Dieses Arrangement hier war allerdings aus Plastikpflanzen zusammengesetzt, ein Widerspruch, der Mieke unangenehm berührte, weil er zu viel über die Ignoranz der Menschen verriet.

»Die musst du einfach probieren. Lamingtons gehören zur lokalen Cuisine«, schwärmte Oliver.

An sich waren die in Kakaopulver gewälzten und mit Kokosflocken bestäubten Teigwürfel nichts Besonderes und für den verwöhnten Durchschnittsgaumen des deutschen Konditoreibesuchers keine Geschmacksexplosion, aber sie schmeckten nicht schlecht. Fett und Zucker in Kombination funktionierten eben fast immer.

»Man erzählt sich, dass Lord Lamington, der im 19. Jahrhundert als Gouverneur von Queensland diente, sie hier in Toowoomba zum allerersten Mal serviert bekommen hat. Er war zu Besuch im Harlaxton House und hat sich sofort in diesen Kuchen verliebt. Jetzt sind die Lamingtons ein Nationaldessert in ganz Australien.« Seine Worte klangen so stolz, als hätte er sich das Rezept selbst ausgedacht. Diese ganz spezielle Art von Patriotismus war Mieke schon mehrfach bei Begegnungen mit Australiern aufgefallen.

»Dann ist der Lamington Nationalpark wohl auch nach diesem Gouverneur benannt worden? Da war ich ...« Sie brach ab, als ihr Handy klingelte. Es war Rob. Unschlüssig wog sie ihr Handy in der Hand. Sie wollte Oliver gegenüber nicht unhöflich sein, aber wenn Rob anrief, konnte es sich um eine ernste Angelegenheit handeln. Wobei Rob an sich auch so schon eine ernste Angelegenheit war ...

»Es tut mir leid, den Anruf muss ich annehmen.«

»Kein Problem, das kenne ich«, sagte Oliver und lehnte sich zurück.

»Hi, Rob, was gibt es?«, meldete sie sich.

»Hallo, Mieke, na, wo treibst du dich gerade herum? Anscheinend bist du noch von keinem Fallbären erschlagen worden, quicklebendig, wie du klingst.«

Fallbären – das war eine Geschichte, die man ahnungslosen Touristen erzählte. Ein koalaähnliches Raubtier, groß wie ein Leopard, das im Geäst darauf wartete, dass ein unschuldiger

Waldbesucher unter ihm herging – um sich dann mit voller Wucht auf sein Opfer fallen zu lassen und es zu erlegen und zu verspeisen. Die Legende wurde in Miekes Reiseführer bildhaft erzählt.

»Nein, so schlimm ist es nicht«, lachte Mieke, wurde aber sofort darauf wieder ernst. »Wir haben ein paar Tiere gerettet. Allerdings auch schon viele gefunden, für die wir zu spät kamen. Jetzt bin ich gerade in Toowoomba in der Stadt. Jodie wurde von einer Schlange gebissen, und sie muss die nächsten Tage zur Beobachtung im Krankenhaus bleiben.« Sie fasste ihm die Geschichte zusammen. Dabei hatte sie einen Kloß im Hals, denn so ganz war sie noch nicht davon überzeugt, dass Jodie sich wieder gut erholen würde.

»Gut, dass sie das Gegengift so schnell verabreicht bekommen hat. Aber nach deiner Beschreibung ist Jodie robust wie ein alter Gummibaum. Das heißt, du hängst jetzt erst mal in Toowoomba fest?«

»Ja, sieht so aus. Gibt es einen besonderen Grund, warum du anrufst?«

»Ich bin gerade im Boondamine State Forest. Hier ist letzte Nacht ein Feuer ausgebrochen, das sich langsam ausbreitet. Befindet sich verdammt nahe an einigen Farmen. Ich sehe viele Tiere davonlaufen, die meisten davon könnte man leicht fangen. Wir sind nicht allzu weit von Toowoomba entfernt. Bist du sicher, dass du nicht wegkannst?«

Jetzt hörte Mieke ein leises Knistern im Hintergrund und Robs Kollegen, die sich etwas zuriefen.

»Es reizt mich sehr. Aber ich möchte Jodie im Moment nicht allein lassen – nicht solange wir keine Gewissheit haben, dass sie über den Berg ist.«

»Ja, das verstehe ich. Dann lass uns später noch mal reden.

Richte Jodie unbekannterweise liebe Grüße und gute Besserung aus und bis bald.«

Mieke verabschiedete sich und legte auf. Oliver sah sie fragend an. »Alles in Ordnung?« Mieke erzählte ihm von der Tierrettung und ihrem Zwiespalt.

»Du wirst hier nicht viel für deine Freundin tun können, außer neben ihrem Bett zu sitzen und zu warten. Obwohl ich mich natürlich freuen würde, wenn wir unser Kaffeetrinken wiederholen könnten«, sagte er und legte dabei seine Hand auf ihren Arm. »Du bist eine außergewöhnliche Frau, Mieke.«

Auf dem Rückweg zum Krankenhaus war Oliver schweigsam geworden, und als sie durch die Flügeltür traten, wo ihnen die durch die Klimaanlage verursachte Kältewelle entgegenschwappte, hielt er kurz inne.

»War das dein Freund am Telefon?«, fragte er und mied ihren Blick.

»Nein«, antwortete Mieke und schaute ihn nachdenklich an. Oliver war anständig, gebildet und bieder, aber einfach nicht ihr Typ. Und dass er die paar Meter zum Café mit dem Auto fahren musste, konnte sie nicht nachvollziehen.

»Ein Freund, nicht mein Freund.«

Zurück in Jodies Krankenzimmer, stellte Mieke erleichtert fest, dass ihre Mitstreiterin schon wieder etwas fitter wirkte. Als sie ihr jedoch von Robs Anruf erzählte und ihre Entscheidung mitteilte, bei ihr bleiben zu wollen, bekam Jodie fast einen Wutanfall.

»Du fährst jetzt zu diesem verfickten Einsatz hin, hörst du?«, brüllte sie beinahe und fuchtelt, so wild mit den Händen, dass sie sich dabei fast den Sauerstoffmesser vom Finger riss. Mieke vermutete, dass Jodies Wut eine Kanalisierung der Enttäuschung war, bis auf Weiteres für die Tierrettung auszufallen. »Ich will nicht, dass du wegen mir pausierst und deswegen Tiere draufgehen. Zieh gefälligst ohne mich los! Ich komm schon klar und bin in ein paar Tagen wieder einsatzbereit. Wir haben das gemeinsam angefangen, und wir geben das jetzt nicht auf.« In ihrem weißen Untersuchungskittel wirkte sie spindeldürr, aber ihre Augen funkelten kämpferisch.

»Jodie, ich möchte liebend gerne weiterhin mit dir Tiere retten, aber deine Gesundheit hat Priorität«, antwortete sie beschwichtigend und schaute zur Krankenschwester, die gerade im Nebenbett die Kissen aufschüttelte. »Nimm dir die Zeit, dich zu erholen.«

»Ich kann Ihnen versichern, dass Ihre Freundin in den besten Händen ist. Sie können ruhig gehen«, versicherte auch die Krankenschwester mit einem aufmunternden Lächeln.

»Na gut, wenn du darauf bestehst, dann sag ich Rob Bescheid, dass ich komme und ihn unterstütze«, entschied Mieke. Zum Abschied kaufte sie Jodie einen Strauß Tulpen beim krankenhausinternen Floristen und arrangierte sie auf ihrem Nachttisch. Versöhnlich legte Jodie ihr die Hand auf den Unterarm. »Du packst das, Mieke. Und wenn du jemanden zum Reden brauchst, kannst du mich jederzeit anrufen.«

Es war bereits Mittagszeit, die Sonne stand hoch am Himmel, und die Luft flimmerte vor Hitze. Auf den langen, geraden Straßenabschnitten ließen Luftspiegelungen imaginäre Pfützen auf dem Beton erscheinen.

Mieke fuhr den New England Highway in Richtung Boondamine State Forest entlang. Eve und Milena hatten Mieke netterweise ihren Mietwagen zum Krankenhaus gebracht und waren dann in einem klapprigen Landcruiser zurück zur Station gefahren. Auch Eve hatte vor Sorgen kaum geschlafen und war beruhigt, dass es Jodie inzwischen besser ging.

Mieke summte zu einem Lied im Radio. Wie auf den meisten australischen Autobahnen galt eine Geschwindigkeitsbegrenzung von 100 km/h – gefühltes Schneckentempo, ein unangenehmer Widerspruch zu Miekes deutscher Fahreffizienz und eine ernsthafte Probe für ihre Geduld. Wobei auch der Begriff »Highway« hier scheinbar wenig mit der tatsächlichen Straßengröße und Beschaffenheit zu tun hatte. Die Straße, die sie gerade entlangfuhr, ähnelte eher einer deutschen Landstraße. Immer wieder erwischte Mieke sich, wie die Tachonadel die 110 überschritt und sie auf die Bremse drücken musste.

Das Handy steckte in einer Halterung in der Lüftung. Es gab kein Netz mehr hier draußen. Zum Glück hatte sie sich für den Wagen mit eingebautem GPS entschieden, so konnte sie die Karten nutzen, die sie vorab heruntergeladen hatte.

Noch fünf Kilometer bis zur Abfahrt, danach sollte Mieke fünfzehn Kilometer weiterfahren, um sich mit Rob auf einem Parkplatz zu treffen.

»Du erkennst mich an dem gelben Helm«, hatte er am Telefon gewitzelt. Mieke freute sich darauf, ihn wiederzusehen, mehr noch, mit ihm zu arbeiten. Doch ein paar Kilometer vor dem Ziel verhinderte eine Straßensperre die Weiterfahrt. Über dem Umleitungswegweiser war ein Schild mit der Aufschrift »Durchfahrt verboten!« angebracht. Daneben stand ein ernst dreinblickender Polizist, der Mieke mit einem Winken zum Stehen brachte, während sein Kollege gerade die letzte Barriere in Position brachte. Mieke öffnete das Fenster.

»Entschuldigung, ich muss hier durch. Es ist dringend.«

Der Polizist schaute sie mitleidig an. »Sorry, Honey, hier ist kein Durchkommen mehr. Da hinten ist ein Waldbrand ausgebrochen.«

Mieke suchte den laminierten Ausweis im Mittelfach, der sie als Tierretterin des *We for Wildlife* auszeichnete und ihr hoffentlich die Durchfahrt ermöglichen würde. Natürlich war er unauffindbar. Wie immer, wenn man etwas wirklich brauchte. »Es ist eine Ausnahme. Ich bin mit der Feuerwehr verabredet. Ich soll hier helfen.«

Der Beamte verschränkte die Arme und ließ dabei, sicherlich unabsichtlich, den Schlagstock und die Pistole an seinem Gürtel sichtbar werden. »Ja, das höre ich leider nicht zum ersten Mal. Hier ist gesperrt. Das sind die Anweisungen.«

Mieke wurde rot. Sie hatte mit vielem gerechnet, aber nicht, dass sie einfach abgewiesen wurde. Durchatmen. Ein diplomatisches Lächeln, zweiter Versuch.

»Das kann ich mir vorstellen.« Es klapperte, als der andere Polizist die Barrikade zum zweiten Mal umkippen ließ. »Ich wurde von Rob Thompson von der Feuerbrigade herbestellt.«

Genervt drehte der Polizist sich nun zu seinem Kollegen. »Bin gleich bei dir, Jack.« Wieder an Mieke gewandt, fuhr er fort: »Sie müssen umkehren, Madam. Und wenn der Teufel persönlich sie gebeten hat, hier zu erscheinen. Ich kann nur meine Befehle ausführen, und keiner von ihnen lautet, eine Touristin durchzulassen.«

Gut, dass Jodie das hier nicht hören musste, die würde jetzt die Krallen ausfahren – nur dass sie ohne Uniform am kürzeren Hebel saß.

»Ich bin hier nicht zum Sightseeing, sondern im Auftrag des Artenschutzvereins *We for Wildlife*«, sagte sie ungerührt.

»Dein Akzent ist nicht von hier.«

»Nein, ich komme aus Deutschland.«

»Warum interessiert sich jemand aus Deutschland für unsere Wildtiere?« In der Frage lag mehr Verachtung als Interesse.

»Es spielt doch keine Rolle, woher man kommt. Wenn man da, wo man gerade ist, helfen kann und die Kompetenz dazu besitzt, sollte man das tun. So sehe ich das zumindest«, sagte Mieke betont höflich, und es fiel ihr schwer, ihre Ungeduld zu unterdrücken. Der Polizist schnaubte und verdrehte die Augen. Mieke ignorierte die Geste und bemühte sich um ein gefasstes Gesicht. Was hatte der Autor Marc-Uwe Kling in den Känguru-Chroniken bereits festgestellt? Ach ja: Ein Idiot in Uniform bleibt immer noch ein Idiot.

Hinter ihr bremste ein SUV, und eine blonde Frau Mitte vierzig sprang heraus und eilte auf sie zu. Mit ihrer Jeans, Bluse und dem weißen Cowboyhut hätte sie für einen Countrymodenkatalog modeln können. Allerdings war ihr gehetzter Gesichtsausdruck weniger werbetauglich.

»Sorry«, rief sie. »Wir müssen hier durch. Es ist dringend.«

Plötzlich verstand Mieke den Beamten, der entnervt Luft holte. »Hier ist gesperrt«, wiederholte er.

»Nein, ich muss da wirklich durch. Ich wohne in der Bellbowrie Street. Uns gehört die Equibella Whitegum. Das hier ist die einzige Zufahrtsstraße.«

»Oh, das tut mir leid. Befinden sich noch andere Person auf eurem Gestüt? Nein? Gut. Ich kann euch in eurem eigenen Interesse nicht durchlassen. Das ist Evakuierungszone. Hier geht es nur raus, nicht mehr rein. Seid froh, dass ihr euch auf dieser Seite der Absperrung befindet. Da hinten ist die Hölle los.«

Der jüngere Polizist war hinzugetreten, ihn schien das Schicksal der Frau mitzunehmen. Fragend schaute er seinen Vorgesetzten an, aber dieser schüttelte energisch den Kopf. Zaghaft schlug er vor: »Sucht euch eine sichere Unterkunft für die Nacht. Am besten bei Verwandten oder in einem Motel in Highfields, das ist am nächsten dran und doch weit genug vom Feuer entfernt.«

Sein wohlgemeinter Vorschlag fand jedoch wenig Beachtung, denn die Stimmung zwischen den anderen war angespannt. Mieke drehte den Kopf zwischen dem älteren Polizisten und der Frau hin und her, die ihn fassungslos anstarrte, bis sie sich kurz darauf wieder fing. Gepresst brachte sie hervor: »Ich weiß, dass ihr euch an die Regeln halten müsst. Bitte drücken Sie ein Auge zu. Meine Pferde stehen im Stall, und ich muss sie da rausholen.« Sie deutete auf den Anhänger hinter dem SUV. »In einer Stunde sind wir hier wieder weg. Mit meinen Tieren. Das verspreche ich.«

Verlegen drehte der jüngere Polizist die Hände ineinander, die blauen Augen voller Mitleid.

»Equibella Whitegum … Ich habe schon von euch gehört. Ihr zieht doch öfters Känguruwaisen auf?«

Rhoda nickte unglücklich. »Die Joeys sind Gott sei Dank alle bei meiner Schwiegermutter.«

»Das mit den Pferden tut mir leid. Vielleicht gibt es …« Sein Vorgesetzter blickte ihn so streng an, dass er die Lippen fest zusammenpresste und den Kopf senkte. »Lass gut sein, Jack«, sagte er und fuhr nun, etwas sanfter an die beiden Frauen gerichtet, fort: »Ich muss euch bitten, zu wenden und den Ort zu verlassen. Bitte tut, was ich sage, sonst ist das Widerspruch gegen polizeiliche Anweisungen und wird teuer. Das möchte ich euch und meinem jungen Kollegen hier ersparen.«

Dieser schaute beschämt auf seine Schuhe. Mieke hatte in der Zwischenzeit ihren Ausweis von *We for Wildlife* gefunden, aber als sie im Rückspiegel sah, wie die Frau zu ihrem Fahrer ins Auto stieg und heftig gestikulierend diskutierte, änderte sie ihren Plan und wendete den Wagen. Der Ausweis würde ohnehin keinen Unterschied machen. Interessant, wie vielen Wildtierpflegern sie begegnete. Wie immer, wenn man sich auf ein Thema konzentrierte und plötzlich an jeder Ecke Gleichgesinnte fand.

Ein paar Kurven weiter hielt sie am Straßenrand, stieg aus und lehnte sich an die Fahrertür, bis der SUV um die Ecke kam. Gestikulierend bedeutete sie dem Pärchen anzuhalten.

»Hast du ein Problem mit deinem Wagen?«, fragte die blonde Frau. »Ein mieser Ort dafür.«

»Nein. Das nicht. Ich mache mir nur Sorgen um eure Tiere. Ich würde euch gerne helfen, wenn ich irgendwie kann.«

»Gerne. Ich bin Rhoda, das ist mein Mann Jordan.«

»Eine klassische Good-Cop-Bad-Cop-Masche«, schimpfte es vom Nebensitz. »Die haben wohl zu viel CSI geguckt.«

Rhoda erzählte ihr, dass sie ambitionierte Dressurreiterin war, ihr Mann Jordan arbeitete als Manager eines Landmaschinenverleihs. Die meisten Pferde befanden sich in dieser Jahreszeit weiter westlich auf Sammelweiden, um sich von den Anstrengungen des Jahres zu erholen. Die Weiden waren ein gutes Stück entfernt und weitestgehend baumfrei. Aber im Stall standen der Zuchthengst Kordokan Gold und eine Begleitstute.

»Die beiden sind nicht nur teure Tiere, sondern uns auch persönlich wichtig. Kordokan war ein Waisenfohlen, ich habe ihn mit der Flasche aufgezogen. Wir müssen die beiden da rausholen, sonst werde ich für den Rest meines Lebens von Albträumen verfolgt. Und die wichtigsten Akten aus dem Haus wären auch gut, da hängt unsere Existenz dran. Das Feuer scheint noch weit weg, wir haben bestimmt genug Zeit.«

»Es dauert, bis so ein Buschfeuer richtig in Schwung kommt«, warf Jordan ein.

»Ich kann einfach nicht glauben, dass die Polizei uns nicht auf unser eigenes Grundstück lässt.« Rhodas Stirn legte sich in Falten. »Das Problem ist, dass es außer dieser Landstraße keine weitere Zufahrt gibt.«

»Na ja …«, fiel ihr Jordan ins Wort. »Eine Zufahrt gibt es schon …«

Mieke schaute in den Himmel, der strahlend blau und friedlich wirkte. Eine trügerische Illusion. Der Wind ging in Richtung Feuer und hielt die Luft rauchfrei. Doch Mieke wusste inzwischen, wie schnell sich das ändern und der Wind das Feuer beschleunigen konnte.

»Nein, das ist zu gefährlich. Nicht mit dem Hänger.«

»Wir haben keine andere Wahl, Rhoda. Und ich bin mir sicher, dass es kein großes Risiko ist. Das Feuer ist weit weg.«

Rhoda wandte sich an Mieke. »Würdest du uns wirklich helfen? Jordan spielte auf einen Umweg durch den Wald an, über den man unser Gestüt von hinten erreichen kann. Es ist ein Feldweg, nicht gut gepflegt. Alleine zu riskant, aber wenn wir ein Ersatzauto dabeihätten, in das wir im Notfall wechseln könnten …«

»Ich bin dabei«, unterbrach Mieke ihren Satz. »Fahrt vor, ich folge euch.« Sie eilte zurück in ihren Wagen. Bevor sie losfuhr, tippte sie Robs Nummer und stellte das Handy auf Lautsprecher. Es tutete mehrfach, dann ging eine Mailbox ran. »Hi, hier ist Rob, bitte hinterlassen Sie mir eine Nachricht, ich rufe zurück.«

Mieke biss die Zähne zusammen. Es wäre ihr lieber gewesen, direkt mit ihm zu sprechen und sich Rat einzuholen. Ihr war nicht wohl bei der Sache, und sie konnte nicht gut abschätzen, wie groß die Gefahr wirklich war, in die sie sich gerade begab.

»Hi Rob, hier ist Mieke, falls du diese Nachricht hörst, könntest du mich bitte direkt zurückrufen? Ist dringend.« Sie überlegte, dann fügte sie schnell hinzu: »Mach dir aber keine Sorgen, es geht mir gut. Danke.«

Rhodas Beschreibung vom Wegzustand war milde untertrieben. Steine knirschten unter den Reifen. Tiefe Schlaglöcher waren verdeckt von teils hüfthohem Gras, das mit unangenehm repetitivem Geräusch an den Bullenfänger schlug. Was die Mietwagenfirma von den Kratzern im Lack halten würde … Mieke verdrängte den Gedanken. Allerdings spürte sie diese Spannung in der Luft, diese stumme Vorahnung, wenn sich eine Feuerwand näherte und es unter der Haut zu jucken anfing. Wie damals, im Lamington Nationalpark, gab es auch jetzt diese subtilen Warnungen, die man mehr spürte als verstand.

Gerade als Mieke überlegte, wie lange sie noch würden fahren müssen, endete hinter der nächsten Biegung der Wald, und sie fuhren zwischen weißen Zäunen und in Form geschnittenen Hecken hindurch auf das Anwesen zu.

Das leuchtende Aquamarin des Himmels wurde inzwischen von einem hellbraunen Schleier überzogen. Mieke kurbelte das Fenster herunter. Nun konnte sie den Rauch riechen.

Das Equibella Whitegum war nicht nur ordentlich angelegt, es war manikürt. Mit grauen Ziersteinen eingefasste Wege schlängelten sich durch einen bewässerten Kunstgarten, in dem zwischen Rosenstauden eine lebensgroße Marmorstatute stand – ein steigendes Pferd mit wilder Mähne.

Sie parkten die Autos auf dem Rondell direkt vor dem Pferdestall, in dem ein Pferd hörbar randalierte. Als Mieke den Motor abstellte, herrschte abgesehen von diesem Poltern plötzlich für einen Moment Stille. Dann drang aus weiter Ferne ein Wummern und Knistern in ihr Ohr, so leise, dass sie sich nicht sicher war, ob sie es sich nicht einbildete, und doch so unverkennbar, dass sie wusste, es war real.

Rhoda sprang sofort aus dem Wagen, griff sich im Laufen ein Halfter vom Haken und rannte in den Stall. Mieke folgte ihr. Die Tiere waren in wunderschönen Designerboxen aus hellem Holz untergebracht, und in der Stallgasse konnte man vom Boden essen. Es war ein Traum für jeden Pferdeliebhaber.

»Kordokan Gold« stand an der Boxentür, gegen die das panische Pferd so heftig trat, dass der ganze Stall vibrierte. Die Stute nebenan wieherte ebenfalls ängstlich.

»Mist. Sie riechen den Rauch. Und Kordokan hat mehr als nur Angst vor dem Feuer, er ist als Fohlen in eine Feuerstelle getreten und hat sich den Huf versengt. Seitdem müssen wir selbst beim BBQ auf die Windrichtung achten.«

Unschlüssig stand sie vor dem Rappen, der in der Box buckelte. Die Boxentür war aus solidem Hartholz gezimmert und gab bei jedem Tritt nach, da sie nur am oberen Rand an einer Schiene befestigt war, auf der sie zur Seite geschoben werden konnte.

»Ruhig, mein Junge! Ruhig!«, sprach Rhoda auf den Hengst ein. Kordokan drehte sich einmal im Kreis, schnaubte laut und drückte dann seine Schnute gegen die Stäbe. Rhoda streichelte über das weiche Fell zwischen seinen geweiteten Nüstern.

»Traust du dir zu, die Stute zu führen? Die beiden müssen gleichzeitig raus. Kordokan wird nicht ohne Cynthia gehen. Die kleben aneinander wie die Fliegen auf dem Vegemite. Das rote Halfter auf dem Hocker passt ihr.«

Skeptisch beäugte Mieke das große Warmblut und gab sich dann einen Ruck.

»Klar, gar kein Problem«, behauptete sie und versuchte, sich daran zu erinnern, wie man ein Halfter anlegte. Die Reitstunden ihrer Kindheit lagen in weiter Ferne.

»Alles gut. Vertrau mir«, flüsterte sie der bildschönen Fuchsstute zu, die sie scheu anschaute, als sie in die Box trat. Ihre Befürchtungen waren unbegründet, denn als Mieke den Arm mit dem Halfter hob, nahm die Stute routiniert den Kopf herunter. Die Macht der Gewohnheit besiegte die Angst, und sie ließ sich problemlos aus der Box führen.

Kordokan tänzelte unruhig in der Stallgasse vor ihr her, doch Rhoda hatte ihn fest im Griff. Man spürte, dass sie dieses Urvertrauen in ihn besaß, das Tierhalter auszeichnete, die ihre Schützlinge von klein auf kannten. Für Rhoda war Kordokan immer noch ein freches, aber schutzbedürftiges Fohlen, auch wenn sein Stockmaß inzwischen bei eins achtzig lag und die Oberlinie seines Halses kräftig bemuskelt war und von intensivem und sachkundigem Training zeugte.

Mieke folgte mit Cynthia, deren einziger Fokus Kordokans Hinterhand war und die sich dementsprechend leicht führen ließ. Sobald sie den Stall verließen, schlug ihnen ein heißer Wind entgegen. Der starke Rauchgeruch kratzte im Hals. Während sie im Stall gewesen waren, hatte der Himmel sich orange gefärbt, und das eben noch kaum hörbare röhrende Geräusch war inzwischen zu einem deutlichen, konstant an- und abschwellenden Donner geworden, der vom nahen Wald zu ihnen herüberdrang. Staub wirbelte auf, und eine Plastikplane wehte über den Platz.

»Mist. Das Feuer ist schnell, und es kommt auf uns zu. Wir müssen uns beeilen«, warnte Mieke.

Rhodas Bewegungen wurde hektischer, und ihre Unruhe übertrug sich auf den Hengst. Die zierliche Frau wirkte kleiner neben Kordokan, als dieser den Hals hoch aufrichtete. Das Weiße in seinen Augen wurde sichtbar, die Ohren zuckten hin und her.

Während die beiden Frauen im Stall gewesen waren, hatte Jordan die Heckklappe des Anhängers geöffnet. Rhoda steuerte auf die Rampe zu, um den Hengst hinaufzuführen, aber Kordokan stemmte alle vier Hufe in den Boden und zog nach hinten.

»Komm schon, Kordokan, das kennst du doch. Ist nur der Hänger. Dann gibt es auch ein Leckerli.«

Aber der Hengst wollte nicht in das schwarze Loch vor ihnen steigen. Zu nah waren die Geräusche und Gerüche des Feuers, zu groß die Enge und Ausweglosigkeit, die der Hänger in diesem Moment für ihn bedeutete. Wieder zog er am Führstrick, und dieses Mal riss er ihn Rhoda aus der Hand. Das Seil baumelte unter seinem Hals und zuckte dabei wie eine Schlange. Erneut erschreckte sich Kordokan und sprang zurück. Als die Seilschlange seiner Bewegung folgte und auf ihn zuguckte, stieg er. Auf seinen Hinterbeinen und mit seiner im Wind wehenden Mähne wirkte er riesig und sah der Marmorstatute im Rosengarten erstaunlich ähnlich. Das Weiße in seinen verdrehten Augen wurde sichtbar und gab ihm etwas Geisterhaftes.

Rhoda hatte sich nicht vom Platz bewegt, aber als der Hengst krachend mit den Vorderbeinen auf dem Beton landete, trat sie auf ihn zu, um erneut den Führstrick zu greifen. Doch Kordokan hatte genug. Panisch wich er Rhoda aus und sprang zur Seite. Dann senkte er den Kopf und schoss nach vorn. Er galoppierte wild über den Vorplatz, vorbei an dem Traktor, der dort parkte. Die Hufschläge dröhnten laut auf dem Stein, bis er die Wiese erreichte. Hier bog er scharf ab und verschwand hinter dem Gartenhäuschen. Ein paar Sekunden später sah Mieke, wie er über einen Zaun setzte und im Wald verschwand.

Für einen Moment stand Rhoda wie versteinert da und starrte ihrem Hengst hinterher. Es waren nur Sekunden, bevor es aus ihr herausbrach. Sie war völlig außer sich. Tränen strömten über ihre Wangen, sie weinte so heftig, dass ihr ganzer Körper bebte. Jordan hingegen fluchte in Worten, die selbst Jodie in Verlegenheit gebracht hätten.

Mieke versuchte, die Fassung zu wahren. Sie verlud die Stute im Alleingang. Immer wieder schaute diese sich wiehernd nach dem Hengst um, der längst außer Sichtweite war. Aber Mieke trat so entschlossen auf, dass das Pferd keinen Zweifel an ihrer Autorität hegte. Ihr eigener Überlebenswille half ihr dabei. Sie mussten hier weg, sonst hatten sie selbst keine Chance mehr.

Als das Tier in der Hängerbox stand, kletterte Mieke hinaus, schob den hinteren Schutzbügel vor und drehte sich fragend zu dem Ehepaar um. Jordan waren anscheinend die Flüche ausgegangen, und er hatte sich auf seine schluchzende Frau besonnen. Er hielt sie im Arm, strich ihr tröstend über den Rücken und küsste ihr Haar.

»Rhoda, mein Engel«, sagte er. »Der beißt sich durch. Kordokan kriegt so schnell nichts klein.«

Rhoda presste ein paar undeutliche Worte hervor und löste sich aus seiner Umarmung. Für einen Moment sah es so aus, als würde sie loslaufen und dem Pferd hinterherstürmen wollen, aber zu Miekes Erleichterung schüttelte sie nur resigniert den Kopf. Es war zu spät. Mieke schaute zum Wald und sah zu ihrem Entsetzen Rauch aufsteigen, dort, wo eben noch alles friedlich gewesen war. Er war ein paar Hundert Meter entfernt, eine deutlich grauwallende Wolke, die sich ihren Weg vorwärtsbahnte.

»Es wird Zeit zu gehen«, sagte sie leise und nickte in Richtung der Feuerwand. »Jetzt zählt jede Sekunde.«

Nachdem Jordan seine Frau auf den Beifahrersitz begleitet hatte, half er Mieke, die Klappe des Hängers zu schließen.

»Hast du eure Akten aus dem Haus holen können? Soll ich dir schnell mit irgendetwas tragen helfen?«

»Alles gut, das Wichtigste habe ich geholt.«

Der Pferdeanhänger schwankte bedenklich zur Seite, als Jordan über den Steilhang setzte, der hinter dem ausgetrockneten Flussbett den Hügel hinaufführte. Der Hang war stark erodiert und bot den Reifen kaum Halt. Miekes Hände verkrampften sich um das Lenkrad, um den Wagen in der Spur zu halten.

Ein Blick in den Rückspiegel zeigte wenig, denn der Weg hinter ihnen war kaum zu erkennen, so dicht war inzwischen der Rauch, der sich mit dem Staub vermischte, den ihre Reifen aufwirbelten. Obwohl die Fenster geschlossen waren, drang Qualm in den Wagen. Selbst das Tuch, das Mieke sich um den Mund gebunden hatte, half nichts, sie hustete in einer Tour. Auch das elende Kratzen im Hals wurde schlimmer. Sie kamen langsam voran, aber Mieke wusste, dass sie es schaffen würden. Das Feuer kam schnell, aber sie hatten genügend Vorsprung.

Ihre Reifen drehten durch, als sie auf eine sandige Stelle auswich, um ein Dornengestrüpp zu vermeiden. »Verdammt«, fluchte sie. Ihr fehlte diese routinierte Weitsicht für das Gelände, das viele Australier auf dem Land verinnerlicht hatten. Die spürten, welche Oberflächen befahrbar waren und was sich darunter befand. Sie trat auf die Bremse und schaffte es dann, den Wagen wieder auf sicheren Grund zu führen.

Der Pferdehänger war über der Heckklappe halb offen, und Mieke sah, wie der Hintern der Stute von einer Seite zur anderen geschleudert wurde. Die Unruhe des Pferdes war deutlich zu sehen, es tat ihr leid. Zwar war die Stute in Sicherheit, doch sie spürte die Gefahr, die ihnen allen drohte, und die Abwesenheit Kordokans verunsicherte sie sicher zusätzlich.

Sein Schicksal war ungewiss. Wohin war er gerannt? Immerhin hatte er den ersten Zaun mit Leichtigkeit übersprungen, das gab Hoffnung. Für viele Pferde waren Zäune im Brandfall das Todesurteil; das hatte sie in einem Buch über die Prärien des mittleren Westens gelesen. In panischer Flucht vor dem Feuer konnten sie die Zäune leicht übersehen und sich im Stacheldraht verheddern. Das wiederum konnte zu bösen Verletzungen führen und damit ebenso tödlich wie das Feuer sein. Und selbst wenn sie den Zaun wahrnahmen, selten wagte ein Pferd den Sprung.

Kordokan war ein prächtiges Tier, ein Vermögen wert, und er wurde geliebt. Sie wollte nicht mit Rhoda tauschen, die innerlich vor Sorge vergehen musste. Als Mieke acht Jahre alt gewesen war, war ihr Meerschweinchen beim Sonnenbaden auf der Wiese verschwunden, und sie hatte es nie wiedergesehen. Sie hatte tagelang gehofft, es würde noch zurückkehren, und fühlte sich bis heute schuldig, dass sie ihrer Verantwortung, auf es achtzugeben, nicht nachgekommen war. Egal, wie groß ein Tier war, Seele war Seele. Vielleicht sollte sie doch Vegetarier werden.

Sie erreichten die Landstraße dort, wo sie sie zuvor verlassen hatten, und Mieke atmete auf, als der Hänger vor ihr auf den festen Untergrund aufsetzte.

In der Ferne explodierte etwas. Ein zweiter und dritter Knall folgten unmittelbar darauf. Mieke zuckte zusammen, als sie realisierte: Das mussten die Gasflaschen sein, die neben Jordans und Rhodas Haus gestanden hatten – das Feuer hatte jetzt das Gestüt erreicht.

Kapitel 7

»Ich trinke nie«, verkündete Rhoda.

»Ich auch nur selten.« Tatsächlich trank sie normalerweise wenig Alkohol, aber genau wie nach der Sache mit der Fledermaus, verspürte sie auch heute das Bedürfnis, den Schmerz und die Aufregung zu betäuben.

Mieke und Rhoda stießen die Gläser aneinander. »Prost.« Rhodas Augen waren rot unterlaufen, und auch Jordans Wangen waren fleckig, vom Ruß, der sich mit Tränen vermischt hatte.

Sie hatten die Genehmigung bekommen, die Stute auf dem Gelände der Highfields Show Society unterzubringen. Hier wurden sonst regelmäßig sogenannte Campdrafts abgehalten, Sportveranstaltungen, bei denen Pferd und Reiter Rinder durch die Arena treiben mussten. Nun war die Stute allerdings das einzige Tier auf dem Gelände – Kuhställe und Arena wirkten merkwürdig verlassen im Sonnenuntergang. So leer, wie nur Orte wirken konnten, an denen sonst dichtes Gedränge herrschte.

Sie waren gemeinsam in einem Motel untergekommen, ihre Zimmer lagen direkt nebeneinander. Auf der Veranda vor den Türen standen Stühle und Tische, die sie zusammengeschoben hatten. Nun tranken sie schweren Bordeaux aus Chardonnay-Gläsern, die ihnen die Rezeptionistin aus dem Restaurant des Motels geliehen hatte. Schweigend hatte sie ihnen außerdem eine Packung Aspirin dazugelegt. Eigentlich hatte Mieke erst Rob zurückrufen wollen, aber mittlerweile war ihr Akku leer. Nun lud das Handy in ihrem Zimmer, und der Anruf musste bis später warten.

»Wie geht es jetzt bei euch weiter?«, fragte Mieke, das dunkle Rot des Weins mit bereits getrübten Sinnen betrachtend. Es war ein Rothschild DeBaronarque Le Capitelle Bordeaux 2015, ein guter und teurer Jahrgang, die Flasche hatte Jordan spendiert. Sie hatte ihn siebzig australische Dollar gekostet, für Miekes Verhältnisse viel zu viel Geld für ein Getränk, aber an Geschmack und Wirkung gab es nichts auszusetzen. Sie musste an Liam und Jenny denken, die mit dem Verlust der Kurrawong Lodge auch ihre Lebensgrundlage verloren hatten. Liam war ein Weinkenner und -liebhaber, und unter den Flaschen, die in der Vitrine im Restauranteingang der Lodge ausgestellt gewesen waren, hatte es einige wertvolle Tropfen gegeben.

»Wir fahren morgen früh zu Jordans Mutter. Sie hat eine Einliegerwohnung, in der wir gelegentlich unterkommen. Ich muss mich um meine Känguruwaisen kümmern.« Ihr Blick wanderte in die Ferne, an einen Ort, den nur sie selbst sah. Mieke ahnte, dass sie wieder an Kordokan dachte. Und sie hatte recht. Rhoda fügte hinzu: »Sobald das Feuer durchgezogen ist, werden wir uns den Schlamassel anschauen. Und Kordokan suchen.«

Keiner von ihnen sprach die Gasflaschen an, die am Haus explodiert waren. Viel würde es nicht aufzuräumen geben.

»Was treibt dich denn in diese Ecke Australiens?«, fragte nun Jordan.

Mieke erzählte den beiden von ihrem ursprünglichen Plan und wie sie diesen aufgrund der Buschfeuer geändert hatte.

»Eigentlich wollte ich mich heute mit ebendem Feuerwehrmann treffen, der mir im Lamington Nationalpark das Leben gerettet hat. Ich wollte an seinem Einsatzgebiet nach Wildtieren Ausschau halten, die durch das Buschfeuer in Bedrängnis geraten sind.« Allein der Gedanke an Rob jagte Wellen der Aufregung durch ihren Körper. Er hatte etwas an sich, das sie anzog wie blühende Eukalyptusbäume die Flughunde. Das ist irrational, schalt sie sich, wir haben uns gerade erst kennengelernt, und wie sagte Lina immer? Echte Gefühle sind wie Obst – sie brauchen Zeit, um zu reifen. Aber Lina sagte auch, dass Menschen die Spielwiesen ihrer Hormone sind.

»Das ist sehr mutig. Und selbstlos.«

»Vielleicht. Aber es hat sich einfach ergeben. Ich hätte nach meiner ersten Erfahrung mit dem Feuer nicht mehr am Strand entspannen und Delfine beobachten können.« Die Erinnerung an den Koala zog ihr den Magen zusammen, und sie schob die Bilder von sich. Nicht jetzt. Aber Rob, der war ihr vom ersten Moment an souverän vorgekommen. Sie wusste selbst, wie herausfordernd es war, unter schwierigsten Bedingungen ruhig zu bleiben, und war gut darin, aber Rob war noch eine Nummer besser: routiniert und unerschütterlich wie ein Eukalyptusbaum im Sommersturm. Er hätte sich einen einfacheren Job aussuchen können, einen mit weniger Risiko. Auch für ihn steckte mehr als ein reiner Adrenalinkick hinter seiner Berufswahl. Er hatte echtes Interesse daran, einen Unterschied in der Welt zu machen.

Jeder in seine Gedanken versunken, tranken sie die Flasche aus und verabschiedeten sich schließlich.

»Schlaf gut, Honey. Ab hier kann es nur bergauf gehen.« Rhoda umarmte Mieke, gab ihr einen Kuss auf die Wange – ein herzlicher Gutenachtgruß und ein ernst gemeintes Danke, das spürte Mieke.

In ihrem Zimmer prüfte sie ihre Nachrichten. Rob hatte mehrfach angerufen, Lina ebenso. Außerdem fand sie eine Textnachricht von Oliver. Zu viel für heute Abend, im Kopf tanzten Nebelgeister, der Wein forderte seinen Tribut. Mieke fiel auf ihr Bett, ohne sich extra umzuziehen, und schlief sofort ein.

Es klopfte leise an ihrer Tür, aber es war so früh, dass Mieke sich auf die andere Seite rollte und wieder einschlummerte. Gegen sieben Uhr morgens stand sie auf und trat vor die Tür, um frische Luft zu atmen. Unter der Fußmatte klemmte ein Zettel.

Hi, Mieke, vielen Dank für deine Hilfe gestern. Das rechnen wir dir hoch an. Hoffe, der Rotwein hat bei dir nicht so stark reingehauen wie bei mir. Wir brechen jetzt auf, alles Gute bei deiner Reise. Stay in touch. Love, Rhoda.

Darunter eine Handynummer, die Mieke sofort speicherte. Gestern hatte sie alles verloren, aber das Adrenalin hatte sie vorwärtsgetrieben, und die Erkenntnis war auch bis zum Abend noch nicht ganz bei ihr angekommen gewesen. Heute hatte Rhoda den vielleicht schwersten Tag ihres Lebens vor sich.

Auf einer Anrichte stand ein Wasserkocher, mit dessen Hilfe Mieke sich einen furchtbar bitter schmeckenden löslichen Kaffee aufbrühte, bevor sie sich daran machte, ihre Nachrichten von gestern zu beantworten.

Sie hinterließ Lina eine Nachricht im Facebook-Messenger, schaute dann auf ihrer Seite »Werkelgruppe für australische Wildtiere« nach und stellte erstaunt fest, dass diese mittlerweile auf hundertfünfzig Mitglieder angewachsen war. Lina rief zum Nähen von Beuteln auf und erzählte vom Buschfeuer und der Wildtierpflegerin Eve vom Furry, Scaly, Feathery Sanctuary. Mieke klickte bei allen Beiträgen auf

»Gefällt mir« und teilte den Beitrag, in dem Lina einen Spendenaufruf für Eve erstellt hatte.

Als sie gerade überlegte, was sie als Nächstes tun sollte, klingelte ihr Handy. Es war Rob. Mit einer Stimme so weich und gleichzeitig fest wie tiefroter Samt und so dunkel wie Schokolade aus Ecuador. Nur ihren Namen konnte er immer noch nicht richtig aussprechen, es klang eher wie »Micka«. Doch allein mit ihm zu sprechen hatte etwas Beruhigendes und nahm ihr das Gewicht von den Schultern. Sie erzählte ihm detailliert von den letzten Tagen.

»… und deshalb konnte ich leider gestern nicht zur Stelle sein«, schloss sie ihren Bericht. Rob schwieg eine halbe Minute, bevor er antwortete: »Das ist echt ärgerlich, dass du nicht durchgelassen wurdest.« Er holte Luft, und Mieke ahnte, dass er nicht darüber sprechen wollte, was sie gestern verpasst hatte. Bestimmt war es furchtbar gewesen.

»Ich bin froh, dass du da heil rausgekommen bist. Ich habe mir echt Sorgen um dich gemacht, als du nicht gekommen bist. Die Equibella Whitegum kenne ich. Dorthin zu fahren war eine riskante Aktion, aber immerhin hat es zu etwas Gutem geführt. Für Rhoda und Jordan warst du ein Glückstreffer. Natürlich war es unvernünftig, sich den Anweisungen der Polizei zu widersetzen, und natürlich war es riskant, in das evakuierte Gebiet zu fahren. Aber das weißt du selbst. Ich bin froh, dass es dir gut geht.« Mieke hörte aus seiner Stimme heraus, dass er beeindruckt war, es aber nicht zugeben wollte. Ihre Vernunft mochte er anzweifeln, ihren Wagemut nicht.

»Das Feuer war außer Kontrolle, über Nacht ist es allerdings an die Grenzen der Landstraße gestoßen, und da können wir es heute in Schach halten, bis es keinen Zunder mehr hat und von allein verlöschen wird. Allerdings habe ich schlechte Nachrichten. Die Equibella Whitegum ist bis auf die Grundmauern abgebrannt. Das tut mir sehr leid, Mieke. Ich hoffe, die beiden waren gut versichert.«

»Ja.« Auch wenn das keine echte Neuigkeit für sie war, tat es merkwürdig weh, die Worte aus Robs Mund zu hören. Vielleicht, weil es das letzte bisschen Hoffnung, das sich tief in ihr versteckt hatte, nun völlig zerstörte.

»Meine Schicht ist gleich zu Ende, aber …« Er räusperte sich. »Wenn du möchtest, kannst du hierherkommen. Ich hole dich an der Barriere ab. Dann suchen wir gemeinsam nach verletzten Tieren. Wir können zwar nicht ins brennende Gebiet, aber ich habe viele Tiere gesehen, die dem Feuer nur knapp entkommen sind, einige davon werden Hilfe benötigen.«

»Gerne«, willigte Mieke ein und war erleichtert, dass er dieses Angebot machte, denn allein konnte sie nicht weiterarbeiten, und Jodie war heute sicherlich noch nicht fit genug für einen Einsatz. Dass sie arbeiten wollte, das stand fest. Sie musste in Bewegung bleiben, um das Bild des fliehenden Pferdes und das Knallen der Gasflaschen zu verdrängen. Sie mochte innerlich gefestigt sein, aber selbst Stahl zerbröselt unter zu viel Druck. Sie sehnte sich nach Rob, danach, dass er ihr durch seine eigene Stärke Kraft gab, ihr allein durch seine Anwesenheit den Schmerz nahm, und auch, weil sie sich ihm verbunden fühlte. »Bist du denn fit genug dafür nach deinem Einsatz?«

»Ja. Ehrlich gesagt freue ich mich darauf, mit dir durch den Wald zu ziehen. Erholen kann ich mich danach auch noch.«

Rob war ein kompetenter Partner, der Einsatz stand unter einem guten Zeichen und sollte problemlos verlaufen. Das sagte ihre Vernunft. Ihr Herz erzählte ihr etwas anderes – nämlich dass sie ihn unter jeden Umständen gerne wiedergesehen hätte.

Die Radio-Nachrichten kannten nur ein Thema: das Feuer.

Sowohl in Queensland als auch in New South Wales und Victoria brannte es an Dutzenden Stellen, unzählige Häuser waren bereits verloren, die ersten Toten gezählt.

»Auch in den Gebieten rund um Lake Manchester ist der Feuernotstand ausgerufen worden. Starke Westwinde tragen den Rauch bis in Brisbanes Vororte, die Luftverschmutzung in Salisbury, Annerley und Moorooka erreichte gestern kritische PM-2.5-Feinstaubwerte von bis zu 350. Die Normalwerte liegen bei 2. Das ist ein neues Rekordhoch. Wegen der außerordentlichen Belastung wird von Aktivitäten im Freien abgeraten. Feinstaubpartikel können zu Augenreizungen und Halskratzen führen und in schweren Fällen Atemwegs- und Herzerkrankungen auslösen. Das medizinische Institut QRA rät …« Mieke schaltete das Radio ab. Sie brauchte ein paar Minuten Ruhe, bevor sie Rob gegenübertrat, konzentrierte sich auf die Straße und die Landschaft, durch die sie fuhr.

Kurz darauf erreichte sie den Parkplatz, auf dem sie sich treffen wollten. Von dort aus führten mehrere Wanderwege in ein Waldgebiet, das vom Feuer unberührt geblieben war, allerdings nahe der Feuerschneise lag, hatte Rob erklärt. Er wartete bereits auf sie, trug noch immer seine Uniformhose, aber er hatte die feuerfeste Jacke ausgezogen und das Arbeitshemd gegen ein T-Shirt getauscht.

Miekes Blick blieb an dem Abdruck seiner Bauchmuskeln hängen. Es tat viel zu gut, ihn wiederzusehen. Ihm schien es ebenso zu gehen, denn seine Umarmung fiel intensiver aus, als es die Etikette vorschrieb – ob er sie ebenso vermisst hatte wie sie ihn? Am liebsten hätte sie ihn noch länger festgehalten und seinen Duft eingeatmet, über seinen Nacken gestrichen und an seinem Ohrläppchen geknabbert … Sie riss sich zusammen. Das war unter ihrer Würde, und sie hatte eine Aufgabe.

»Wie geht es deiner Entourage?«, fragte Rob und strahlte sie dabei so freundlich an, dass Mieke unwillkürlich zurücklächelte. »Von wegen Entourage – Jodie und ich sind ein Team«, gab sie fröhlich zurück. »Es gibt leider keine Neuigkeiten von Jodie, aber ich sag dir Bescheid, sobald ich was höre.«

Rob nickte zufrieden. »Schön, dich wiederzusehen. Ich habe dich vermisst. Und ich freue mich darauf, dich in Aktion zu sehen, ich wusste von Anfang an, dass in dir eine Kämpferin steckt.«

Mieke schaute ihn prüfend an, aber da war keine Ironie in seinem Ausdruck. Rob respektierte sie auf Augenhöhe. Sie würde ihn nicht enttäuschen.

»Danke, ich freue mich auch, dass wir uns wiedersehen«, sagte sie und sah sich um. »Ich nehme an, wir schauen uns in diesem Wald um, weil sich hier Tiere befinden, die vor dem Feuer geflüchtet und eventuell verletzt sind?« Rob nickte. Mieke rieb sich die Hände. »Ich bin bereit.«

Das war sie wirklich – alles in ihr drängte danach, den Wald zu durchforsten. Allerdings war es gar nicht so einfach, mit Rob Schritt zu halten. Er kannte den Busch, war schnell, effizient und zögerte nicht. Wenn er ein potenziell verletztes Tier sah, schritt er darauf zu und packte es. Er hatte erstaunlich oft Erfolg.

Mieke hielt die Luft an, als er mitten in der Unterhaltung innehielt, um nach vorne zu springen. Kurz darauf hielt er einen zappelnden Schnabeligel in der Hand.

»Lass dich mal anschauen«, sagte er freundlich zu dem stacheligen Tier mit der röhrenförmigen Schnauze. Das wiederum berührte Mieke, denn so traurig die Arbeit auch war, Rob war mit dem Herzen dabei. Er liebte es, zu helfen, und er mochte den Kick, den diese Arbeit immer wieder auslöste.

»Dem geht es gut, der kann wieder laufen«, entschied Rob und bückte sich, um das Tier zu entlassen.

So hatten sie bereits nach kurzer Zeit neben dem Schnabeligel auch mehrere Blauzungenskinks begutachtet und ein verwaistes Wallabyjoey. Aus seinen großen schwarzen Augen blickte es Mieke ängstlich an. Es verstand nicht, warum es allein war und was mit seiner Mutter geschehen war. Sorgfältig untersuchte Mieke das Kleine und redete dabei leise auf es ein. »Keine Angst, dir wird nichts mehr geschehen, du bist in Sicherheit.«

Als sie zwischendurch hochschaute, sah sie, wie Rob sie mit zufriedenem Ausdruck beobachtete. Ebenso wie die meisten der anderen Tiere hatte das Wallabyjoey kleinere Brandblasen unter den Sohlen, allerdings keine ernsten Verletzungen und war auch ansonsten in guter Verfassung. Nach einer schnellen Untersuchung ließen sie die meisten Tiere wieder frei. Sie würden sich auch ohne ihre Hilfe wieder erholen. Nur einer der Blauzungenskinks, dessen Verletzungen etwas stärker waren, und auch das Wallabyjoey mussten mit zur nächsten Station. Es war noch zu jung, um allein zurechtzukommen.

»Und du bist sicher, dass das Feuer hier nicht hinkommen wird?«, fragte Mieke, die am liebsten alle Tiere mitgenommen, in feuerfeste Westen gepackt und in entfernte Wälder gebracht hätte, weit weg von allen Bränden.

»Ganz sicher können wir natürlich nie sein. Das Feuer ist unberechenbar. Aber ja, ich denke, dass die Tiere hier am besten aufgehoben sind. Der Wind hat abgeflaut und nimmt dem Feuer die Kraft. Außerdem müsste es, um diesen Abschnitt zu erreichen, erst die Landstraße überqueren und durch das Steintal wandern – spätestens da würde es ausgehen.«

Mieke vertraute Robs Worten, sie wusste, er würde kein Risiko eingehen und retten, was er konnte, wenn er die Möglichkeit dazu hatte. Rob stand neben einem Ironbark, als es hinter ihnen raschelte. Sie beide erstarrten sofort in der Bewegung. Vor ihr kroch eine etwa ein Meter lange Riesenechse über den Boden.

»Eine Goanna«, zischte Rob. »Die schnapp ich mir.«

Gespannt beobachtete Mieke, wie Rob auf das Reptil zuschlich. Kurz bevor er sie erreichte, bemerkte sie ihn und rannte los, direkt auf den nächsten Baum zu. Gerade einen Meter schaffte sie es, den Baumstamm hochzuklettern, bevor Rob sie in der Bewegung herunterpflückte. Er hielt sie mit einer Hand im Nacken, mit der anderen hatte er sie unter dem Schwanzansatz gepackt. Der Bauch war straff und hellgelb, die restliche Haut schuppig und äußerst faltig, in Blaugrau und Gelb, in einer Maserung, die gleichzeitig gestreift und gepunktet war.

»Goannas sind einfach zu berechenbar. Sobald man sie erschreckt, flitzen sie den nächsten Baum hoch. Der Trick funktioniert jedes Mal«, sagte er und untersuchte das Tier, insbesondere die Fußsohlen auf Brandwunden. »Sie ist unverletzt.« Die gespaltene Zunge des Warans blitzte wie bei einer Schlange hervor, er war nervös. »Ein prachtvolles Tier. Alles gut, du kannst gehen, Wardapi.« Mieke bemerkte die langen, messerscharfen Krallen des Tieres, die perfekt dafür geeignet waren, Kadavern den Bauch aufzuschlitzen. Goannas, das wusste sie, waren Allesfresser, bei denen sowohl Roadkill – durch den Verkehr verletzte und am Straßenrand verendete Tiere – auf dem Speiseplan stand, die aber auch selbst auf die Jagd gingen. Seit Kurzem wusste man, dass sie Toxin produzierende Drüsen im Maul besaßen, die ihren Speichel hochgiftig und ihre Bisse für kleinere Lebewesen tödlich machten und auch für Menschen eine nicht zu unterschätzende Gefahr darstellten. Das Gift führte dazu, dass

Wunden langsamer und schlechter heilten und sich oft entzündeten.

Rob setzte die fast ein Meter fünfzig lange Goanna auf den Boden direkt vor den Baum, und die flitzte sofort in aller Eile den Stamm hinauf. In etwa zehn Metern Höhe blieb sie regungslos stehen und verharrte dort.

»So schnell kommt die da nicht mehr runter.«

»Was heißt Wardapi?«, fragte Mieke und trat mit Rob ein paar Schritte vom Baum zurück.

»So nennt der Aboriginestamm der Warlpiri die Goanna. Es gibt viele Worte für sie. Die Pintupi nennen sie Perente.«

Die Goanna drehte den Kopf und starrte sie aus ihren Knopfaugen an, als hätte sie verstanden, dass Rob über sie sprach.

Rob wischte sich die Hände am T-Shirt ab und wirkte zufrieden. Auch Mieke empfand es trotz ihrer Sorge als angenehme Abwechslung, die Tiere in ihrem heimischen Habitat lassen zu können.

»Wusstest du, dass die Aborigines noch die letzten Exemplare der Megafauna erlebt und, na ja, wahrscheinlich auch erlegt haben? Diprotodon wog etwa drei Tonnen, sah dem heutigen Wombat ähnlich und war das größte Beuteltier, das je existierte.«

Mieke schüttelte den Kopf. Sie hatte von Riesenkängurus und Beutellöwen gehört, hundsgroßen Schnabeligeln und Schlangen, die bis zu zweihundertfünfzig Kilogramm schwer wurden, ihr war aber nie klar gewesen, dass einige Tierarten der Megafauna Seite an Seite mit den Menschen gelebt hatten. Gerade wollte sie Rob antworten, da hörte sie ein Rascheln im Gebüsch. Blitzschnell bückte sie sich, zog einen Ast beiseite und entdeckte ein kaninchengroßes Beuteltier mit grauem Fell und langem Schwanz. Sofort packte sie zu und schaffte es, das zappelnde Tier hervorzuholen. Sie hielt es fest im Arm, damit es sich nicht befreien konnte. Es zitterte vor Aufregung.

»Gut gemacht, ein Bürstenkänguru! Die sieht man sehr selten.« Rob holte ein Handtuch hervor und wickelte das winzige Tier darin ein. Dabei berührten sich ihre Hände mehrfach, und das löste in Mieke ein merkwürdiges Prickeln aus. Sie atmete tief aus, um den Gedanken daran zu verscheuchen.

»Sieht aus wie eine Mischung aus Känguru und Maus«, fand sie und brachte Rob damit zum Grinsen. »Stimmt«, sagte er.

Nachdem es fest verpackt war, untersuchte sie das Bürstenkänguru nun genauer. »Sein Fell riecht versengt, es muss aus dem Feuergebiet gekommen sein.«

Derweil hob Rob ein Stück Haut im Nacken des Bürstenkänguru an, das nur langsam zurücksackte.

»Es ist dehydriert«, schloss er daraus. Besorgt schaute Mieke unter die Fußsohlen des Tieres und biss die Zähne zusammen, als sie die schweren Verbrennungen sah, die sich das Tier geholt hatte.

»Das sieht schlimm aus«, stellte sie fest und drehte den Fuß vorsichtig, damit Rob den Schaden betrachten konnte. »Das Fleisch liegt frei, und alles ist voller Dreck.«

Das kleine Beuteltier wand sich, als sie testweise versuchte, einen spitzen Splitter aus der Wunde zu ziehen.

»Lass uns das am Auto machen, nachdem wir die Wunde gereinigt haben.«

Sie folgte Rob, der das Bürstenkänguru nun Richtung Auto trug. »Wir müssen weiter westlich«, sagte sie mit Blick auf die Karten-App, die sie auf ihrem Handy installiert hatte, und Rob folgte ihr.

»Die Verbrennungen sind schmerzhaft, aber können heilen. Meine Mum hat ähnliche Fälle von Verbrennungstrauma behandelt, und bis auf ein Känguru wurden sie alle erfolgreich rehabilitiert.« Und für diese traurigen Ausnahmen stand der Kasten mit den Barbituraten auf Sandys Anrichte bereit, erinnerte sich Mieke. Die dunklen Momente der Tierpflegerin. »Aber es wird wohl einige Zeit in Pflege bleiben müssen. Und es darf zu keiner Blutvergiftung kommen«, fuhr Rob fort.

Als Kind hatte Mieke einmal auf eine heiße Herdplatte gefasst, und die Erinnerung an den Schmerz und die täglichen Verbandswechsel war bis heute glasklar. Es hatte lange gedauert, bis sie wieder Flöte spielen konnte.

»Ich gebe ihm Glukosegel gegen den Schock und mische Schmerzmittel hinein«, sagte sie und öffnete den Kofferraum.

Sie gaben dem Schmerzmittel eine Viertelstunde, um seine Wirkung zu entfalten, bevor sie mit der Behandlung begannen. Jetzt musste jeder Griff sitzen.

Rob hielt das kleine Tier unter einem Handtuch fixiert, sodass es nicht sehen konnte, was um es herum passierte, während Mieke die Sohlen mit einer reinigenden Lösung abtupfte, die zudem antibakteriell wirkte. Der kleine Beutelsäuger wand sich und wollte sich entziehen, Rob ließ es nicht zu.

»Den linken Hinterfuß hat es schlimm erwischt«, stellte Mieke fest und kämpfte mit dem Dreck, der sich unter die verbrannte Haut geschoben hatte. Sie nutzte eine Pinzette, um ein kleines Steinchen aus dem rohen Fleisch zu ziehen. Das Bürstenkänguru zuckte zusammen, und es gelang ihm, den Kopf aus dem Handtuch zu strecken. Rob wickelte es wieder ein, und Mieke fuhr fort. Auch wenn es unangenehm war, es war wichtig, dass die Wunde sauber war, damit sie vernünftig verheilen konnte und sich nicht entzündete.

»Es pinkelt«, stellte Rob fest, und Mieke wischte mit einem Lappen über das Bein des Tieres. Es tropfte auf Robs Shirt, und Uringeruch stieg auf.

»Das Arme. Es hat Angst. Aus seiner Perspektive sind wir wohl nur übel riechende Riesenraubtiere.« Sie beugte sich vor und schaute sich den Fuß noch mal genau an. Mit der Reinigung zufrieden, schmierte sie eine dicke Schicht Wundheilsalbe auf die Sohle, angelte anschließend mit der sauberen Hand die Packung mit dem extraweichen Mull hervor und riss sie mit den Zähnen auf. Der Mull bildete die erste Schicht auf der Haut und wurde mit einem selbsthaftenden Verband fixiert, den sie großzügig darumwickelte.

Anschließend packten sie das Bürstenkänguru in einen stabilen Plastikkäfig, den sie mit einem Handtuch abdunkelten, und stellten ihn in den Kofferraum.

»Was meinst du – sollen wir eine weitere Runde drehen?«, fragte Mieke.

»Ja. Aber nur eine ganz kurze. Ich würde das Kleine und auch die anderen Tiere gerne zu einer Pflegestation bringen.«

Sie liefen wieder in den Wald und suchten nach weiteren Tieren. Um diese nicht aufzuscheuchen, schwiegen sie. Plötzlich knackte es hinter einem umgefallenen Baum, und etwas Großes, Braunes setzte hinüber und genau auf sie zu. Instinktiv ließ Mieke sich zur Seite fallen, und als sie auf dem Boden aufsetzte, rollte sie sich weg. Rob hingegen rannte so schnell er konnte, gejagt von einem rundlichen Tier mit dickem Kopf und kurzen Beinen, die es erstaunlich schnell einsetzen konnte – ein Wombat! Das Fell auf seinem Rücken war merkwürdig verklebt. Braune Platten, wie fest gewordener Schlamm, hatten sich gebildet, die von blutigen Rissen durchzogen waren. Rob flüchtete im Zickzack durch die Bäume, um das aufgebrachte Tier abzuhängen.

Mieke sprang auf die Beine. Ihr Equipment lag verstreut um sie herum, aber das hatte gerade keine Priorität. Eilig suchte sie einen langen Stock und rannte in die Richtung, in der Rob verschwunden war. Vergebens. Nach etwa hundert Metern blieb sie stehen – weiter konnte sie nicht, ohne die Orientierung zu verlieren.

»Rob, kannst du mich hören?« Keine Antwort. Dafür hörte sie ein lauter werdendes Summen. Dort, wo der Wombat einen Baumstamm gestreift hatte, verdunkelte sich die Luft. Ein Ast war gebrochen. Daran hing eine graubraune Struktur, dessen Oberseite Waben zeigte. »Mist.«

Sofort sprang Mieke zurück, aber zu spät. Die erste der Papierwespen stach sie in den Hals. Ein irrsinniger Schmerz ließ sie aufschreien. Gleichzeitig schlug sie nach dem Tier und stolperte rückwärts, um möglichst viel Abstand zwischen sich und das Nest zu bringen. Erst sah es aus, als würden die Papierwespen sie verfolgen, aber schnell verloren sie das Interesse an ihr. Hinter einem Baum blieb Mieke stehen. Das Risiko, sich zu verlaufen, war zu groß. Da spürte sie ein Krabbeln unter ihrem Shirt. Hektisch zog sie es aus, und in der Tat entflog eine letzte der penetranten Wespen aus den Falten des Stoffes. Zur Sicherheit schüttelte sie das Shirt ordentlich aus, bevor sie es sich wieder über den Kopf zog. Die Stelle an ihrem Hals schwoll schmerzlich an, zum Glück war sie nicht allergisch gegen die Stiche. Noch immer war nichts von Rob zu sehen.

»Rob?«, rief sie erneut in die Richtung, in die er verschwunden war. Als er wieder nicht antwortete, ging sie zum Baumstamm zurück und sammelte ihre Sachen ein. Gerade als sie damit fertig war, tauchte Rob schnaufend zwischen den Schatten auf. Schweißperlen standen ihm auf der Stirn, sein Shirt war durchnässt. Besorgt trat sie auf ihn zu.

»Alles in Ordnung mit dir? Er hat dich doch nicht erwischt?«, fragte sie und schaute Rob prüfend an. Bis auf einen Kratzer auf seinem Handrücken konnte sie keine Verletzungen erkennen.

»Nein, alles gut.« Er wollte sich ihr entziehen, aber Mieke hatte einen festen Griff. »Nichts da. Das schaue ich mir an«, sagte sie so sanft, aber bestimmt wie möglich und warf einen genaueren Blick auf seine Hand. Seine Handflächen waren rau, mit vielen Schwielen und einige Narben. Dennoch waren seine Fingernägel ordentlich manikürt. Und diese Kombination fand Mieke attraktiv.

»Das ist nichts. Bin nur an einem Ast hängen geblieben. Den Wombat habe ich abgehängt.«

»Sind die immer so aggressiv?«, fragte sie und sprühte eine Jodlösung auf Robs Haut. Mieke sah, wie seine Wangenmuskeln zuckten, als er daraufhin die Zähne zusammenbiss, zeigte aber ansonsten keine Regung. »Sorry, das brennt ein wenig.« Vorsichtig tupfte sie die Wunde ab.

»Nein, eigentlich nicht«, antwortete er, und Mieke blickte ihn irritiert an, bis er fortfuhr: »Wombats greifen Menschen äußerst selten an. Der hier hatte aber besonders schlechte Laune. Hast du seinen Rücken gesehen? Er hat Wombaträude. Bestimmt hat er starke Schmerzen.«

»Ja, mir ist aufgefallen, dass er krank ist. Ist das so ähnlich wie die Räude bei Hunden?« Sie musste an die Fotos von Lina denken, die sie auf ihrem Thailandurlaub geschossen hatte. Sie hatte abgemagerte Hunde mit dem verkrusteten Fell gesehen, die auf Futtersuche im Müll wühlten.

»Ich glaube schon. Räude ist eine schlimme Sache. Sie breitet sich immer mehr über den ganzen Körper aus, juckt, brennt und schmerzt fürchterlich. Und wenn die Tiere sich kratzen, bekommen sie Sekundärentzündungen.«

Auf einem von Linas Fotos hatte ein Welpe neben seiner toten Mutter gesessen, die an Räude gestorben war. Lina hatte den Kleinen zu einer Auffangstation gebracht – ihre Schwester konnte genauso wenig weggucken wie sie. Lina zahlte bis heute die Unterhaltskosten für den mittlerweile ausgewachsenen Mischling, der nun aber bei einer Familie in Phuket lebte.

»Klingt schrecklich. Kann man das behandeln?«

»Ja. Sehr gut sogar. Das heißt – wenn man die Tiere rechtzeitig erwischt. Wenn nicht, sterben sie einen langsamen und qualvollen Tod. Am Ende haben sie so viel Durst, dass sie in Bachbetten klettern und trinken und trinken, aber der Durst lässt nicht nach. Dann stehen sie dort, hilflos und von der Krankheit zerrüttet, und sterben im Wasser.«

»Wenn wir ihm helfen können, werden wir das auch. Aber ich sehe keine Möglichkeit, wie wir einen ausgewachsenen wütenden Wombat fangen, geschweige denn transportieren sollten«, überlegte Mieke.

»Nein, das liegt außerhalb unserer Kompetenz. Dafür muss man eine Falle aufstellen, am besten in der Nähe seiner Höhle. Das funktioniert ganz gut, denn Wombats sind territorial, gehen gerne die gleichen Wege.« Er stand auf, klopfte sich auf die Hosenbeine und sah Mieke bedeutsam an. »Ich kenne den perfekten Mann für den Fall.« Er hielt inne. »Was ist mit deinem Hals? Der ist ganz rot.«

Mieke winkte ab. »Nur ein Stich, alles gut.«

Robs Stirn legte sich in Falten. »Nichts da. Ich musste auch stillhalten. Lass mal sehen.« Er strich über ihren Hals und fuhr ihn mit dem Zeigefinger ab. Sofort wurde der pochende Schmerz von Robs Berührung verdrängt. Sanft, fast zärtlich, cremte er den Stich mit Aloe-Vera-Gel ein. Dabei redete er weiter, als merke er nicht, wie Miekes Puls anstieg.

»Samir ist nicht nur ein guter Freund, sondern auch ein Experte in Wombatfragen. Wir kennen uns seit dem Kindergarten. Seine Mutter ist mit meiner Mutter befreundet. Er ist ebenso wie ich in einem tierverrückten Haushalt aufgewachsen. Ich werde ihm Bescheid geben, dass er hier eine Falle aufstellen und sich um den Wombat kümmern soll.«

Zurück am Auto angekommen, schnappte Mieke sich einen Müsliriegel und hielt Rob auch einen hin. »Danke«, sagte der und reichte ihr im Gegenzug die Wasserflasche. »Du musst mehr trinken. Hier merkt man gar nicht, wie viel Flüssigkeit man wirklich verliert.«

Mieke wischte sich mit dem Handrücken über den Mund. »Das sagst du so einfach. Wenn ich noch mehr trinke, wird mir übel.«

»Nicht sofort. Zwing dich einfach dazu, regelmäßig ein paar Schlucke zu nehmen, sonst siehst du morgen wie eine Trockenpflaume aus.«

Während er sprach, tippte er auf seinem Handy herum und zeigte ihr schließlich ein Foto. »Das sind verwaiste Wombats, die bei Samir in Pflege waren.« Drei quadratisch gebaute Wombats kuschelten in einem Hundekörbchen, die Schnauzen berührten sich. »Wenn die klein sind, sind die richtig anhänglich. Zuckersüße kleine Wonneproppen. Folgen einem wie ein Hund. Dann setzt die Pubertät ein – und zack werden die ungestüm und wild und wollen nichts mehr mit dir zu tun haben.«

Das nächste Foto zeigte einen nackten Wombat, der mit geschlossenen Augen in Samirs Armen lag. »So klein und schon so ein schöner Schnurrbart«, witzelte Mieke, denn die Barthaare des kleinen Tieres waren beeindruckend.

»Ja, oder?! Da kann man gleich neidisch werden.« Er fuhr sich über die Oberlippe und brachte Mieke damit zum Lachen.

»So, aber jetzt sollten wir das kleine Bürstenkänguru zu einem Pfleger bringen. Würde es dir etwas ausmachen, mich anschließend nach Hause zu fahren? Meine Arbeitskollegen haben mich hier abgesetzt, ich habe kein Fahrzeug vor Ort.«

Mieke nickte erschöpft. Ihre Haare waren zerzaust und klebrig, die Glieder waren schwer. Sie war am ganzen Körper wie paniert, denn die Sonnencreme hatte sich mit dem Staub zu einer dicken Schicht verbunden, die sich anfühlte wie eine eingetrocknete Beauty-Maske, über der man eingeschlafen war. Rob sah nicht besser aus, bei ihm kamen tiefe Ringe unter den Augen hinzu.

Aber das hielt ihn nicht davon ab, sie beim Fahren zu unterhalten – wofür sie dankbar war, denn die Müdigkeit setzte langsam ein. Egal, um welches Thema es ging, er hatte immer etwas Interessantes zu sagen – und wenn nicht, dann gab er es zu. Ein angenehmer Kontrast zu Alexander, der meistens schwieg, und wenn er keine Ahnung hatte, trotzdem auf seine Ansicht beharrte. Aber sie musste aufhören, Rob mit Alexander zu vergleichen. Rob lebte in Australien, und sie würde bald nach Deutschland zurückkehren. Und Sandy hatte ihr nicht verraten, ob Rob eine Freundin hatte. Egal, ob er besser zu ihr passte als Alexander, für sie kam er nicht infrage, das musste sie sich unbedingt aus dem Kopf schlagen.

»Wie geht es deinem Stich inzwischen? Dass ausgerechnet ein Papierwespennest an diesem Ast gehangen hatte, das war wirklich Pech«, meinte er bedauernd. »Hätten es nicht unsere friedlichen, stachellosen Wildbienen sein können, statt der aggressiven Wespen?«

Es gab wenig Menschen, denen Mieke völlig vertraute. Lina gehörte zu diesem erlesenen Kreis. Mit Jodie war es wechselhaft, oft kam sie ihr unnahbar vor, auch wenn sie mit ihr erstaunlich gut zusammenarbeiten konnte. Jodie!

»Entschuldige die Unterbrechung, aber könntest du eine Nachricht für mich tippen?«, bat sie Rob und diktierte ihm den Text. Jodie sollte nicht denken, dass sie sie vergessen hatte. Kurz darauf klingelte ihr Telefon. Es war Jodie. »Soll ich?«, fragte Rob. Mieke nickte. »Heb ab und stell auf Lautsprecher, dann kann ich direkt mit ihr sprechen. Danke.«

»Hi, Mieke, wie ist es gelaufen? Hast du einige Tiere erwischt? Kannst du mich abholen?« Mieke lachte.

»Hallo, Jodie, erst mal das Wichtigste: Wie geht es dir denn?« Jodie holte betont laut Luft, bevor sie mit gepresster Stimme antwortete: »Mir geht es gut. Ich werde heute entlassen, aber das ist doch uninteressant. Ich will wissen, was du erlebt hast!«

Mieke fasste die letzten beiden Tage zusammen, und ihr Bericht schien Jodie zufriedenzustellen. Nur dass Mieke sie nicht abholen konnte, passte ihr nicht.

»Wir müssen erst die Tiere zur nächsten Pflegestation bringen, und dann fahre ich Rob nach Hause. Anschließend komme ich sofort zu dir.«

»Okay, das verstehe ich. Übermorgen dann?«, fragte sie, und Mieke stimmte zu. »Gut, ich nehme mir ein Motelzimmer für die zwei Nächte. Ruf mich an, wenn du hier bist. Außerdem soll ich dir noch viele Grüße von Doktor Oliver Johnson ausrichten. Ich glaube, er würde dich gerne wiedersehen. Auf einen Cappuccino oder mehr.« Eine dreckige Lache erklang aus dem Lautsprecher.

»Bis bald«, entgegnete Mieke und zischte Rob zu: »Du kannst jetzt auflegen.« Rob schaute sie amüsiert an.

»Soso. Doktor Johnson? Da lässt man dich kurze Zeit allein …«, scherzte er, aber seine Stimme klang etwas zu trocken.

»Oliver war Jodies behandelnder Arzt. Ich war mit ihm einen Kaffee trinken.«

»Du musst dich nicht erklären«, sagte Rob belustigt und schob hinterher: »Wir sehen zu, dass wir die Tiere jetzt schnellstens zur Pflegestation bringen, und dann beginnt für uns das Dolcefarniente.« Das Letzte sprach er mit italienischem Akzent aus und brachte Mieke damit erneut zum Lachen. »Ja, süßes Nichtstun klingt gut. Ich liebe es, zu entspannen, und spendiere dazu gerne eine Flasche Vino Rosso.«

Das Dämmerlicht wob Schleier um die im Gold der Abendsonne liegenden Baumwipfel, als sie sich Charlys Pflegestation näherten. Mieke hätte ihn aus der Liste ausgewählt, die Amy ihr mitgegeben hatte, da in der Tabelle ein Vermerk stand, dass Charly schon seit fünfunddreißig Jahren als Pfleger tätig war. Charly wohnte in Harlaxton, was ihnen die Fahrt durch die Stadt sparte, und zu ihrer Erleichterung lud er sie auch ein, die Nacht in seiner Einliegerwohnung zu verbringen, da es bereits spät war.

Er begrüßte sie in Pyjama und Morgenmantel. »Kommt rein, ihr beiden«, rief er ihnen fröhlich zu und nahm Mieke den Tragekorb ab, in dem sich der Blauzungenskink befand. Gemeinsam untersuchten sie die Tiere und versorgten sie. Anschließend sprang Charly auf, klatschte in die Hände und rief: »So, und jetzt koche ich uns was Leckeres.« Er stellte sich an den Herd und bereitete eine vegetarische Lasagne zu. Mieke spendierte dazu einen köstlichen Rotwein, der geschmeidig auf der Zunge lag und dessen Flasche sich fast von allein leerte. »Pepper Tree Black Label 2017«, las Charly das Etikett vor. »Den merke ich mir.«

Zum Nachtisch gab es Lemon Meringue Pie.

»Hm«, machte Mieke und piekte mit der Gabel in den Nachtisch. »Ich habe schon seit Jahren kein Baiser mehr gegessen. Ich glaube, das letzte Mal war es ein Rhabarberkuchen. Süß und sauer in Kombination, das passt super.«

Charly schaufelte ihr ungefragt ein zweites Stück auf den Teller. Dass er gerne aß, war ihm anzusehen. Er war ein sympathischer Typ, mit Händen wie Schaufelbagger, die er jedoch erstaunlich flink einsetzte. Zudem schien er ein guter Zuhörer zu sein – selbst sprach er allerdings nur, wenn er gerade den Mund voll hatte, als hülfe ihm das Essen zwischen den Zähnen, die richtigen Worte zu finden. In seinem Wohnzimmer stand ein ganz besonderes Terrarium: ein beeindruckendes Paludarium, in dem neben einem Miniatur-Wasserfall, der in einen kleinen See mündete, auch eine Uferzone angelegt worden war, in der eine Schlangenhalsschildkröte auf einem Stück Rinde ruhte. Mehrere Ökosysteme auf weniger als einem halben Quadratmeter – das war eine Kunst.

In einer Kiste stand ein Mini-Gehege aus Hartholz. Darin saß ein Schnabeligel, der sich sofort einrollte, als Charly den Deckel hob. Dennoch schaffte er es, die beiden Hinterbeine zu erwischen und den Schnabeligel hochzuheben, der allerdings vor Schreck seinen Darm entleerte.

»Das ist Spike«, stellte Charly das Kloakentier vor. »Zusammen mit den Schnabeltieren gehört es zu den einzigen Eier legenden Säugetieren auf diesem Planeten.« Ein paar der Stacheln waren abgebrochen. »Er wurde auf einer Baustelle in einem Haufen Schutt gefunden. Wurde wahrscheinlich mit abgebaggert. Ich glaube, es geht ihm gut, aber ich behalte ihn noch ein paar Wochen zur Beobachtung hier, um innere Verletzungen auszuschließen.«

»Ein hübscher Kerl«, fand Mieke. Rob gähnte und schüttelte sich gleich darauf. »Sorry, Mieke, war ein langer Tag.«

Charly lächelte. »Kein Problem, ich zeig euch euer Schlafzimmer.«

Zu Miekes Erleichterung gab es zwei Einzelbetten. Sie wählte das, was näher am Fenster lag. Jalousien oder Vorhänge gab es hier nicht, und so konnte sie die Sternbilder betrachten, die hier so anders waren als in Deutschland. Rob duschte zuerst, dann verschwand sie im Badezimmer, und als sie erfrischt hinauskam, schlief Rob bereits. Seine Atemzüge gingen gleichmäßig, und ab und zu raschelte seine Decke, wenn er sich umdrehte. Als Mieke nachts noch einmal aufstehen und auf die Toilette musste, schien der Mond auf Robs Gesicht, und er wirkte friedlich und entspannt. Mieke beugte sich etwas vor und betrachtete ihn. Er hatte ebenmäßige Züge und lange dunkle Wimpern mit einem sanften Schwung. Heute Morgen war er frisch rasiert gewesen, jetzt zeigten sich erste Stoppeln. Die steile Falte zwischen seinen Brauen war im Schlaf verschwunden. Sie zog die Decke wieder über ihn, die seitlich heruntergerutscht war.

Vor dem Fenster krächzte ein Rabe seine monotone Melodie, als Mieke sich unter der alten Wolldecke hervorschälte und nach ihrer Kleidung tastete. Rob war schon aufgestanden, aber er hatte ihr eine kurze Nachricht dagelassen und dahinter das Bild eines Koalas gemalt.

Guten Morgen Mieke, ich bin tanken und den Reifendruck messen. Bis später.

Sie lächelte, als sie das T-Shirt, das er gestern Nacht in Ermangelung eines Pyjamas getragen hatte, auf einem Stuhl entdeckte. Sie hob es hoch und roch daran. Das tat gut.

Ihre Beine und Arme waren steif vom Muskelkater, und ihr Gehirn wollte nicht richtig hochfahren. Erst nach einer Tasse Tee, die sie sich in der kleinen Küchennische zubereitete, fühlte sie sich besser. Durch das Küchenfenster sah sie, wie Charly auf der Veranda seine Wildtiere versorgte. Auf rechteckigen Holzgestellen hingen Tragetaschen mit rundem Loch in der Mitte, aus der mehrere Kängurujoeys ihre Köpfe herausstreckten. Mieke spülte ihre Tasse aus und gesellte sich zu Charly.

»Guten Morgen, gut geschlafen?«

»Ja, danke. Kann ich dir helfen?«

»Du könntest die Kleinen füttern. Die Milchfläschchen stehen im Kühlschrank. Hast du das schon mal gemacht?«

»Klar, damit kenne ich mich inzwischen aus.« Flugs füllte sie eine Schüssel mit heißem Wasser, stellte die Fläschchen hinein, so konnten sie langsam die richtige Temperatur annehmen. In der Mikrowelle würden sie zu heiß, und die Beschaffenheit der Milch würde zerstört werden. Dann suchte sie die Sauger in der richtigen Größe und Form heraus. Das war gar nicht so einfach, denn die Sauger, die durcheinandergewürfelt in einer Box lagen, sahen sich alle ähnlich. Kritisch beäugte sie einen und wandte sich an Charly. »Ist das der Richtige?«

»Ja, den kannst du nehmen.« Mieke baute die Fläschchen zusammen.

»Wie geht es denn dem Bürstenkänguru?«, fragte sie, als sie in die Hocke ging und wartete, dass das erste Kängurujoey von selbst aus dem Beutel hüpfte, um sich von ihr füttern zu lassen.

»Ich habe ihm beide Füße noch einmal frisch verbunden und es in einen Holzverschlag gesteckt, da es nicht hoppeln darf, bis die Wunden zumindest etwas verheilt sind. Und es braucht Ruhe, damit es keinen plötzlichen Herzstillstand erleidet. Sollte aber eigentlich durchkommen.«

Nachdem sich das erste Joey zaghaft der Flasche genähert hatte und zu saugen begann, wurden auch die anderen neugierig und folgten ihm. Artig reihten sie sich nebeneinander auf, es gab kein Geschubse. Nur das letzte Joey blieb vorerst in seiner Hängetasche hocken, auch wenn es schnuppernd den Kopf nach vorne streckte. Als die anderen ihre Fläschchen beinahe geleert hatten, wagte es sich hinaus.

»Der da ist ein wenig speziell«, seufzte Charly. »Spots Mutter wurde von einem Auto überfahren, und ich glaube, er hat einen Gehirnschaden davongetragen. Rennt immer gegen Dinge, denkt nicht nach.«

In der Tat bewegte sich das Kleine in merkwürdig orientierungslosen Bewegungen vorwärts. Mal hoppelte es nach links, bog ab nach rechts, stieß gegen einen Verandapfosten, dann gegen ein Stuhlbein.

»Da siehst du, was ich meine. Der kommt nicht zurecht. Da ist irgendwas im Kopf kaputtgegangen. Ich werde ihn wohl einschläfern lassen müssen.« Ein unglücklicher Zug lag auf seiner Miene. Endlich hatte Spot seinen Weg zu Mieke gefunden, da fiel ihr etwas auf. Statt direkt nach dem Fläschchen zu greifen, griff er daneben. Wieder tasteten die dürren Arme, bis sie die Flasche fanden und sie mit unerwarteter Kraft zu sich hin- und Mieke aus der Hand zog. Zum Glück reagierte sie schnell und fing die Flasche auf, bevor sie auf den Boden fiel. Spot bewegte sich nicht von der Stelle.

»Das wird wohl seine Henkersmahlzeit sein«, sagte Charly kopfschüttelnd. »Er sollte nicht länger leiden.«

Doch Mieke war sich dessen nicht so sicher. Sie machte einen letzten Test und hielt ihm das Fläschchen wieder hin, dieses Mal etwas zu hoch. Wieder schnüffelte Spot, um anschließend ins Leere zu greifen.

»Charly, ich habe da eine Vermutung«, sagte sie und drückte dem Känguru die Flasche nun direkt in die Pfoten.

Während es in gierigen Zügen trank, erklärte sie: »Vielleicht hat Spot ein Schädelhirntrauma. Aber vielleicht ist er auch einfach nur blind.«

Demonstrativ wedelte Mieke mit der flachen Hand vor den Augen des Beuteltieres, das starr geradeaus schaute. Keine Wimper regte sich. Charly riss die Augen auf, seine Kinnlade öffnete sich. Und schloss sich wieder.

»Shit. Du hast recht. Darüber habe ich nicht nachgedacht.«

Sowohl Bindehaut, Iris als auch Pupille des Kängurus waren klar, aber das hieß nichts.

»Könntest du dich um ein blindes Känguru kümmern?«, fragte sie hoffnungsvoll.

»Ja, das kann ich. Dafür müsste ich ihm ein barrierefreies Gehege bauen und es dort mit einem Altersgenossen halten. Meine Güte – blind –, das ändert alles.«

Mieke lächelte selbstzufrieden. Manchmal war es so einfach, Leben zu retten.

Zum Abschied strich sie dem Bürstenkänguru sanft über den Hinterkopf. »Pass auf dich auf«, raunte sie ihm zu, den frisch gewechselten Verband ein letztes Mal prüfend.

Draußen hupte es. Rob hatte sich bereits per Textnachricht gemeldet, und sie war abfahrbereit.

»Danke für alles«, rief sie Charly zu, doch der winkte ab. »No worries. Ich danke dir, dass du Spots Problem erkannt hast. Den Fehler mache ich nie wieder.«

Zum Abschied drückte er ihr eine hübsch verpackte Frangipani-Seife in die Hand. »Die wird hier lokal hergestellt«, sagte er stolz und öffnete ihr galant die Beifahrertür des Wagens. Rob tippte sich an den Hut, und Charly erwiderte die Geste. Die Männer verstanden sich. Mieke ließ sich auf den Sitz fallen, Charly warf die Tür ins Schloss, und Rob fuhr beinahe direkt an.

Mieke bemerkte sofort die beiden duftenden Becher Kaffee, die in der Mittelkonsole standen. Am liebsten wäre sie Rob dafür um den Hals gefallen – Charlys Tee war eher genießbar als köstlich gewesen.

»Morgen, du Auto-Dieb«, begrüßte sie Rob nun.

»Morgen, Langschläferin«, antwortete er fröhlich. »Das ist ein großer Latte macchiato mit doppeltem Espresso. Damit du auch wirklich wach wirst.«

Mieke war immerhin ausgeschlafen genug, um zu kontern: »Du kannst Sprüche reißen, wie du willst, immerhin habe ich einen Grund, um Schönheitsschlaf zu machen.«

Rob lachte. »Das stimmt. Obwohl du auch mit dunklen Augenringen hübsch aussehen würdest. Hast du was von *We for Wildlife* gehört?«

»Nee, Amy hatte sich noch nicht gemeldet. Ich denke, wir können zu dir fahren. Und morgen muss ich dann nach Toowoomba, um Jodie abzuholen.«

»Gut. Geht doch nichts über die eigenen vier Wände.« Er schaltete das Radio an und summte mit. Die Sonne stand tief und blendete sie, aber das glitzernde Licht, das sie auf die Bäume warf, machte das wieder wett. Rob hatte die Fensterscheibe heruntergelassen und klopfte im Takt mit der Musik auf die Wagenverkleidung. Mieke beobachtete ihn dabei.

Mal war er ernst und professionell, dann wiederum tiefenentspannt und humorvoll. Dieser Kontrast gefiel ihr. Ihr Blick blieb an seinen Lippen hängen, und tief in ihr kribbelte es. Plötzlich kitzelte es in ihrer Nase und brachte sie zum Niesen.

Sie befanden sich mitten in einem Waldgebiet, in dem die Sicht durch den dichten Bewuchs eingeschränkt war. Täuschte sie sich? Doch Rob hatte es auch gemerkt und wurde langsamer.

»Verdammt. Riechst du das?«

»Rauch!« Mieke schnüffelte noch einmal und nahm den Geruch, der ins Auto drang, nun ganz deutlich wahr. Ein Schauer ging durch ihren Körper, sie hasste diesen mittlerweile viel zu vertrauten Geruch. Früher hatte sie ihn mit Lagerfeuern, Grillen am See und Urlaubsstimmung in Verbindung gebracht. Jetzt bedeutete er Tod und Verderben.

»Das müssen wir abklären.« Er parkte den Wagen am Straßenrand und wählte die Nummer seines Kollegen Josh. Undeutliches Genuschel drang aus dem Lautsprecher.

»Danke, Mate«, sagte Rob schließlich und legte resigniert auf. »Es muss sich um ein neues Feuer handeln, bisher hat es noch niemand gemeldet. Ist es in Ordnung für dich, wenn wir uns das gemeinsam ansehen?«

Mieke nickte. Sie war alles andere als fit, aber erholen konnte sie sich noch früh genug.

Rob lenkte den Wagen einen Hügel hinauf, von dem sie hoffentlich einen guten Blick über die Landschaft haben würden. Oben auf der Kuppe angekommen, stiegen sie aus dem Wagen und kletterten auf einen Felsvorsprung.

Vor ihnen lag lichter Eukalyptuswald, so weit das Auge reichte. Weit und breit war kein Strommast zu sehen, keine Siedlung. Sie hatten einen fast ungebrochenen Blick über grüne Wipfel. Nur eine Straße wand sich um die Ausläufer der Hügel herum durch das Tal. Mieke seufzte – man konnte so weit schauen, dass der Horizont gekrümmt wirkte. Australien war knapp zweiundzwanzig Mal so groß wie Deutschland, hier konnte man verloren gehen oder sich selbst finden, es lag an jedem selbst.

Etwas allerdings störte das Idyll. Fast direkt unter ihnen, unweit der Straße, stiegen dichte Rauchwolken auf. Einzelne Flammen züngelten gen Himmel. Mieke schaute genauer hin und erkannte, dass eine kleine Nebenstraße genau auf das Feuer zulief.

»Was denkst du?«, sagte Mieke leise, denn Rob hatte wieder diesen fixierten Blick, den er bekam, wenn er alles andere vergaß. Er stand neben ihr, so nahe, dass ihre Arme sich berührten. Mieke entdeckte eine kleine Narbe hinter seinem Ohr, die ihr bisher entgangen war. Aus irgendeinem Grund kam sie ihr besonders vor, bedeutsam. Plötzlich legte Rob wie selbstverständlich seine Hand auf ihren Rücken, direkt unter ihrem Schulterblatt. Es war mehr kumpelhaft als anzüglich, eine Geste der Zuneigung und des Vertrauens, aber ein Schauer rieselte Mieke durch den Körper. Ihre Nerven waren plötzlich aufs Äußerste gespannt, und sie spürte seine Berührung ungewöhnlich intensiv. Doch dann entdeckte sie den roten Kleinwagen, der unweit der Flammenwand am Straßenrand parkte. Ein winziger Punkt rannte vom Auto weg und verschwand unter einem Baum. Sofort kehrte ihre Fassung zurück.

»Was immer da los ist, es sieht aus, als bräuchte jemand unsere Hilfe.«

»Ja, wir sollten nachschauen«, entschied Rob. »Vielleicht ist jemand mit seinem Wagen ausgerechnet dort liegen geblieben. Kein guter Ort für eine Panne.«

Gemeinsam rannten sie zum Auto zurück. Rob wendete den Wagen, und sie rasten die Straße weiter den Hügel auf der anderen Seite hinab, um die kleine Nebenstraße zu suchen, die zum Feuer führte.

Schnell wurde der Rauch dichter, und das laute Knistern verbrennender Eukalyptusblätter erfüllte die Luft. Als Mieke das rote Auto ausmachte, das in der Zwischenzeit umgeparkt hatte und nun ein Stück entfernt von der Feuerfront stand. Ein alter Toyota Corolla Ascent Seca mit Stufenheck, in einem Rotton von geronnenem Blut. Der Motor lief, die Türen und Fenster waren geschlossen. »Sieht nicht nach einer Panne aus«, schlussfolgerte Mieke. Rob nickte zustimmend. »Irgendetwas stimmt hier nicht.«

Beim Näherkommen war niemand auf dem Fahrersitz zu erkennen. Rob hielt direkt neben dem Auto, und Mieke versuchte, einen Blick auf die Rückbank zu werfen. Sie schnappte nach Luft, als sie sechs Koalas entdeckte, die auf und unter den Sitzen hockten.

Kapitel 8

Das Feuer war wütend und zeigte seine Zähne. Funken flogen aus dem Wald, in dem es knackte und fauchte. Wie ein wildes Tier, das seine Beute verschlingt und Gefallen daran findet, wenn sie sich wehrt.

Rob reichte Mieke eine Atemmaske, sie war gebraucht und hatte gelbgraue Ränder. »Ich muss dringend Nachschub besorgen«, entschuldigte er sich und band sich selbst eine um, die in noch schlechterem Zustand war. Mieke achtete nicht weiter darauf. Es gab jetzt Wichtigeres. Der Kloß in ihrem Hals wurde mit jedem Atemzug dicker, und das lag nicht nur an der schlechten Luft.

»Irgendwo da drin sind noch Menschen«, stellte sie fest. »Aber wir können da nicht rein, das ist Selbstmord.«

»Nein, das können wir nicht. Verdammt.«

»Wir können aber auch nicht nichts machen.« Diese Aporie schien unüberwindbar.

Wie auf ein Stichwort schoss eine Flamme über die Wipfel hinaus, schnell und leuchtend wie eine Warnrakete. Sie ragte mehrere Meter über eine Ansammlung junger Eukalyptusbäume und brüllte dabei so laut, als würde sie alle Dämonen der Hölle beschwören. Holz explodierte, und ein dichter Schwall Rauch verschluckte die Bäume an dieser Stelle.

Instinktiv griff Rob nach Miekes Hand, wie um sie zu beruhigen und ihr Halt zu geben. Doch Mieke war nicht eingeschüchtert – im Gegenteil. Jetzt war sie erst recht angespornt. Sie mussten handeln, und zwar schnell. Angestrengt suchte sie nach einer Lösung. Dutzende von Fußspuren im sandigen Straßenrand führten in verschiedene Richtungen. Es war unmöglich festzustellen, welche der Spuren die letzte war. Vielleicht die, die nach links führte an den hohen Gräsern vorbei?

Rob legte die Hände vor den Mund und rief: »Hallo? Könnt ihr mich hören?«

Niemand antwortete. Stattdessen spuckte das nahe Feuer weitere Asche in ihre Richtung.

»Komm«, sagte Mieke entschlossen. »Wir gehen bis dort zu dem Zylinderputzer auf der Anhöhe und schauen, ob wir die Fahrer irgendwo finden können. Von dort aus kommen wir schnell zurück, falls das Feuer an Fahrt gewinnt.« Ihr eigenes sowie das rote Auto parkten außerhalb der Gefahrenzone, aber es war nur eine Frage der Zeit, bis sich das änderte. Dieses Feuer spielte nicht, es jagte. Rob nickte zustimmend, und schon joggten sie los. Wenig später erreichten sie den rot blühenden Strauch am Waldrand.

»Verfluchte Kacke«, schrie eine helle Frauenstimme hinter einem Lantana-Gebüsch.

»Ich hab ihn, Sophie«, antwortete eine andere. »Autsch, hör auf, mich zu beißen, du Mistvieh.«

Mieke, die bisher versucht hatte, den kurzen, gekrümmten Stacheln der Lantana aus dem Weg zu gehen, brach nun mit voller Wucht durch die brüchigen Äste. Sie konnten ihrem Arbeitsshirt nichts anhaben, aber ihre Handrücken rissen auf. Rob holte auf und ließ neben ihr Zweige regnen. Auf der anderen Seite des Strauches standen sie plötzlich einer jungen, braun gebrannten Frau gegenüber. Ihre hellgrünen Augen zeigten pure Überraschung, als sie Rob und Mieke erblickte. In ihren Armen hielt sie ein stark zappelndes Bündel. Sie krümmte sich, um den Koala besser in den Griff zu bekommen. Dieser biss heftig zu, aber sie ließ nicht locker. Blut tropfte von ihren Armen und dem Bauch, das T-Shirt war eingerissen. Sie stolperte einen Schritt, und der Koala ließ los.

All das passierte innerhalb weniger Sekunden, doch Mieke kam es vor, als würde es in Zeitlupe vor ihren Augen ablaufen. Alle Bewegungen schienen gedehnt, und sie nahm jedes Detail überdeutlich wahr. Die weißen Flecken im Fell des Koalas, die außergewöhnlich dicht befellten Ohren, die ihn als reifes Männchen kennzeichneten. Die vollen Lippen der Frau mit der kleinen Narbe im Mundwinkel und die langen Wimpern um die Augen, in denen das Grauen flackerte. Unweit von der jungen Frau stand ihr Spiegelbild, nur ein paar Jahre jünger. Beide waren blond, langbeinig, attraktiv. Rob reagierte als Erster.

»Es ist alles gut. Wir holen euch hier heraus.«

Er stürzte sich auf die Ältere der beiden und nahm ihr den Koala ab. »Vertrau mir«, sagte er, und sie ließ widerwillig los. Er hielt das Tier mit einer Hand im Nacken und drückte es mit der anderen fest an sich, damit es ihn nicht beißen konnte.

»Bei dir alles in Ordnung?«, fragte Mieke den Teenager, und dieser nickte.

»Dann folgt uns jetzt. Wir müssen hier raus, und zwar schnell, sonst sind wir selbst in größter Gefahr!«, erklärte Rob und rannte auch schon los. Die drei Frauen folgten ihm aus dem Wald heraus und auf die Autos zu.

Mieke riss die Tür des roten Toyota auf, und Rob setzte das wütende Koala-Männchen zu den anderen Tieren auf die bereits mit Urin und Kot bedeckten Sitze und Teppiche. In der Polsterung waren Risse zu sehen: Die Natur hatte Koalas mit scharfen Krallen ausgestattet, die für ihr Leben in den Baumkronen gemacht waren. Wer sich in der glatten Rinde eines Eukalyptusbaumes festhalten konnte, für den war ein Sitzbezug kein Hindernis. Sobald der Koala verstaut war und sie die Tür wieder geschlossen hatten, ohne eine Pfote oder ein Ohr einzuklemmen, machte das ältere Mädchen einen Schritt auf das Feuer zu.

»Wir müssen wieder rein. Da drin sind bestimmt noch mehr«, rief sie, aber Rob griff nach ihrem Handgelenk und schüttelte den Kopf.

»Ihr bringt euch um. Ihr habt sieben gerettet, das ist für heute mehr als genug. Wir müssen hier weg.«

Die Schwestern schauten sich an, und Mieke spürte, was nun kam. Sie lag richtig. Ohne Vorwarnung riss die Ältere sich von Rob los, und beide Mädchen rannten direkt auf den Waldrand zu, noch bevor Mieke reagieren konnte. Sie kamen nicht weit. Rob sprintete hinterher, holte sie ein. Er schubste die Ältere von hinten, sodass sie stolperte, und fing sie im Fallen auf. Dabei drehte er sich instinktiv und krachte mit dem Rücken auf den Boden. Das Mädchen landete unsanft auf ihm. Er hielt sie immer noch fest, als er langsam wieder aufstand. »Nein!«, schrie er. »Sei nicht dumm! Niemand hat was davon, wenn du dich selbst in Gefahr bringst.«

Ihre jüngere Schwester hatte ebenfalls abgebremst und stürzte sich nun auf Rob. Sie hämmerte mit den Fäusten auf ihn ein und traf ihn empfindlich am Hals. »Lass Sophie los!«, rief sie und biss Rob in die Schulter, der sich daraufhin zusammenkrümmte und das Gesicht verzog.

»Hey, hör sofort auf«, rief Mieke und versuchte, Rob zu Hilfe zu eilen.

Eine Brise kam auf, dichter Rauch gefüllt mit Asche und Ruß verdunkelte die Luft. Von einem Moment auf den anderen fiel ihnen allen das Atmen schwer und ließ den Kampf zum Erliegen kommen. Rob half Sophie wieder auf die Beine, und gemeinsam stolperten sie wieder auf die Autos zu.

Sophie stützte sich schwer atmend an der Motorhaube ab. Blut tropfte in den Sand am Straßenrand. Die Wunde an ihrem Arm blutete stark, sie musste unbedingt verarztet werden. Als ein weiterer Windstoß die Aschewolke wieder vertrieb, ergriff Mieke das Kommando. Sie zog die Atemmaske herunter, um ihrer Stimme mehr Stärke zu geben.

»Zack, zack, ab ins Auto mit euch. Alle drei. Sofort!«

Ihr Ton ließ keinen Widerspruch zu, und um ganz sicherzugehen, öffnete sie bereits die Türen. Tatsächlich schleppten sich die Mädels nun zum Auto, hustend und schnaufend, die Augen voller Tränen. Rob lief wie ein Wachhund hinterher, bereit zum Sprung, falls eines der Mädchen seine Meinung doch noch einmal ändern sollte. Seine Lungen hatten den Umgang mit Rauch in vielen riskanten Situationen erlernen müssen.

»Gebt mir den Autoschlüssel. Ich fahre euer Auto, und Mieke bringt euch in Sicherheit«, befahl er, und Sophie warf ihm den Schlüssel zu. »Wir treffen uns an der Eagle-Tankstelle.«

»Ich bin übrigens Mieke«, stellte sie sich vor, als sie um eine weitere Kurve bogen und sich nun zwischen dichten Myrtenheide-Bäumen befanden, deren lose Rinde in der Brise flatterte. Sie hatten bereits den ersten Hügel überquert und fuhren gegen den Wind – das Buschfeuer hinter ihnen war weder zu hören noch zu sehen. Hier wogten die Bäume friedlich im Wind und ließen sich von den Sonnenstrahlen kitzeln, die ihre hellen Stämme zum Strahlen brachten. Es war ein surrealer Effekt, innerhalb weniger Minuten von einem Extrem in das nächste zu kommen. Langsam sank Miekes Adrenalinspiegel, und sie konnte wieder frei durchatmen.

»Ich bin Celeste, und das ist Sophie«, stellte sich die jüngere der beiden Schwestern nun vor. »Es tut mir leid, dass wir wieder in den Busch wollten. Ich kann es nicht ertragen, wenn Tiere leiden müssen.« Sie verstummte kurz und fügte dann hinzu: »Ich hoffe, ich habe deinem Freund nicht allzu sehr wehgetan.«

»Es ist alles gut. Ihr habt tolle Arbeit geleistet, aber mehr ging einfach nicht. Und Rob wird sicherlich verstehen, warum du …« sie wollte »ausgerastet bist« sagen, aber entschied sich für »… deiner Schwester helfen wolltest.«

Lina und sie hätten früher nicht anders reagiert. »Das war eine Extremsituation, da lässt man sich oft von seinen unmittelbaren Gefühlen leiten«, fuhr sie fort. »Wie geht es deinen Wunden, Celeste? Hältst du es ein paar Minuten aus, bis wir aus der Gefahrenzone sind?«

»Ja. Kein Thema. Sind nur Kratzer.« Wie Mieke der Mietwagenfirma die Blutspuren im Polster erklären sollte, wusste sie nicht, aber darüber würde sie sich später Gedanken machen. »Meinst du, dein Freund kommt mit den Koalas im Wagen klar? Die werden sicherlich austicken, wenn der Wagen plötzlich fährt. Du hast selbst gesehen, wie die drauf sind. Richtige kleine Teufel.«

Mieke schluckte, auch ihr war nicht wohl bei dem Gedanken. »Rob ist hauptberuflich Feuerwehrmann und hat auch in der Wildtierrettung viel Erfahrung. Der kriegt das schon hin«, sagte sie, war sich aber nicht ganz sicher, ob das mit dem Hinkriegen mit sieben wilden, verängstigten Koalas, von denen mindestens einer bissig war, so einfach war.

»Und was ist mit euch, was macht ihr allein hier draußen?«, fragte sie, um vom Thema abzulenken. »Wohnt ihr hier in der Nähe?«

»Nee, wir sind aus Marlee. Wir waren gemeinsam beim Music Festival in Corroboree. Da sind wir jedes Jahr, ist eine fette Sache. Auf dem Festival trifft man auf einige große

Nummern. Tja, und auf dem Rückweg haben wir das Feuer gesehen.«

Die beiden Mädels trugen kurze Jeans, T-Shirts und Cowboystiefel. An Sophies Kette hing ein Plektrum, Celeste trug keinen Schmuck. Beide hatten das gesunde Aussehen von Farmkindern, die viel Zeit draußen verbrachten, ohne dabei permanent Feinstaub einzuatmen. Sophie war Anfang zwanzig, Celeste vielleicht sechzehn.

»Sophie spielt Gitarre, ich singe. Wir treten als Duo auf und haben mittlerweile unsere eigene Webseite«, warf Celeste stolz ein. »Wir nennen uns die Singing Sunrays.«

»Wow, das ist cool. Das ist bestimmt schön, mit der eigenen Schwester aufzutreten. Was für Musik spielt ihr?«

»Das, was gefragt ist. Meist Country oder Australian Classics. Aber wir haben auch Pop im Programm, und wenn es gewünscht ist, unsere eigenen Versionen der aktuellen Hits. *Dance Monkey* ist gerade total angesagt, das geht immer, das kann man auch dreimal am Abend spielen.«

Mieke lachte. Das Lied wurde neuerdings gefühlt alle dreißig Minuten im Radio gespielt. »Wie seid ihr denn darauf gekommen, ausgerechnet hier nach Koalas zu suchen?«, fragte sie.

»Na ja, wir kennen die Gegend ganz gut, vor allem den Picknick-Platz am Migaloo-Wasserloch. Das ist nicht weit von hier entfernt und hält Wasser, selbst in dieser Dürre. Wenn auch nicht viel, aber es reicht, um Yabbies zu fangen. Papa hat mit uns da öfter gecampt, wenn wir nach dem Viehtrieb eine Auszeit brauchten. Wir haben eine Farm unweit von Marlee und züchten Brahman-Kühe. Jedenfalls hat Sophie einen Koala entdeckt und …« Sie brach ab, und Sophie sprang ein: »Ich habe angehalten und mir den Kleinen geschnappt. Das war nicht schwer, der hockte auf einem niedrigen Ast. Wir haben schon viele Tiere gerettet, weißt du? Echsen, Flughunde, Wallabys. Meist auf unserer Farm oder in den umliegenden Gebieten. Jedenfalls konnten wir doch nicht zulassen, dass die kleinen Stinker umkommen. Die meisten Bäume hier sind nicht hoch genug, um ihnen Sicherheit zu bieten, und Koalas tendieren dazu, sich die falschen Bäume auszusuchen.«

»Ja, das kann ich verstehen.« Und wieder sah Mieke den Koala im Lamington Nationalpark vor sich, der alles verändert hatte. Seinetwegen war sie hier. Der Koala, der in ihren Armen gestorben war, würde in ihren Gedanken weiterleben und sie immer daran erinnern, wie fragil und vergänglich das Leben sein konnte.

»Eins hat zum anderen geführt, nach dem ersten Koala kam der zweite und der dritte. Da drin gibt es einige Cabbage Gums, deren Blätter sie gerne fressen.«

»Das ist milde untertrieben, darauf fahren die derbe ab«, fiel ihre Schwester ihr ins Wort.

Mieke erinnerte sich an etwas, das Eve erwähnt hatte, und gab das Wissen weiter: »Ich habe gehört, dass Koalas in einem Eukalyptuswald verhungern können, weil sie so wählerisch sind und nur die Blätter weniger Arten fressen.« Eve hatte unter anderem Cabbage Gum, Grey Gum und Forest Red Gum aufgezählt.

»Du musst dir nachher in Ruhe mal ihre Pfoten anschauen. Koalas sind die einzigen Tiere, die Fingerabdrücke haben, die dem Menschen zum Verwechseln ähnlich sind«, meinte Celeste. »Als das noch nicht bekannt war, stand die Polizei einige Male vor unlösbaren Rätseln.« Sie lachte, und Mieke fiel mit ein, denn der Gedanke an die ratlose Polizei war zu witzig.

Eine halbe Stunde später hielt Mieke den Wagen an einer Tankstelle, um auf Rob zu warten, der deutlich langsamer gefahren und hinter ihnen zurückgeblieben war. Wahrscheinlich hatten die im Auto frei laufenden Koalas ihn gut beschäftigt gehalten. Mieke kaufte Sophie und ihrer Schwester Celeste eine Packung Jelly Beans und zwei Flaschen Cola Light. Sophie suchte sich drei gelbe Jelly Beans aus der Packung, und Celeste kippte sich den restlichen Inhalt direkt in den Mund.

»Ich brauche die Energie, ich bin noch am Wachsen«, entschuldigte sie sich mit einem Grinsen, als ihre Schwester sie vorwurfsvoll anschaute.

Als Nächstes verarztete Mieke Sophies Wunden, während diese ihre Cola trank. Vorsichtig tupfte Mieke das eingetrocknete Blut mit einem nassen Schwamm auf, während die beiden Mädels anfingen, sich über die letzten Tage zu unterhalten. Ihr Gespräch drehte sich vor allem um Musik, die Qualität einiger Kompositionen, die sie auf dem Festival in Corroboree gehört hatten. Beide waren sich einig, dass einige der Bands internationales Potenzial hatten.

Sie plapperten, als sei das eben Geschehene aus ihrem Gedächtnis gelöscht. Aber Mieke kannte das. Unmittelbar nach einem einschneidenden Erlebnis tat es gut, sich abzulenken und den Kopf freizukriegen. Das Adrenalin hatte sie aufgeputscht, und nun mussten sie ihre Energie anderweitig loswerden, und das taten diese beiden mit Reden.

»Spielst du auch ein Instrument?«, fragte Celeste.

»Ja«, Mieke lachte bei der Erinnerung an die Unterrichtsstunden in der Volkshochschule. »Blockflöte. Allerdings ist das eher ein Folter- als ein Musikinstrument – sowohl für mich als auch für alle, die zuhören müssen.«

Gemeinsam mit Lina war sie als Kind einmal die Woche zum Unterricht gegangen – jedes Mal hatte sie sehnsüchtig aus dem Fenster geschaut und sich weit weggewünscht, während Lina Freude an dem Instrument gefunden hatte und nun ihre Kinder zur selben Volkshochschule schickte. So schloss sich der Kreis. Tante Mieke ließ ihre Nichten natürlich nie merken, wie sehr sie die hohen Quietschtöne nervten, wenn die beiden ihr etwas vorspielten.

Mieke konzentrierte sich wieder auf die Wunde in Sophies Bein. Die Zähne des Koalas hatten sich tief ins Fleisch gegraben und deutliche Abdrücke hinterlassen. Am Arm zeigten sich die langen Kratzspuren der Krallen, welche die Haut grob aufgerissen und unebene Wundränder hinterlassen hatten. Mieke reinigte die Stellen, so gut sie konnte.

»Das tut bestimmt sehr weh, aber ich muss leider etwas Druck ausüben«, entschuldigte sie sich, aber Sophie sagte »Kein Thema« und reichte ihr ein frisches Mulltuch. Jeder andere würde heulen, dachte Mieke und desinfizierte die Wunden. Doch vermutlich war Sophie durch ihr Leben auf dem Land und die Arbeit auf dem Hof des Vaters an kleine und größere Verletzungen gewöhnt. Das gehörte eben dazu, und es wurde keine große Sache daraus gemacht.

Genäht werden musste keine der Stellen, aber so tief wie einige der Bisse waren, bestand Entzündungsgefahr.

»Du solltest unbedingt ins Krankenhaus, um dir Antibiotika verschreiben lassen«, sagte sie und war überrascht, als Celeste einwarf: »Und Schmerzmittel.« Anscheinend konnte Celeste ihre Schwester besser einschätzen als Mieke und hatte erkannt, dass die ihre Pein hinter ihrer gesprächigen Fassade versteckte.

Um Sophie abzulenken, erzählte sie den Schwestern von den Tieren, die sie gestern gerettet hatten. Wie sich herausstellte, kannten sich beide gut mit den verschiedenen Arten aus, hatten aber eigene Vorstellungen von ihnen und eine Art jugendliches Spezialwissen, die Mieke in Verlegenheit brachte.

»Schnabeligel haben einen echt krassen Penis«, erklärte Celeste, ohne rot zu werden – diesen Part übernahm Mieke für sie –, und fuhr fort: »Der ist nämlich vierköpfig.«

»Ach?«, fragte Mieke und versuchte, sich das nicht bildlich vorzustellen. So beifällig wie möglich kommentierte sie: »Ich hoffe, dass die weiblichen Schnabeligel dementsprechend gebaut sind.«

Celeste lachte. »Reingucken möchte ich bei denen nicht.«

Jetzt musste auch Mieke grinsen. »Nein, ich auch nicht.«

Dabei beließen sie es, denn das Auto, das nun in die Einfahrt zur Tankstelle bog, gehörte Rob. Er parkte in der Bucht vor dem Staubsauger und dem Reifendruckmesser, obwohl sie die einzigen Autos auf dem Tankstellengelände waren. Die Macht der Gewohnheit, dachte Mieke.

Er brauchte nicht extra darauf hinzuweisen, wie anstrengend seine Fahrt gewesen sein musste. Schweiß lief seine geröteten Wangen herunter, der Blick war angespannt und sein Grinsen steif, als er aus dem Wagen stieg.

»Hallo, Rob«, begrüßte Mieke ihn und schielte ins Wageninnere, das bis auf feuchte Flecken und Kotpellets erstaunlich leer war. Es rumorte hinter den Rücksitzen.

»Ich habe die Rabauken in den Kofferraum verfrachtet«, sagte er und wischte sich mit einem Taschentuch über das Gesicht. Mieke reichte ihm sofort ein weiteres. »Was möchtest du trinken? Cola? Wasser? Limo? Gingerbier?«

»Wasser. Danke.«

»Warte, ich mache das«, rief Celeste und stürmte zum Tankstellenladen. Nach ein paar Schritten kam sie wieder zurück, riss die Beifahrertür des Toyotas auf und kramte im Handschuhfach nach ihrem Portemonnaie.

Während Celeste im Shop verschwand, erklärte Rob ihrer Schwester: »Ich bin Kommandant bei der Feuerwehr und mit der Bekämpfung der Buschfeuer beauftragt. Mieke ist Wildtierretterin. Wir haben gute Kontakte zu Tierpflegern, die sich um die geretteten und eventuell verletzten Koalas kümmern können. Ich würde vorschlagen, dass wir die Tiere zu uns ins Auto schaffen und weiterversorgen und ihr euch auf den Rückweg nach Hause und raus aus dem Gefahrengebiet machen könnt.« Sophie zögerte erst, stimmte dem Angebot dann aber zu.

Es war nicht einfach, die Koalas in Miekes Mietwagen umzusetzen, doch der Tankstellenbesitzer, ein indischer Herr in den Vierzigern, half ihnen mit mehreren verschließbaren Plastikboxen aus, in die sie Löcher hineinstachen, damit die Luftzufuhr gesichert war. Anschließend setzten sie die Koalas hinein – jeweils zwei Koalas teilten sich eine Box, das Jungtier bekam eine eigene –, sicherten die Deckel vorsichtshalber jeweils mit einem Seil und verstauten sie in Miekes Kofferraum.

Als Rob für die Boxen und die Hilfe bezahlen wollte, winkte der freundliche Besitzer jedoch ab und witzelte: »Ist schon okay, Mate. Die stehen hier eh nur rum. Aber wenn ihr mit der Aktion in die Zeitung kommt, dürft ihr gerne meine Tankstelle erwähnen. Bei mir gibt's das billigste Milch-und-Brot-Kombi-Angebot im Umkreis von hundertfünfzig Kilometern«, sagte er und deutete auf das ausgeblichene Schild mit dem Toastbrot und der Zwei-Liter-Flasche Golden Dairy. »Das Geschäft könnte aber besser laufen. Harte Zeiten.« Seine Bitte war nur zur Hälfte scherzhaft gemeint. Ein wenig Werbung würde ihm sicher wirklich guttun.

»Machen wir«, versprach Rob und prüfte den Knoten des letzten Seils. Mieke tauschte Telefonnummern mit den beiden Mädels und versprach, sie auf dem Laufenden zu halten, wie es den Koalas ging. »Ich gebe euch gleich Bescheid, sobald wir im Cooee Sanctuary angekommen sind. Eure Koalas werden gut versorgt und dürfen hoffentlich bald in ihren Wald zurück.«

»Wenn der dann noch steht«, sagte Sophie.

»Wäre cool, wenn du uns auch ein paar Fotos schicken könntest«, bat Celeste und umarmte Mieke zum Abschied.

»Wird gemacht. Ihr wart großartig!«, sagte Mieke und winkte mit der selbst gebrannten CD, die Sophie ihr gegeben hatte. »Und eure Musik, die hören wir uns gerne an. Danke dafür!«

»Die ist echt richtig gut«, sagte Rob wenige Minuten später, als Celestes Stimme aus den Lautsprecherboxen klang, begleitet vom Gitarrenspiel ihrer Schwester. »Zwei außergewöhnliche junge Mädchen. Die werden es bestimmt weit bringen im Leben. Talentiert, stark, mutig.«

Ja, da hatte er recht – mit allem. Auch Mieke gefiel die Musik. Sie unterstrich die gute Stimmung, in der sie war, seit sie die Tankstelle verlassen hatten. Ein euphorisches Hochgefühl durchströmte sie. Sie hatten helfen können, waren zufällig zur richtigen Zeit am richtigen Ort gewesen.

Vielleicht hätten noch mehr Koalas im Wald ihre Hilfe gebrauchen können, aber sie hatten sieben Koalas gerettet, die nun eine zweite Chance bekamen. Sieben gesunde Tiere, die sich vermehren können und deren Nachkommen hoffentlich in Hunderten von Jahren in den Wäldern saßen und an schwer verdaulichem Blattwerk nagten. Schöne, wohlgenährte Exemplare waren es. Sie würden keine Probleme haben, die kleinen Wunden zu überleben, die sie davongetragen hatten. Auf diese Erfolge musste man sich konzentrieren und von ihnen zehren.

Die Musik versetzte Mieke ins Träumen. Ein Lied handelte vom kristallklaren Wasser in der Dolphins Bay, und Mieke dachte an Koala Island. »Bald werde ich im schneeweißen Sand liegen, dabei in die Wipfel der Schraubenpalmen schauen und mich mit dem Land versöhnen können. Bisher kommt es mir mehr wie ein Gegenspieler vor. Kein Antagonist im klassischen Sinne, eher wie ein verletztes Tier, das schreit und brüllt, sich gegen mich wehrt, während es eigentlich meine Hilfe braucht. Wenn die Wunden des Tieres heilen und es wieder ruhiger wird, wenn ich meinen Zweck erfüllt habe, will ich es von einer anderen Seite kennenlernen. Von seiner ruhigen, schönen und unverletzten Seite«, erzählte sie Rob. »Am Riff vor Koala Island soll es ein Schiffswrack geben, an dem eine besonders große Artenvielfalt herrscht. Falterfische, Anemonenfisch, Riesenmuscheln, Mantarochen und so vieles mehr. Allein der Gedanke daran, in einem riesigen Aquarium zu schwimmen, jagt mir eine Gänsehaut auf die Arme.«

Rob drehte die Musik leiser. »Ich selbst war noch nie auf der Insel und auch nicht im Riff. Hast du keine Angst vor Haien?«

»Angst nicht, Respekt schon. Aber ich liebe das Meer viel zu sehr, um mich davon abhalten zu lassen. Mein Zweitname ist übrigens Marina, was so viel wie ›die zum Meer Gehörende‹ bedeutet. Und ich bin eine echte Wasserratte.«

Rob legte den Kopf scherzhaft schief, als könne er sich das nicht vorstellen. »Ah ja«, sagte er. »Kein bisschen Angst?«

»Sagen wir es so. Ich hoffe, dass ich keinem begegne. Und die Statistiken sprechen auch dagegen.« Sie holte ihr Handy hervor und suchte den Screenshot, den sie von einer Internetseite über die australische Fauna gemacht hatte. »Seit 1791 hat es in Australien 639 Haiangriffe gegeben, davon verliefen 190 tödlich«, las sie vor. »Seit 1791! Das ist nicht besonders viel. Vier Haiarten sind für den Großteil der Todesfälle verantwortlich: Bullenhaie, Tigerhaie, Weißspitzen-Hochseehaie und weiße Haie. Haie haben einen gut entwickelten Geruchssinn und können einen Tropfen Blut in hundert Litern Wasser riechen.« Sie ließ das Handy sinken. »Und solche Fakten sind es, die Menschen triggern und ihnen Angst machen. Ich habe selbst erlebt, was für eine Panik entstehen kann, wenn ein Hai am Strand auftaucht. Dabei sind es scheue Tiere, die eine wichtige Rolle im Ökosystem einnehmen. Immerhin stehen sie an der Spitze der Nahrungskette und sorgen so für ein gesundes Gleichgewicht in der Meeresfauna.«

»Außerdem sind sie total scheu und wunderschön. Und zum Artenschutz gehört schließlich auch, dass man Tiere schützt, die gefährlich für uns Menschen sind. Egal ob Löwe, Nashorn oder Hai. Ich kann deine Begeisterung fürs Meer gut nachvollziehen«, warf Rob ein, und die Haie in Miekes Kopf lösten sich in Luft auf. »Wenn ich Urlaub habe, gehe ich meist surfen. Was unter der Wasseroberfläche stattfindet, interessiert mich nicht so, aber Wellen üben eine unglaubliche Faszination auf mich aus. Besonders die großen Sturzbrecher. Beim Surfen ist man so frei, als sei man schwerelos, und gleichzeitig braucht man eine unglaubliche Kontrolle und Kraft, um sich gegen das Wasser zu behaupten, eins mit ihm zu werden.«

Das konnte sich Mieke gut vorstellen. Rob machte keine halben Sachen. »Ein bisschen wie Fliegen?«, vermutete sie.

»Ja. Es gibt eine feine Linie zwischen dem Gefühl der absoluten Freiheit und dem Tod. Die Zeit läuft plötzlich langsamer, und jede Bewegung ist einem bewusst. Als kämpfe man direkt gegen den Schnitter, und wenn man es schafft, wird man mit einem unglaublichen Adrenalinkick belohnt.«

Unwillkürlich fing es in Mieke an zu kribbeln. Sie stellte sich vor, wie Rob in Badeshorts auf dem Surfboard stand, während seine Haare nass am Kopf klebten. Wie seine Muskeln sich anspannten, wenn eine Welle kam, er sich duckte und dabei Wasser an ihm abperlte. Schnell schüttelte sie den Gedanken weg.

»Letztes Jahr gab es einen Sturm, und danach herrschten perfekte Surfbedingungen. Raues, wildes Meer. Wir sind mit ein paar Kumpels nach Byron Bay gefahren. Die Wellen waren wild, und ich brauchte einige Kraft, mein Board ruhig zu halten. Aber ich bin mehrere Tubes mit Kick Out gesurft, bis mich ein Close Out erwischte. Danach habe ich den Rest des Wochenendes im Krankenhaus verbracht.«

»Oh«, sagte Mieke, die einige Schwierigkeiten hatte, seinen Surferslang zu verstehen. »Das heißt, du hast es durch mehrere Wellen geschafft und bist dann vom Surfbrett gefallen und hast dich verletzt?«, versuchte sie, für sich zu übersetzen, was er gesagt hatte.

»Ja, genau. Die gesamte Welle ist gleichzeitig in ihrer gesamten Länge übergeklappt. Das ist eigentlich nicht surfbar, es sei denn, man möchte von einer Welle verprügelt werden.«

Mieke war noch nie gesurft, fand aber die Bilder von Surfern, die lässig eine Welle ritten und dabei kunstvoll eine Hand ausstreckten, um ihr Bord zu lenken, äußerst ästhetisch. Vielleicht konnte sie bei Gelegenheit einen Surfkurs machen. Vielleicht, dachte sie, sogar mit Rob.

Rob war so anders als die Düsseldorfer Männer, die Mieke bisher kennengelernt hatte, und das reizte sie. Seine Lippen, die hohen Wangen, die etwas zu langen Wimpern, die seiner rauen Art etwas Weiches gaben. Seine selbstsichere Art, die Ruhe, die er ausstrahlte. Es gefiel ihr, dass er im Wald zu Hause war. Die Natur war sein Schreibtisch. Ihr zu helfen erfüllte ihn, und dabei ging es nicht um den schickeren Anzug, das bessere und größere Auto oder die teurere Uhr. Rob tat, was ihn glücklich macht und womit er anderen helfen konnte, und das machte ihn unglaublich attraktiv und zog sie an. Wieder riss sie sich zusammen, schließlich war sie kein Teenager mehr, der Tagträumen nachhing. Und Rob sollte nicht merken, wie sie über ihn dachte.

»Können die Wellen einen denn verletzen? Ich dachte immer, dass Unfälle dann entstehen, wenn einem das Surfbrett gegen den Kopf knallt oder man unsanft auf einer Sandbank landet.«

»Erinnere mich daran, dir heute Abend die Fotos von meinem Kumpel Bill zu zeigen. Der war letzten August in Nazare in Portugal, wo es die weltweit besten Wellen gibt. So richtige Monsterwellen um die zwanzig Meter. Und Bill ist kein Anfänger, der weiß, was er tut. Jedenfalls hatte er einen Wipe Out, und die Welle hat ihm den gesamten Unterschenkel bis auf den Knochen aufgerissen. Das war für ihn das Ende der Saison. Wasser hat eine enorme Kraft.«

»Oh, das war bestimmt hart für ihn. Ich nehme an, ihm ist die Lust aufs Surfen vergangen?«

Rob lachte. »Nein. Das Surfen ist eine Sucht. Er ist wieder an der Gold Coast unterwegs, da geht es allerdings gemäßigter zu.«

»Das klingt wirklich spannend. Bei Gelegenheit mache ich auch mal einen Surf-Kurs und probiere es aus.« Spontan hatte sie ihre vorsichtige Überlegung zu einem festen Entschluss gemacht.

»Im Ernst?«

»Na klar. Testen kann man es doch. Allerdings bevorzuge ich kleinere Wellen, ich bin nicht so scharf darauf, mir die Knochen zu brechen. Die Surf Academy bei Coolangatta soll ganz gut sein.«

Rob sog hörbar die Luft ein und stieß sie dann heftig wieder aus. »Nichts da. Bei so einem pubertierenden Pickel-

Teenager, der sich Surfen mit dem Handbuch beigebracht hat, lernst du nichts. Du musst mit mir raus. Ich zeige dir, wie du die Wellen lesen kannst und wie du sicher durch eine durchtauchst. Wir machen das, wenn das alles hier vorbei ist und bevor du fährst.«

Die Einladung reizte Mieke, aber sie brauchte Klarheit.

»Ist das deiner Freundin denn recht?«, fragte sie und versuchte, dabei neutral zu klingen. Sie passierten eine Kuhweide, die so groß war, dass außer dem Sicherheitszaun an der Straße keine weiteren Zäune zu sehen waren. Man konnte in diesem Land leicht verloren gehen. Die Kühe allerdings standen dicht gedrängt zusammen, entweder sie interessierte die Weite nicht, oder sie standen um ein Wasserloch.

»Ich habe keine Freundin«, behauptete Rob, und sein Tonfall ließ sie aufhorchen. Mieke stutzte.

»Deine Mutter hat eine merkwürdige Andeutung gemacht.«

Sie musste den Kopf nicht drehen, um zu spüren, wie er sich versteifte und eine innere Mauer hochfuhr.

»Hmm ... Es ist kompliziert. Vielleicht hast du recht, es war keine gute Idee. Lassen wir das mit dem Surfen.«

Mehr wollte Rob dazu nicht sagen, und mehr wollte Mieke nicht fragen. Die Antwort war ihr genug, um zu wissen, dass das, was sie sich wünschte, nicht sein sollte. Nicht jetzt, nicht später. Kompliziert war nicht das, was sie in ihrem Leben gebrauchen konnte.

Kapitel 9

Das Cooee Sanctuary lag auf einem Berg, der einen Panoramablick über die bewaldete Umgebung bot. Wohin man sich auch drehte, unter einem lag ein grüner Teppich aus Baumkronen. An der Einfahrt hing ein Schild mit den Worten »Wunya ngulum«, darunter ein zweites mit der Aufschrift: »Zufahrt verboten – Privatgrundstück«. Sie fuhren über ein Kuhgatter im Boden, und kurz darauf tauchten die ersten Gehege auf. Vor einer wild sprudelnden Pumpe am Wegesrand standen zwei Männer mittleren Alters. Der Kleinere von beiden wirkte sportlich, und seine Gesichtszüge und die dunklen Haare, die sich unter der Krempe seines ausgeblichenen Hutes hervorlockten, verrieten, dass er eine Aborigines-Abstammung besaß. Das musste Leon sein. Seine schlanken Beine steckten in Blue Jeans, über denen er ein Holzfällerhemd trug. Der andere war blass, hatte einen langen grauen Bart, war stark übergewichtig und hatte eine Zigarette im Mundwinkel hängen. Als sie vor ihnen hielten, tippte Leon sich grüßend an die Stirn, während der andere leise fluchend einen Stofflappen in ein Loch stopfte, um den Wasserstrahl zum Versiegen zu bringen. Rob stieg aus dem Wagen und begrüßte seinen Kumpel herzlich: »Lang nicht gesehen, Leon, wie geht es dir?«

»Ngara Rob, mein Lieblings-Pyromane«, witzelte Leon und grinste. »Heute schon was angezündet?«

»Nein danke, Mate. Ich stehe auf der anderen Seite. Und bei dir? Heute schon ein Känguru auf den Grill gehauen?«

Leon lachte. Dann deutete er auf seinen Kollegen und sagte: »Das ist mein Kumpel Hunter. Er hilft mir für ein paar Tage, weil ich Ärger mit den Pumpen habe. Hunter – das ist Rob, ein guter Freund.« Hunter erhob sich schwerfällig und schlug ihm dann eine riesige Pranke auf die Schulter, dass Mieke glaubte, es krachen zu hören. Sie schaute fasziniert auf die Handgelenke des Mannes, die erstaunlich dünn wirkten und nicht zum Rest des Körpers passten.

»Hi, Leon hat mir bereits erzählt, dass ihr früher gemeinsam durch die Gegend gezogen seid. Und auch, dass du ein guter Rugbyspieler warst«, sagte Hunter mit tiefer Stimme.

»Ja, wir kennen uns schon lange. Aber das mit dem Rugby ist lange her. Ich konnte weit werfen, Leon war aber immer schneller.«

Hunter lachte so laut, dass Mieke unwillkürlich die Augenbrauen zusammenzog. Sie stand neben Rob und wartete darauf, dass sie an der Reihe war. Es war für sie immer noch ungewöhnlich, dass Männer in Australien zunächst andere Männer begrüßten statt, wie in Deutschland üblich, zuerst die Frau.

»Und wer ist die Augenweide neben dir?«, fragte Hunter und schaute Mieke mit einem eindeutig zweideutigen Blick an, der ihr nicht gefiel.

»Das ist Mieke. Sie kommt aus Deutschland und ist inzwischen ein Profi auf dem Gebiet der Wildtierrettung.« Es klang so stolz, als hätte Rob gerade Steve Irwin höchstpersönlich vorgestellt, und führte dazu, dass Hunters Züge an Ernst gewannen. Auch Leon schien beeindruckt.

»Oha. Genau solche Leute brauchen wir hier!«, sagte er. »Dann zeigt mal, was ihr mir mitgebracht habt. Nehmt ihr mich bis oben mit?«

»Ich kümmre mich weiter um die Pumpe«, brummte Hunter und drehte ihnen wieder den Rücken zu.

Behände kletterte Leon auf den Rücksitz, und sie fuhren die letzten Meter zur Station hinauf.

»Ich kriege so selten Besuch, das ist für mich ein richtiges Highlight«, sagte Leon freundlich, und Mieke antwortete: »Wir sind nicht allein hier – im Kofferraum ist noch mehr Besuch. Wir haben sieben Koalas dabei.«

Ungläubig riss Leon die Augen auf.

Die Pflegestation bestand aus mehreren kleinen Holz- und einem großen Metallschuppen. Ein Haus gab es nicht, aber neben einer Windmühle, die wohl zum Pumpen von Wasser diente, parkte ein Wohnwagen.

»Der gehört Hunter«, erklärte Leon. »Ich wohne im Schuppen. Da hat man mehr Platz als in so einem engen Blechkasten.«

Er führte sie in seine Wohnstätte hinein, und Mieke schaute sich um. In einer Ecke parkte ein Pick-up, richtige Möbel gab es nicht. Aber vor dem Wohnwagen war eine mobile Spüle aufgestellt, daneben stand ein Tisch mit einem Gasherd und einer Kiste mit Geschirr, die in den Farben der Aborigines-Flagge angestrichen war: Schwarz, Rot, und Gelb. Eine Tallboy-Kommode mit vier Schubladen und vier Campingstühle komplettierten das Ensemble.

»Ihr könnt gerne bei mir übernachten, wenn ihr möchtet«, bot Leon an. »Sucht euch einfach eine Ecke aus, die euch gefällt.«

»Gerne«, sagte Mieke. »Aber nur, wenn ich dir heute noch auf der Station aushelfen kann.«

Im hinteren Teil des Schuppens war viel Platz. Hier und da befand sich ein wenig Gerät, alles sorgfältig an der Wand aufgereiht. An einer Wand hing eine Aborigines-Flagge, daneben ein Elvis-Presley-Poster. Ordentlich war es, sauber nicht. Das genaue Gegenteil von Lina, dachte Mieke. Bei ihr konnte man vom Boden essen, wenn man nicht vorher über einen Wäscheberg oder die unausgepackten Einkaufstüten vom Vortag stolperte. Die Natur hatte sich den Schuppen zurückerobert, auf den Oberflächen lag Staub, in den Winkeln hockten Spinnen. Kein Wunder, denn das breite Tor, von dem aus man über die Tieranlagen gucken konnte, stand immer offen. Tiere konnte ein und aus gehen, fliegen oder kriechen.

Kaum waren sie am Ziel angekommen, führte Leon Mieke in die Futterkammer. »Könntest du die Fütterung der Tiere vorbereiten? Hier ist die aktuelle Futterliste. Eimer und Schüsseln sind im Regal. Ich kümmere mich in der Zwischenzeit mit Rob um die Koalas.«

»Kein Problem.«

Mieke fing an, Pellets und Körner zu schaufeln, während Rob und Leon die Koalas in den Schuppen trugen. Sie konnte die Unterhaltung der Männer von hier aus gut hören.

Wie Leon schnell feststellte, handelte es sich um vier Weibchen, eins davon noch sehr jung, und drei Männchen. Mieke lächelte vor sich hin, als Rob ihm von ihrem Feldzug erzählte.

»Das kann ich nicht glauben«, sagte Leon gerade. »Normalerweise klettern Koalas höher, wenn Feuer naht, und laufen nicht über den Boden davon.«

»Wenn sie verzweifelt sind, kommen sie von den Bäumen herunter. Vor allem, wenn ihnen der Pelz warm wird, weil sie auf zu niedrigen Bäumen hocken«, konterte Rob.

Das Tor klapperte, und nun hörte Mieke auch Hunters Stimme. »Seid ihr in ein Buschfeuer geraten?«, fragte er. Rob erzählte auch ihm von ihrem Erlebnis.

»Also war es ein großes Feuer?«, hakte Hunter nach.

»Es geht. Die Koalas hätten es aber nicht überlebt. Wir hatten es aus der Ferne entdeckt und nur nach dem Rechten geschaut, weil dort ein Auto parkte. Zwei hübsche junge Sheilas, Mate, die haben die Aktion im Alleingang gerockt.«

»Das sind mir die Liebsten«, sagte Hunter. »Scharf wie Chilis, aber Mumm wie ein Soldat. Warum hast du mir die beiden nicht gleich mitgebracht? Oder hast du die für dich reserviert?« Er lachte dreckig, und Mieke verspannte sich. Leon schien in Ordnung zu sein, aber dieser Hunter war unmöglich.

»Das hättest du wohl gern. Die beiden waren viel zu jung – für jeden von uns. Außerdem bin ich momentan auch nicht auf der Suche. Und wenn, dann muss es genau die Richtige sein, eine, bei der alles passt. Und ich bin da äußerst wählerisch.«

»Du hattest schon immer einen speziellen Geschmack, Rob«, warf Leon ein.

»Ich nicht«, brüstete sich Hunter. »Zwei Beine müssen sie haben und bei drei noch nicht auf den Bäumen sein.«

»Du bist ein Idiot, Hunter«, stellte Rob fest. Mieke war dankbar, dass Rob das erkannte und kein Problem damit hatte, es auszusprechen.

»Ich kann es mir leisten. Seit mein Geschäft pleitegegangen ist und meine Frau mich verlassen hat, habe ich nichts mehr zu verlieren. Jetzt habe ich viel Zeit für meine sieben Hobbys: Sex und Musik.«

»Hunter spielt Mundharmonika. Ein tolles Instrument«, sagte Leon schnell, und es klang so, als wolle er das Gespräch auf ein anderes Thema lenken.

Aber Hunter ließ sich nicht darauf ein. »Du müsstest doch verstehen, was ich meine, Leon. Deine Vorfahren waren auch nicht gerade monogam.«

Mieke horchte auf, das interessierte sie. Von der Geschichte der Aborigines bekam man in Deutschland nur stark medial verzerrte Elemente mit.

»Wie meinst du das?«, fragte Leon mit gedehnter Stimme. Anscheinend war das ein heikles Thema für ihn.

»Na, deine Landsleute haben doch früher auch polygyn gelebt. Oder etwa nicht?«

Nun stand Mieke auf und ging zur Tür. Durch den Spalt sah sie, wie Rob betont langsam ein Handtuch zur Seite legte und dann die Arme verschränkte. Seine Miene war ausdruckslos, aber Mieke erkannte trotzdem, dass er angespannt war, bereit, Leon jederzeit zu unterstützen, wenn er wütend wurde. Leon hingegen nahm die Sache lockerer. »Ja, und? Kulturen verändern sich. Eure Vergangenheit ist auch nicht perfekt. Ich möchte dich daran erinnern, dass die moderne Besiedelung Australiens mit einer Sträflingskolonie angefangen hat.«

»Na ja«, brummte Hunter.

Mieke holte tief Luft und trat dann in die Scheune.

»Könntest du mir bitte kurz helfen, Rob?«, fragte sie, und er nickte.

»Klar.«

Als er zu ihr in die Futterkammer trat, zog sie ihn beiseite und schloss die Tür hinter ihnen. Dann trat sie näher an ihn heran. »Kann es sein, dass dieser Hunter dir ebenso auf den Keks geht wie mir?«, flüsterte sie.

Rob lachte. »Total. Ich frage mich, woher Leon seine Geduld nimmt. Schön, dass es dir genauso geht wie mir.«

Immer noch stand Mieke so nahe vor ihm, dass sein Duft nach Aftershave und Schweiß ihr in die Nase stieg und sie die Wärme seines Körpers spüren konnte. Sie müsste sich nur auf die Zehenspitzen stellen, dann könnte sie ihre Lippen auf seinen Mund legen. Sie spürte, wie ein Verlangen in ihr aufstieg, das sie nicht zulassen konnte. Betont langsam atmete sie aus, um den Gedanken zu verscheuchen.

Sie trat einen Schritt zurück und bemerkte, dass auch Robs Miene sich verändert hatte. Nachdenklich sah er sie an, strich sich dabei übers Kinn und lächelte. Dabei schob sich der linke Mundwinkel etwas höher als der rechte. Er hob den Arm, als wolle er sie berühren, aber ließ ihn sofort wieder sinken. Dann ging ein Ruck durch seinen Körper, und er schaute sich um.

»Wo waren wir? Brauchst du wirklich meine Hilfe, oder wolltest du mich vor Hunter retten?«

Sofort setzte Mieke ein ernstes Gesicht auf. Es gab Arbeit zu erledigen, darauf sollte sie sich konzentrieren.

»Jetzt, wo du schon mal hier bist, kannst du mir gerne helfen. Die Futtersäcke sind ziemlich schwer.«

»Kein Problem.« Gemeinsam füllten sie die letzten Schalen.

»Weißt du«, setzte Mieke an und achtete darauf, so leise zu sprechen, dass Leon und Hunter sie nicht hören konnten. »In meinem Bücherschrank befinden sich mehrere Bücher über Australien. Darunter auch der ›Traumfänger‹ von Marlo Morgan. Kennst du das Buch?«

Rob schüttelte den Kopf. »Nein. Worum geht es da?«

»Im weitesten Sinne um die Mystik der australischen Ureinwohner. Die Autorin erzählt von dem Erlebnis, drei Monate lang mit den Aborigines durch das Outback zu wandern. Eine anstrengende und zehrende Reise, von der sie gleichzeitig so viel mitnimmt. Ich mag es sehr, weil mich die Geschichte der Aborigines fasziniert.«

In der Tat kannte sie sämtliche seriöse und halb seriöse Dokus über die Ureinwohner Australiens. Oft wurden Aborigines als in sich ruhendes und harmonisches Naturvolk mit einem Hang zur Mystik dargestellt, das seit Jahrtausenden den roten Kontinent dominierte, bis Kapitän James Cook mit der Inbesitznahme des Landes den Frieden für immer zerstörte. Natürlich steckte mehr hinter dem weichgezeichneten und stark verzerrten Bild der Kultur, dass die Medien so gerne zu vermitteln suchten, aber nichtsdestotrotz übten sie eine große Anziehungskraft auf Mieke aus.

Rob legte den Kopf schief. »Weißt du, es ist erfrischend, das zu hören. Ich höre Leon auch gerne zu, wenn er von seinen Vorfahren erzählt. Aber leider ist das hier in Australien eher unüblich. Oft sind die Aborigines ein Tabuthema, über das keiner so gerne redet.«

Mieke schaute ihn erstaunt an. Aber dann erinnerte sie sich an die Verbrechen, die die Einwanderer an den Aborigines verübt hatten und auch an den Ruf, den einige Aborigine-Communitys heutzutage in der Gesellschaft hatten. Es war ein komplexes Thema, beladen mit Schuld und Vorwurf.

Der letzte Eimer war gefüllt, und sie legte die Schaufel beiseite, während Rob den Sack zuschnürte.

»Soll ich dir helfen, das Futter zu verteilen?«, fragte er, und Mieke nickte dankbar. Sie öffnete die Tür, und Rob schob die Schubkarre hinaus, an Leon und Hunter vorbei. Mieke schnappte sich zwei Eimer. Auch zu zweit würden sie mehrere Male gehen müssen, um alles Futter zu verteilen.

Hunter hatte einen kleinen Koala auf dem Schoß sitzen, der ihn wie versteinert ansah und sich nicht bewegte, als Leon ihn mit seinem Stethoskop abhörte. Die anderen Koalas waren in Metallkäfigen untergebracht, einige waren ruhelos, andere hockten deprimiert in einer Ecke.

Leons Sanctuary war bei Weitem nicht so idyllisch angelegt wie Eves Station, dafür um einiges zweckmäßiger. Es gab keinen überflüssigen Schnickschnack, keine Beete oder

Blumentöpfe. Gehege reihte sich an Gehege, zwischendurch standen Käfige oder Volieren. Es gab automatische Tränken und alle zwanzig Meter einen Wasserhahn mit Schlauchanschluss. An strategischen Stellen verteilt befanden sich Schubkarren, Besen, Schaufeln.

Zuerst fütterten Mieke und Rob die Emus. Das Futter konnten sie über den Zaun in den Trog kippen. Als Nächstes waren die Wallabys an der Reihe, die allerdings wenig Interesse an den Pellets zeigten. Zurück in der Futterkammer, holten sie die nächsten Eimer.

»Rob?«, hörten sie Leon rufen. Rob schaute Mieke fragend an, und diese lächelte. »Kein Problem, ich schaffe den Rest auch allein.« Vorsichtig balancierte sie die schwere Schubkarre zur Tür hinaus und sah, wie Hunter mit hochrotem Gesicht aufstand.

»Kannst du übernehmen, Mate? Die kleinen Rotznasen sind mir zu zappelig.« Entschuldigend hob er seinen Arm, der nun in einem zerrissenen Hemdsärmel steckte.

»No worries«, sagte Rob, setzte sich und nahm den Koala entgegen, den Hunter ihm hinhielt. Rob hielt ihn gut fest, aber schaffte es, ihm beruhigend mit einem Finger über das Fell zu streichen. »Hab keine Angst«, raunte er dem Tier zu. Hunter zuckte mit den Schultern und ging in Richtung Waschbecken. Auch Mieke setzte ihren Weg fort. Als sie kurze Zeit später wiederkam, war Hunter verschwunden. Ihre Schultern schmerzten von der schweren Last, und sie rieb sich den Nacken. Eine Schubkarrenladung fehlte noch, aber dafür brauchte sie Leons Hilfe.

»Was haltet ihr zuvor von einer kleinen Pause – ich kann uns Kaffee kochen?«, bot sie an, aber Rob kam ihr zuvor.

»Ruh dich ein paar Minuten aus. Ich mach das.«

»Ja, das eilt nicht«, stimmte Leon zu.

Dankbar ließ Mieke sich in einen Stuhl gleiten. Ein paar Minuten lang schloss sie die Augen und genoss es, zu sitzen.

»Deine Pflegestation ist wirklich beeindruckend«, sagte sie zu Leon, und ein Strahlen ging über dessen Gesicht.

»Hab ich alles selbst gebaut«, sagte er stolz, während er auf einem Stück Beef Jerky herumkaute.

»Deine Vorfahren stammen von den Aborigines ab?«, fragte Mieke ihn geradeheraus. Aus dem Augenwinkel sah sie, wie Rob mit einem Tablett anrückte.

»Ja. Ich bin halb Australier, halb Aborigine.«

»Halb verrückt«, warf Rob ein, ein Grinsen im Gesicht.

»Das sagt der Richtige«, konterte Leon. »Normale Leute flüchten vor dem Feuer. Du begibst dich freiwillig hinein.«

»Das ist alles kalkuliertes Risiko.«

»Die Anlagen sehen gut aus«, lenkte Mieke ab. »Aber hast du keine Angst vor Schlangen?«

Leon winkte ab. »Warum? Ich weiß doch genau, wo die sind. Da oben im Dachgiebel lebt eine Teppichpython, hinter den Tonnen in der Ecke schläft eine weitere. In dem Feigenbaum beim Traktor lebt eine gepunktete Bronzenatter.«

»Das meinst du nicht ernst.«

»Doch, natürlich. Aber keine Angst: Pythons halten Giftschlangen ab.«

Das beruhigte Mieke zwar nicht so richtig, aber darüber musste sie sich später Gedanken machen. Notfalls würde sie im Auto schlafen. Sie trank ihren Kaffee und merkte dabei, dass Rob sie beobachtete. Doch sobald sie ihn ansah, schaute er weg. Fast so, als sei er verlegen.

»So«, Leon stand auf und streckte sich. »Wollen wir?«

»Klar.«

Er führte sie einen Trampelpfad entlang, auf dem die Schubkarre, die sie schob, gefährlich auf und ab hoppelte.

Nur mit Mühe konnte Mieke sie daran hindern, umzukippen.

»Wir sind da«, sagte Leon, und Mieke schaute auf. Es dauerte eine Sekunde, bis sie im Schatten der Wiese einen Mob Kängurus entdeckte. Unter ihnen ein paar Jungtiere, zuckersüß mit großen Augen und zuckenden Schnuten.

»Oh«, sagte sie, als ein Jungtier mit einer Vorwärtsrolle im Beutel seiner Mutter verschwand.

»Du kannst sie dir gerne aus der Nähe ansehen«, bot Leon an und schob den Riegel des Metalltors beiseite. Mieke schnappte sich einen Eimer von der Schubkarre und trat in das Gehege. Sofort wurde sie von Kängurus umringt, die sich gegenseitig aus dem Weg schubsten.

»Es ist genug für alle da«, sagte sie und hob den Eimer an, damit die Tiere ihn ihr nicht aus der Hand rissen. An der Futterstelle angekommen, streute Leon die Pellets auf die Wiese, und sie tat es ihm gleich.

Es war eine gemischte Herde aus grauen Kängurus und Wallaroos. Eines der Tiere war unverkennbar ein Alpha-Männchen, das um einiges größer und breiter zwischen den Tieren aufragte und das Geschehen aufmerksam beobachtete. Seine Brust war muskulös, sein Kopf kantig. Von ihm musste sie sich fernhalten. Beinahe demonstrativ drehte es sich um neunzig Grad und senkte den Kopf, um zu grasen. Das war kein Friedensangebot, sondern der subtile Hinweis, dass das starke Tier sich nicht vor ihr fürchtete, weil es genau wusste, dass es dazu keinen Grund gab.

»Wie lange hat der Ausbau zum Sanctuary gedauert?«

»Ungefähr fünfzehn Jahre. Hab ich alles aus meiner eigenen Tasche bezahlt, deswegen musste ich den Ausbau Stück für Stück vornehmen und mich langsam erweitern.«

Die Gehege mochten einfach sein, aber dennoch mussten

die Anlagen ein Vermögen gekostet haben. Allein die Materialien für Zäune, Unterkünfte, Dächer und Betonböden, auf denen die Volieren befestigt waren, gingen in die Zehntausende. Hinzu kamen die Raufen und Tröge und all das Gerät, das gebraucht wurde, um das Sanctuary in Schuss zu halten.

»Gibt es denn keine Unterstützung vom Staat?«

Leon schnaubte. Er holte sein Handy hervor, tippte was ein und hielt ihr dann ein Foto entgegen.

»Das hält der Staat von unserer Natur.«

Sie blickte auf das Foto vierer lächelnder Menschen am Strand. Im Hintergrund war die über dem Meer untergehende Sonne zu sehen. Die Stimmung schien äußerst gut zu sein.

»Wer ist das?«

»Unser Premierminister. Während Australien abfackelt, ist er mit seiner Familie nach Hawaii gefahren. Er hält es wohl nicht für notwendig, sich um sein Land zu kümmern. Und so ist das immer. Umwelt und Natur sind den Politikern scheißegal. Geschützte Habitate werden für Großbauprojekte und Minen zerstört, und wenn ein Investor mal eben ein paar Hundert Koalas entwurzelt und sie elendig krepieren lässt, interessiert das hier keine Sau. Und den Heini hier am wenigsten.« Leons wulstige Augenbrauen hatten sich zu einer Linie zusammengezogen und sahen aus wie die Raupe eines Prozessionsspinners, die ihm über die Stirn krabbelte. Er steckte das Handy weg und zündete sich eine Zigarette an.

Mieke schüttelte den Kopf. Das Verhalten des Premierministers konnte sie nicht nachvollziehen, denn ihrer Meinung nach waren Krisen gut geeignet, um politische Stärke und Führungskraft zu zeigen.

»Aber es gibt doch sicherlich Förderungen und Zuschüsse für Wildtierorganisationen, nicht wahr?«

»Wenn man laut genug bettelt, schon. Ist aber nicht mein Stil. Sitzen in eurer Regierung auch so geldgierige Wichser?«

Ein Känguru vor Mieke juckte sich am Rücken. Es drehte den Oberkörper dabei, aber seine kurzen Ärmchen reichten kaum aus, um die zwackende Stelle zu erreichen. Abwesend übernahm Mieke den Job und strich ihm über den Rücken. Das Känguru ließ sich die Streicheleinheit gerne gefallen. Die Tiere hier waren zahm und hatten keine Scheu.

Politik war ein komplexes Thema, hatte so viele Facetten, wo sollte man da anfangen?

»Nein. Ja. Natürlich ist unsere Politik wirtschaftsorientiert und dabei noch relativ sozial im internationalen Vergleich. Aber sie ist auch grün, zumindest im vernünftigen Maße. Tierschutz wird immer wichtiger, da ist schon viel passiert, auch wenn es bei Weitem nicht ausreicht.«

Sie dachte an Ereignisse der letzten Jahre, die in den Medien für Aufruhr gesorgt hatten: Kammmolch gegen Autobahn, Kraftwerk scheitert an Feldhamster, Bachneunauge stoppt Flughafenausbau. War das Braunkohlekraftwerk am Ende trotz der Hamster gebaut worden? Mieke erinnerte sich nicht, fühlte sich aber genötigt, Deutschland zu verteidigen. Immerhin musste man das Land im internationalen Vergleich bewerten und nicht nur die individuellen Mecker-Meinungen der selbst ernannten Kritiker in Erwägung ziehen, die im Tagesschau-Forum online lange Tiraden schrieben, in denen sie sich über alles und jeden aufregten, Deutschland als Ganzes verschrien und die Politiker je nach Gutdünken zu grün, schwarz oder rot fanden.

»Leider gibt es nur noch wenig städtische Tierheime. Die meisten sind vereinsgeführt und auf private Geldzuwendungen und ehrenamtliche Hilfe angewiesen. Aber ich denke, die Mehrheit der Deutschen hat zumindest ein grünes Grundbewusstsein, und der Staat fördert Umweltschutz. Es gibt Waldkindergärten und gut besuchte Umweltzentren. Ich denke, Umweltschutz ist kulturell verankert.« Während sie das sagte, stellte sie sich vor, wie in ihrem Freundeskreis jeder eine andere Meinung zu dem Thema hatte. Leon brummte, ob skeptisch oder missmutig ließ sich nicht sagen.

»Außerdem gibt es strenge Recycling-Auflagen, und jeder Haushalt trennt seinen Müll und bringt seine Pfandflaschen zum Automaten. Was nicht wiederverwertet wird, kommt in die Müllverbrennungsanlagen.«

»Solche Sachen meine ich. Hier kommt der Müll auf die Kippe. Dabei wurden bereits solide Müllverwertungssysteme an den Unis entwickelt. Doch der Staat weigert sich, die Projekte zu unterstützen und umzusetzen. Und Pfandflaschen sind gerade erst im Kommen. Wenn Flaschen echte Wertgegenstände wären, dann würden die ganzen Bogans hier draußen ihre verdammten Flaschen nicht einfach aus den Fenstern ihrer Diesel verheizenden Dreckschleudern werfen.«

»Das kann gut sein. Aber immerhin seid ihr gut im Wassersparen.«

Um sie herum wuselten Kängurus und futterten im Akkord. Leon drehte seinen Eimer noch einmal auf den Kopf, und zwei Männchen stürzten sich auf das restliche Futter, das herausfiel. Eins der beiden hatte eine merkwürdige weiße Färbung im Gesicht. Auf seinem Bauch zeugte eine lange Narbe von einem schweren Unfall.

»Notgedrungen. Aber Energie wird verplempert, obwohl sie aus der Kohle kommt. Früher wurden die Häuser so gebaut, dass immer ein kühler Durchzug herrschte. Heute gibt es in fast jedem Haushalt Klimaanlagen – und niemand schert sich mehr um die alte Bauweise oder um die Konsequenzen von Energieverschwendung.«

»Wird es dir in deinem Metallschuppen im Sommer nicht zu warm?«

»Nee, aber mir macht Hitze generell wenig aus.«

»Und Hunter? Wie hält der denn seinen Wohnwagen kühl, wenn es im Sommer richtig heiß wird?«

»Ich glaube, er öffnet die Tür.«

»Hat er keine Klimaanlage?«

»Soweit ich weiß, nur einen kleinen Ventilator. Wenn ihm zu warm wird, trinkt er wie ich ein kühles Bier.«

Mieke dachte an deutsche Sommertage, wenn die Parks dicht gepackt waren mit selbst ernannten Grillmeistern, die in Schürzen mit sparwitzigen Sprüchen wie »Star-Wurst« und »Auftrags-Griller« vor ihren Einweggrills hockten, ein Bier in der einen, die Zange in der anderen Hand hielten und sich mit ihren Kollegen über die Geheimnisse guter Steak-Würzung unterhielten, zu der selbstverständlich immer ein Schuss Bier gehörte.

»Ist das australische Bier so gut, wie uns die Werbung weismachen will? Ich habe Foster's noch nie probiert, aber es ist in Deutschland sehr bekannt.«

»Foster's?«, Leon schaute sie ungläubig an. »Was soll das denn sein? Hier trinkt man XXXX, Coopers, Carlton Draught and James Boag's. Hin und wieder ein Tooheys Extra Dry. Von Foster's habe ich noch nie etwas gehört.«

Rob erschien am Zaun und winkte ihnen zu. »Leon, ich brauche einen zweiten Mann.«

»Okay, Mate.« Und an Mieke gewandt, sagte er: »Das war wirklich interessant. Ich habe einiges gelernt. Du kannst gerne noch ein paar Minuten hierbleiben und Zeit mit den Tieren verbringen.« Dann schlurfte er zu Rob hinüber, und Mieke lächelte in sich hinein – tatsächlich hatte sie sich gewünscht, den Tieren nahe sein zu können, ohne dass es eine konkrete

Aufgabe gab. Sie wollte sie beobachten und besser verstehen, sehen, wie sie sich fortbewegten und interagierten. Jedes Zusatzwissen würde ihr bei den Rettungsaktionen helfen, und zugegebenermaßen tat es auch gut, von Tieren umgeben zu sein, die in Sicherheit waren, deren Leben nicht, oder zumindest nicht mehr, an einem seidenen Faden hing.

Die Sonne brannte heiß und Mieke geriet langsam ins Schwitzen. Ihr Arbeitshemd war feucht unter den Armen, und sie konnte ihren eigenen Schweiß riechen. Kurzerhand zog sie es aus und band es sich um die Hüften. Zum Glück trug sie darunter ein Top. Eine Brise kühlte ihr erhitztes Dekolleté und strich angenehm über ihre nackte Haut. Sie durfte nicht vergessen, sich nachher die Sonnencreme aus dem Auto zu holen.

Ein kleineres Känguru hüpfte unsicher auf sie zu und schwankte leicht, als es stehen blieb.

»Na du, möchtest du auch etwas?«, fragte sie und warf dem Tier eine Handvoll Pellets hin. Doch das Futter interessierte das Kleine nicht. Stocksteif stand es da und schaute sie an. Das Näschen zitterte leicht, die Nasenflügel waren geweitet.

»Du bist wohl mit der Flasche aufgezogen worden?«, fragte Mieke und hockte sich hin. Zögerlich kam das Kleine näher. Und plötzlich machte es einen Satz nach vorne und umarmte Mieke. Seine dürren Ärmchen lagen links und rechts von ihrem Hals, die Nase hatte es an ihre Wange gepresst. Perplex erwiderte Mieke die Umarmung und sammelte ihre Gedanken. Die Arme des Kleinen waren kurz und steif, aber es griff mit so einer Beherztheit zu, dass es diesen Nachteil wettmachte. Warm schmiegten sich der Hals und Körper des Tieres an sie. Sanft strich Mieke dem Tier über sein wolliges Fell, das dicht und weich war und nach Gras roch. Sie hatte nicht gewusst, das Kängurus zu solchen Gefühlsäußerungen fähig waren. Leon musste sich liebevoll um das Kleine gekümmert haben. Dabei wirkte Leon alles andere als väterlich oder gar zärtlich.

Wer weiß, dachte sie, stille Wasser waren bekanntlich tief, und laute Wasser mussten nicht zwingend flach sein.

Ihr Handy klingelte, und sie löste sich unwillig aus der Umarmung. Nachdem sie bereits zwei Anrufe von Lina verpasst hatte, wollte sie diesen annehmen.

»Mach's gut«, raunte sie dem Känguru zum Abschied zu, klemmte sich das Handy zwischen Ohr und Schulter und griff nach dem Eimer. Es gab viel zu tun.

»Hi, Süße, ich habe gute Neuigkeiten für dich«, flötete Lina gut gelaunt. »Meine Facebook-Gruppe rockt.«

»Was?«, fragte Mieke und schob mit dem Ellenbogen das Gatter hinter sich zu.

»Das heißt ›Wie bitte‹, du Flegel«, klärte Lina sie auf. »Wie du weißt, habe ich eine Facebook-Gruppe gestartet mit dem Ziel, wichtige Textilien für Wildtierpfleger wie Eve herzustellen. Und es läuft gut. Ich habe mich mit dem Tiergarten kurzgeschlossen, weil ich wissen wollte, wie groß Kängurujoeys und andere australische Wildtierbabys werden, und konnte daraufhin Anleitungen für verschiedene Produkte erstellen. Außerdem habe ich ein Online-Forum für australische Wildtierpfleger gefunden, in denen mir bereitwillig meine Fragen beantwortet wurden. Wir haben nun Beutel, Taschen, Rollen, Wickel und Nester im Programm. Es haben sich genug Leute zur Handarbeit eingefunden. Ich denke, wir können bald eine Ladung runterschicken.«

Mieke erinnerte sich. Hundertfünfzig Mitglieder hatte die Gruppe gezählt. Wenn davon wenigstens die Hälfte fleißig nähte, konnte Eve damit gut geholfen werden.

»Das ist lieb. Danke schön. Eve wird sich darüber freuen.«

»Ja, mal sehen. Ist vielleicht ein bisschen viel für Eve.«

Mieke lachte. »Ich glaube nicht. So viele Tiere, wie sie hat, kann sie so einiges gebrauchen.« Bei Lina im Hintergrund klapperte es. »Kochst du gerade?«

»Ja.« Das war typisch Lina. Die telefonierte vor allem dann, wenn ihr langweilig war. Im Auto, beim Kochen und Bügeln und selbst in der Badewanne.

»Geht es dir gut? Erzähl mal, wo du steckst?«

Mieke gab ihrer Schwester ein Update, und die sog die Informationen auf wie ein Schwamm. Nur Rob ließ sie aus dem Bericht raus. Mieke wusste selbst noch nicht, was sie über ihn denken, geschweige denn erzählen sollte, und war noch nicht bereit, ihre Gefühle Linas direkter Art auszusetzen. Aus ihrer Abneigung Alex gegenüber hatte ihre kleine Schwester nie ein Geheimnis gemacht. Aber sie wollte noch ein wenig weiterträumen und die Freundschaft mit Rob – und nur das – genießen. Er hatte nicht klar gesagt, dass er vergeben war, es jedoch auch nicht abgestritten. Aber in seiner Nähe fühlte sie sich geborgen und selbstsicher. Das war gefährlich.

Am unangenehmsten aber war, dass er eine Seite in ihr weckte, die sie gerne verdrängte, eine reine und drängende Lust, die tief ins Fleisch schnitt und nicht zu ihr zu passen schien. Er hatte etwas an sich, dass sie erregte und ihre Vernunft in kleine Scheiben schnitt. Die Art, wie er sie ansah, die Wärme seiner Haut, wenn er sie berührte … Aber sie durfte ihrem Verlangen nicht nachgeben. Ein Fehler konnte ihre Freundschaft kaputt machen. Und eine Zukunft mit Rob war ausgeschlossen. Durch die Trennung von Alex hatte sie festgestellt, dass ihr die Lust an Tändeleien vergangen war. Schließlich war sie nicht mehr Anfang zwanzig, sondern stand mitten im Leben und plante langfristig.

Als sie Rob eine halbe Stunde später wieder gegenüberstand, war es ihr unangenehm. Er hockte mit gekreuzten Beinen auf dem Boden vor der Scheune und kraulte das Kinn eines Wombats, dem die Streicheleinheiten zu gefallen schienen. Vor dem Beuteltier lag ein Haufen Heu, mit Halmen, so trocken, dass ein einzelner Funke es binnen Sekunden lichterloh hätte aufgehen lassen. Anscheinend durfte sich der Wombat frei auf dem Gelände bewegen.

Hinter dem Wombat lag eine blaue Metalltonne, die halb im Erdboden eingegraben war und in der sich alte Decken befanden. Davor stand eine Wasserschüssel. Der Boden war bedeckt mit seinen Spuren, der Wombat kannte seinen Platz. Wie ein Hofhund, der keine Leine brauchte, um zu wissen, wo er hingehörte.

»Hi, Mieke«, begrüßte Rob sie fröhlich. »Setz dich zu mir. Darf ich vorstellen – das ist Nane.«

Mieke kam seiner Aufforderung nach, hielt aber betont Abstand. Der Wombat biss spielerisch in Robs Arm, und der wehrte ihn ab. »Nichts da, Nane. Die Beißerchen bleiben drin.«

»Es lag also nicht an dir, und es gibt durchaus Wombats, die dich mögen«, stellte Mieke trocken fest und spielte damit auf Robs letzte Begegnung mit dem wütenden Wombat im Brandgebiet an. Rob grinste. Sanft drehte er den Kopf des Wombats in Miekes Richtung und sagte zu ihm: »Die hier darfst du allerdings beißen. Das erlaube ich dir höchstpersönlich. Du musst wissen, Nane, Zynismus ist eine Todsünde.«

»Nicht ganz. Zynismus ist eine Lebensanschauung. Die sieben Todsünden sind Hochmut, Jähzorn, Neid, Trägheit, Wollust, Geiz und Völlerei.«

»Besserwisserisch ist sie auch«, redete Rob weiter in ruhigem Ton zu dem Wombat und tappte ihm aufmunternd auf die Schulter. »Beiß sie am besten einfach mal in den Oberschenkel. Glaub mir, sie braucht das.« Der Wombat rieb sich genüsslich gegen Robs Hand, ihn interessierten die absonderlichen Gespräche der Menschenwelt nicht besonders. Er fand aber wohl, dass Rob gut roch, und schnupperte an seinen Fingern.

»Soso. Und ich dachte immer, Wombats sind Vegetarier. Und womit habe ich es verdient, dass er mich beißen soll?«

Nun ließ Rob den Wombat zu Boden gleiten und schob ihn in Richtung seiner Heuration. »Ja, das könnte dir nicht schaden. Aber kein fester Biss, nur so ein paar leichte Happen hier und da. Damit du nicht allzu übermütig wirst.« Er schaute sie herausfordernd an. »Ich würde es ja selbst machen, aber dann unterstellt man mir Böswilligkeit.«

»Ich und übermütig?«

»Vielleicht ein leichter Biss ins Genick?«

Robs Art zu flirten war anders, als sie es gewohnt war, aber hatte durchaus seinen Reiz. Trotzdem fiel ihr das Kontern schwer, das Spiel war ihr fremd.

»Wenn hier jemand einen Dämpfer gebrauchen kann, dann du. Aber ich denke eher an ein paar kräftige Knuffe«, antwortete sie hölzern. Nach außen hin hielt sie ein Pokerface, innerlich kochte sie vor Aufregung. Rob legte den Kopf schräg und beobachtete sie.

Der Wombat mümmelte an seinem Heu, und Mieke spielte verlegen mit ein paar Halmen. Gerne hätte sie schlagfertig reagiert oder wenigstens eloquent. Doch die Worte waren zähflüssig wie Sirup und klebten ihr am Gaumen.

Rob war sexy, und er wusste es. Sie hingegen war müde, hungrig und brauchte dringend eine Dusche. Ihre Haare hingen in Strähnen über die Schulter, und der Staub lag auf ihrem Gesicht wie eine zweite Haut. Sie horchte in sich hinein. Da war Angst, Unsicherheit und Lust auf einen Mann, den sie nicht haben konnte.

»Versuch es doch«, sagte Rob leise. »Wenn du dich traust.« Nun schaute er wartend, fast lauernd. Provokativ langsam lehnte er sich an die Scheunenwand und verschränkte dabei die Arme. Mieke sah ihm fest in die Augen. »Nein. Nicht, wenn du damit rechnest. Meine Stärke liegt im Überraschungsmoment.«

Sie folgte Robs Bewegung und lehnte sich nach vorne. Dabei stützte sie die Arme auf dem Boden auf und spürte, wie ihre Brüste dabei zusammengepresst wurden. In dieser Haltung hatte er einen guten Einblick in ihren Ausschnitt. Sie zwinkerte ihm zu und stellte zufrieden fest, wie Robs Adamsapfel auf und ab hüpfte, als er schluckte. In der Bewegung stand sie auf, klopfte sich den Staub von den Schenkeln und deutete mit der Hand eine Pistole an, die sie auf Rob richtete, bevor sie ging. Ihr Herz raste schneller, als ihr Verstand es lenken konnte.

Etwa eine Stunde später trat Mieke auf der Suche nach Eukalyptuszweigen für die Ringelschwanzbeutler hinter die Scheune. Aus der Ferne hatte es gewirkt, als hingen die Zweige hier tief genug für sie, um sie zu schneiden. Leider waren auch diese so hoch, dass sie selbst auf Zehenspitzen nur einzelne Blätter erreichte.

Mieke wollte gerade abdrehen und Hilfe oder zumindest eine Leiter holen, als sie Rob entdeckte. Ihr erster Impuls war, unbemerkt zu verschwinden. Sie war sich plötzlich nicht mehr sicher, wie sie ihm nach ihrem offensiven Flirt gegenübertreten sollte. Doch etwas ließ sie innehalten. Als sie genauer hinsah, fiel ihr auf, wie blass Rob war. Seine Bewegungen wirkten fahrig. Mit einer Hand stützte er sich an der

Scheunenwand ab, hatte den Kopf gesenkt. Dabei murmelte er vor sich hin. Oder schluchzte er?

So kannte sie Rob noch gar nicht. Er war in ihrer Gegenwart schon erschöpft oder frustriert gewesen, aber immer gut gelaunt. Ihn traurig zu erleben war ihr neu.

Vor ihm stand seine geöffnete Sporttasche, einige Sachen waren herausgekullert: Deo, ein Paar Socken, Duschgel, Autoschlüssel.

»Rob?« Sie wollte auf ihn zutreten, aber er riss den Kopf hoch und schaute sie an, als stünde er einem Geist gegenüber. Er war wie verwandelt und hatte nichts mehr mit dem coolen Typen gemein, mit dem sie eben noch geschäkert hatte. Ihm standen die pure Verzweiflung und Hilflosigkeit ins Gesicht geschrieben – und Wut. Unbeholfen stieß er mit dem Fuß gegen die Tasche, sodass sie auf die Seite fiel und ihren Inhalt versteckte.

»Geh, Mieke. Ich brauche meine Ruhe«, presste er hervor und wandte sich ein Stück von ihr ab.

»Rob, was ist los? Kann ich dir helfen?« Sie wollte sich bücken, um seine verstreuten Sachen einzusammeln, aber Rob ließ sie nicht.

»Nein, es ist alles in Ordnung. Bitte geh! Jetzt!«, sagte er mit Eis in der Stimme. Er wirkte gehetzt.

»Ich denke nicht, dass …«, setzte sie an, aber Rob unterbrach sie.

»Geh!«, schrie er sie nun an, Schweiß stand auf seiner Stirn. »Hau bloß ab!«

»Rob …«

»Scheiße!« Mit einer Hand fuhr er sich über das Gesicht, holte tief Luft und presste dann hervor: »Sorry! Geh jetzt, bitte!« Mieke verstand – hier konnte sie nicht helfen.

Während der nächsten Stunden arbeitete sie wie ein Roboter. Was war mit Rob los? Sie war enttäuscht und verletzt, wütend und fassungslos. Ihre Hände zitterten, als sie den Schlauch entwirrte, mit dem sie eine Vogelvoliere reinigen wollte. Wütend trat sie gegen das Gewirr. Sie hätte hier schon längst einen Schlauchaufroller installiert, wenn sie Leon wäre.

Gerade als Mieke wütend alles hinschmeißen wollte, trat Rob hinter der Scheune hervor, setzte sich wortlos auf den John-Deere-Rasenmäher und fing an, den Streifen neben der Einfahrt zu mähen. Die Tiere stoben in ihren Gehegen fort, wenn er sich näherte, denn er hatte das Gaspedal durchgedrückt, und selbst als er am Ende der Einfahrt drehte, wurde er nicht langsamer.

Jeder verarbeitet unangenehme Zwischenfälle auf seine Art, dachte Mieke. *Rob schweigt und tritt aufs Gas.* Nicht gerade das, was man lösungsorientiert nannte.

Leon hingegen schien nichts von der Episode mitbekommen zu haben. Er genoss ihren Besuch offensichtlich und zeigte es, indem er Mieke beschäftigt hielt. Er spürte, dass sie nur ungern rumsaß, sondern lieber mithalf. Das gefiel ihr. Sobald sie ein Arbeitsgerät sinken ließ, drückte er ihr ein neues in die Hand oder rief ihr eine Aufgabe zu. Er selbst kümmerte sich in aller Ruhe um die neuen Koalas, schnitt Zweige zurecht und füllte die Vasen in den Gehegen mit Wasser.

Auch Hunter war wiederaufgetaucht. Allerdings schien er wenig Interesse zu haben, mitzuhelfen. Seelenruhig las er ein Angelmagazin. Sein mächtiger Körper passte kaum in den Campingstuhl, aber das schien ihn nicht zu stören. Als er sich unbeobachtet wähnte, furzte er so laut, dass Mieke sich Sorgen um die Bespannung seines Campingstuhls machte. Nach einer Weile war sein Kopf auf die Brust gesunken, und er fing an zu schnarchen.

Miekes Hände schienen sich wie von selbst zu bewegen. Sie spülte, wischte, räumte auf. Bloß nicht aufhören. *Stillstand ist der Tod, geh voran, bleibt alles anders*, raste ihr durch den Kopf. Zum diesem Lied von Herbert Grönemeyer hatte sie in ihrer Jugend bei einem Konzert am Kölner Jungbrunnen getanzt, während um sie herum die Schweinwerfer gekreist waren. *Der erste Stein fehlt in der Mauer. Der Durchbruch ist nah.* Der Draht, mit dem sie eine Voliere verstärkte, fand das einzige Loch im Handschuh und pikte sie in den Finger. An dem Abend in Köln hatte sie sich frei gefühlt, es hatte nur sie und die Musik gegeben. Wie lange das her war.

Dann schrubbte sie den Betonboden der Scheune und holte mit einem Besen die Spinnweben aus den Ecken. Plötzlich fühlte sie sich so einsam wie noch nie. Ihre Nerven waren dünn wie die Seiten einer Violine, und sie musste gegen die Erschöpfung kämpfen. Sie wollte sie nicht zulassen. In der Futterkammer schüttete sie Säcke in Tonnen um und füllte Wasser aus einem großen Kanister in mehrere kleine. Werkzeug musste sortiert werden, ein Pinsel gereinigt. Zwischendurch las sie ein paar Nachrichten von Lina, die wieder einmal viele Fragen hatte und Fotos sehen wollte.

Mittlerweile waren die australischen Buschfeuer auch in den deutschen Medien angekommen. Die Titelblätter der Ta geszeitungen zeigten Bilder von verletzten Koalas und brennenden Wäldern, und auch im Fernsehen wurde täglich von der außergewöhnlichen Feuersaison berichtet. Lina wurde von Freunden und Bekannten mit Fragen gelöchert, weil sie mit Mieke eine interne Quelle hatte.

Als Mieke endlich beschloss, dass sie für heute genug hatte, war es gerade erst achtzehn Uhr, war aber bereits dunkel und fühlte sich daher später an. Miekes Hände waren rot von der rauen Arbeit, sie war müde und wollte duschen. Ein Handtuch hatte sie dabei, aber leider waren weder Rob noch Leon auffindbar, und Hunter schlief immer noch in seinem Stuhl.

Es gab keine Dusche in der Scheune, aber vielleicht im Wohnwagen? Es schien ihr unangebracht, sie zu benutzen, ohne Hunter vorher gefragt zu haben.

»Hunter?« Testweise rüttelte sie ihn an der Schulter. Er schnarchte laut auf, sonst keine Reaktion. Die Kleidung klebte an ihr, und sie war total verschwitzt. Bestimmt hatte Hunter nichts dagegen, wenn sie eben in seinem Wohnwagen duschte, entschied sie.

Aber sobald sie den Wohnwagen betreten hatte, bereute sie diese Entscheidung. Rechts neben dem Eingang war eine Sitzecke, die mit einer Matratze in eine Liegefläche umfunktioniert worden war. Auf ihr lag eine zerknüllte Seidendecke mit Schweißflecken, und darauf befand sich eine aufblasbare Gummipuppe mit geöffnetem Mund. Ihre Lippen waren knallrot, die Augen weit aufgerissen. Hunter hatte ihr ein Minikleid angezogen, das allerdings bis zum Bauchnabel hochgezogen worden war. Ihr Spitzentanga war bis zu ihren Knien heruntergezogen, sie war bereit für den nächsten Einsatz. Erschrocken zog Mieke sich zurück und schloss die Tür von außen, so leise es ging. Sie war peinlich berührt und fühlte sich wie ein Einbrecher.

Und jetzt wurde der Wunsch, sich zu waschen, unerträglich.

Leon brauchte viel Wasser, um seine Tiere zu versorgen, es musste hier ein künstlich angelegtes Wasserloch geben. Sicher könnte sie dort ein schnelles Bad nehmen. Warm genug war es ja.

Ein paar Hundert Meter von der Scheune entfernt hatte Mieke am Nachmittag ein Windrad entdeckt. Vermutlich befand sich daneben wie üblich auch ein Wasserloch.

Die Sterne funkelten hell, der Mond war voll genug, um den Boden zu beleuchten. Um diese Zeit waren keine Giftschlangen unterwegs, nur Pythons schlängelten sich unsichtbar in den Bäumen und lauerten im hohen Gras auf kleinere Beutetiere.

Trotzdem war Mieke vorsichtig, als sie entschlossen Richtung Windrad stapfte. Die Wiese war voller ausgetrockneter Melon Holes. Davon hatte Jodie ihr schon einiges erzählt. Dabei handelte es sich um plötzlich auftauchende Löcher im Boden, die sich während der Regenzeit in Mini-Feuchtbiotope verwandelten und in denen man sich jetzt während der trockenen Monate leicht ein Bein brechen konnte.

Auf dem Rücken trug sie ihren Rucksack mit sauberer Kleidung. Ihr Handy hatte sie an der Scheune gelassen, es war zu wertvoll, um bei einer nächtlichen Badeaktion ins Wasser zu fallen oder es im Gras zu verlieren.

Die Vögel hatten die Konzerthalle geräumt und sie den Singzikaden überlassen, deren ohrenbetäubendes Schnarren nur von dem gelegentlichen Quaken von Fröschen unterbrochen wurde. Die Luft war warm und samtig. Gräser strichen um Miekes nackte Beine und verursachten ein leichtes Kribbeln. Vereinzelte Glühwürmchen schwebten wie winzige Sterne um sie herum, fast surreal wirkende Lichter, die Himmel und Erde miteinander verbanden.

Dieses nächtliche Australien war schön und trügerisch friedlich, man wollte es fassen und die Zeit anhalten, damit es so blieb. Wirre Gedanken rasten Mieke durch den Kopf, aber sie war zu erschöpft, um sie zu greifen.

Vor ihr tauchte der kleine Damm auf, der die Abgrenzung zum Wasserloch darstellte. Sie freute sich auf kaltes, klares Wasser, in dem sie den Schmutz loswerden konnte und diese Schwere, die sich auf sie gelegt hatte.

Sie schlenderte den Hügel hinauf und auf der anderen Seite wieder hinunter und blickte über die schwarze Oberfläche, in der der Mond sich spiegelte, als wäre er hineingefallen und würde das Wasser nun von unten beleuchten.

Das Staubecken musste etwa fünfzig Meter lang und zwanzig Meter breit sein, schätzte Mieke. An seinen Rändern wuchsen kleinere Bäume und Büsche, so zurückgeschnitten, dass ihre Zweige nicht über das Wasser hingen. Das Ufer war sandig und flach. Auf der anderen Seite erspähte sie ein Tier. Ein Känguru trank dort in aller Seelenruhe und störte sich ebenso wenig an ihr wie sie sich an ihm. Dem Verhalten folgend, musste auch dieses Tier sich einst in Leons Pflege befunden haben.

Mieke suchte sich einen knorrigen Teebaum und hängte den Rucksack in einen Ast. Dann streifte sie ihre Kleidung ab und legte sie fein säuberlich auf einen Stapel zusammen. Nur die Unterwäsche behielt sie vorsichtshalber an, wer wusste schon, was hier so rumschwamm. Yabbies mit Sicherheit, die waren weitverbreitet.

Der Stress fiel plötzlich von ihr ab. Es war ein Moment, der nur ihr gehörte. Hier unter dem Himmelszelt dieses alten Landes, im Schatten des immergrünen Baumes, ganz allein, weit weg von Kontoauszügen, Autoversicherungen und Steuererklärungen. Wo nichts eine Rolle spielte außer der Dunkelheit, die sie wie eine Decke umhüllte und ihr Frieden schenkte. Sie streckte einen Zeh aus und prüfte die Temperatur des Wassers. Es war lauwarm.

Gerade wollte sie sich ganz hineinwagen, da hörte sie ein Platschen und erstarrte. Auf der gegenüberliegenden Seite des Damms watete eine Gestalt durchs hüfthohe Wasser. Es war Rob. Leise schob Mieke sich hinter den Stamm des Baumes, um nicht gesehen zu werden. Sie angelte sich das Handtuch und wickelte es um ihre Brust. Nach seiner heftigen Reaktion vorhin und mit der Laune, die er danach ausgestrahlt hatte,

hatte sie wenig Lust, ihm halb nackt im Dunkeln zu begegnen. Sie würde sich diesen Moment von ihm nicht zerstören lassen und einfach abwarten, bis er sein Bad beendet hatte. Er spritzte sich Wasser ins Gesicht und auf den Oberkörper. Kleine Wellen kräuselten sich um ihn, als er vor Genuss aufstöhnte. Dann formte er die Hände zu einer Schale, um ein paar Schlucke zu trinken.

An Miekes Ohr kitzelte es, und als sie sich jucken wollte, griff sie in ein Insekt. »Scheiße!«, schrie sie und fegte den Käfer weg. Blätter raschelten, Steine kullerten ins Wasser, und sie stolperte vorwärts. Sie versuchte, im Schatten des Busches zu bleiben, doch es war zu spät.

»Mieke?«

Ertappt trat sie noch einen Schritt vor.

»Rob«, sagte sie tonlos und schaute bewusst an ihm vorbei. »Sieht so aus, als hätten wir beide dieselbe Idee gehabt.«

Sie konnte seinen Gesichtsausdruck nicht erkennen, wohl aber seine Haltung, als er sich aufrichtete und die Schultern straffte. Abweisend verschränkte er die Arme.

Ärger keimte in Mieke auf. Sie hatten gut zusammengearbeitet und ein gemeinsames Ziel verfolgt. Hatten sich angefreundet und gut verstanden. Trotzdem hatte er sie heute Nachmittag wie einen Hund verjagt und ihre Hilfe abgewiesen. Aber jetzt würde sie nicht gehen. Der Stärkere im Tierreich war der, der andere weichen ließ. Selbstbewusst entknotete sie ihr Handtuch und trat ins schwarze Wasser. Es fühlte sich genauso gut an wie erwartet, nicht zu warm, nicht zu kalt. In der Mitte wurde das Wasserloch tiefer, und Mieke verlor den Boden unter den Füßen. Sie tauchte einmal kurz unter, strich sich beim Auftauchen das Haar aus den Augen und schwamm eine Runde. Sie genoss, wie die Oberfläche immer zerfurchter wurde und Wirbel entstanden. Aller

Schmutz perlte von ihr ab, und mit jedem Zug stieß sie auch einen quälenden Gedanken ab.

Irgendwann hatte sie genug und schwamm ins seichte Wasser zurück, direkt neben Rob, der sich keinen Schritt bewegt hatte. Er sollte sehen, dass sie sich nicht von ihm einschüchtern ließ. Neues Selbstbewusstsein durchströmte sie. Sauber und erfrischt, wie sie sich jetzt fühlte, war auch ihr Geist geklärt.

»Wie geht es dir?«, fragte sie ihn und rieb sich zitternd die Arme. Jetzt war die Luft doch ganz schön abgekühlt. Sein Gesicht war verschlossen. Doch auch wenn sein Verhalten Rätsel an den Tag legte, spürte sie nun eine Verwundbarkeit in ihm, die ihn nahbarer erscheinen ließ. Da war etwas, das ihn nicht losließ, eine Last, die zu schwer für ihn war. Und plötzlich wandelte sich Miekes Wut in Mitleid. Sie wollte ihn trösten, ihm den Ballast abnehmen. Fast wie in Trance hob sie die Hand, um ihn zu berühren. Seine Schulter war kalt, und er zuckte zusammen, als ihre Finger ihn erreichten.

»Mieke, es tut mir leid.« Sein Kinn verhärtete sich, als er sich auf die Zähne biss und sie spürte, dass er es ehrlich meinte. »Ich hätte mich nicht so aufbrausend verhalten sollen. Bitte verzeih mir, ich verspreche dir, es kommt nie wieder vor.«

Mieke hörte seine Worte, und sie hörte auch, was er nicht sagte. »Möchtest du darüber reden?«, versuchte sie, ihm eine Gelegenheit zu geben, sich zu öffnen.

»Nein. Ich kann dir aber versichern, dass es nichts mit dir, sondern nur mit mir zu tun hatte.« Flehend schaute er sie an.

Mieke atmete leise aus. Solange er keine gute Erklärung bot, würde die Sache zwischen ihn stehen. Aber in seinem Gesicht lagen Bedauern und eine undefinierte Traurigkeit, die tief aus seinem Inneren zu kommen schien. Sie spürte, dass sie Rob Zeit geben musste, um sich zu öffnen.

Der Mond ließ Wassertropfen auf seinen Lippen glitzern. Sie spürte, wie ihr Puls anstieg. Sein Mund wirkte verboten einladend.

»Mach dir keine Gedanken, Rob. Jeder hat sein persönliches Schicksal zu tragen, und wir können darüber reden, wenn du so weit bist.«

»Du bist außergewöhnlich, Mieke«, sagte Rob und strich ihr eine Strähne aus der Stirn. Plötzlich wurde Mieke sich ihrer Nacktheit bewusst. Ihre beige Unterwäsche war durch die Nässe durchsichtig geworden. Das musste Rob aufgefallen sein, auch wenn er ihr ins Gesicht schaute und nicht auf die Oberweite. Oder konzentrierte er sich vielleicht sogar ein wenig zu stark auf ihre Augen?

»Und kampfeslustig wie Lagertha.« Er lachte leise, und seine Unsicherheit verflog.

»Wer ist Lagertha?«

Ein einzelner Tropfen rann seine Brust herunter, und Mieke verfolgte seine Bahn, bis er sich kurz unter Robs Bauchnabel mit der Wasseroberfläche verband. Reiß dich zusammen, befahl sie sich in Gedanken.

»Eine nordische Kriegerin.«

»Fiktion oder Geschichte?« Eine kleine Welle schwappte an Miekes Bauch, als er näher trat.

»Weiß man das so genau? Realität und Märchen liegen oft nah beieinander.«

Seine Brustwarzen waren von der Kälte des aufsteigenden Wasserdampfs aufgerichtet. Deutlich sah sie die kleinen aufgestellten Härchen auf seinen mit Narben übersäten Armen. Am Hals hatte seine Haut einen ausgeprägten Farbunterschied – das braun gebrannte Gesicht setzte sich vom normalerweise durch die Uniform gut geschützten helleren Körper ab. Doch genau an der Stelle, an der die Farben sich brachen, trug Rob eine Lederkette, an der ein merkwürdig geformtes Stück Holz hing. Ihre Hand lag immer noch auf seiner Schulter, und sie widerstand der Versuchung, mit ihren Fingern über seinen Oberkörper zu streichen. Er stand nun so dicht vor ihr, dass sie spüren konnte, wie sein Atem über ihre Stirn strich, ein warmer Hauch, der sich im Nichts der Nacht verlor.

Angespannt legte sie den Kopf in den Nacken, um ihm in die Augen zu schauen. Sekundenlang sahen sie sich an, und Mieke versuchte zu erkennen, was in ihm vorging – vergeblich.

»Ist dir nicht kalt?«, fragte Rob leise.

»Schon. Sollen wir rausgehen?«

»Geh du schon mal vor. Ich komme gleich nach.«

Fragend schaute sie ihn an.

»Ich bin nicht nur obenrum nackt«, erklärte er und machte einen Schritt auf sie zu. Eine Frage stand in seinen Augen, und Mieke beantwortete sie, indem sie die Lücke zwischen ihnen schloss und ihren Arm um seinen Nacken schlang, die andere Hand zu seinem Hintern hinunterwandern ließ.

Sofort presste Rob seine Lippen auf ihre und nahm ihr dabei fast die Luft. Behutsam, aber bestimmt schob er sie Richtung Ufer. Keine Minute später spürte Mieke den Sand in ihrem Rücken. Die Kälte war der Erregung gewichen, die sie wie eine Flutwelle im Outback überrollt hatte. Für einen Moment hielt Rob inne, sah sie an, strich ihr über die Wange und glitt mit dem Finger über ihre Lippen. Mieke konnte die Lust wie einen Schleier in seinem Blick sehen, er schien sie kaum wahrzunehmen. Trotzdem fragte er: »Ist das für dich in Ordnung?«

Atemlos nickte Mieke. Sie wollte ihn. Hier und jetzt. Spielerisch biss sie in seinen Daumen und saugte an ihm, aber ließ sofort wieder los, als er erst über ihre Brüste tastete und dann ihre Unterhose hinunterzog.

»Oh Rob«, hauchte sie und schlang ihre Arme um ihn. Sein Glied presste sich hart gegen ihre Beine, bevor Rob sich im nächsten Moment seinen Weg zwischen ihre Schenkel suchte und tief in sie eindrang. Sie stöhnte auf.

Er bewegte sich hart und schnell und so kraftvoll, dass Mieke ihre Fingernägel in seine Schulterblätter bohrte. Seine Augen waren geschlossen, Küsse gab es keine. Immer wieder stieß er in sie hinein, hart und unnachgiebig. Ihre Körper dampften, und Sand spritzte um sie herum auf, als die Welt sich aufzulösen schien.

Mieke ließ sich fallen und gab sich ihrer Lust und den Bewegungen hin.

Kapitel 10

Der Geruch von Eiern und Speck stieg in Miekes Nase, und sie brauchte ein paar Sekunden, um sich daran zu erinnern, wo sie war. Ihr war übel, und auf ihrer Zunge schien Blei zu liegen. Wie in Trance hatte sie gestern Nacht ihren Schlafsack in einer Ecke der Scheune ausgerollt, möglichst weit weg von Hunters Wohnwagen und dem immer noch weit geöffneten Tor. Nun tastete sie schlaftrunken nach ihrem Handy und unterdrückte einen Brechreiz. Wie konnte man am frühen Morgen schon Speck essen?

Aus Richtung der improvisierten Campingküche erklang klassische Musik aus einem Radio, dessen Sender nicht richtig eingestellt war. Mieke rieb sich den Kopf und stöhnte. Irgendwo in ihrer Handtasche befand sich eine Packung Kopfschmerztabletten. Die Tür zum Wohnwagen stand offen, aber weder Leon oder Hunter noch Rob waren zu sehen.

Sie zog sich an und sammelte ihre Sachen zusammen.

Was gestern Nacht geschehen war, hatte nichts mit Gefühlen zu tun gehabt, redete sie sich ein. Es war einfach nur Sex gewesen. Sie hatten kein sentimentales Vorspiel gebraucht, keine künstlich aufgebaute Stimmung, die Erregung hatte sie beide überrollt. Mehr Tiefgang konnte und wollte Mieke jetzt nicht zulassen, ihr Gehirn schien einen Knoten zu haben. Ihr war mulmig bei dem Wissen, dass sie Rob gleich gegenübertreten musste – der sicherlich genauso dachte. Endlich hörte die Musik auf, und ein Nachrichtensprecher war zu hören.

»Weitere Buschfeuer wurden in der Nähe von Esk und

nördlich von Kilcoy und in Yarraman gemeldet. In Esk ist ein leer stehendes Haus abgebrannt, dabei ist niemand zu Schaden gekommen. Alle drei Feuer sind unter Kontrolle. Straßensperrungen gibt es abschnittsweise auf dem D'Aguilar Highway und der Kilcoy Murgon Road, genauere Informationen sind in der Radio Wivenhoe App einsehbar. Und nun zum Wetter: Es bleibt sonnig und trocken bei Temperaturen von bis zu neununddreißig Grad, dabei werden Windgeschwindigkeiten von bis zu dreißig Stundenkilometern erreicht.« – Das Radio wurde abgeschaltet.

Verlegen trat Mieke um die Ecke des Wohnwagens und sah die drei Männer an einem aufklappbaren Tisch sitzen.

»Komm zu uns, Mieke. Du musst halb verhungert sein!«, rief Leon ihr vergnügt zu. »Ich bin gestern Abend eingeschlafen und habe es verpeilt, euch ein Abendessen zu servieren. Ich bin ein schlechter Gastgeber.« Falls er von dem Tête-à-Tête am Damm wusste, schauspielerte er gut. Auch Hunter zeigte keinerlei Anzeichen einer Ahnung.

»Guten Morgen«, sagte sie. »Danke.«

Rob murmelte ein paar undeutliche Worte vor sich hin, die alles bedeuten konnten. Seine Haare standen wild in alle Richtungen ab, die Wangen wirkten hohl und eingefallen, als hätte er die Nacht kein Auge zugemacht. Auf seinem Teller befanden sich zwei unangetastete Toastscheiben und zwei Spiegeleier. Hunters Teller hingegen enthielt so viel Speck, dass es in Miekes Augen beinahe für ein mittelkleines Schwein reichte. Was Eve wohl von dem Anblick halten würde?

Leon stand auf und holte eine Elektropfanne herüber, in dem sich ein Mischmasch an Hashbrowns, Eiern, Speck, Tomaten und Zwiebeln befand.

»Für mich bitte nur Eier«, sagte sie, und Leon schaufelte ihr Ei auf den Teller, bis sie laut Stopp rief.

»Hast du gut geschlafen?«, fragte sie Rob, der sie überrascht anstarrte und nickte. Seine Lippen bewegten sich, er schien nach Worten zu suchen, aber fand sie nicht. Verlegen richtete sie den Blick auf die überkrossen Eier, die Leon in Fett ertränkt hatte. In ihr breitete sich eine gähnende Leere aus. Ein schlechtes Gewissen vermischt mit Sehnsucht. Als vermisse sie etwas, das sie nie besessen hatte.

In diesem Moment klingelte ihr Handy, es war eine neue Nachricht von Jodie:

Wo bleibst du, Honey? Du willst mich hier doch nicht vergammeln lassen, Darl?

Leons Sanctuary befand sich nördlich von Toowoomba etwas außerhalb von Crows Nest. Auf dem Weg hierhin hatte Mieke Pinienplantagen gesehen, die sich mit ursprünglichem halb offenem Wald abwechselte, der dichter und grüner wurde, wenn man in Talsenken fuhr, und lichter schien, je mehr man sich einer Hügelspitze näherte. Die Fahrt nach Toowoomba dauerte etwa zweieinhalb Stunden, bis zum Krankenhaus etwas mehr, überschlug sie.

In dem Moment folgte auf Jodies Nachricht ein Foto, auf dem sie mit blauem Lidschatten, roten Lippen und tief ausgeschnittenem Shirt neben Doktor Oliver saß und an einem Eis schleckte. Anscheinend waren ihre Worte nur halb ernst gemeint. Als Mieke einzoomte, erkannte sie, dass dieser einen roten Fleck am weißen Kragen hatte.

»Ist alles in Ordnung?«, fragte Rob, und Mieke grinste. »Jodie hat sich Doktor Oliver geschnappt. Du erinnerst dich? Ich war mit ihm Kaffee trinken.«

Ein triumphierendes Blitzen in Robs Miene verdrängte seine Müdigkeit für einen Moment. »Zeig her.«

Er schnappte sich ihr Handy und schaute sich das Foto genau an. »Na, die beiden sehen aus, als hätten sie viel Spaß gemeinsam.«

»Ja, sie sieht glücklich aus.« Dann nahm sie Rob das Handy wieder ab, um eine Nachricht zurückzuschreiben:

Ich kann dich heute abholen. Hast du etwa deinen Doktor vernascht? ;-)

Es dauerte keine Minute, bis Jodie antwortete.

Ich konnte doch nicht mitansehen, wie er dich vermisst. Hat ständig nach dir gefragt. Ist aber leider auch nicht mein Typ. Fickt wie ein Stier, aber küsst wie ein Hund. Hat dein scharfer Feuerwehrmann dich mittlerweile rangelassen?

Mieke errötete, aber das hatte sie sich selbst eingebrockt. Eine provokative Frage rechtfertigte eine provokative Antwort, auch wenn Jodie einen Schritt zu weit ging.

»Was schreibt sie?«, fragte Rob neugierig.

»Äh«, entgegnete Mieke und verschluckte sich an einem Stück Ei. Sie hustete und wischte sich den Mund mit einem Papiertuch ab, bevor sie antwortete: »Jodie hatte ein Techtelmechtel mit Oliver, hat ihn aber direkt wieder fallen gelassen.«

»Vor euch Wildtierrettern muss man sich ja richtig in Acht nehmen«, sagte Rob und hob einen Mundwinkel.

»Diese Art von Frau kenne ich. Nennt man Vagina dentata«, warf Hunter kauend ein.

Robs Stirn legte sich in wütende Falten. »Bloody Oath Hunter. Und Typen wie dich nennt man Drongos.« Hunter zuckte mit den Schultern und schob sich eine weitere Ladung Speck in den Mund.

»Ich muss Jodie heute in Toowoomba abholen«, sagte Mieke nachdenklich. Rob verschränkte die Arme, doch seine Antwort fiel anders aus, als Mieke erwartete. »Das passt prima. Ich bleibe hier und zimmere einen Vorbau für das Koala-Gehege. Leon leiht mir danach seine Honda, damit ich nach Hause komme.«

Leon schaute ihn entsetzt an. »Du willst meine Honda ausleihen? Mate, du weißt, dass …«

»Keine Sorge, ich pass gut auf deine Maschine auf. Und ich habe dir schon Dutzende Male meinen Wagen geliehen. Mach's gut, Mieke«, sagte Rob und stand ruckartig auf. Aber er blieb stehen, schaute sie an und spielte mit seinen Händen. Es wurde trocken in Miekes Mund. Sie schaute zu Leon, zu Hunter. Hier konnte sie nicht offen mit Rob reden. Der wurde aber ungeduldig, räumte ohne ein weiteres Wort sein Geschirr weg und ging dann nach draußen.

»Was ist denn mit dem los?«, fragte Leon. Auch Hunter zog fragend eine Augenbraue hoch.

»Wahrscheinlich ist das nur der Stress der letzten Tage. Komm, ich helfe euch mit dem Abwasch, bevor ich mich auf den Weg mache«, lenkte Mieke ab. Sie musste ihre Gedanken sammeln und wollte auch Rob ein paar Minuten allein geben, bevor sie mit ihm redete. Gemeinsam mit Leon trug sie das Geschirr zur Spüle. Hunter stand auf, kramte eine Packung Zigaretten und ein Feuerzeug hervor und verzog sich vor die Scheune.

Der Lappen, den Leon benutzte, um die Teller abzutrocknen, war so schmutzig, dass Mieke sich den Abwasch auch hätte sparen können. Der Aborigine drehte den letzten Teller verlegen hin und her, stellte ihn aber nicht weg.

»Ist was?«, fragte Mieke, während sie das Becken reinigte. Das war reine Angewohnheit.

»Hast du vor, in Australien zu bleiben?«

Etwas in seiner Stimme machte sie hellhörig.

»Eigentlich nicht. Ich habe Freunde zu Hause und Verpflichtungen.«

»Schade. Du würdest gut hier hinpassen. Du kannst gut anpacken, und du hast eine seltene Eigenschaft; du bist mit dem Land auf eine Art verbunden, wie ich es nur von meinen Landsleuten kenne.«

Seine Worte kribbelten in ihrem Nacken. Es war schön, das Gefühl, das sie selbst empfand, von jemand anderem bestätigt zu bekommen. Trotzdem – es war kein Problem, für eine Weile in Australien auszuhelfen. Permanent auszuwandern hingegen konnte sie sich nicht vorstellen. Oder doch?

»Danke. Ich habe die kurze Zeit hier sehr genossen«, sagte sie stattdessen und mied Leons Blick. Die Erinnerung an den gestrigen Abend stieg in ihr auf, und sie wünschte, sie könnte offen mit Rob darüber reden. Aber Rob ging ihr aus dem Weg; selbst als sie sich von Leon verabschiedete, blieb er ihr fern. Vielleicht war es besser so, denn langsam wuchs in ihr ein Schmerz, der ihr das Herz zusammendrückte; darüber, dass sie nicht ihren Instinkten folgen durfte, darüber, dass sie nicht zusammen sein konnten.

Als sie fuhr, sah sie, wie er ein Wellblech hinter sich herziehend über eine Wiese schritt. Eine Dornenranke legte sich um ihr Herz – wahrscheinlich würde sie ihn nie wiedersehen.

Auf der Fahrt nach Toowoomba bekam Mieke einen Anruf von Amy. »Bitte fahr direkt nach Warwick, wenn du Jodie eingesammelt hast. Dort gibt es eine Feuerwarnung für das anliegende Waldgebiet. Aber vorher habe ich eine Überraschung für euch«, sagte sie geheimnisvoll. »Das hat sich kurzfristig ergeben. Ich habe heute Morgen einem Lieferanten etwas für euch mitgegeben, das ihr gut gebrauchen können werdet.«

»Um was handelt es sich?«

»Du wirst schon sehen. Es liegt für euch an der Touristeninformation bereit.« Mehr wollte sie nicht verraten.

Jodie erwartete Mieke am Aussichtspunkt von Picnic Point, einem Restaurant mit tollem Ausblick über das Lockyer Valley und den Table Top Mountain. Zusätzlich zu ihrer Reisetasche trug sie zwei Plastiktüten der Kaufhäuser Myer und David Jones. Sie wirkte frischer und erholt, man sah ihr den Krankenhausaufenthalt nicht an. Ihre Haare waren nachgefärbt und strahlten wieder in frischem Blond. Nach einer kurzen Begrüßung half Mieke ihr, die Taschen auf den Rücksitzen zu verstauen.

»Bist du etwa mit dem ganzen Kram hierhergelaufen?«

»Nein, Oliver hat mich nach dem Einkaufsbummel gefahren. Er fand, dass ich ein paar neue Klamotten verdient habe.«

Die Tüten waren prall gefüllt, oben schaute etwas aus feinem Seidenstoff heraus. Mieke fragte nicht weiter nach. Etwas anderes aber interessierte sie. »Warum hast du dein Tattoo überschminkt?«

»Oliver steht nicht auf Tattoos.« Mieke runzelte die Stirn. Dass Jodie sich vor einem Mann für sich selbst schämen würde, hätte sie nicht gedacht. Aber sie wollte sich nicht einmischen und sagte stattdessen: »Im Handschuhfach sind Feuchttücher, falls du das Make-up wieder loswerden möchtest. Komm, steig ein, wir müssen zur Touristeninformation. Amy hat da etwas für uns nach Toowoomba liefern lassen. Frag mich nicht, was, ich weiß es auch nicht.«

Es war eine kurze Fahrt, und die freundliche ältere Dame in der Touristeninformation wusste sofort Bescheid.

»Die Box steht da vorne. Ist ziemlich groß.« Sie deutete in eine Ecke. Neugierig öffnete Mieke den Deckel, und ihre Kinnlade fiel hinunter, als sie den Kasten erblickte, der darinsteckte.

»Ich fasse es nicht. Das ist eine mobile Intensivpflegeeinheit.«

»Krass«, fand auch Jodie. »Die Dinger kosten Tausende Dollar. Amy muss uns sehr vertrauen. Allerdings nimmt sie viel Platz weg. Damit die in den Kofferraum passt, müssen wir unser Equipment ausmisten.«

»Das ist kein Problem. Wir haben vieles bisher nicht gebraucht.«

Gemeinsam sortierten sie ihre Ausrüstung durch und standen am Ende stolz vor dem mit der Intensiveinheit gefüllten Kofferraum.

»Das kann sich sehen lassen«, sagte Jodie, und Mieke nickte glücklich. Jetzt endlich konnten sie sich auf den Weg zu ihrem neuen Einsatz machen.

Sobald sie Toowoomba hinter sich gelassen hatten, um Richtung Warwick zu fahren, wurde die Landschaft noch trockener. Einsame Farmen wechselten sich mit Siedlungen ab, in denen die Häuser in staubigen Gärten standen. Nur hin und wieder blitzte ein grüner Fleck auf, wenn die Hausbesitzer Zugang zu einem Brunnen hatten und damit ein Stückchen Rasen oder ein paar Blumen am Leben erhielten. Diese Farbklekse wirkten deplatziert und machten dem Betrachter bewusst, wie wenig Wasser zur Verfügung stand – und wie ungerecht es verteilt war. Die Gegend war so desolat wie Miekes Inneres.

Gewissensbisse plagten sie, sie hatte nie Affären oder One-Night-Stands haben wollen. So weh es tat, Rob zu verlieren, es war gut, dass sich ihre Wege getrennt hatten. Sie hatte angefangen, ihn auf eine Weise nett zu finden, die gefährlich werden konnte, wenn man so weit auseinanderwohnte. Und ein Mann, der sich nicht offen zu ihr bekennen konnte, der war ohnehin nichts für sie.

Das Klingeln von Jodies Handy riss sie aus den Gedanken. Jodie kicherte wie ein Teenager, als sie Oliver begrüßte – dafür, dass sie ihm angeblich eine Abfuhr erteilt hatte, war sie bemerkenswert freundlich.

»Das ist interessant, das müssen wir feiern«, sagte Jodie und lachte. Sie telefonierte fünf Minuten, legte mit einem honigsüßen »Wir sprechen uns, Darl« auf. Dann warf sie das Handy mit einem Seufzen in die Ablage. »Der Typ nervt«, sagte sie augenrollend.

»Das klang eben aber anders.«

Es zischte, als Jodie eine Cola öffnete. »Nee, der tut mir einfach nur leid. Mit all seinem Erfolg und Geld ist er trotzdem einsam und klammert sich an jede Frau, die ihm nicht direkt einen Korb gibt. Ich wette, wenn ich ihn einen Monat lang date, macht er mir einen Heiratsantrag. Ich kenne die Sorte.«

Jedes Mal, wenn Jodie einen Schluck Cola trank, stieß sie danach auf und machte dann »Ah«. Mieke störte es nicht, ganz im Gegenteil, sie hatte ihre raue Art vermisst.

»Der einzige Mann, den ich respektiere, ist Ignaz Semmelweis«, sagte Jodie, als Mieke gerade den Blinker setzte, um in Allora die nächste Tankstelle anzufahren.

»Der Arzt?«

»Nee, der Müsliriegel. Natürlich der Arzt. Der hat als Erster erkannt, dass Frauen nicht mehr am Kindbettfieber sterben, sobald sich die verdammten Ärzte die Hände waschen.«

»Ist der nicht am Ende verrückt geworden?«

»Ja.«

»Und im Irrenhaus von seinen Wächtern erschlagen worden?«

»Ja.«

»Hm.«

»Karma is a bitch«, sagte Jodie und zerdrückte ihre Coladose mit einer Hand.

Als Mieke gerade die Tankstelle verließ, um wieder auf die Hauptroute zuzusteuern, rief Amy an. Es gab einen Notfall.

»Ein junger Mann hat ein Känguru im Straßengraben gefunden. Es ist verletzt, könnt ihr nachschauen, was da los ist? Ich habe die Koordinaten, es liegt auf eurem Weg.«

»Wurde es angefahren?«, fragte Mieke.

»Das weiß ich nicht so genau. Die Verbindung brach ständig ab. Der Typ hat eine weiße Plastiktüte an einen Baum gebunden, damit ihr die Stelle besser findet. Er musste weiter und konnte nicht warten.«

»Oha.«

»Ja, das habe ich mir auch gedacht. Merkwürdige Sache. Vielleicht hatte er es eilig, oder er war es, der das Tier angefahren hat. Immerhin hat er uns angerufen, und wir können der Sache nachgehen.«

Sie waren nicht mehr weit von der Stelle entfernt, für die Amy ihnen die Koordinaten schickte. Obwohl sie ab der Auffahrt auf den Highway beide die Augen offen hielten, fuhr Mieke an der Stelle vorbei, ehe Jodie auf ihrem Smartphone erkannte, dass sie schon zu weit waren. Mieke wendete den Wagen und fuhr in Schrittgeschwindigkeit die Straße zurück. Jetzt entdeckten sie die winzige Plastiktüte, die niedrig im Gebüsch hing. Davor, im kniehohen Gras, lag das Känguru. Es handelte sich um ein ausgewachsenes Männchen mit breiter Brust, wahrscheinlich ein Alpha-Tier. Es lag auf der Seite, unfähig, sich zu bewegen.

»Scheiße, was ist das denn?« Jodie hechtete sofort zum Wagen zurück und kam mit einer Kneifzange und einem Handtuch zurück.

Die Beine des Kängurus waren mit Kabelbindern zusammengebunden. Das Tier zappelte, es konnte sich nicht befreien und sorgte durch seine Bewegungen dafür, dass das scharfe Plastik seine Haut aufscheuerte und die Lage für das Tier noch unangenehmer und schmerzhafter machte. Wütend knurrte es.

Während Jodie das Tuch um den Kopf des Tieres wickelte, um es zu beruhigen, und es am Boden hielt, untersuchte Mieke es.

»Die Kabelbinder haben die Haut verletzt, aber noch nicht ins Fleisch geschnitten. Weitere Einwirkungen kann ich nicht erkennen.«

Mit der Zange durchtrennte sie die Fesseln – die Beine waren frei. Sofort trat das Känguru mit der Wucht eine Vorschlaghammers nach ihr. Doch Mieke hatte damit gerechnet und sich so positioniert, dass sie nicht getroffen wurde. So schnell sie konnte sprühte sie Desinfektionsmittel auf die Wunde. Das brannte zwar, aber es würde helfen, damit die Wunde sich nicht entzündete.

»Lass es frei«, rief sie, und Jodie zog ihm das Tuch vom Kopf. Das Känguru sprang auf, schüttelte sich und schaute sie eine Sekunde lang empört an. Dann hoppelte es weg und verschwand im Dickicht neben der Straße.

»Welcher abgefuckte Bastard fängt ein Känguru, nur um es am Straßenrand zum Sterben liegen zu lassen?«, fragte Jodie. Mieke setzte sich auf einen Stein. Sie brauchte ein paar Minuten, um zu verarbeiten, was sie gesehen hatte. Nicht alle Menschen waren gut – manche waren so abgrundtief verdorben, dass ihnen alles Menschliche abhandengekommen zu sein schien. Sie erinnerte sich an die Farmerin, die der Fledermaus den halben Flügel abgeschnitten hatte. Es war egal, wo auf der Welt man sich befand, gewissenlose Menschen gab es überall.

In Warwick angekommen, stellten sie fest, dass der Wind sich gedreht hatte und das kleine Buschfeuer von allein ausgegangen war, bevor es echte Kraft entwickelt hatte. Nun standen sie auf Abruf.

Also suchten sie sich ein günstiges Motel und teilten sich ein Doppelzimmer. Ein schmuckloser Raum mit Bett, zwei Nachttischen und einem an die Wand geschraubten Tisch mit Stuhl. Es roch muffig, und die Tagesdecke fühlte sich feucht an. In einer Schublade des Nachttisches befand sich eine klebrige Flüssigkeit, von der Mieke gar nicht wissen wollte, um was es sich handelte. Beide waren sich einig, dass sie das Geld für einen zweiten Raum sparen wollten. Mieke bereute es kurz darauf, als Jodie ins Badezimmer verschwand und wenig später Zigarettenrauch unter der Tür aufstieg und den Brandmelder auslöste. Sosehr sie Jodie mittlerweile schätzte – an ihren Zigarettenkonsum würde sie sich nie gewöhnen.

Abends gingen sie in eine Taverne. Gemeinsam beobachteten sie einen Mann am Nachbartisch, der jede Pommes einzeln vom Teller hob und sie sich tief in den Rachen schob. Dabei machte er den Mund weit auf und schloss ihn, obwohl die Finger noch in der Mundhöhle steckten.

»Knigge würde sich im Grabe umdrehen«, sagte Jodie.

»Dafür könnte Freud sich hier austoben«, entgegnete Mieke, und sie stießen ihre Gläser zum Prosten an. Mieke genoss die freie Zeit.

Die Spielautomaten dudelten, die Männer an der Bar prosteten sich laut zu, die Kinder in der Spielecke sahen fern.

Und Jodie erzählte ausführlich von der Behandlung nach dem Schlangenbiss und der Extra-Behandlung von Doktor Oliver im Pausenraum.

»Er hat einen Hang zur Romantik, allerdings auf eine unangenehme Art. Irgendwie ungeübt und immer knapp daneben. Direkt beim ersten Kaffeetrinken legte er seine Hand auf meinen Arm, schaute mir tief in die Augen und sagte: Du bist eine außergewöhnliche Frau, Jodie.«

Mieke lachte. »Die Geschichte kommt mir bekannt vor«, sagte sie. »Etwas Ähnliches hat er mir bei unserem Kaffeetrinken auch gesagt.«

»Weißt du, ich mag ihn schon ganz gerne, aber irgendwie ist er mir zu schickimicki. Sein Mercedes, die Rolex und sein Apartment. Alles eine andere Welt. Und seine Freunde sind alles Ärzte. Da hab ich reingepasst wie ein Taser auf nackte Haut.«

Was Mieke erstaunte, war, dass Jodie sich Oliver gegenüber unterlegen fühlte. So viel Introspektion hätte sie ihr nicht zugetraut. Das musste wehtun.

»Das sind alles nur Oberflächlichkeiten, Jodie. Ich kenne kaum jemanden, der so pfiffig und mutig ist wie du. Und wenn du ihn magst, könnt ihr trotz aller Unterschiede zusammenfinden.«

»Danke. Du bist echt in Ordnung, Mieke.«

Später am Abend wechselten sie an die Bar, um noch etwas zu trinken. Zwei ältere Frauen setzten sich neben sie, eine hielt einen Langhaar-Chihuahua im Schoß. Immer wieder drückte sie dem Hund auf dem Schädel herum, bis er quietschte. »Siehst du, Helen? Der hat doch was. Immer wenn ich auf diese Stelle hier drücke, beschwert er sich.« Wieder tappte sie dem armen Chihuahua auf den Kopf.

Jodies Arm schoss so schnell vor, dass die alte Dame vor

Schreck zusammenfuhr. Fest hielt sie das Handgelenk der Alten im Griff.

»Wissen Sie nicht, was eine Fontanelle ist?«, blaffte sie die Frau an, die Hilfe suchend zu ihrer Freundin schaute. »Die Schädelknochen ihres Zeckenteppichs sind nicht ganz zusammengewachsen. Sie drücken ihm gerade ins Hirn, etwas, das Ihnen sicherlich nicht passieren kann, Sie …« Sie kniff die Augen zusammen, um die Frau besser zu fixieren. Mieke hielt den Atem an. »… stuck up rust bucket.«

Mieke schluckte ein Lachen hinunter, die Alte hatte diesen Dämpfer wirklich verdient.

Erst nach Mitternacht kehrten sie in ihr Zimmer zurück. Jodie hatte sich an der Tankstelle einen Veggie Pie gekauft, aber sie war so betrunken, dass sie statt der Garzeit ihre PIN in die Mikrowelle tippte. Es war schwierig, in dem stickigen Raum einzuschlafen, und auch dann im Schlaf fand Mieke keine Ruhe. Immer wieder sah sie Rob im Wasser stehen. Im Hintergrund eine Feuerwand. Tiere, die nach allen Seiten wegstoben, doch wohin sie sich auch drehten, brannte es. Schweißgebadet wachte sie auf, noch bevor die Sonne aufgegangen war, und entschied, eine Runde joggen zu gehen. Sie hinterließ Jodie eine Nachricht und schlich aus dem Zimmer.

Warwick war eine typische Provinzstadt mit historischen Holzhäusern und einer beeindruckenden Einkaufsstraße, auf der die Läden sich mit geschmückten Fassaden zu übertreffen suchten. Sie kam an der Statue von Thomas Joseph Byrnes vorbei, bewunderte die alte Town Hall in der Palmerin Street und wandte sich dann Richtung Norden, einem Schild folgend, das auf das Australian Rodeo Heritage Centre hinwies. Das hatte allerdings geschlossen, also kreuzte sie die Brücke über den Condamine River und entschied sich im Queens Park für eine Pause. Sie setzte sich auf eine Bank, die den

Blick auf einen Sportplatz freigab, der um diese Uhrzeit leer war. Der Rasen wirkte frisch und grün, und bei genauerem Hinsehen entdeckte sie die Sprinkler am Rand, die strategisch um das Feld herum verteilt waren. Sie genoss die Ruhe und nutzte die Zeit, um eine Nachricht an Sophie und Celeste zu schicken, die überfällig war. Sie berichtete ihnen von den Koalas, die sie gerettet hatten. Dazu hängte sie ein Foto an und schrieb:

Die Weibchen ganz links, das sind Sophie und Celeste ;-)
Leon hat die beiden nach euch benannt.

Dann loggte sie sich ihr Facebook-Konto ein und suchte nach Linas Werkelgruppe. Zunächst einmal war sie erstaunt, denn die Mitgliederanzahl war auf 22.000 angestiegen. Lina hatte nicht übertrieben, ihre Gruppe war stark gewachsen. Der Bildschirm war gefüllt mit Updates und Ankündigungen, und seit ein paar Tagen war die Kommentarfunktion zu den Beiträgen abgestellt worden.

Sie entdeckte Hinweise zum Vernähen von Rändern, Erklärungen zu Anleitungen, Materialhinweise für Stoffbeutel und immer wieder Fotos von Tieren oder rauchendem Waldboden, die Mieke nur allzu bekannt vorkamen – das waren allesamt Fotos, die sie ihrer Schwester geschickt hatte. Sie scrollte durch die letzten Tage und las sämtliche Beiträge.

Die meisten hatte ihre Schwester verfasst, einige von weiteren Gruppen-Administratoren und -Moderatoren, mit denen Lina wohl zusammenarbeitete. Ihre Schwester hatte ganze Arbeit geleistet.

Als Mieke ein Selfie von sich selbst entdeckte, musste sie schmunzeln. Darauf hielt sie ein winziges Känguru im linken Arm, die rechte Hand hielt das Handy. Eintausendfünfhundertvierunddreißig Mitglieder hatten auf ›Gefällt mir‹ geklickt, es gab mehrere Hundert fast durchweg positive Kommentare. Die meisten Mitglieder der Gruppe waren weiblich und der Umgang bemerkenswert freundlich.

Aus Erfahrung wusste sie, dass in den sozialen Medien und besonders in vielen Tiergruppen Uneinigkeit herrschte. Man war sich zwar grundlegend einig, dass es Tierleben zu schützen galt, aber Tierliebe im konkreten Fall konnte erschreckend unterschiedlich definiert werden. Mieke erklärte sich dieses Verhalten damit, dass schutzbedürftige Tiere oft solche Menschen anzogen, die erstens unbedingt helfen wollten und denen das Wohl der Tiere ernsthaft am Herzen lag und die zweitens daran gewöhnt waren, eine Stimme für die stummen Tiere zu sein. Wenn dann die Meinungen auseinandergingen, führten diese gegensätzlichen lauten Stimmen häufig zu Streitigkeiten.

Mieke scrollte zu den Fotos aus Linas Garage. Dort stapelten sich Berge an Textilien – viel mehr, als Eve jemals würde nutzen können, da hatte Lina tatsächlich recht. Es mussten Hunderte von Kilo an Beuteln und anderen Nähwerken sein, die sie gesammelt hatte. Ein Beitrag zeigte einen Zeitungsartikel: Linas Gruppe hatte im Tageblatt zur Mithilfe aufgerufen, und der Journalist hatte sich die Mühe gemacht, den Zweck der Aktion genau zu erklären. Auch ihr eigener Name tauchte auf.

Sie musste unbedingt herausfinden, wie viele Nähwerke zusammengekommen waren. Und wie sie vor Ort helfen konnte, alle Produkte zu den Wildtierstationen zu bringen. Sie versuchte, Lina anzurufen, erreichte aber nur ihre Mailbox. Also schlenderte sie zuerst zu einer Bäckerei und dann zurück ins Motel. Jodie kam ihr frisch geduscht aus dem Bad entgegen, als Mieke sie mit dem ordentlichen Frühstück überraschte.

Gerade hatten sie das letzte Brötchen verdrückt, da meldete sich Amy und bat sie, nach Moonie zu fahren.

»Wir hatten ein Feuer im Boondadilla State Forest, bitte schaut nach dem Rechten. Die Pfleger von Moonie Wildcare nutzen den Wald schon seit über zwanzig Jahren, um dort die gepäppelten Tiere auszusetzen. Deshalb sind sie besonders besorgt. Es sind vorwiegend ältere Damen, die nicht mehr gut zu Fuß sind. Macht euch vor eurem ersten Einsatz mit der ICU vertraut, ein Handbuch liegt bei.«

Mieke bedankte sich noch einmal für die mobile Intensivpflegeeinheit.

»Kein Problem, du hast dir das wirklich verdient, Mieke.«

»Oh«, antwortete Mieke überrascht.

»Wir sind alle begeistert von deinem Einsatz. Für uns bist du ein Glücksfall, und du hast hier im Hauptquartier bereits ein paar echte Fans. Vor allem, weil du eigenständige und vernünftige Entscheidungen triffst und zuverlässig Bericht erstattest. Es kommt nicht oft vor, dass ich einem Neuling so viel Verantwortung übertrage, aber bei dir hatte ich von vornherein ein gutes Gefühl. Du hast viel Potenzial.«

»Danke. Ich gebe mir alle Mühe.« Derartiges Lob war Mieke nicht gewohnt, aber sie nahm es gerne an.

»Amy ist zufrieden?«, fragte Jodie, als das Gespräch beendet war, und dehnte ihre Arme. Es knackte in ihren Gelenken, ein unangenehmes Geräusch.

»Ja. Unsere Arbeit wird sehr wertgeschätzt. Wir sollen nach Moonie fahren.« Sie tippte den Namen in ihre Kartensuche ein. »Das ist etwa drei Stunden westlich von hier. Wir sollten direkt losfahren, dann sind wir gegen Mittag da.« Jodie stimmte ihr zu, sie packten ihre wenigen Sachen zusammen, und bereits eine Viertelstunde später waren sie unterwegs.

Sie kamen gut voran. Es gab keine besonderen Vorfälle,

und so konnten sie die Zeitangabe der Navi-App gut einhalten, und sie fanden auch die Stelle schnell, die Amy ihnen beschrieben hatte.

Das Sitzen hatte Mieke steif werden lassen, und sie ließ die Schultern kreisen, um sich etwas zu lockern.

In Moonie durchforsteten sie das Buschland nach überlebenden Tieren. Amy hatte ihnen die Koordinaten für zwei konkrete Waldstücke geschickt. Laut Aussage der Vorsitzenden von Moonie Wildcare zogen sie dank ihrer zahlreichen Wasserlöcher und des artenreichen Bewuchses besonders viele Tiere an. In dieser Region hatte es an vielen Stellen gleichzeitig gebrannt, der Wald war ein Flickenwerk aus verbrannten und vom Feuer verschonten Stellen. Das Feuer hatte viele kleine Herde gehabt, keins für sich stark genug, um zu einem Problem zu werden.

In der Nähe der beiden Wasserlöcher war der Wald allerdings vom Feuer unberührt, und viele Tiere hatten sich hierhergeflüchtet.

Es war ein dichter Busch mit viel Neubewuchs, der das Licht stahl und verhinderte, dass einzelne Bäume sich durchsetzten und größer wurden, um das unterste Stratum zu durchbrechen und Sonnenstrahlen zu trinken.

Es war schwierig, die Orientierung zu behalten, und fast unmöglich, sich leise fortzubewegen. Immer knackten Äste oder raschelten Blätter. Allerdings hatten bereits mehrere Anwohner Rettungsaktionen auf eigene Faust organisiert, und viele Tiere befanden sich schon in Pflege. Zwischen den dichten Waldstellen befanden sich immer wieder offene Lichtungen, dort, wo das Feuer geschwelt hatte. Hier war der Boden verbrannt und die Pflanzen ausgedünnt.

»Das ist merkwürdig«, fand Mieke und wich einem Spinnennetz aus, das sich genau auf Augenhöhe befand. In seiner

Mitte saß eine golfballgroße Spinne mit gelb gestreiften Beinen.

»Was meinst du?«

Mieke blieb stehen. Sie waren wieder am Rand eines Aschefeldes.

»Das alles. Findest du nicht? Warum hat es an so vielen Stellen gleichzeitig angefangen zu brennen? An zwei oder drei Stellen, klar, das scheint normal zu sein. Aber hier hat es alle paar Hundert Meter gebrannt, wobei sich das Feuer trotzdem nicht ausgebreitet hat.«

»Vielleicht ist diese Art von Wald einfach besonders anfällig für Brände. Würde mich nicht wundern, so dicht, wie hier alles wächst.«

Mieke schüttelte den Kopf. »Das habe ich auch erst gedacht. Das ergibt aber keinen Sinn, denn dann wären die Feuer doch nicht alle gleich wieder ausgegangen.«

»Für die Tiere ist das ein Segen. Sie konnten dem Feuer gut ausweichen und sichere Rückzugsorte finden.«

»Stimmt.«

Sie spazierten noch eine Weile umher und begaben sich dann auf den Rückweg. Kurz vor dem Waldrand fanden sie eine verletzte Schlange auf einem rauchenden Stück Boden. Einige Schuppen auf ihrem Rücken waren versengt.

»Die können wir nicht selbst einfangen, dafür müssen wir einen Schlangenfänger anrufen«, entschied Mieke, und Jodie suchte die Telefonnummer eines Mannes namens Jake heraus.

»Natürlich, gut, dass ihr mich anruft. Beobachtet sie weiter, ich bin nicht weit weg und in wenigen Minuten da«, versprach er. Und wirklich dauerte es nicht lange, bis ein Pick-up auf sie zugedonnert kam. Schon als er aus dem Wagen stieg, wurde Mieke klar, dass sie es mit einem ziemlich skurrilen Typen zu tun hatten. Dank zahlreicher Begegnungen mit den

Reptilien hatte er nur noch sechs Finger. Dazu war er spindeldürr und trug zu große Wranglerjeans, die er mit einem selbst geflochtenen Buschmanns-Belt zusammenhielt. Seine nikotingelben Zähne lenkten vom fliehenden Kinn ab, gaben ihm aber insgesamt das Aussehen einer Ratte – ein unglücklicher Zufall für einen Schlangenfänger.

Nichtsdestotrotz ging er sofort voller Begeisterung ans Werk. Es dauerte keine zwei Minuten und er hatte die Schlange mit einem Stab gefangen, an dessen Ende sich eine Schlaufe befand, die er mit einem Mechanismus im Griff zuziehen konnte.

»Was für eine Schönheit!«, rief er hingerissen und hielt Mieke den Stab entgegen. Der Haken an seinem Ende war so gebogen, dass er den Kopf der Schlange sicher hielt, ohne sie zu verletzen. Mieke trat einen Schritt zurück. Dass dies keine Python war, erkannte sie mittlerweile. »Was ist es für eine?«

»Das ist eine Königsbraunschlange oder auch Mulgaschlange genannt. Die kommen hier verdammt selten vor. Und was für ein Prachtexemplar! Schaut euch dieses tiefe Braun an und den muskulösen Körper. Sie wiegt bestimmt« – er wog den Stab in seiner Hand – »an die fünf Kilo.« Die Schlange hing schlaff herunter, und nur die gespaltene Zunge, die gelegentlich hervorschoss, verriet, dass sie jederzeit bereit war, anzugreifen, sobald sie freigelassen wurde.

Jodie war so weit zurückgewichen, dass Jake lauter reden musste, damit sie ihn hören konnte. Ihr Gesicht war kreidebleich, die Haltung angespannt. Kein Wunder nach dem Erlebnis bei Eve und dem folgenden Krankenhausaufenthalt.

»Ist sie schwer verletzt?«

»Mit ein bisschen Liebe kriegen wir dich wieder hin. Nicht wahr, Süße? Bald tut dein Bauch nicht mehr weh«, sagte Jake zärtlich an die Schlange gewandt, die Mieke aus ihren kalten Knopfaugen beobachtete.

»Von allen Schlangen Australiens injizieren die Mulgaschlangen die größte Giftmenge pro Biss. Kommt aber selten vor, du würdest mich nicht beißen, nicht wahr, du hübsche Maus?« Ein Moskito landete auf seiner Wange, und er ließ den Stab mit einer Hand los, um ihn zu erschlagen. Dabei senkte sich der Stab gefährlich tief, und die Schlange fing an zu zappeln. Mieke hielt den Atem an. Aber Jake, nun mit einer Blutspur auf der Wange, packte wieder rechtzeitig zu, bevor die Schlange mit dem Kopf auf dem Boden landete. »Außerdem ist ihr Gift im Gegensatz zur gängigen Meinung in der Regel nicht tödlich « Er spitzte die Lippen wie zum Kuss. »Ja, das bist du nicht.«

»Yeah«, meinte Jodie. »Alles wunderbar. Und jetzt pack sie weg, okay, Mate?«

Jake schaute die Schlange einen Moment verliebt an und machte sich dann daran, sie in einen Sack zu packen.

Als sein Motor endlich in der Ferne verklang, atmeten Mieke und Jodie auf. Einer Schlange zu helfen war die eine Sache – sie zu lieben eine andere.

»Was für ein schräger Typ, absolutely bonkers«, murmelte Jodie.

Sie liefen am Straßenrand zurück, um zu ihrem eigenen Wagen zu kommen. Ein paarmal stank es erbärmlich, wenn sie an überfahrenen Kängurukadavern vorbeikamen. Die meisten von ihnen waren schon älter, ihre Körper aufgedunsen und voller Maden. Sie machten einen weiten Bogen um sie herum. Ein Känguru jedoch wirkte frisch. Es lag ausgestreckt im Straßengraben, den Kopf weit in den Nacken gelegt, das Blut, das aus seinem Mundwinkel geflossen war, war noch nicht eingetrocknet. Eine Krähe stand neben ihm und pickte in seinem Gesicht. So wie es aussah, war der Vogel vor allem an den Augen des Kängurus interessiert. Sofort war Mieke bei dem Tier und scheuchte die Krähe weg, die laut krächzend davonflog und sich auf einem nicht weit entfernten Ast niederließ. Das Känguru war ein Weibchen. Mit vier Fingern öffnete Mieke den Beutel und schaute hinein.

»Und?«, fragte Jodie und hockte sich neben sie. Von ihrem Standpunkt aus hatte sie keinen Einblick in den Beutel.

Mieke sah einen gekrümmten haarlosen Körper. Vorsichtig stupste sie ihn an, um zu sehen, ob das Jungtier noch lebte. Es zeigte keine Regung.

»Da ist ein Junges, aber ich glaube, es ist tot.«

»Lass mich mal.«

Mieke hielt ihr den Beutel auf, der die Tendenz hatte, sich sofort zu verschließen, wenn sie den Griff lockerte. Jodie strich über die Arme und Beine des Babys. Sein winziger Mund war fest um die Zitze geschlossen.

»Es ist kalt.«

»Ja.«

Jodie holte ihr Taschenmesser aus der Tasche und schnitt die Zitze direkt am Ansatz ab. Dann holte sie das Baby heraus. Sie betrachteten es, wie es friedlich dalag, die Augen geschlossen, so klein, dass es in eine Handfläche passte, und so leicht wie eine Wolke an einem Sommertag.

»Sollen wir es vergraben?« Mieke streichelte dem Baby über den Rücken und den Bauch. Da spürte sie etwas, das sie innehalten ließ. »Gib es mir«, forderte sie Jodie auf und nahm das Baby an sich. Sie legte den Finger auf seine Brust und vernahm tief im Inneren des Kleinen ein regelmäßiges Pochen.

»Es lebt noch, Jodie! Ich kann sein Herz spüren. Bitte nimm mir das Bandana ab.«

Jodie folgte ihrem Wunsch, und sie rollten das Kleine in das weiche Tuch. Dann öffnete Mieke ihr Hemd am Ausschnitt und presste das Kleine an ihre Brust. Es brauchte jetzt vor allem eins, und das war Wärme und den rhythmischen Herzschlag eines anderen Wesens, das ihm die Gewissheit schenkte, dass es nicht allein war.

So schnell es ging, bewegten sie sich zum Auto zurück, wo Jodie den Gaskocher auspackte, um Wasser zu erhitzen. Mieke setzte sich auf den Boden, lehnte sich an einen Reifen und kreuzte die Beine. Die nächsten fünf Minuten bewegte sie sich nicht und war nur für das Kängurujunge da, das nun in ihrem BH steckte. Bitte gib nicht auf, flehte sie es stumm an und hoffte darauf, dass es ein Lebenszeichen von sich geben würde.

Jodie hatte den Kessel mittlerweile aufgesetzt, konnte aber die Wärmflasche nicht finden. Es klirrte im Kofferraum, und zwischendurch fluchte sie, als ihr etwas herunterfiel. Dann pfiff der Kessel. Immer wieder strich Mieke über den zarten kleinen Körper des Tieres, der langsam Raumtemperatur annahm. Endlich kam Jodie mit Wärmflasche, Beuteln, einem gepolsterten Körbchen und einer Waage.

»Wir sollten es wiegen. In der Tabelle steht, ab wie viel Gramm graue Riesenkängurus lebensfähig sind. Wenn es darunterliegt, können wir uns den ganzen Zirkus sparen. Dann müssen wir ihm ein schnelles Ende setzen.«

Instinktiv griff Mieke sich wieder an die Brust und spürte dort das Fliegengewicht, das nichts von seinem potenziellen Schicksal ahnte. Sie schaute weg, als Jodie es auf die Waage legte, und atmete erleichtert aus, als diese rief: »Fuck. Knapp drüber. Scheiße, was bin ich froh.«

In Miekes Herz löste sich ein Knoten. Und als Jodie ihr das Joey reichte, damit sie es sicher verstaute, bewegte dieses erst einen Arm und dann ein Bein. Es war nur ein schwaches Zucken, aber es war ein Anfang. Das erste Tier, dass sie gemeinsam gerettet hatten, war auch ein Joey von einem grauen Riesenkänguru gewesen. Diese winzige Seele hier hatte zum Glück nicht ansehen müssen, wie seine Mutter im Stacheldrahtzaun verendet war. Doch es hatte einen mächtigen Knall mitbekommen und erlebt, wie die halb dunkle Welt um es herum immer kälter wurde, während zeitgleich die Milch versiegte.

»Nächstes Mal probieren wir die ICU aus«, sprach Jodie aus, was Mieke bisher verdrängt hatte. Sie nahm sich vor, sich abends gut mit dem Gerät auseinanderzusetzen, denn es konnte Leben retten, und es gab keine Entschuldigung, es nicht zu benutzen. Es war ein Privileg, dass Amy es ihnen anvertraut hatte.

Mieke machte ein paar Anrufe, und sie brachten das Joey zu Janine, einer Pflegerin um die achtzig, die an einem Gehgestell ging und sich nicht mehr bücken konnte, es aber trotzdem schaffte, sich um ihre Wildtierbabys zu kümmern.

»Gut, dass ihr zu mir gekommen seid«, sagte Janine und packte das Joey, das mittlerweile die Zitze ausgespuckt hatte, in einen besonders weichen Beutel, den sie oben mit einem Band zuschnürte. »Ich bin die Einzige, die sich in der Gegend um Pinkys kümmern kann.«

Pinkys, so nannte man die felllosen Joeys, deren Überlebenschancen äußerst gering waren und deren Pflege eine ernste Verantwortung und ein besonderer Zeitaufwand war, da sie alle zwei Stunden versorgt werden mussten.

Janine ging schief, hörte schlecht, und wie viel sie durch die Brille mit den dicken Gläsern sah, war fragwürdig. Das Wasserglas, das sie Mieke reichte, war voller Fettflecken, ihre Strickjacke war falsch zugeknöpft. Doch das Wissen, das Janine hatte, und die Fürsorglichkeit, mit der sie sich sofort um das kleine hilflose Wesen kümmerte, sprachen für sich. Sie war genau die Richtige für seine Pflege, und der Besuch bei ihr dauerte nicht allzu lange. Allerdings war Mieke aufgefallen, dass Janines Beutel und Taschen löchrig und verwaschen waren und einige nach alter Milch müffelten. Sie packte sie auf die Liste der Pfleger, die sie mit Nähwerken versorgen wollte.

»Ich glaube, die braucht bald selbst einen Pfleger«, schloss Jodie, als sie wieder im Auto saßen. Sie entschieden, einen lokalen Campingplatz anzusteuern, um dort ihr Lager aufzuschlagen und ihre Ausstattung zu sortieren.

»Jeder möchte lange leben, aber keiner will alt werden«, zitierte Mieke den irischen Schriftsteller Jonathan Swift.

Auf dem Campingplatz angekommen, erwarteten sie bereits die Damen von Moonie Wildcare und versorgten sie mit Nahrungsmitteln. Die Gruppe war so farbenfroh und erinnerte Mieke mit ihrem ständigen Gegacker an eine Hühnerschar. Mehrere Körbe mit Essen und Trinken wurden ausgeladen und Mieke und Jodie mehrfach gedrängt zuzuschlagen. »Wir freuen uns sehr über eure Hilfe, da müssen wir doch sicherstellen, dass ihr nicht vom Fleisch fallt«, fand eine; ihre Freundin war direkter: »Ihr müsst mehr essen, an euch ist ja nichts dran.«

Eine der Alten zog Mieke beiseite und flüsterte ihr verschwörerisch ins Ohr: »Ich kann dir gerne das Rezept geben, wenn du es den anderen Weibern nicht verrätst«, aber Mieke hatte keine Ahnung, ob sie von den Scones, der Kürbissuppe oder dem selbst gebrannten Schnaps sprach.

Abends las sie das Handbuch der ICU und gab ihr Wissen an Jodie weiter.

»Jaja, habe ich schon verstanden«, behauptete sie, mit geöffneter Hose auf dem Bett liegend und sich den Bauch reibend. »Ich habe eindeutig zu viel gegessen«, stöhnte sie und schlief schließlich unter Miekes Erklärungen ein, sodass auch sie entschied, den Tag zu beenden, und das Licht löschte.

Sie blieben einen weiteren Tag, bis Amy sich endlich mit einem neuen Auftrag meldete und sie nach Warialda weiterschickte, einer Kleinstadt an den Nordwesthängen des Hochlandes von Neuengland mit etwas mehr als eintausendeinhundert Einwohnern, das gerade von einer Feuerfront bedroht wurde, die sich langsam den Berg hinaufarbeitete. »Noch darf man die Stadt passieren, aber das kann sich schnell ändern. Lasst das Radio an und prüft die Nachrichten regelmäßig. Sobald es eine Evakuierungswarnung gibt, verlasst ihr die Stadt umgehend«, sagte Amy. »Ich zähle auf eure Vernunft. Bringt euch nicht in Gefahr.«

Es war windstill, das Feuer brannte langsam, die Feuerwehr versuchte, die nahen Herde unter Kontrolle zu bringen, und schaffte eilig Feuerschneisen, um Häuser zu schützen. Auch viele Bewohner versuchten, sich selbst zu schützen, und bereiteten sich auf das Schlimmste vor. Anhänger und Autos wurden vollgepackt, und an allen Ecken waren Motorsägen zu hören, hin und wieder fiel ein Baum.

Gerade hatten sie das wahrscheinlich letzte Zimmer im örtlichen Bed and Breakfast gemietet, alle anderen Unterkünfte waren bereits geschlossen, da bekam Mieke einen Anruf von einer unterdrückten Nummer.

»Hi, Mieke am Apparat?«, fragte sie überrascht, denn die Anzahl der Leute, die ihre Nummer hatten, war begrenzt, und alle waren mit Namen gespeichert.

»Hallo?«, hörte sie eine hohe Frauenstimme fragen. »Wer ist da?«

»Hier ist Mieke«, wiederholte diese. »Was kann ich für Sie tun?«

Schweigen. Mieke runzelte die Stirn. »Wer ist denn da?«, fragte sie skeptisch. Zu ihrer Erleichterung schnappte Jodie sich ihre Zigaretten und verließ das Zimmer.

»Bist du mit Rob befreundet?« Die Frau nuschelte etwas und verschluckte einzelne Buchstaben, sodass Mieke nicht sicher war, ob sie betrunken war oder nur einen leichten Sprachfehler hatte. Mieke wurde schwindlig, sie tastete nach dem Sessel und setzte sich hin.

»Rob, wer?«, versuchte sie, Zeit zu gewinnen.

»Rob Thompson.«

»Ja, den kenne ich. Ist was passiert?«

»Nein. Deine Nummer ist in seinem Kurzwahlspeicher.«

»Oh.« Miekes Puls raste. War die Anruferin etwa Robs Freundin, die ihm nachspionierte? Und wenn ja, wie viel wusste sie? Wie viel ahnte sie?

»Wir haben zusammengearbeitet«, antwortete Mieke betont sachlich und konzentrierte sich darauf, ihre Stimme fest klingen zu lassen. Bisher hatte sie vor allem daran gedacht, dass sie durch ihre unterschiedlichen Wohnorte keine Zukunft hatten, aber jetzt wurde ihr bewusst, was sie getan hatte. Sie hatte sich unwissend in eine Beziehung eingemischt, sie wahrscheinlich zerstört. Das hatte sie nicht gewollt.

»Bist du auch bei der Feuerwehr?«, fragte die Frauenstimme leise, als hätte sie Angst, belauscht zu werden. In Kombination mit dem Sprachfehler machte es das Mieke schwer, sie zu verstehen.

»Wie bitte?«

»Ob du bei der Feuerwehr arbeitest.«

Am liebsten hätte Mieke aufgelegt. Das jedoch würde einen Verdacht bestärken. »Nein. Ich bin bei der Wildtierrettung. Ich arbeite ehrenamtlich für *We for Wildlife*. Rob kenne ich nur flüchtig. Mit wem habe ich denn die Ehre?«

Die Frau atmete aus und schwieg.

»Wildtierrettung?«

»Ja.«

»Mehr nicht?«

»Ich … nein!« Mieke drückte sich nach hinten in den Sessel und schloss die Augen. Es musste überzeugend klingen. »Natürlich nicht. Was soll denn die Frage? Und wer sind Sie überhaupt?« Ihre Hände zitterten.

Ohne eine weitere Antwort beendete die Anruferin das Telefonat.

Kapitel 11

»Einen Moment noch, Lina, ich bin gleich durch.«

Angestrengt blickte Mieke auf den Handybildschirm und versuchte, die winzige Schrift zu lesen. In dem kleinen Restaurant, in dem sie ein schnelles Lunch einnehmen wollte, spielte ein Radio, und die Musik lenkte sie von der Tabelle ab, auf die sie sich konzentrieren wollte. Lina hatte ihr ein PDF geschickt, in dem alle Nähwerke aufgelistet waren, die nach Australien verschickt werden sollten. Es war eine lange Liste, obwohl die einzelnen Posten bereits zusammengefasst waren. Allein 476 Beutel in verschiedenen Größen und Materialstärken waren von den freiwilligen Helfern angefertigt worden. Die kleinsten waren etwa fünf Zentimeter breit, die größten etwa fünfzig Zentimeter, damit konnten sowohl Pinkys als auch ältere Kängurujoeys versorgt werden, die dem Beutel schon fast entwöhnt waren.

»Die meisten meiner Werkler sind weiblich und zwischen Mitte zwanzig und sechzig. Viele davon sind Hausfrauen und Rentnerinnen, einige arbeiten im sozialen Bereich«, erzählte Lina, während Mieke das Dokument durchging. Natürlich hatte sie ordentlich Buch geführt und mithilfe ihrer geliebten Excel-Tabellen Statistiken erstellt. Lina liebte Statistiken. »Die Werke kommen aus ganz Deutschland, sowohl aus ländlichen Regionen als auch aus den Städten. Überall finden sich talentierte Leute, die helfen wollen.«

Und sie waren fleißig gewesen. Linas erschreckende Foto-Beiträge, geteilte Artikel zu den Feuern und einige Videos hatten ihre Wirkung getan. Australien brannte – und die Not der Tiere motivierten die Deutschen dazu, ihre Abende an den Nähmaschinen zu verbringen und die Häkelnadeln tanzen zu lassen.

Es gab Häkelnester und Flughundrollen, Kobel und Hängebeutel für Fledermäuse, Handschuhe für verbrannte Koalapfoten und Hängematten für Possums.

»Und, hast du die Liste durch?«

»Ja.«

Ein Kellner wischte den Tisch neben ihr mit so rhythmischen Bewegungen, als hätte er ein Lied im Ohr. Eigentlich hatte sie sich im Restaurant Ruhe erhofft, nun fiel es Mieke schwer, sich zu konzentrieren.

»Was denkst du?«

»Das ist eine gute und vielfältige Auswahl und deckt sämtliche Tierarten ab. Da ist für jeden Pfleger was dabei.«

»Ja, aber fehlt etwas? Noch kann ich ein paar meiner Werkler auf gezielte Arbeiten ansetzen.«

Mieke scrollte noch einmal durch die Datei.

»Das kann ich dir beim besten Willen nicht sagen. Aber die Pfleger werden eure Sachen bestimmt gut nutzen und bei Bedarf auch zweckentfremden. Zum Beispiel können die Vogelnester auch für Reptilien verwendet werden.«

Sie streckte die Beine aus und seufzte. Sie war Lina dankbar und wollte es ihr auch zeigen – aber sie war müde und hungrig, ihr Energielevel im Keller. Der Teller mit dem griechischen Salat, der vor ihr stand, hatte auf der Karte deutlich vielversprechender geklungen, als er aussah. Die winzigen Fetawürfel konnten die welken Salatblätter nicht verstecken.

Überhaupt war der Tag eine Pleite gewesen. Erst hatten sie in dem Waldstück am Ende der Baker Street nach dem Rechten geschaut. Hier hatte es vor einer Woche gebrannt, nur ein kraftloses Feuer, das es ein paar Hundert Meter weit in den Busch geschafft hatte. Normalerweise hätten sie sich nicht die Mühe gemacht, hier nach dem Rechten zu schauen, aber die betagte Dame, die in Warialda an der Touristeninformation arbeitete, hatte sie darum gebeten.

»Ich gehe da jeden Morgen mit meinem Hund spazieren, und es gibt dort so viele Tiere«, hatte sie gesagt und mit dem unwiderstehlichen Blick älterer Frauen über ihre Brille geschielt und dabei zerbrechlich wie eine Steckmuschel gewirkt.

Also hatten Mieke und Jodie sich auf den Weg gemacht, aber wie zu erwarten hatten sie kein hilfebedürftiges Tier gefunden. Die Straße, die in Richtung des momentan brennenden Waldes führte, war abgesperrt, hier kamen sie auch nicht weiter. Sie versuchten, wenigstens in die Nähe des Feuers zu kommen, um fliehende Tiere abzufangen, aber es war unmöglich. Warialda lag auf einer Kuppe, und ein steiler Berghang begrenzte ihren Bewegungsradius. Der einzige Weg in den Wald war zu Fuß, und das war zu gefährlich. Das Feuer brannte langsam vor sich hin und schien nicht viel Gewalt zu haben, aber das konnte sich jederzeit ändern. Und ein Feuer, das außer Kontrolle geriet, fraß sich schneller vorwärts, als ein Mensch rennen konnte.

»Eure Sicherheit geht immer vor«, predigte Amy bei fast jedem Anruf. Es war frustrierend gewesen, helfen zu wollen, aber nicht zu können. Zu allem Überfluss hatte der Wind am frühen Nachmittag gedreht, und das Feuer hatte dadurch keinen neuen Zunder mehr gefunden und ging nun langsam aus. Das war zwar schön und erstrebenswert, aber wenig befriedigend, weil Mieke gerne dort sein wollte, wo ihre Hilfe gebraucht wurde. Jetzt hatte sie einen ganzen Tag damit verschwendet, dem Feuer hinterherzulaufen. Sie sollte sich freuen, aber es ging nicht.

»... für Koalas?«, fragte Lina sie, und Mieke schüttelte sich. Sie war weggedriftet und hatte nicht zugehört.

»Könntest du das wiederholen?«

»Bist du wieder in deiner eigenen Welt, Mieke?« Lina lachte. »Manche Dinge ändern sich nie.«

Schon in der Schule hatten Miekes Lehrer sich immer wieder bei ihren Eltern beschwert, weil sie allzu oft verträumt aus dem Fenster geschaut hatte, statt dem Unterricht zu folgen. Gute Noten hatte sie trotzdem bekommen.

»Sag mal«, lenkte Mieke ab. »Wie willst du die ganzen Sachen eigentlich hier rüberbekommen?«

Stille. Ein dumpfes Klopfen wie mit Fingernägeln auf Holz. Mieke nutzte die Gelegenheit, ihren Salat zu probieren. Er schmeckte fade. Oregano fehlte und auch Salz. Und die Olive ... unauffällig griff sie zur Serviette und spuckte sie wieder aus.

»Du hast keine Ahnung, richtig?«

Lina schwieg immer noch.

»Das sind viele Hundert Kilo, die da zusammengekommen sind. Wahrscheinlich sogar eine Tonne oder mehr. Ein kleines Päckchen nach Australien kostet bereits an die fünfzig Euro. Wer soll das zahlen?«, fragte Mieke.

»Ich werde mir etwas überlegen«, versprach Lina.

»Einfach wird das nicht.«

»Das habe ich auch nicht behauptet. Aber wo es ein Problem gibt, gibt es auch eine Lösung. Alle Dinge sind im Gleichgewicht. Hat schon Newton behauptet.«

In dem Punkt ähnelte Lina ihr – sie gab nicht auf, auch nicht, wenn sie tief in einer immer enger werdenden Sackgasse feststeckte.

In dieser Nacht wurde Mieke von wirren Albträumen verfolgt. Sie sah Wildtiere in Glaskästen sitzen, die auf niedrigen griechischen Säulen ruhten. Unter ihnen zündete ein Gott in wehendem Gewand Feuer an, sodass sich die Kästen langsam erhitzten. Ihr fehlte das richtige Werkzeug, um das dicke Glas zu zerschlagen. Hilflos trommelte sie auf den Kästen herum, bis ihre Hände der Hitze nicht mehr standhielten. Die Tiere brüllten, schrien und krächzten vor Schmerz, das konnte sie sehen. Hören konnte sie allerdings nichts, denn das Glas fing jedes Geräusch ab. Schweißgebadet schreckte sie schließlich aus dem Schlaf auf. Ein Blick auf ihr Handy zeigte ihr, dass es erst drei Uhr war. Trotzdem entschied sie, aufzustehen und Duschen zu gehen.

Sie duschte gerade mal zwei Minuten lang, bevor das Wasser eiskalt wurde. Der plötzliche Temperaturwechsel bewegte etwas in ihr. Ein Gewicht in ihr schien umzukippen, und die Kälte war so unangenehm, dass es physisch wehtat, wie als würde ihr Körper mit Dutzenden von Peitschenschlägen gequält. Es war so schmerzhaft, dass sie weinen wusste. Die Enge in ihrer Brust drückte die Trauer heraus. Ihre Tränen vermischten sich mit dem plätschernden Wasser, und sie sackte in sich zusammen.

Da saß sie nun, die Arme um die nackten Beine geschlungen, den Kopf zwischen den Knien versteckt und ließ ihren Gefühlen freien Lauf. Das kalte Wasser ließ sie zittern, aber es war ihr egal. Sie hatte so viel Leid gesehen, Schmerz und Qual. Sie war manchmal rechtzeitig gekommen und oft zu spät. Hatte alles gegeben, aber nicht immer gewonnen. Das Feuer war überall, aber sie konnte das nicht. Es war zu viel. Bisher war sie stark geblieben, aber wie lange schaffte sie es noch, zu kämpfen? Alles in ihr krampfte sich zusammen und presste ihr die Luft aus den Lungen. Ihr wurde übel, aber es fehlte ihr die Kraft, um sich zu übergeben. Das Wasser über ihr rauschte wie ein immerwährender Wasserfall, der sie einlullte.

Auf einmal wurde es abgestellt, ein paar einzelne Tropfen, ein Quietschen in der Leitung, Ruhe.

»Verdammt, Mieke.« Im nächsten Moment wurde ihr Kopf von Jodie hochgerissen, und sie starrte in deren entsetztes Gesicht.

»Man, alles in Ordnung?«

Mieke versuchte, sich zu sammeln, aber es gelang ihr nicht. Ihre Arme und Beine schienen aus Gummi. Sie ließ sich von Jodie hochziehen und in ein Handtuch wickeln.

»Du bist ja völlig fertig.«

Mit steifen Fingern zog Mieke das Handtuch fester um sich. Jetzt fingen ihre Zähne an zu klappern, und ein Blick in den Spiegel zeigte ihr, dass ihre Lippen bereits blau waren.

»Komm her.« Jodie nahm auf dem Toilettendeckel Platz und zog Mieke auf ihren Schoß. Wie ein Kleinkind rubbelte sie Mieke warm, und diese ließ es geschehen. Sie spürte, wie das Blut durch ihre Adern floss, als die Kälte taute. Das Handtuch fiel ihr auf den Bauchnabel herab und legte ihre Brüste frei, aber vor Jodie störte es sie nicht. Diese schnappte sich ein zweites Handtuch, tupfte ihr das Gesicht trocken und den Hals. Sie machte es mit einer Selbstverständlichkeit, als sei Mieke ein Koalababy, das in den Pool gefallen war und nun unter Hypothermie litt. Mieke angelte sich ein Stückchen Klopapier und putzte sich die Nase. Jodies Nähe, die Wärme, das Wissen, aufgefangen zu werden, das alles beruhigte sie.

»Es tut mir leid«, sagte sie, aber Jodie schüttelte den Kopf.

»Sei still. Du entschuldigst dich nicht dafür, menschlich zu sein. Wenn du nicht irgendwann mal eine verdammte Schwäche gezeigt hättest, dann hättest du einen Grund gehabt, dich zu entschuldigen. Ich habe mich schon gefragt, ob in dir nicht ein Roboter steckt.«

Mieke schniefte. »Rumheulen ist nicht meine Art.«

»Meine auch nicht. Aber glaubst du, mir geht das alles am Arsch vorbei? Ich habe es nur anders rausgelassen.«

»Ja? Wie denn?«

Jodie grinste anzüglich und sagte: »Ich habe Oliver das Hirn aus dem Schädel gevögelt. Was meinst du wohl, warum der so an mir hängt.«

Am nächsten Morgen überraschte Jodie sie mit einem Coffee to go. Unter dem Milchschaum verbarg sich ein Cappuccino mit einem Schuss Karamell. Dazu hatte sie Muffins besorgt. Dies und die Tatsache, dass Jodie mit keinem Wort die letzte Nacht erwähnte, rechnete Mieke ihr hoch an. Für einen Moment musste sie an das Frühstück bei Leon denken und die unangenehme Spannung zwischen ihr und Rob, seine Unfähigkeit, ein offenes Gespräch zu suchen. Bei Jodie wusste man, woran man war.

Während Mieke frühstückte, textete sie mit Lina, die ihr mitteilte, dass sie vielleicht eine Möglichkeit gefunden hatte, den Versand zu organisieren.

Eine unangenehme Vorahnung machte sich in ihr breit und bestätigte sich kurz darauf, als Linas nächste Nachricht eintraf.

Könntest du Dad anrufen und mit ihm reden? Du hast einen besseren Draht zu ihm, bat sie Mieke. Ihr Vater arbeitete als Manager bei der Luftlinie Australia Pacific und hatte tatsächlich gute Verbindungen. Trotzdem war das keine gute Idee, denn ihr Vater liebte es, anderen einen Gefallen zu tun. Er sammelte gerne Menschen, die ihm etwas schuldeten, um sich herum, die er das Machtgefälle dann im Nachhinein deutlich spüren ließ. Aber als Lina eine weitere Nachricht hinterherschickte, in der sie Mieke inständig bat, ihren Vater zu kontaktieren, entschloss sich Mieke, ihn anzurufen, und erreichte ihn tatsächlich trotz der späten Uhrzeit.

»Natürlich helfe ich euch gerne, Mieke. Das ist selbstverständlich. Die Buschfeuer in Australien sind überall in den Medien, und Bert vom Marketing sucht ohnehin nach einer Möglichkeit, wie wir uns einbringen können, um bessere Publicity zu bekommen.«

»Das ist lieb, Papa. Es ist ein wirklich guter Zweck. Ich hoffe, du kannst da was drehen.«

»Schick mir bitte die Bestandsliste durch, dann kümmere ich mich morgen darum. Wie geht es dir denn sonst so, du gehst hoffentlich keine ernsthaften Risiken ein?«

»Nein, nein«, beruhigte Mieke ihn. »Hier ist alles bestens. Ich werde dir nachher ein paar Fotos mailen.« Wirklich wohl war Mieke nicht bei dem Gedanken, dass ihr Vater half, aber andererseits hatte er ernsthaft interessiert geklungen, und sie wusste keine andere Möglichkeit.

Anschließend rief sie Sandy an und erzählte ihr von dem Projekt. »Könntest du mir helfen, die Verteilung, zu koordinieren, damit die Hilfsmittel an die Pfleger gehen, die sie wirklich brauchen?«

»Kein Problem, Liebes. Sag Bescheid, wenn die Ladung hier ankommt. Dann treffen wir uns am Flughafen, und wir bringen die Sachen erst mal zu mir. Ich kenne genug Leute, die uns gerne helfen werden. Überlass das mir – dann hast du eine Sorge weniger.«

Dankbar legte Mieke auf.

Es war ein weiterer trockener, heißer Tag. Der vorausgesagte Temperaturhöchstwert von neununddreißig Grad war fast erreicht. Mieke war müde und ausgelaugt, sie füllte ihre

Wasserflasche bereits zum dritten Mal am Wasserhahn auf, aber der Durst verschwand nicht.

Die Hauptstraße im Süden der Stadt war immer noch gesperrt. Allerdings trafen sie hier auf einen anderen Trupp Wildtierretter. Es handelte sich um drei optisch äußerst homogen wirkende Frauen mittleren Alters. Alle drei trugen die gleiche Frisur – einen mittellangen blonden Stufenschnitt –, waren von üppiger Statur, trugen Jeans und Bisley-Shirts mit Reflektoren.

Ansonsten besaßen sie eine willkürlich zusammengewürfelte Erste-Hilfe-Ausstattung, die unordentlich im Wagenraum des Kleinbusses verteilt war. Mieke erinnerte sich gut an ihren ersten Tag und daran, wie wenig sie ihr Equipment im Griff gehabt hatten. Dennoch waren die drei Frauen voller Selbstbewusstsein und Tatendrang und boten an, die Suche nach den Tieren zu übernehmen. Mel und Jen kamen direkt aus Warialda, Michelle aus dem benachbarten Rockley.

»Das passt mir ganz gut«, sagte Mieke. »Wir haben eine Meldung bekommen, dass wir nach Brooms Head fahren sollen. Sicher, dass ihr ohne uns zurechtkommt?«

Mel nickte, und so machten sich Jodie und Mieke auf den Weg.

Brooms Head lag an der Küste und war von allen anderen Seiten umgeben vom Brooms Nationalpark. Hier gab es mehrere gefährdete Tierarten, die als besonders schützenswert galten.

Bereits eine Dreiviertelstunde vor Brooms Head spürte Mieke, dass dieses Feuer anders war als alle, mit denen sie es bisher zu tun gehabt hatten. Es waren alles kleinere Feuer gewesen, lokale Herde, die mehr oder weniger Kraft gehabt hatten. Das hier war eine andere Nummer. Der Himmel am Horizont war rotorange gefärbt und die Luft schon jetzt rauchgeschwängert. Mit jedem Kilometer, den sie näher kamen, wurde das Atmen schwerer. Winzige Partikel schienen sich in den Lungenbläschen abzulegen und dem Sauerstoff wenig Raum zu lassen. Mieke musste sich zwingen, einzuatmen, denn der Rauch biss im Hals. Jodie hustete so stark, dass Mieke kurz vor dem Ortseingang in Versuchung geriet, umzudrehen. Stattdessen hielt sie an, sie tränkten beide ein Halstuch mit Wasser und wickelten es sich um Münder und Nasen.

Eine Wagenkolonne kam ihnen entgegen, alle Autos waren vollgepackt mit Haushaltsgegenständen, mehrere zogen Anhänger voller Möbel und Kartons. Ein Auto gab ihnen die Lichthupe.

»Die Leute fliehen«, stellte Mieke fest und schaltete das Radio ein. Popmusik – sie drehte es wieder leise. »Schau mal im Internet nach, ob neue Warnungen herausgegeben wurden. Vor einer Stunde war noch alles okay.«

Jodie zückte ihr Handy. »Es gibt mehrere Brandherde nördlich und südlich von Brooms Head, teilweise sind sie ziemlich nahe an den Ausläufern der Stadt.«

»Wir kommen aus westlicher Richtung«, stellte Mieke fest. »Das bedeutet, dass die Pearce Connection Road die einzige Ein- und Ausfahrt ist. Geht es dir nicht gut?«

Jodie hatte die Augen zusammengekniffen, ihr Gesicht war verzerrt. »Der Scheißrauch drückt auf meine Stirnhöhlen. Ich habe furchtbare Kopfschmerzen.«

»Sollen wir nicht lieber umkehren?«

»Wir sind eh gleich da. Ich würde mich gerne für eine Stunde hinlegen. Du kannst gerne in der Zwischenzeit die Lage peilen, und wenn es mir etwas besser geht, legen wir los.«

Als sie im Greens Motel eincheckten, schaute der Rezeptionist sie ungläubig an. »Seid ihr sicher, dass ihr in der Stadt bleiben wollt? Ihr seid die einzigen Gäste. Es brennt seit Tagen in der Gegend, und es wird nicht besser.«

Er sah ernsthaft besorgt aus, aber Mieke winkte ab.

»Ja, wir sind von der Wildtierrettung. Solange die Stadt an sich nicht zum Risikogebiet wird, ist alles in Ordnung.« Sie klang nicht halb so zuversichtlich, wie sie es gewollt hatte. Sie hatte ein Motel im Ortskern gewählt, weit weg von jeglicher Vegetation und unweit des Strandes. Trotzdem war sie unruhig, und ihr Magen grummelte, als wisse er mehr als sie.

Jodie legte sich mit Kopfschmerzen ins Bett. »Kannst du mir eine Aspirin geben?«, stöhnte sie.

»Klar. Ruh dich aus, ich fahre in der Zwischenzeit einkaufen. Unser Proviant ist aufgebraucht.«

Das war einfacher gesagt als getan, denn der Rauch hatte sich verdichtet. Der Himmel schien näher dem Boden zu sein und hatte Gewicht. Es zerrte an Miekes Schultern, riss an ihren Nerven. Sie fuhr um eine weitere Ecke, und ihr Handy ging aus.

Fluchend hielt sie am Straßenrand. Ohne Handy hatte sie keine Navigationsmöglichkeit. Aber der Supermarkt konnte nicht mehr weit sein.

Nachdem sie zwei weitere Male abgebogen war, musste sie zugeben, dass sie sich verfahren hatte. Die Straße, die sie gewählt hatte, führte direkt in den Wald hinein. An beiden Seiten war sie mit dichten Bäumen gesäumt, die dem Tag noch mehr Licht nahmen.

Bevor Mieke Gelegenheit hatte zu wenden, hörte sie die Sirenen. Schnell kamen sie näher, und bald zogen drei Löschfahrzeuge der Feuerwehr an ihr vorbei. Ohne zu zögern, änderte sie ihren Plan und folgte den Spritzenwagen. Sie musste mit der Feuerwehr reden, um zu verstehen, wie ernst die Lage war. Die Straße verengte sich, wurde einspurig und kurviger, je weiter sie sich den Berg hinabwand. Hinter einer Kurve trat Mieke auf die Bremse, denn die Löschwagen hatten mitten auf der Straße vor einem Haus geparkt, neben dem es brannte. Es war kein besonders großes Feuer, aber es hatte sich bereits bis zu den Banksiabäumen vorgefressen, die neben einem Regenwassertank wuchsen.

Zwei Männer in Zivil standen vor dem Haus, einer jung, einer alt. Der Ältere hielt einen Gartenschlauch in Richtung der brennenden Bäume, der Jüngere, ein übergewichtiger Mann mit Hakennase und auffällig vollen Lippen, trug Koffer zu einem Auto.

Die Feuerwehr verlor keine Zeit. Schläuche wurden entrollt, Einsatzkräfte hantierten mit Equipment, einer redete mit dem alten Hausbesitzer. Die gesamte Mannschaft war mit Helmen und schwerem Atemschutz ausgerüstet. Mieke band sich ein Tuch um den Mund, sprang aus dem Wagen und lief auf die Truppe zu. Niemand beachtete sie, als sie sich neben den Hausbesitzer stellte, der heftig gestikulierte und dabei den Schlauch hin und her zucken ließ.

»Jaden packt doch bereits den Wagen, Mann«, rief er und schwang den Schlauch in Richtung des alten Holden Colorados, in den sein Sohn schnaufend eine prall gefüllte Jutetasche packte. »Das ist alles, was wir haben.«

»Eine Ladung kann er noch holen, dann wird es zu unsicher. Das Feuer wird jede Minute aufs Dach überspringen. Habt ihr einen Swimmingpool?«

»Was?« Der Alte kniff verwirrt die Augen zu.

»Wir brauchen eine Wasserquelle. Und dein Regenwassertank ist nicht mehr zugänglich.«

»Nein, ich habe keinen verdammten Pool. Meine Güte, ich bin hier draußen nicht mal an das städtische Wassernetzwerk angebunden. Womit soll ich denn einen Pool füllen?«

»Auch kein Wasserloch? Brunnen? Nein?«

»Ich hab einen Gartenteich.«

Mieke wandte sich ab, als der junge Mann an ihr vorbeischnaufte, um sein Haus zu betreten.

»Warte, ich helfe dir«, rief sie ihm zu, und die Augen des Mannes weiteten sich.

»Kennen wir uns?«

»Nein. Ich bin zufällig in der Gegend. Soll ich etwas Bestimmtes tragen?« Sie folgte dem Mann ins Wohnzimmer. Der Boden war mit eilig gepackten Taschen und Tüten bedeckt, manche waren halb voll, eine war umgekippt, und ein Durcheinander aus Sachen purzelten heraus. Fotoalben, Computerspiele, Besteck, Kleidung.

»Was davon hat Priorität?«, fragte Mieke. »Soweit ich es verstanden habe, ist es die letzte Gelegenheit, eure Sachen zu retten.«

»Warum?«

»Sagt die Feuerwehr.«

Der Mann schien in sich zusammenzusacken. Halt suchend griff er nach einer Stuhllehne. »Mein Vater hat dieses Haus gebaut.«

Wertvolle Sekunden verstrichen, als er in seine Brusttasche griff, um ein Taschentuch hervorzuholen. Mieke ignorierte seinen Gefühlsausbruch und griff nach zwei Plastiktüten, aus denen Fotorahmen hervorlugten. Eine drückte sie dem Mann in die Hand. »Komm!«, befahl sie und versuchte, ihn vorwärtszuschieben.

Im Hauseingang erschien eine Silhouette. »Sofort raus hier!«, brüllte eine Stimme, und Mieke hätte fast die Tüte fallen lassen. Das war Rob. Doch nach der Schrecksekunde fand sie die Fassung wieder, schnappte sich eine weitere Tüte und rannte an Rob vorbei hinaus in den Vorgarten.

Sie lief weiter bis zum Holden Colorado, warf die Tüten auf den Rücksitz und drehte sich um, gerade rechtzeitig, um zu sehen, wie Rob den jungen Mann, der sich verzweifelt wehrte, aus dem Haus zerrte.

»Lassen Sie mich los!«, brüllte er und versuchte, sich aus Robs eisernem Griff zu lösen. Seine Plastiktüte bekam einen Riss, zu Miekes Erleichterung fiel nichts heraus.

Sobald sich die beiden in Sicherheit befanden, richtete die Feuerwehr den Strahl auf das Dach und fing an, das Haus zu wässern. Rob beruhigte den Mann, der hilflos schrie.

Mieke klopfte ihre Taschen ab, um ihren Autoschlüssel zu suchen. Ihr Puls ging so schnell, dass es eine halbe Minute dauerte, bis sie ihn ein paar Meter entfernt auf dem Boden liegen sah. Sofort sprang sie aus dem Auto und bückte sich, um sie aufzuheben. Als sie sich wieder aufrichtete, trat ein Feuerwehrmann auf sie zu. »Darf ich fragen, wer Sie sind? Gehören Sie zur Familie?«, fragte er.

Mieke versteifte sich, ihr wollte keine Antwort einfallen, denn Rob hatte sie erspäht und kam auf sie zu.

»Geht es Ihnen gut? Wie heißen Sie?«, fragte der Feuerwehrmann. Seine Stimme klang dumpf durch die Maske. Mieke hatte nur Augen für Rob. Noch drei Schritte, zwei, einer. Auch er trug Maske und Helm, aber seine hellgrünen Augen waren unverkennbar. In ihnen stand Überraschung, Kummer, Reue? Mieke wusste es nicht. Sie öffnete den Mund und schloss ihn wieder, versuchte, ihre zitternden Hände in ihren Hosentaschen zu vergraben.

»Ich übernehme das«, sagte Rob, und sein Kollege lief erleichtert los, um bei den Löscharbeiten zu helfen. Als sie allein waren, schaute er sie fragend an. Nun spiegelten sich die Flammen in seinen Augen wider, und sie konnte nicht mehr in ihnen lesen. Sie schüttelte den Kopf und versuchte, ihre

Gedanken zu sortieren. Es knackte laut, als ein Regenwassertank zersprang.

Das brach den Bann. Mieke drehte sich um und sprintete zu ihrem Auto. Hektisch startete sie den Motor, wendete und fuhr mit quietschenden Reifen die Straße zurück. Im Rückspiegel sah sie, dass Rob immer noch dort stand, wo sie ihn zurückgelassen hatte.

»Wir müssen hier weg. Sofort.« Mieke hatte kaum das Zimmer betreten, da fing sie schon an, ihre Sachen zusammenzusuchen. »Ich war gerade dabei, als die Feuerwehr versucht hat, ein Haus zu löschen. Und … Rob ist hier. Damit kann ich nicht umgehen.«

Jodie lag in Unterwäsche auf dem Bett und sah leichenblass aus. Langsam richtete sie sich auf.

»Dein Feuerwehrmann? Sind die Schmetterlinge verflogen? Sorry, aber das geht nicht. Wenn die Feuerwehr vor Ort ist, ist doch alles in Ordnung. Die werden uns schon rechtzeitig Bescheid geben, wenn wir fahren müssen. Ich kann echt nicht, Mieke, ich habe Magen-Darm.«

»Was?«

»Seit du dich verzogen hast, war ich zweimal kotzen und dreimal kacken.«

»Nein!« Jetzt bemerkte Mieke den unangenehmen Geruch, der in der Luft lag. Die Badezimmertür stand auf, die Lüftung lief.

»Ich mach das nicht, um dich zu ärgern.« Schweiß lief ihre Stirn hinunter, gleichzeitig zog sie die Decke ans Kinn. »Mir ist so kalt«, sagte sie.

»Du hast Fieber.« Mieke kramte das Thermometer hervor und hielt es ihr in ein Ohr. »Mist. 38,7 Grad. Du solltest im Bett bleiben.«

»Sag ich doch«, murmelte Jodie mit geschlossenen Augen. Zwei Minuten später schlief sie fest, und Mieke zog den Vorhang komplett zu. Sie überlegte, wie es weitergehen sollte. In Brooms Head waren sie nicht sicher. Viel tun konnte sie allein auch nicht, und die Zusammenarbeit mit der Feuerwehr konnte sie nach dem Vorfall heute vergessen. Nach einer Weile reinigte sie das Bad und holte neue Handtücher am Empfang.

»Gut, dass Sie vorbeikommen. Ich war kurz davor euch anzurufen«, begrüßte der Rezeptionist sie und tippte auf seinem Computer herum. Kurz danach summte der Drucker und er reichte ihr den Ausdruck. Aufmerksam las Mieke den Text.

»Eine offizielle Evakuierungsanweisung für das gesamte Stadtgebiet?«, sagte Mieke entgeistert.

Der Rezeptionist seufzte. »Ihr müsst leider auschecken. Und ich muss nach Hause und meiner Frau helfen, unsere Sachen zu packen. Es gibt ein neues Feuer nahe der Pearce Connection Road. Wenn die dichtgemacht wird, kommen wir nicht mehr weg. Es tut mir leid.«

»Meine Freundin ist krank. Sie ist eben eingeschlafen.«

Der Rezeptionist schaute auf seine Uhr.

»Ihr könnt euch wahrscheinlich noch etwas Zeit lassen. Ich mache hier jetzt dicht. Werft euren Schlüssel einfach draußen in den Briefkasten, wenn ihr auscheckt. Aber versprecht mir, dass ihr das innerhalb der nächsten Stunde tun werdet.« Mieke nickte, verabschiedete sich und wünschte ihm alles Gute für die nächsten Tage.

Wieder oben im Zimmer rüttelte Mieke Jodie sanft an der Schulter, aber sie drehte sich weg. Als Mieke etwas nachdrücklicher wurde, fluchte Jodie und wedelte abwehrend mit dem Arm. Sie war kaum wachzukriegen.

»Es ist ernst, Jodie, wir müssen hier weg.« Da Jodie nicht reagierte, zog sie ihr die Decke weg.

»Ey, du Arsch, was soll das?« Wütend setzte Jodie sich auf. »Gib mir sofort meine verfickte Decke wieder. Siehst du nicht, dass ich krank bin? Ich will schlafen!«

Mit glasigem Blick sprang sie ganz auf, torkelte einen Schritt und suchte Halt an der Wand. Ihr Kreislauf war nicht fit genug für solch abrupte Bewegungen. Sofort stand Mieke neben ihr und manövrierte Jodie zurück in die Waagrechte.

»Halt mal die Luft an und nicht so hastig!«, tadelte sie währenddessen.

Der Schweiß lief Jodie in Strömen hinab, aber das hielt sie nicht davon ab, zu schimpfen: »Mir ist das völlig egal, ob dein Feuerwehrmann hier arbeitet, vor meinen Augen nackt badet oder sich einen Löffel in den Hintern schiebt. Mir geht's scheiße, und ich muss pennen, ist das klar?«

Mieke schüttelte den Kopf. »Es geht nicht um Rob, und ich kann dich nicht in Ruhe lassen. Wir müssen weg, jetzt! Erstens solltest du zu einem Arzt, und zweitens wurde eine Evakuierungsempfehlung ausgesprochen.«

»Vor heute Abend will ich dich nicht wiedersehen«, zeterte Jodie.

»Ja, das kann ich mir denken, aber du hast jetzt keine andere Wahl.« Hastig suchte sie ihrer beider Sachen zusammen und brachte sie ins Auto. Murrend schleppte Jodie sich auf die Rückbank, wo sie sich quer hinlegen konnte. Sie schaffte es kaum, die Tür zu schließen.

Aber als sie an der Pearce Connection Road ankamen, war sie bereits gesperrt. Es gab eine provisorisch aufgestellte Barriere, die man leicht beiseiteschieben konnte, aber niemand wagte es. Keiner wusste, was sie auf der Strecke erwarten würde. Hatte das Feuer die Straße bereits erreicht?

Dichte Rauchwolken waberten von Westen herüber, legten sich über die Stadt und zogen dann über das Meer, wo sie sich verflüchtigten und die winzigen Partikel Teil des ewigen Kreislaufs wurden.

Mieke lief auf einen alten Mann zu, der ebenso wie sie an der Barriere gehalten hatte. »Wo ist der Evakuierungsort in Warialda?«, fragte sie den schwer schnaufenden Alten, der mühsam hervorbrachte: »Im Surf Club. Die Hauptstraße entlang direkt bis zum Strand. Ist ein großer Betonklotz, den kann man nicht übersehen.«

»Danke«, antwortete Mieke, da fügte der Mann hinzu: »Fahrt einfach hinter mir her.«

Wenige Minuten später hatten sie das Gebäude erreicht, in das zahlreiche Menschen hineinströmten. Taschen und Körbe wurden hineingeschleppt, Kinder weinten, jeder war aufgebracht. Mieke suchte für sich und Jodie eine ruhige Ecke im Obergeschoss und prüfte die Nachrichten auf ihrem Handy.

Es hatte weitere Eilmeldungen gegeben: Neue Brandherde waren im Umkreis entstanden, aber noch viel schlimmer war, dass sich zwei Größere im Nordwesten vereint hatten. Die resultierende Front wurde vom aufkommenden Wind genährt und fraß sich schnell vorwärts. Das Feuer hatte einen Punkt erreicht, an dem es problemlos über Schneisen springen konnte.

Vor dem Feuer her fegte der Sturm, den es selbst erzeugte und der es weiter nährte, denn die in ihm lebenden Funken glühten das Holz vor. Hubschrauber hatten Aufnahmen gemacht, die live von den Fernsehsendern und in den sozialen Netzwerken übertragen wurden.

Mieke schaute sich ein paar Videos an und war erschüttert von dem extremen Ausmaß der Brände um sie herum. Keine Feuerwehr würde ein Feuer dieser Stärke löschen können. Selbst der »Global Supertanker«, das größte Löschflugzeug der Welt, der im August gegen die Amazonas-Brände im Einsatz gewesen war, hätte hier keine Chance gehabt. Die Feuerwehr konnte sich inzwischen nur noch darauf konzentrieren, das Feuer zu steuern und die Übergriffe auf Wohngebiete zu vermeiden.

Der Rauch war so dicht geworden, dass man keine fünfzig Meter weit gucken konnte. Eine klebrige Patina aus Feinstaub lag auf Gesicht, Armen, Kleidung und allen Gegenständen.

Ein Punkt am Horizont stellte sich als Militärhubschrauber heraus. Sämtliche Menschen, die im Surf Club untergekommen waren, rannten hoffnungsvoll an die Fenster. Der Hubschrauber nahm einen Umweg über das Meer, konnte aber am Strand nicht landen, da die Flut ihren Höchststand erreicht hatte und der Strand nun zu schmal war. Eine Weile kreiste er über der Stadt, fand jedoch keinen geeigneten Landeplatz und musste wieder abdrehen. Buh-Rufe ertönten.

Mieke half, wo sie konnte. Sie kümmerte sich um Hunde, Kleinkinder und Leute, die mit der Situation nicht umgehen konnten. Eine muslimische Frau weinte erbarmungslos und stammelte zwischendurch Worte auf Arabisch. Mieke brachte ihr Wasser und nahm sie dann in den Arm.

»Haben Sie keine Angst, Sie sind in Sicherheit«, wiederholte sie, aber die Frau verstand kein Wort, sondern beruhigte sich erst, als ihr Ehemann endlich erschien und Mieke ablöste. Er reichte seiner Frau eine Tablette und eine Flasche mit Wasser. Eins seiner dicken Brillengläser war gesprungen, und Mieke hatte Mitleid mit ihm. Sie kramte in ihren Vorräten und gab dem Mann eine weitere Flasche Wasser, die er dankbar annahm. Im Gegenzug gab er ihr eine Plastikdose mit Baklava. »Bitte nehmen Sie diese als Dank«, bestand er darauf, und Mieke nahm die Dose zögernd an.

Endlich kam der Arzt zu Jodie herüber, gerade als diese würgte und sich dann lauthals übergab.

»Scheiße, mir ging es noch nie so dreckig«, flüsterte sie schwach, »ich bin erschöpft vom Erschöpftsein.«

»Ich nehme jetzt Ihren Puls«, sagte der Arzt, während Mieke aufsprang, um Jodie zu Hilfe zu eilen.

Wie ein Roboter reinigte sie Jodie und ihr Bett, nur um danach wieder für andere da zu sein.

Im nächsten Augenblick entdeckte Mieke alte Bekannte: An der Bar saßen Jenny und Liam, die Besitzer der Kurrawong Lodge im Lamington Nationalpark. Die Bar war geschlossen, aber Liam hatte sich eine eigene Flasche Rum mitgebracht, aus der er sich kräftig bediente.

»Hallo, Jenny, hallo, Liam«, begrüßte Mieke die beiden, und Liam richtete einen vom Alkohol geweiteten Blick auf sie. Sein Gesicht war rot und seine Bewegungen fahrig. »Die kleine Koala-Retterin! Hat es dich auch erwischt?«, lallte er. Jenny schaute peinlich berührt aus. »Ignoriere Liam, er hat getrunken.« Vor Jenny stand ein Schuhkarton mit Dokumenten, und Mieke hoffte inständig, dass dies nicht der Rest ihres Besitzes war.

»Ich kann nicht glauben, dass ihr hier seid. Nach allem, was ihr erleben musstet. Das ist nicht fair.«

»Ach, Kind. Man hat keinen Freibrief, nur weil das Feuer einen bereits einmal erwischt hat. Gegen Feuer wird man nicht immun.«

»Möchtet ihr ein Stück Baklava?«

»Danke.« Jenny nahm ihr Angebot dankbar an und biss in das türkische Gebäck. »Schmeckt lecker.« Liam winkte ab.

»Wir wollten uns am Meer erholen und unsere Zukunft

planen«, erzählte Jenny. »Wir hoffen, dass wir die Kurrawong Lodge wiederaufbauen können. Zumindest in einer kleineren Version.«

»Seid ihr gegen Feuer versichert gewesen?«

»Ja. Aber die Versicherung zahlt nur teilweise. Im Kleingedruckten steht, dass sie nur zahlungspflichtig sind, wenn Anlagen direkt vom Feuer beschädigt werden. Es ist kompliziert, und die Versicherung prüft die Posten genau. Gebäudeteile, die eingestürzt sind, weil andere Teile abgebrannt sind, sind zum Beispiel nicht abgedeckt. Es ist eine Schande!«

»Raffgierige, habsüchtige Kapitalistenschweine«, warf Liam ein. »Denen ist es egal, wenn ein Stück Geschichte stirbt.«

Er schob Mieke den Rum entgegen, und diese goss sich etwas in den mittlerweile kalten Kaffee in ihrer Thermoskanne. Unruhig trommelte sie mit den Fingern auf der Theke. »Das ist einfach schäbig von denen. Eine Feuerversicherung sollte alle Schäden eines Feuers abdecken.«

Liam brummte einen Fluch. Jenny spielte mit dem Deckel des Schuhkartons.

Später, als es dunkel war, kletterte Mieke mit ein paar anderen auf das Dach des Surf Clubs. Sie hielt sich ein feuchtes Tuch vor das Gesicht, denn die Luft war schwer wie Sirup. Es war unglaublich heiß. Der Mann hinter ihr drehte sofort wieder um, die Frau neben ihr stöhnte.

»Das darf doch wohl nicht wahr sein«, raunte sie, und Mieke schüttelte nur den Kopf. Trotz der schlechten Sicht konnte man unweit entfernt helle Flammen erkennen, dort, wo die Häuser in Brooms Head lichterloh brannten.

Brooms Head hatte im vorherigen Jahr den Preis für das sauberste Küstenstädtchen gewonnen und zudem die Big

Wave Surf Championchips 2018 ausgetragen. Es gab eine historische Bronzefigur des australischen Schriftstellers Banjo Paterson im Ortskern und einen Friedhof mit Gräbern aus der Pionierzeit. Wie viel würde morgen noch davon stehen?

»So habe ich mir die Apokalypse vorgestellt«, sagte die Frau. Der orangene Himmel warf unheimliche Schatten auf ihr Gesicht, die unruhig um ihre hohlen Wangen tanzten. »Oder die Hölle.« Sie tastete nach dem silbernen Kreuz, das an einer Kette um ihren Hals hing.

»Immerhin sind wir hier sicher«, wiederholte Mieke an diesem Abend zum Dutzendsten Mal. Sie glaubte zwar selbst nicht mehr daran, aber anderen hatte es geholfen. Es gab eine Allee mit Kokospalmen, die bis an den Club führte, außerdem war nebenan Brachland, das von kleineren Büschen überwuchert war. Der Strand wog sie in falscher Sicherheit, denn wenn das Feuer bis an den Club kam, würden sie an Rauchvergiftung sterben. Es gab ein paar Schlauchboote, mit denen sich einige Glückliche auf das Meer retten konnten, falls es so weit käme. Im Club hielten sich mittlerweile vielleicht sechshundert Personen auf. Plus die Haustiere. Außer Hunden hatten manche Käfige mit Hühnern und Transportboxen mit Katzen und Vögeln mitgebracht. Es gab keinen Handyempfang mehr, die nächsten Handysendemasten mussten vom Feuer beschädigt worden sein.

Die Frau neben ihr hustete und lief dann eilig zur Tür zurück. Mieke blieb stehen. Solange sie das Feuer sehen konnte, konnte es ihr nichts anhaben, redete sie sich ein und merkte selbst, wie anmaßend das klang. Der Wald da draußen war voller Wildtiere, die gerade um ihr Leben rannten, hoppelten, flogen und krochen. Tiermütter, die ihre Jungen zurücklassen mussten, Herden, die auseinandergerissen wurden, Tiere, die spürten, wie die Hitze schneller näher kam, als sie fliehen konnten. Und sie war hier gefangen und konnte nichts tun.

Ein ölig schmieriger Geruch trieb zu ihr herüber und verschlug ihr den Atem. Es war ein Zeichen, dass wieder etwas Feuer gefangen hatte, das nicht brennen sollte. *Du bist ganz allein*, flüsterte eine Stimme in ihrem Kopf, und sie hatte ihr nichts entgegenzusetzen. Es war nicht die Anzahl der Menschen um einen herum, die bestimmte, ob man einsam war.

Jemand stellte sich neben sie und lehnte sich über das Geländer. Mieke ließ den Blick über die Häuser schweifen und legte anschließend den Kopf in den Nacken. Die Sterne waren nicht zu sehen, aber der Gedanke, dass weit über ihr der Mond schien, tat gut. Ihr wurde schwindlig, und sie griff nach dem Geländer, landete aber auf der Hand des Mannes neben ihr. Erschrocken entzog sie ihren Arm und schaute dem Mann ins Gesicht. Ihr Herz setzte für einen Sprung aus.

»Rob?«

Rob war ebenso überrascht wie sie. Sein Mund öffnete und schloss sich wieder, dann wischte er sich mit der Hand über die feuchte Stirn. Seine Wangenknochen wirkten spitzer als sonst, die Haut merkwürdig faltig – Mieke kannte das, Rob war dehydriert. Er trug seine Uniform, aber dieses Mal ohne Jacke, Helm und Atemschutz.

»Mieke … was machst du hier?« In seiner Stimme lag mehr als nur der Schock über das Wiedersehen. »Warum hast du Brooms Head nicht rechtzeitig verlassen? Du hast doch selbst erlebt, wie das Haus heute abgebrannt ist. War das nicht Warnung genug?«

Seine Sorge gab Mieke Selbstsicherheit. »Glaub mir, wir wollten hier weg, aber die Straße war schon gesperrt. Ich kann nicht fassen, dass das ausgerechnet mir passiert. Aber in der Stadt sind noch so viele Menschen – niemand von denen sollte hier sein. Auch du nicht.«

Er trug wieder einen kurzen Bart, wirkte aber wenig verwegen, vielmehr zeugten seine Augenringe von tiefer Erschöpfung.

»Ich bin Feuerwehrmann. Ich gehöre hierher.«

»Nein, Rob. Niemand gehört hierher.«

Ungefragt zog Rob sie in seine Arme und drückte sie fest an sich.

»Ich muss dir einiges erklären.«

»Vielleicht.« Sie grub ihren Kopf an seine Schulter und zog die Luft tief ein. Tief unter dem fest sitzenden Rauch, roch sie seinen Schweiß und sein Deo. Er machte keine Anstalten, sie loszulassen. Mieke hielt die Augen geschlossen, und die Zeit schien sich zu verlangsamen, als sie jede seiner Bewegungen spürte, die Atemzüge einzeln wahrnahm und schließlich, als sie sich näher an ihn presste, seinen Herzschlag hörte. Die Einsamkeit, die sie eben noch gefühlt hatte, war mit einem Mal wie weggeblasen.

»Wir sind gefangen, Mieke. Es gibt keinen Ausweg und vielleicht kein Morgen«, sagte Rob ernst und strich ihr über das Haar. »Wir können nichts mehr bewirken. Gegen diese Feuersbrunst sind wir machtlos. Jetzt liegt es in der Hand des Schicksals, was passieren wird. Einige fahren noch durch die Straßen, um Gebäude zu sichern, und ich glaube, Josh bewässert jetzt seit fast vier Stunden die Wände des Surf Clubs. Ich nicht, ich kann nicht mehr. Ich habe zwei Tage lang durchgearbeitet und kann einfach nicht mehr. Und wir sind zu wenige. Hast du mitbekommen, wie der Militärhubschrauber landen wollte und erfolglos abdrehen musste?«

»Ja.« Mieke stellte sich auf ihre Zehenspitzen und sah Rob forschend an. Alles, was gewesen war, schien vergessen. Die

Dinge, die zwischen ihnen standen, waren verdrängt. Er kam ihr surreal vor, und sie fragte sich, ob er sich in Luft auflösen würde, wenn sie ihn losließ. Doch solange sie ihn berührte, hatte er Substanz, und sie war ihm so nah wie noch keinem Menschen zuvor. Die Ungewissheit, ob sie die Katastrophe überleben würden, die subtile Angst vermischt mit der sägender Hilfslosigkeit und die immer dicker werdende Luft, die die Augen tränen und die Haut grau werden ließ. Das alles war ein schweres Gewicht auf ihren Schultern. Rob nahe zu spüren nahm der Last die Schwere. Er hauchte einen Kuss auf ihre Stirn, ganz zart.

»Du bist bereits in Brooms Head bekannt, Mieke«, sagte er und küsste sie auf eine Augenbraue, dann auf die Nasenspitze. »Du kannst einfach nicht – nicht helfen.«

»Oh.« In Miekes Bauch kitzelte es, und ein warmer Schleier zog sich hoch zu ihren Schultern.

»Mir haben schon ein halbes Dutzend Leute von der engagierten Deutschen erzählt, die ein Segen für so viele ist.«

Rob nahm ihr Gesicht zwischen seine Hände, beugte sich herunter und küsste sie auf den Mund. Mieke schloss die Augen, und der Schrecken um sie verflüchtigte sich.

Als Mieke aufwachte, galoppierte ihr Herz, und sie brauchte ein paar Sekunden, um sich im Dunkeln zu orientieren. Ihre Zunge schmeckte nach Blei, hinter der Stirn wummerte es. Suchend tastete sie um sich, bis sie erleichtert Robs Schultern spürte.

»Hey, Mieke, alles okay?«

Mieke drehte sich um und kuschelte sich an Rob. »Nein, ich dachte, du wärst weg.«

Rob zog sie noch dichter an sich und streichelte ihren Bauch, ihre Hüfte und ihren Po. Er war zärtlich und begierig, ganz anders als bei Leon am Wasserloch. Wie gerne hätte sie jetzt mit ihm geschlafen, aber um sie herum lagen überall Menschen. Dies war weder der richtige Ort noch die richtige Zeit.

»Was für eine Nacht.«

Ein Licht blinkte auf, als Rob auf sein Handy schaute. »Es ist nicht mehr heute Nacht. Es ist bereits morgen früh. Wir haben kurz nach vier Uhr. Nicht mehr lange, bis es hell wird. Sollen wir aufs Dach gehen und beim Sonnenaufgang herausfinden, wie es draußen aussieht?«

»Ja«, antwortete Mieke mit wunden Knochen. Auf dem harten Boden hatte sie nur drei Stunden Schlaf gefunden. Vorsichtig wichen sie den in Decken und Schlafsäcken eingepackten Gestalten aus und suchten den Weg ins Freie. Der Sonnenaufgang war unspektakulär, weil die Luft voller Rauch war und die bunten Farben des Himmels verdeckte, doch das Licht offenbarte, was das Feuer über Nacht angerichtet hatte.

Die Sicht betrug immerhin ein paar Hundert Meter, der Rauch hatte sich also ein wenig gelegt. Soweit Mieke es erkennen konnte, waren die Häuser im näheren Umkreis vom Feuer verschont geblieben. Vor ein paar Stunden noch hatte das laute Knacken und Zischen der Feuerfront sämtliche anderen Geräusche übertönt, jetzt war es deutlich leiser geworden.

»Neuer Tag, neues Glück«, sagte Rob und umarmte sie von hinten.

»Ja.« Sie atmete tief aus. »Wie geht es dir?«

»Ich hasse es, untätig zuschauen zu müssen, wie die Welt untergeht«, gestand er.

»Ich auch.«

»Ich weiß.«

Wieder war es da, dieses Gefühl, dass sie tief miteinander verbunden waren, auf eine Art, wie Mieke es nie zuvor gekannt hatte. Dann wiederum spürte sie diese Kluft zwischen ihnen, tiefer und breiter, als dass irgendein Sprung sie überwinden konnte.

Weit in der Ferne erklangen Motoren, die schnell lauter wurden. Rob ergriff ihre Hand.

»Mieke, das ist die Verstärkung der Feuerwehr. Anscheinend haben sie die Pearce Connection Road geräumt.«

»Heißt das, dass wir hier wegkönnen?«

»Wahrscheinlich nicht. Die Straße muss erst offiziell freigegeben werden. Aber ich muss los und meine Kollegen suchen. Doch bevor ich gehe, musst du mir etwas versprechen.«

Die ersten Fahrzeuge tauchten auf und hielten auf den Club zu. Unten wurde die Tür geöffnet, und Menschen jubelten.

»Wir müssen uns wiedersehen, und ich werde dir alles erklären. Bitte versprich mir das.«

Mieke senkte den Kopf. Die letzte Nacht war ein Ausnahmezustand gewesen. Doch Rob hatte eine Freundin, die bereits von Mieke wusste. Und obwohl er noch vor ihr stand, fühlte sie wieder diese seltsame Leere, als hätte ihr jemand die Organe geklaut und sie somit in ein hohles Gefäß verwandelt. Dieses Loch wollte sie füllen, aber mit etwas, das Substanz hatte.

»Ich weiß nicht, ob das eine gute Idee ist. Dich wiederzusehen tut mehr weh, als es sollte.«

»Mieke, bitte.« Flehentlich schaute er sie an, doch sie zeigte keine Regung. Sie wollte seine Welt nicht zerstören.

Auf der Straße unter ihnen herrschte inzwischen eine gewisse Hektik. Jemand rief laute Anweisungen, und Menschen stiegen in ihre Autos. Hunde bellten, Koffer standen im Weg. Es klang nach einem heillosen Durcheinander.

»Ich glaube, du wirst gebraucht.«

»Lenk nicht ab. Ich muss dich wiedersehen, Mieke. Bitte.«

Mieke entzog sich ihm und verschränkte die Arme.

»Rob, das ist für uns beide nicht gut. Du lebst in deiner Welt, ich in meiner. Das hat keinen Bestand. Es tut mir leid.«

Rob senkte den Kopf und ließ die breiten Schultern hängen. Er wiegte seinen stählernen Körper nach vorne, als wolle er einen unerträglichen Schmerz dämpfen. Dabei sah er so elend aus wie Räuberhäuptling Mattis, als seine Ronja über den Höllenschlund sprang und somit ihren Vater verriet.

Aber Ronja hatte das Richtige getan – genau wie sie.

Kapitel 12

Mieke fuhr das vorletzte Auto des traurigen Konvois, der langsam die Pearce Connection Road entlangkroch. Rechts und links der Straße waren deutlich die Spuren des Feuers erkennbar: rauchende Stämme, schwarzer Boden, Asche, die aufwirbelte, sobald ein Windstoß sie erfasste. An einer Stelle war der frisch abgesägte Stamm eines Eukalyptusbaumes zu sehen, der wohl über die Straße gefallen und von der Feuerwehr beseitigt worden war. Es würde Tage dauern, bis die letzten Rauchfahnen hier verschwunden waren. An vielen Stellen fehlte das Unterholz komplett, an anderen standen bizarr geformte Büsche ohne Blätter, schwarz und tot und so abschreckend wie die Hecke um Dornröschens Schloss.

Mieke funktionierte wie ein Roboter, hielt Abstand, fuhr langsam. Immer wieder verkrampften sich ihre Hände, und ihre Nägel krallten sich in den Lederbezug des Lenkrads. Lange schon hatte sie keine Illusionen mehr. Sie hatte den Wildtieren helfen wollen, aber nun stand sie einer übermächtigen Kraft gegenüber, die einer göttlichen Strafe nahekam. Die Buschfeuer waren an der ganzen Ostküste Australiens außer Kontrolle geraten, und der Mensch, der sich so gerne als Krone der Schöpfung sah, war zum Fluchttier degradiert.

Die Feuerwehr war machtlos, selbst das Militär und ausländische Hilfskräfte konnten nichts gegen das Inferno ausrichten. Die Buschfeuer waren Thema Nummer eins in allen Medien, ein Grund, warum sie das Radio für diese Fahrt abgestellt hatte. Sie wollte keine Geschichten von schrecklichen Schicksalen und weiteren abgebrannten Häusern hören – es waren mittlerweile Dutzende in Queensland. Sie war selbst mitten darin, und das genügte ihr an Leid und Elend.

»Wo ist der Eimer?«, fragte Jodie, und Mieke deutete auf den Fußraum. Ein Würgen ertönte, Mieke zwang sich, die Fenster zuzulassen. »Die Wasserflasche liegt auf dem Rücksitz, im Handschuhfach sind Kaugummis«, sagte sie mitleidig. Jodie war blass, ihre Wangen und Augenhöhlen eingefallen.

»Hab keinen Durst.«

»Keine Widerrede.«

»Is' ja gut.«

Von Jodies Kampfgeist war nicht viel übrig geblieben.

»Wir brauchen eine Pause«, entschied Mieke, als sie endlich die nächste größere Straße erreichten und nun freie Fahrt hatten. Jodie würde es herunterspielen, wenn sie ihr sagte, dass sie sich ernste Sorgen um sie machte. Also versuchte sie es anders. »Das war eine harte Nummer. Ich muss den Kopf freikriegen und außerdem ein paar Dinge in Brisbane erledigen. Ich schlage vor, wir trennen uns für ein paar Tage, erholen uns von dem Stress und treffen uns anschließend wieder. Falls du noch weitermachen möchtest.«

Über Jodies Gesicht lag ein feuchtwarmes Handtuch, das sie nun lüftete, um zu antworten.

»Klar, will ich weitermachen. Aber eine Pause klingt gut. Kannst du mich in Byron Bay absetzen? Ich würde mich dort gerne mit Oliver treffen.« Mieke war erstaunt, sie hatte mit mehr Widerstand gerechnet. Jodie musste es wirklich schlecht gehen.

»Oh, hat er jetzt Urlaub?«

»Nein. Aber wenn ich sage, dass ich ihn sehen will, wird er sich welchen nehmen. Frauchen pfeift – Hund kommt.«

»Sicher, dass du ihn nicht doch ganz gerne hast?«

Jodie zischte sie böse an, aber Mieke lachte.

»Das ist okay. Steh ruhig zu deinen Gefühlen.«

Byron Bay hatte den Ruf als schönste Küstenstadt im Norden von New South Wales. Endlose weiße Sandstrände, die zum Surfen und Tauchen einluden, wechselten sich dort mit hohen Klippen ab, von denen man zwischen Juni und November Buckelwale auf ihrer jährlichen Wanderung zwischen subtropischen Fortpflanzungs- und antarktischen Nahrungsgebieten beobachten konnte. Über allem thronte der weiße Leuchtturm, das Wahrzeichen der Stadt, die jedes Jahr Zehntausende von Touristen anzog. Viel wichtiger als das Stadtbild und seine Attraktionen war für Mieke, dass die Luft klar und rein war und dass in dem grünen Gürtel, der sich auf der Landinnenseite um Byron Bay legte, weit und breit kein Feuer brannte. Jeder Atemzug war ein Geschenk.

Mieke begleitete Jodie erst zum Arzt und fuhr sie dann zu dem Apartment, in dem sie sich mit Oliver treffen wollte. Dieses lag nicht nur direkt am Strand, es war auch äußerst geschmackvoll eingerichtet. Ein moderner australischer Stil, der sich durch flache Möbel in graubraunen Tönen und eine offene Atmosphäre auszeichnete.

Es klirrte in der Kochzeile, als Jodie die Weinflaschen in den Kühlschrank räumte, die sie für die nächsten Tage gekauft hatte. Alles gute Jahrgänge distinguierter australischer Weine. Jodie kannte sich aus und hatte nicht gespart. »Oliver liebt staubtrockenen Rotwein«, erklärte sie. »Für mich müssen Weine eher halbtrocken und schön fruchtig sein.«

»Hat der Arzt dir keine Antibiotika gegen die Atemwegserkrankung verschrieben? Die vertragen sich nicht mit Alkohol«, tadelte sie und schaute Jodie über die Schulter.

»Der Wirkstoff, den er mir verschrieben hat, verträgt sich gut mit Alkohol, da gibt es also keine Probleme«, behauptete Jodie und hielt ihr dir Flasche Cerufoxim hin. Mieke rümpfte die Nase.

»Ich wäre trotzdem vorsichtig. Du bist krank, und dein Körper muss sich erholen, dazu braucht er Kraft, und die nimmt der Alkohol ihm. Wie geht es deinen Magen-Darm-Problemen?«

»Das hat sich alles verbessert. Ich war schon seit drei Stunden nicht mehr auf der Toilette.«

»Bitte stell sicher, dass du genug trinkst.« Demonstrativ stellte sie ihr eine Flasche Wasser auf den Nachttisch. Dann half sie ihr, die Reisetasche auszuräumen. Als sie nach einem T-Shirt griff, fiel ihr ein Fläschchen mit Massageöl heraus, das sie unkommentiert zu den anderen Sachen in den Schrank legte.

»Du musst dir keine Gedanken machen«, sagte Jodie mit betont weicher Stimme. »Ich hab's bis jetzt geschafft, ohne zu krepieren, und ich kriege das auch weiterhin hin. Oliver kommt heute Abend, und wenn der glaubt, dass er an mir rumdoktern muss, kann er das gerne tun. Du musst nicht immer die Kontrolle haben, Mieke. Lass doch mal los.«

Mieke öffnete den Mund, um zu widersprechen. Dann tauchte Robs Gesicht vor ihrem inneren Auge auf, und sie schwieg. Solange man die Fäden in der Hand hatte, konnte man sich daran festhalten. Wenn man losließ, fiel man ins Ungewisse.

Sie verabschiedete sich von Jodie, doch der Gedanke beschäftigte sie noch, als sie auf die M1 Richtung Broadbeach, Gold Coast, fuhr. Dort wollte Mieke sich mit Amy treffen. Die Autobahn war im Vergleich zu deutschen Verhältnissen erstaunlich leer. Das Handy klingelte.

»Hi, Lina«, nahm Mieke den Anruf an.

»Sind das Motorengeräusche? Du telefonierst doch nicht beim Autofahren?«

»Keine Sorge, das Handy ist über Bluetooth mit der Musikanlage verbunden.«

»Dann ist ja gut. Du, ich habe grandiose Neuigkeiten!«, platzte es aus Lina heraus, und Mieke verabschiedete sich von dem Gedanken, ihr von den Ereignissen in Brooms Head zu erzählen. Wenn sie recht überlegte, war sie auch noch nicht bereit, darüber zu reden und den Schrecken dadurch ein weiteres Mal zu erleben.

»Das klingt gut. Was gibt es denn?«

»Die Nähwerke sind unterwegs. Die Transportfirma hat sie gestern abgeholt, und sie sind bereits am Frankfurter Flughafen. Ich kann das online alles genau nachverfolgen. Ist das nicht toll?«

»Wahnsinn.« Linas Freude war ansteckend. »Weißt du schon, wann das alles ankommt?«

»Noch nicht. Die Australia Pacific wartet darauf, es in ein Flugzeug zu verladen, das noch Kapazität hat. Das kann heute sein, aber auch erst morgen oder übermorgen. Die machen das völlig umsonst für uns.«

»Das freut mich sehr, und das sind wirklich gute Neuigkeiten«, sagte Mieke, aber merkte, dass ihre Stimme hohl klang. Das lag weniger an den Nachrichten als mehr an ihrer körperlichen und mentalen Erschöpfung. Sie setzte den Blinker und überholte einen Truck.

Wie gerne hätte sie Lina erklärt, dass sie sich innerlich leer fühlte, nachdem sie dem Tod einmal zu oft in die Augen geschaut hatte. Dass ihre Lungen brannten, ihre Augen schmerzten und ihr Energielevel dem eines Ziegelsteins entsprach. Auch wenn sie sich abstrakt freute, es war eine schwere Art des Wohls und der Zustimmung, die nichts mit der Unbeschwertheit echter Freude zu tun hatte.

»Gut gemacht, Lina. Ich werde mich hier um alles Weitere kümmern«, fügte sie hinzu.

»Das klingt jetzt aber nicht gerade begeistert.«

»Es geht mir gerade nicht so gut, das hat nichts mit dir zu tun.«

»Oh. Was hast du denn? Ist was passiert?«

»Nichts Schlimmes. Irgendein Virus hat mich erwischt«, log Mieke. »Ich werde mich für ein paar Tage ausklinken und zu Kräften kommen.«

Das reichte, um Lina zu besänftigen und das Thema wechseln zu lassen. Sie erzählte von der Verpackungsaktion – vier Freundinnen von der Eichhörnchenhilfe Norderwald waren vorbeigekommen, und sie hatten die ganze Nacht über Nähwerke sortiert. Diese waren erst in Vakuumbeutel verpackt und anschließend in Kartons gestapelt worden. Das hatte den Vorteil, dass die Textilien auf dem Weg nach Australien trocken blieben und keine Gefahr drohte, dass sie schimmelten. Bei den tropischen Temperaturen in Australien war das eine kluge Prävention. Außerdem konnten die Teile so platzsparender verpackt werden.

»Ihr habt die Materialien für den Zoll einzeln aufgelistet, nehme ich an?«

»Na klar. Meine Werkler haben mir sogar die Kassenbons für alle verwendeten Textilien zugeschickt. Ich bin zwar ein großer Freund davon, Sachen wiederzuverwerten, aber in dem Fall habe ich darauf bestanden, dass nur neue Stoffe und Garne verwendet werden, damit wir für die Zollabwicklung genau wissen, was wir verschicken.«

»Das ist gut, soweit ich weiß, ist der Zoll hier sehr streng. Und ihr habt keine organischen Materialien verwendet, richtig?«

»Nein.«

»Kein Leder, Federn, Horn?«

»Nein.«

»Keine Felle und keine Schafwolle?«

»Nein.«

»Und …«

»Scheiße. Die Kobel für die Possums sind aus Schafwolle gefilzt. Da habe ich überhaupt nicht dran gedacht.«

»Hast du es auf der Zollerklärung deklariert?«

»Ich weiß nicht. So ein Mist. Ich ruf da sofort an und kläre es. Nicht, dass die ganze Palette wegen siebzehn oller Filzkobel zurückkommt. Ich glaub das nicht, ich habe mir solche Mühe gegeben. Scheiße, Scheiße, Scheiße. Wir reden später, ich melde mich bei dir. Tschüss.«

Schlagartig war es ruhig im Auto. Um die plötzliche Stille zu unterbrechen, schob Mieke die CD der Singing Sunrays in den Player. Celestes tiefe Stimme lenkte sie ab und verdrängte die düsteren Gedanken, die immer wieder versuchten, an die Oberfläche zu dringen. *Sometimes when you feel blue, it is not about you, what are you missing girl? Don't be scared to be true to you.* Celeste sprach ihr aus der Seele. Es brauchte Mut, ehrlich zu sich selbst zu sein.

Dann fiel ihr etwas ein. Sie stellte die Musik aus und rief Sandy an. »Die Handarbeiten für die Wildtiere sind unterwegs und treffen bald am Flughafen in Brisbane ein. Es ist eine Palette, die dort abgeholt werden müsste. Habt ihr einen Anhänger, mit dem wir die Sachen transportieren können?« Sie gab Sandy die Information wieder, die sie von Lina erhalten hatte.

»Verlass dich auf mich«, versprach Sandy. »Ich komme mit einem Pferdeanhänger, und ich bringe Jeffrey mit, damit er uns tragen helfen kann.« Sie kicherte. »Jeffrey ist ein pensionierter Tierarzt und ein guter Freund«, fügte sie hinzu. »Wir sehen uns in letzter Zeit öfter.« Ihre Stimme hatte diesen verräterischen weichen Ton bekommen, der für besondere Menschen reserviert war.

»Oh, das freut mich sehr! Danke, Sandy. Das weiß ich zu schätzen.«

»Du kannst auch gerne bei uns übernachten. Rob ist leider nicht da, ich habe seit Tagen nichts mehr von ihm gehört, aber der Junge ist ja immer unterwegs.«

Mieke dachte kurz nach. Offensichtlich hatte Rob seine Mutter nicht allzu detailliert über ihre Beziehung informiert. »Das ist lieb«, sagte sie unverbindlich. »Wir sprechen noch einmal, wenn ich die genaue Abholzeit kenne und weiß, wo sich die Ladezone befindet. Bis bald!«

Während Mieke weiterfuhr, wurden die Häuser rechts und links der Straße langsam höher, die Grundstücke verdichteten sich. Bald tauchte die einzigartige Skyline der Gold Coast am Horizont auf. Früher war dies das Clangebiet der Minjungbal, Kombumerri und Ngarahngwa gewesen, Aboriginestämmen, die in den Mangroven Krebse gejagt und in den üppigen Regenwäldern des Hinterlandes Bush Tucker gesammelt hatten.

Heute spaltete die Region die Geister. Während die einen diesen nie zur Ruhe kommenden als Touristenmoloch verschrienen Ort mieden, zog es andere gerade wegen dieser schier unendlichen Möglichkeiten des Entertainments hierher. Hier konnte man die Nächte durchfeiern.

Mieke bevorzugte ruhige, einsame Strände, musste aber zugeben, dass hier eine ganz eigene, vibrierende Atmosphäre herrschte. Ein Art Mischung aus Las Vegas und Südflorida, aber mit deutlich weniger Problemen.

Sie fuhr die Straße neben der Strandpromenade entlang, an

der braun gebrannte Fitnessmodels joggten, und überholte tätowierte Spaziergänger in Badeklamotten, die Chihuahuas und West Highland White Terrier an ihren Leinen führten und dabei an ihren Cappuccinos nippten. Mieke hatte bereits viel über diese außergewöhnliche Region gelesen. Der durchschnittliche BMI ebenso wie der Fleischkonsum an der Gold Coast waren niedrig, die Anzahl der Verschwörungstheoretiker, Impfgegner und Esoteriker hingegen hoch. Obdachlose gab es wenige, dennoch war Armut auch hier ein Thema, vor allem in den küstenferneren Vororten, die mit ihrer architektonischen Monotonie die überwiegend schlechten Ideen von Bauunternehmern und Stadtverwaltungen der letzten vierzig Jahre mahnend abbildeten.

Hektar für Hektar waren die feuchten Küstenlandschaften einer Siedlung nach der anderen gewichen, wobei am Anfang immer die totale Rodung und Vernichtung jedweder Vegetation stand, nur um am Ende des Projektes mühsam ein paar Bäume anzupflanzen und dem neuen Wohngebiet einen Namen wie »Ocean Greens« zu geben, der weniger das neu geschaffene Ambiente als vielmehr das, was vorher mit Inbrunst zerstört worden war, bezeichnete.

Amy arbeitete in einem sechsstöckigen Gebäude zwischen einem Casino und dem Kurrawa Park. Sie hatten sich im Foyer verabredet, in dem es ein veganes Café gab.

»Deine Abenteuer passen in kein Buch. Ich kann nicht glauben, dass du das alles in so kurzer Zeit erlebt hast«, erklärte Amy erstaunt und blätterte dabei in den Berichten, die sie ausgedruckt hatte. »Und das alles quasi vor unserer Haustür. Ich koordiniere schon seit Jahren Wildtierpfleger in Katastrophensituationen, aber ein Jahr wie dieses habe ich noch nie erlebt. Und es fühlt sich merkwürdig an, denn hier in der Stadt geht das Leben seinen gewohnten Gang. Die Menschen an der Gold Coast haben wenig von den Feuern mitbekommen. Natürlich wird in den Nachrichten täglich davon berichtet, aber sie wirken weit weg, weil sie sich nicht auf den Alltag und die Lebensrealität der Menschen hier auswirken. Typisch Großstadt.«

»Es ist immer schwierig, sich eine Katastrophe vorzustellen, wenn man sie selbst nicht erlebt hat. Ich habe in den letzten Wochen viel gelernt. Vor allem, wie schnell und unerwartet ein Feuer ausbrechen und zur tödlichen Gefahr werden kann.«

»Ja, das glaube ich dir, Mieke. Aber ich bin begeistert, mit welchem Enthusiasmus und inzwischen auch welcher Sicherheit du hilfst.«

Mieke nippte an ihrem Cappuccino. »Der ist richtig gut«, sagte sie, und Amy lachte. »Du kannst das Lob ruhig annehmen und musst nicht auf den Kaffee ablenken.« Akribisch fuhr sie mit dem Finger an der Kante des Papierstapels entlang, damit die einzelnen Blätter exakt ausgerichtet waren.

»Danke schön. Aber ohne Jodie wäre meine Arbeit nicht möglich gewesen. Wir sind ein Team.«

»Ja. Jodie.« Amy schaute sie forschend an. »Darüber würde ich gerne mit dir reden. Auf Jodie kann ich mir keinen Reim machen. Offensichtlich hat sie eine komplizierte Vergangenheit, und ich war mir nicht sicher, ob ihr zwei auf Dauer zusammenpasst. Du kannst dich mir ruhig anvertrauen. Ich weiß, dass du ein loyaler Mensch bist, der andere schützt, aber wenn du dir einen anderen Partner wünschst, dann kann ich das jederzeit arrangieren.«

Am Nachbartisch saßen zwei Frauen in ihrem Alter, neben denen Kinderwagen standen und die unentwegt redeten. Einen Tisch weiter tippte eine einsame Frau in Yogabekleidung auf ihrem Laptop herum. Er hatte einen Touchscreen, und es klickte jedes Mal, wenn sie mit ihren langen Fingernägeln den Bildschirm berührte.

»Nein«, sagte sie entschieden. »Das ist wirklich sehr nett von dir.« Sie hielt kurz inne – genau genommen war es eigentlich nicht besonders nett Jodie gegenüber, die sich für *We for Wildlife* den Hintern aufriss. »Jodie ist kompetent, mutig und immer bei der Sache. Sie ist ruppig, barsch und direkt, das stimmt, aber sie hat das Herz am rechten Fleck. Ihr Einsatz für die Tiere war vorbildlich. Es tut mir leid, wenn das in meinen Berichten nicht klar genug rausgekommen ist.« Die Kellnerin, die gerade auf sie zukam, schien ein Gespür für die Gespräche ihrer Kunden zu haben, denn sie drehte wieder ab und wandte sich einem anderen Tisch zu.

»Hm«, sagte Amy, »wie geht es ihr jetzt?«

»Sie erholt sich gerade von einer Magen-Darm-Grippe in Byron Bay. Ein Freund ist so lange bei ihr.« Sie vermied es, die neuen Atemwegsprobleme anzusprechen, denn das hätte sicherlich nicht in das Arbeitsschutzkonzept von *We for Wildlife* gepasst und dem Verein eine Grundlage gegeben, Jodie von dem Projekt abzuziehen.

»Das ist gut. Ich habe dir etwas mitgebracht«, lenkte Amy vom Thema ab. »Wir haben Kontakt zu den Pflegern gehalten, du möchtest sicherlich wissen, wie es den Tieren geht, die du ... ich meine die ihr gerettet habt.«

Sie hob einen dicken Ordner auf den Tisch, der bis dahin an einem Tischpfosten gelehnt hatte. Als sie ihn aufschlug, riss Mieke die Augen auf.

Auf der ersten Seite war auf einem zugegebenermaßen viel zu dunklen und leicht verwackelten Foto ein Joey zu sehen – die junge Frau, die es im Arm hielt, erkannte Mieke sofort.

»Das ist Milena, die polnische Studentin, die bei Eve aushilft. Dann ist das Kleine also ...«

»Genau! Das ist das Joey, dessen Mutter im Stacheldrahtzaun verendet ist. Das war euer erster Tierrettungseinsatz, wenn auch nur indirekt durch ein Buschfeuer verursacht. Eve hat uns berichtet, dass es gut an Gewicht zunimmt und in der Pflege gedeiht.« Sie strahlte, als sie Miekes freudigen Gesichtsausdruck sah. »Ich habe noch mehr Berichte für dich.«

Gemeinsam betrachteten sie die nächsten Seiten. Die Mitarbeiter von *We for Wildlife* hatten jeden Pfleger kontaktiert und gebeten, Berichte und Fotos zu schicken. Sie sah die fünf Eulenküken, die in der kurzen Zeit erstaunlich viel gewachsen waren und nun begannen, ein Federkleid auszubilden. Das Ringelschwanzbeutlermädchen Ash, das sie im hohlen Baumstamm gefunden hatte, und das Bürstenkänguru, das sie Charly in Harlaxton zur Pflege überlassen hatten, gediehen ebenfalls prächtig. Leon hatte halb professionelle Porträts der sieben Koalas gemacht – jedes einzelne hätte in einem Tierfotowettbewerb gute Aussichten auf eine Platzierung gehabt. Auf der Rückseite der Ausdrucke stand jeweils ein Name: Celeste, Sophie, Katherine, Sunny, Bob, Spot, Bubbles.

»Mit diesen Koalas hast du dich nachhaltig bekannt gemacht, Mieke. Das wird niemand so schnell vergessen. Wir hatten mehrere Anfragen der Presse. Hier siehst du einen Artikel, der daraus resultiert ist. Da werden auch die beiden jungen Mädchen erwähnt, nach denen zwei der Koalas benannt wurden. Auch wenn die beiden absolut unvernünftig gehandelt haben – ihr Mut ist bewundernswert!«

Sie blätterte weiter, und mit jedem Bild wurde eine Erinnerung geweckt. Doch diesmal hieß Mieke sie willkommen, ihr wurde warm ums Herz, denn dies waren die Tiere, die überlebt hatten, weil sie hatte helfen können. Hatten sie wirklich in so kurzer Zeit so viele Leben gerettet? Manchmal vergaß man, zwischen all dem Leid auch die Erfolge zu sehen. Es tat gut, das von Amy vor Augen geführt zu bekommen.

»Darf ich das abfotografieren? Jodie würde sicherlich auch gerne erfahren, wie es unseren Tieren geht.«

»Ja, klar. Ich kann euch das auch gerne per E-Mail schicken, wir haben alles digital. Das ist einfacher.«

»Oh ja, das wäre perfekt«, bedankte sich Mieke.

In Amys Augen stand ein verräterisches Funkeln, und Mieke klappte den Ordner zu. »Und jetzt raus mit der Sprache, Amy. Ich habe das Gefühl, da ist noch mehr.«

Amy zog den Stuhl näher an Mieke heran und legte verschwörerisch die Fingerspitzen aneinander. »Mieke, wir wurden gebeten, einen unserer Wildtierretter für den National Best People Award zu nominieren. Ich würde dich gerne vorschlagen. Du hast dir das wirklich verdient. Ja, ihr habt im Team gearbeitet, und deinen Ausführungen zufolge hätte ich mir auch weniger Sorgen um Jodie machen können – aber es gibt nur einen Award. Und du bist diejenige, die alle Berichte verfasst hat und die Kommunikation zu uns aufrechthält. Wenn du diesen Award gewinnst, würde das *We for Wildlife* eine Spende in Höhe von zwölftausend Dollar einbringen. Plus die mediale Aufmerksamkeit, die weitere Spender und Mitglieder anzieht. Was meinst du?«

Im Laufe ihrer Ausführungen hatte Amy sich immer weiter nach vorne gelehnt. Die freudige Erregung war ihr anzumerken.

Hinter Miekes Stirn pochte es, und sie strich sich mit der Handfläche darüber. Es fühlte sich warm an, hoffentlich hatte sie sich nicht bei Jodie angesteckt. Was sollte sie tun? Der Verein konnte das Geld sicher mehr als gebrauchen, aber würde sie damit nicht Jodie verraten? Im Prinzip ging es *We for Wildlife* doch nur darum, dass sie öffentlichkeitstauglich war – und Jodie eben nicht. Das war ein Dilemma. Aussprechen konnte sie das so direkt allerdings nicht.

»Das ist eine große Ehre. Ich bin mir nur nicht sicher, ob ich das Jodie gegenüber verantworten kann. Kann ich eine Nacht darüber schlafen?«

»Ja. Lass dir Zeit. Gib mir einfach Bescheid, wenn du dich entschieden hast.«

Danach war das Gespräch nicht mehr dasselbe. Amy verhielt sich deutlich distanzierter als zuvor, und Mieke fühlte sich unwohl. Dann fiel ihr noch etwas ein. »Ich möchte mich gerne ein paar Tage von den aktiven Einsätzen abmelden, um nach Brisbane zu fahren.« Sie erzählte Amy von Linas Projekt, den Nähwerken, die am Flughafen warteten, und von Sandy, die ihr helfen wollte, die Sachen zu verteilen.

»Das ist eine wunderbare Sache. Wenn du weitere Kontakte zu Pflegern oder Pflegestationen brauchst, die Sachen benötigen, kannst du dich jederzeit bei mir melden.«

»Super. Ich glaube, Sandy ist da auch sehr gut vernetzt und hat schon eine ganze Menge Kandidaten zusammengesucht, aber ich komme darauf zurück, wenn wir noch etwas übrig haben.«

Zum Abschied übergab Amy ihr noch ein Satellitentelefon, das sie im Notfall nutzen konnte, wenn sie im Busch kein Netz hatte und dringend Hilfe benötigte.

»Danke«, sagte Mieke und dachte an all die Situationen, in denen sie das Telefon bereits gut hätten gebrauchen können.

Das Gelände des Flughafens von Brisbane war sauber, übersichtlich gestaltet und erstaunlich ruhig. Alles war gut ausgeschildert und lag nahe beieinander – so perfekt, dass Mieke sich beinahe wie auf der Modellbahnanlage ihres Großvaters vorkam. Gerade bog Mieke in die Allee zum Parkhaus ein, als eine Nachricht im Radio sie aufhorchen ließ.

»... in den Buschfeuern verschwunden. Häuser blieben weitestgehend verschont, ein Schuppen ist abgebrannt, ebenso ein Dunny. Dass es sich um Brandstiftung handelt, ist mittlerweile belegt. Laut dem verantwortlichen Pressesprecher der Polizei deutet die sorgfältige Vorgehensweise auf einen Wiederholungstäter hin, vielleicht einen Pyromanen oder Pyrotechniker. Der Bürgermeister von Moonie, Doktor Richard Janke, hat in einem Interview mit der Zeitung Morning Range Hill verkündet, dass er alles in seiner Macht Stehende tun werde, um seinen Beitrag zur Aufklärung des Falles beizusteuern. Die Bewohner der kleinen Stadt sind entsetzt, denn in ihrer eingeschworenen Gemeinde kam es seit Jahren zu keinerlei Übergriffen oder Anzeigen. Radio 3B hat ...«

Der Empfang brach im Parkhaus ab, und Mieke steuerte auf den erstbesten freien Parkplatz zu.

»Ich hatte recht«, murmelte sie. »Verdammt, ich hatte recht.« Sie zog die Handbremse und suchte ein Taschentuch, um sich die feucht gewordenen Handflächen trocken zu wischen. Ihr Herz raste, instinktiv griff sie sich an die Brust. Die Welt war uneben genug, um zu stolpern, da brauchte man niemanden, der zusätzliche Löcher grub. Sie sah den Wald in Moonie wieder vor sich und erinnerte sich gut daran, wie sie zweifelnd auf die systematisch verteilten Brandherde geschaut hatte. Ihr Gefühl war richtig gewesen.

Ihr Handy klingelte.

»Hi, Jodie, geht es dir besser?«, fragte sie.

»Hast du die Nachrichten gehört? Irgendein verfickter Flachwichser hat den Wald in Moonie angezündet.«

»Ja, ich weiß. Hab's gerade eben auch gehört. Wer ist zu so einer Tat fähig?«

»Bestimmt ein Irrer, der sich austoben wollte und dachte, wenn es eh überall brennt, merkt es keiner. Ich hoffe, die kriegen den Scheißkerl.«

Wie leicht hätte es zu Personenschaden oder zumindest einem Gebäudeverlust kommen können – und all die Wildtiere, die dieser Verbrecher gefährdet hatte! Wütend zerknüllte Mieke das Taschentuch in ihrer Faust. Wenn Naturgewalten tobten, sollten Menschen zusammenhalten.

»Erinnerst du dich daran, dass Eve gesagt hat, die edelste Form der Tierliebe sei die, das Tier vollends und auf allen Ebenen in Ruhe zu lassen? Dazu gehört auch, ihr Habitat zu schützen. Ich kann nicht verstehen, dass jemand aus selbstsüchtigen Motiven in Kauf nimmt, dass Tiere verenden«, sagte Mieke.

Jodie nickte. »Eins sage ich dir, wenn der im Knast landet, besuche ich ihn höchstpersönlich mit einem selbst gebackenen Kuchen voller Glassplitter.«

Mit Jodie über den Brandstifter zu schimpfen hatte gutgetan, stellte Mieke fest, nachdem sie aufgelegt hatte. Sie stieg aus dem Auto und suchte den richtigen Ausgang aus dem Parkhaus, der in Richtung Zoll führte. Es dauerte nicht lange, da erspähte sie Sandy vor einer Lagerhalle, die eifrig mit einem Zollbeamten diskutierte. Mieke lief direkt auf sie zu und winkte ihr.

Die beiden Frauen umarmten sich, und kurz darauf gesellte sich ein Mann mittleren Alters zu ihnen, den Sandy als Jeffrey vorstellte. Seine Statur war rundlich und klein, er hatte eine hohe Stirn und ebenmäßige Züge mit der Ausnahme seiner linken Augenbraue, die stets wirkte, als zöge er sie hoch. Er erinnerte Mieke an eine ältere Version von Poirot, gespielt von David Suchet, nur in Cordhose und eingestecktem T-Shirt statt Anzug mit Fliege.

»Ach Mieke, das ist alles aufregend. Ich freue mich so auf eure Werke«, erklärte Sandy begeistert und drückte Mieke immer wieder an sich.

»Wir brauchen einen Lichtbildausweis und ein paar Unterschriften von Ihnen«, mischte sich der Zollbeamte ein, während er sie in die Halle führte.

»Wir mussten zwei Kartons öffnen, da der Inhalt beim Durchleuchten auffällig war«, erklärte er entschuldigend und deutete auf die aufgerissenen Deckel, aus denen die Vakuumbeutel mit dem bunten Inhalt quollen. »Wir kleben das aber selbstredend wieder ordentlich zu. Mein Kollege ist gerade hinten in der Verwaltung, man sollte es nicht glauben, aber uns ist das Klebeband ausgegangen.«

»Kein Problem«, sagte Mieke und überflog das nächste Dokument. Kürzel hier, Unterschrift dort, ein Datum.

»War die Fracht ansonsten in Ordnung?« Linas Sorge um die Schafwolle war durchaus berechtigt, wie ihr eine Internetsuche zu dem Thema bestätigt hatte. Aus einem der geöffneten Kartons lugte ein Kobel. Der Beamte schaute auf sein Klemmbrett. Sandy wanderte währenddessen um die Palette mit den Kartons herum und redete aufgeregt mit Jeffrey. »Fünfundzwanzigtausend Teile! Das ist einfach unglaublich. Wie viele Stunden Arbeit da drinstecken! So viele Sachen, ich freue mich darauf, das alles auszupacken. Hoffentlich sind die Kartons nicht zu schwer.«

Jeffrey, der schweigsamer Natur war, strich sich nur über seinen Schnurrbart und zwirbelte ihn an einer Seite hoch. Nur einmal murmelte er vor sich hin: »Die Deutschen mal wieder! Wenn die was machen, dann richtig.«

»Ja. Das wurde alles so abgenommen«, sagte der Beamte

an Mieke gewandt. »Es handelt sich laut Zollerklärung um Baumwolltextilien, und Banderolen liegen bei. Wir haben nur Stichproben genommen, für mehr haben wir hier keine Kapazitäten. Es gibt verdächtigere Fälle als Stoffspenden aus Deutschland.« Er lachte, und Mieke versuchte, glaubwürdig zurückzulächeln. »Ich sage den Jungs Bescheid, dass sie die Palette mit dem Gabelstapler zu eurem Wagen bringen, dann müsst ihr die Sachen nicht so weit schleppen.«

»Das ist nett, vielen Dank.« Mieke konnte es nicht schnell genug gehen. Bloß keine Unsicherheit anmerken lassen, dachte sie und versuchte, das Wort ›Schafwolle‹ aus ihren Gedanken zu verdrängen, das sich aber frecherweise immer wieder in den Vordergrund schob. Als sie endlich die Ladung im Anhänger gesichert hatten und Mieke ihren Wagen aus dem Parkhaus holte, stand ihr kalter Schweiß auf der Stirn, und sie fühlte sich vor Erleichterung zwei Kilo leichter.

Jeffrey fuhr langsam und umsichtig, und Mieke folgte ihm in sicherem Abstand. Die Strecke kannte sie bereits, und sie freute sich über jeden Anhaltspunkt, an den sie sich erinnerte.

Die letzten goldenen Strahlen der untergehenden Sonne tauchten Sandys hellgraues Hamptonhaus in ein warmes Licht, als sie schließlich davor hielten. Während Sandy sich direkt entschuldigte und ins Haus ging, um zu kochen, half Mieke Jeffrey, die Kartons in die Garage zu schleppen. Er stapelte sie sorgfältig übereinander. Dabei sortierte er mehrfach um, damit die leichteren Boxen oben standen. Wie ein Maurer bei seinem Werk oder ein Gamer bei einem Real-Life-Tetris, ging es Mieke durch den Kopf. Doch seiner Art war nichts Zwanghaftes oder Pedantisches anzumerken, eher einfach eine Ordnungsliebe, die ein Bedürfnis nach Harmonie und System verriet. Auch wenn es Mieke etwas zu langsam ging, arbeiteten sie Hand in Hand und brauchten nicht viele Worte, um sich einig zu sein.

Endlich war der letzte Karton abgestellt, der Turm war fertig und hätte in seinen Dimensionen gut für die Theaterproduktion von Rapunzel herhalten können.

Mieke und Jeffrey schauten sich zufrieden an, als ihnen ein verführerischer Duft in die Nase stieg. Sandy hatte gerade das Küchenfenster geöffnet und lehnte sich heraus. Mieke erkannte in Butter gebratene Zwiebeln und Rosmarin. »Ach, seid ihr schon mit dem Einräumen fertig? Ich brauche noch eine Weile. Mieke, ich habe dir Robs altes Kinderzimmer hergerichtet«, sagte sie. »Du kannst es dir gerne dort gemütlich machen und dich ein wenig ausruhen, wenn du möchtest. Im Flur zweite Tür links neben dem Badezimmer. Ich rufe dich, wenn das Essen fertig ist.«

Mieke fühlte sich überrumpelt. Sie hatte eigentlich nicht hier übernachten wollen, ablehnen konnte sie die Einladung allerdings nicht, ohne in Erklärungsnot zu geraten. Zögerlich ging sie ins Haus und stoppte an der Schwelle zu Robs Zimmer. Was Rob wohl davon halten würde? Es war eine Reise in seine Vergangenheit, die sie hier unternehmen würde – und ein Eindringen in seine Privatsphäre.

Anscheinend unverändert stand ein robuster Schrank neben dem schmalen Bett, über dem verblichene Poster von Footballstars und AFL-Teams aus den späten 90ern an der Wand hingen. An der Decke klebten phosphoreszierende Sterne, auf dem Boden lag ein ausgefranster Teppich. Es roch nach Rob und auch wieder nicht.

Entschlossen trat Mieke auf den Schrank zu und betastete seine Dellen und Schrammen. Bestimmt hatte jede einzelne eine Geschichte. Sie widerstand ihrer Neugier, den Schrank zu öffnen, das ging sie nichts an. Ihre eigenen Sachen legte sie auf dem Schreibtisch ab, der nicht nur abgenutzt war, sondern auf dem auch einige Brandflecken zu sehen waren. Mieke war so vertieft in den Anblick, dass sie zusammenzuckte, als Sandy sie zum Essen rief.

Es war köstlich. Mieke genoss den Abend zwischen selig schlummernden Kängurujoeys und Possumjungen mit dieser starken und großherzigen Frau, bevor sie irgendwann todmüde in Robs Kinderbett fiel.

Am nächsten Morgen wurde Mieke vom Gelächter älterer Damen geweckt. Sie hatte erstaunlich gut geschlafen und fühlte sich erholt. Voller Tatendrang sprang sie aus dem Bett und in ihre Klamotten.

»Guten Morgen allerseits«, begrüßte sie Sandys Freundinnen, als sie auf die Veranda trat. Die drei stellten sich als Carla, Chani und Maree vor. Sie waren gekommen, um beim Auspacken und Sortieren zu helfen. Bei dem köstlichen Frühstück, das Sandy aufgetischt hatte, erzählten sie Mieke, dass auch sie alle in der Pflege der Wildtiere mit anpackten und deshalb schon sehr gespannt auf die Überraschungskisten seien, wie sie Linas Lieferung nannten.

Frisch gestärkt machten sie sich etwa eine halbe Stunde später an die Arbeit. Mieke genoss es in vollen Zügen. Ihre vier Helferinnen waren bestens gelaunt und verfielen jedes Mal in Schreie der Entzückung, wenn sie ein besonders schönes Teil entdeckten. »Das behalte ich!«, »Meine Güte, schaut euch das hier mal an« und »Nein, wie nett«, übertrumpften sie sich in ihrer Begeisterung. Von Carla kam außerdem mehrfach ein »Sensationell!«, in einer Tonlage, die Mieke unwillkürlich an die rasende Reporterin Karla Kolumna denken ließ, die sie von den Benjamin-Blümchen-Kassetten ihrer Kindheit kannte.

Auch Mieke musste zugeben, dass die meisten Werke wundervoll gearbeitet waren. Bewundernd strich sie über einen superweichen Fleecebeutel zum Aufhängen, der in der Mitte ein rundes Loch aufwies. Auf dem Stoff waren winzige Koalas in verschiedenen Posen aufgedruckt, dazwischen prangten Eukalyptusblätter. Bullaugentaschen nannte man diese Stücke. Der Stoff kam sicherlich aus einer exklusiven Stoffhandlung und musste ein Vermögen gekostet haben. Sie schoss ein Foto von der Tasche und schickte es ihrer Schwester zusammen mit dem Kommentar »Einfach nur grandios, Schwesterchen!«. Eine längere Dankesrede zusammen mit einem Bericht der Zollabwicklung hatte sie bereits gestern Abend abgeschickt.

Trotz alledem wurden die Kartons nicht leerer, und schnell wurde klar, dass es Tage dauern würde, um alles zu sortieren und zu überlegen, wer welche Sachen bekommen sollte.

Als Mieke das nächste Mal aufschaute, stand ein junges Mädchen vor ihr, auf dessen Zähnen eine Zahnspange blitzte. Ihr Grinsen war so breit, dass es beinahe die Ohrenspitzen erreichte.

»Hi, ich bin Hayley. Schön, dich kennenzulernen«, sagte sie offenherzig. »Ich bin gekommen, um mit dem Auspacken zu helfen.«

Mieke erstarrte, ihr Mund klappte auf und wieder zu. Die hohe Stimme, die mehrere Buchstaben verschluckte, kannte sie. Es war die unheimliche Anruferin, die sie nach Rob gefragt hatte. Aber das konnte unmöglich seine Freundin sein. Das Mädchen vor ihr war dreizehn, vielleicht vierzehn Jahre alt. Hayley schaute sie erwartungsvoll an, und als sie nicht antwortete, fing sie an, unsicher an einem Adresssticker herumzuknibbeln. Endlich löste Mieke sich aus ihrer Lähmung und stand auf. »Hi, ich bin Mieke«, stellte sie sich vor.

»Ich weiß.« Mieke musste sie eine Spur zu intensiv fixiert haben, denn Hayley schob hinterher: »Deswegen bin ich hier. Wegen der Sachen für die Tiere.«

Mieke verstand – Hayley hatte keine Ahnung, dass sie bereits miteinander gesprochen hatten. Frauen mit deutschem Akzent gab es schließlich nicht selten in Australien, und sie wusste, dass Rob ihren Namen unter »Lagertha« im Handy gespeichert hatte.

»Hayley, meine Süße, schön, dass du es zeitlich geschafft hast«, rief da Sandy, die mit einem Tablett Kekse die Garage betrat.

»Hi Grandma«, sagte Hayley erleichtert und nahm Sandy das Tablett ab. Lange nussbraune Haare, hellgrüne Augen, hohe Wangenknochen. Miekes Gleichgewichtssinn versagte, und sie hielt sich an einem Stuhl fest.

»Du bist … Robs Tochter?«, sagte sie und fragte sich, welche Antwort sie hören wollte.

»Ja.« Neugierig schielte das Mädchen in einen offenen Karton.

»Ach, du bist schon wieder ein Stückchen größer geworden. Wenn du so weiterwächst, machst du Laura Geitz Konkurrenz«, fiel Sandy ihr ins Wort und zog das Mädchen an ihre Brust, das Mühe hatte, das Tablett zu balancieren.

»Nee, Laura kann niemand mehr Konkurrenz machen – sie spielt schon seit einem Jahr kein Netball mehr.« Sie beugte sich vor, um ihrer Großmutter einen Kuss zu geben.

»Hayley ist mein ganzer Stolz«, erklärte Sandy Mieke und strich ihrer Enkelin über das gesund glänzende Haar.

»Kommt Papa auch noch?«, fragte Hayley etwas verlegen ob des Lobes ihrer Oma.

»Nein, ich habe seit Tagen nichts mehr von ihm gehört. Du weißt ja, wie er ist. Steckt wahrscheinlich mal wieder bei irgendwelchen Aufräumarbeiten fest.«

»Schade.«

»Ja, Süße. Aber mach dir nichts draus. Ich backe dir heute Abend eine Pavlova mit frischen Himbeeren und Kiwi. Die magst du doch so gerne.«

»Oma, ich bin vierzehn, nicht fünf«, lachte Hayley, überlegte es sich dann anders und fügte hinzu: »Aber die Pavlova nehme ich trotzdem gerne.«

Mieke arbeitete schweigend weiter. Rob hatte ein Kind, das er ihr verschwiegen hatte. Genau genommen hatten sie nicht über das Thema Kinder geredet, aber er hatte es auch nicht von sich aus angesprochen. Allerdings wohnte Hayley wohl nicht bei Rob, sondern, so nahm sie an, bei ihrer Mutter. Und sie schien gut geraten, war patent und freundlich, wenn auch neugierig, wie der Anruf auf Miekes Handy bewies.

Und plötzlich fiel ein Puzzleteil an seinen richtigen Platz. Hatte Sandy sich auf Hayley bezogen, als sie meinte, Rob sei nichts für sie? Und hatte Rob Hayley gemeint, als er sagte, er habe keine Freundin, aber es sei kompliziert?

Falls ja, dann würde es bedeuten, dass Rob Single war und sie dementsprechend auch kein schlechtes Gewissen wegen der Sache am Wasserloch haben musste.

Den Rest des Nachmittags arbeitete Mieke möglichst konzentriert und still für sich, ohne viel mit den anderen zu reden. Sie hing ihren Gedanken nach und genoss die eintönige Sortierarbeit. Nach einem weiteren köstlichen Abendessen von Sandy verabschiedete sie sich schnell und zog sich in ihr Gästezimmer zurück.

Dort kuschelte sie sich unter das hellblaue Bettzeug mit den Robotern darauf, das vor Langem einmal Rob gewärmt hatte. An der Zimmerdecke leuchteten die Phosphorsterne, die in einem unregelmäßigen Kreis um eine Sternschnuppe angeordnet waren. Wo er wohl jetzt steckte?

Mehrfach vibrierte Miekes Handy – Lina versuchte, sie zu erreichen –, bis Mieke es in den Flugmodus stellte. Als sie es gerade wieder auf das Nachttischchen legen wollte, fiel ihr ein Gegenstand auf, der in der Spalte zwischen Bett und Fenster klemmte. Sie zog ihn heraus.

Es war ein einäugiger Teddy, mit platt gedrücktem Fell. Fest presste Mieke ihn an sich und gab ihm einen Kuss auf die Stirn.

»Ich wünschte, ich könnte die Zeit zurückdrehen«, flüsterte sie dem Teddy zu. Nur zu welchem Zeitpunkt, das wusste sie nicht.

Am nächsten Morgen rief Mieke Lina zurück, um ihr ein Update zu geben. »Ich habe mich entschieden, Eve ihre Nähwerke selbst vorbeizubringen. Ich habe ein paar schöne Sachen für sie ausgesucht und freue mich darauf, sie wiederzusehen«, erzählte sie ihrer Schwester.

»Bitte mach ein paar Fotos bei der Übergabe. Und wenn es geht, setz ein Känguru oder ein anderes Tier in einen der Beutel. Das kann die Australia Pacific dann in ihren Pressemitteilungen und Newslettern veröffentlichen, und die Sache hat sich für sie PR-technisch gelohnt. Und das fällt positiv auf Dad zurück.«

»Das ist doch selbstverständlich. Ich denke auch, dass es deine Werkler brennend interessieren wird, wie das aussieht, wenn ihre Handarbeiten in Benutzung sind.«

Lina räusperte sich. »Ich habe mit Dad gesprochen und mich bedankt. Und stell dir vor, er hat mich um keinen Gegengefallen gebeten. Er hat sich, glaub ich, wirklich gefreut, uns helfen zu können.«

»Na immerhin. Dann können also doch auch alte Hunde noch neue Tricks lernen«, stellte Mieke fest. »Jetzt muss ich aber Schluss und mich auf den Weg zu Eve machen, sonst wird das heute nichts mehr mit deinen Fotos. Wir hören uns. Danke, Lina, und bis später.«

Auch von Sandy verabschiedete Mieke sich herzlich, nahm ihr das Versprechen ab, dass sie sich bei ihr meldete, wenn es irgendwelche Probleme oder Fragen bei der Verteilung der Nähwerke gab, und machte sich dann auf den Weg zu Eve ins Furry, Scaly, Feathery Sanctuary, um ihr die Textilien vorbeizubringen.

»Mieke, ich kann das nicht glauben«, stammelte Eve fassungslos, als Mieke den Kofferraum öffnete. »Ich kann die Sachen wirklich gut gebrauchen, und die Qualität ist perfekt.«

Immer wieder strich sie über verschiedene Beutel und Taschen, als könnte der Kontakt mit dem Stoff die Situation realer machen. In ihrem Wohnzimmer gab es keine freie Ablagefläche mehr, nachdem sie beide die Werkstücke ausgeladen hatten. Von diesem Anblick schoss Mieke sofort ein Foto. Sie hatte für Eve ein buntes Sammelsurium zusammengestellt und dabei die schönsten Muster und weichsten Materialien herausgesucht.

Vorsichtig packte sie ein Koalajunges in einen Fleecebeutel und drückte es Eve in den Arm. »Schau mal zu mir, ich mach ein Foto von euch«, forderte sie Eve auf.

Bevor Mieke das Bild in die Facebook-Gruppe hochlud, öffnete sie ihre Diktier-App und zeichnete Eves Danksagung auf, die sie dann für die Facebook-Gruppe übersetzte. Endlich hatte ihre Berufserfahrung als Fremdsprachenkorrespondentin einen praktischen Nutzen.

Hallo liebe deutsche Werkler,
einen ganz herzlichen Dank von der anderen Seite der Erdkugel. Ihr mögt zwar geografisch weit weg sein, aber die Tiere verbinden uns, und daher seid ihr mir gerade sehr nah.

Wie ihr wisst, erhalten wir Wildtierpfleger nicht viel Hilfe und sind daher meist auf uns allein gestellt. Unsere Tage sind gefüllt mit Rettungsaktionen, der Aufzucht von Waisen und der Rehabilitation verletzter oder erkrankter Tiere. An manchen Tagen bereite ich bis zu siebzig Flaschen Milch zu.

Momentan befinden wir uns in dunklen Zeiten – die Feuer haben unsere ohnehin angeschlagene Tierwelt stark angegriffen, und viele Pfleger nehmen mehr Tiere an, als sie versorgen können – denn wenn wir es nicht tun, werden die Tiere nicht überleben. Deshalb gönnen wir uns keine Pause und retten, was zu retten ist.

Ihr habt die Welt ein Stückchen heller gemacht – jede und jeder Einzelne von euch. Die Nähwerke sind wunderschön und werden gut genutzt werden. Nicht nur von mir, sondern sicherlich auch von vielen anderen Pflegern. Ich bin selbst keine gute Näherin, aber dass die Sachen mit Liebe — zu den Tieren und auch zum Detail – hergestellt worden sind, das ist klar erkennbar.
Ich danke euch!
Eure Eve

Als Mieke aufblickte, sah sie, dass Eve Tränen in den Augen hatte, und spontan gab sie ihrem Impuls nach und zog sie in ihre Arme. Eve wollte sie gar nicht mehr loslassen, und schnell wurde Miekes Schulter nass, als die unerschütterliche Eve Tränen der Rührung und vielleicht auch der Erschöpfung weinte.

So unterschiedlich ihre Vorstellungen und so anders ihre Leben verlaufen waren – in diesem Moment waren sie zwei Frauen, die sich einig waren.

Das Klingeln von Miekes Handy riss sie aus dem Moment. Es war der spezielle Klingelton, den Mieke nur für Lina verwendete. »Entschuldige bitte, Eve, da muss ich kurz drangehen«, sagte sie, schob Eve sanft beiseite und fingerte ihr Handy aus der Hosentasche.

»Gut, dass ich dich erreiche«, rief Lina in den Hörer. »Ist Eve bei dir?«

»Ja, warte. Ich stelle dich auf Lautsprecher.« Mieke schaute auf Eve, und ihr Herz hüpfte bei dem Wissen, das Lina eine Gelegenheit bekam, direkt mit Eve zu sprechen. Eve wiederum schaute Mieke fragend an, die aufmunternd nickte. »Das ist meine Schwester. Sie hat das Projekt organisiert.« Da räusperte Lina sich auch schon und sagte in gebrochenem Englisch: »Hi, Eve, hier ist Lina.«

»Hi, Lina, schön, dich kennenzulernen. Wie geht es dir?«

»Gut. Danke.«

»Eure Nähwerke sind klasse. Dein Anruf freut mich, da kann ich mich gleich noch mal persönlich bei dir bedanken.«

»Ach, ich war nur ein kleines Rädchen im Getriebe«, behauptete Lina.

»Das ist … ich weiß nicht …« Eve brach ab und sammelte sich. Dann erzählte sie ihr von den Gehegen, die renoviert werden mussten, und denen, die fehlten. Von den Futterkosten und den Medikamenten, den Spritkosten und der Einstreu. Mittlerweile war sie wieder gefasst, aber auf ihrem Gesicht lag ein hoffnungsvoller Glanz der Dankbarkeit.

»Mit diesen Kunstwerken helft ihr uns Pflegern viel mehr, als ihr vielleicht glaubt.«

Mieke blieb über Nacht bei ihr im Sanctuary und auch den nächsten Tag. Zu tun gab es genug. Sie freute sich, die fünf Eulenküken, den Ringelschwanzbeutler Ash und auch den Keilschwanzadler Hugo wiederzusehen. Ash hatte mittlerweile Gesellschaft von zwei weiteren Waisen bekommen – die Mutter von Mick und Mack war ums Leben gekommen, als ein motivierter Familienvater in Cabarlah auf die Idee gekommen war, einen Eukalyptusbaum im Alleingang zu fällen. Die beiden Winzlinge teilten sich nun ihren Schlafplatz mit ihrem Leidensgenossen und kuschelten sich eng in ihrem Beutel aneinander, versuchten, jede noch so kleine Lücke zwischen sich mit Körper zu füllen.

Erst als eine Nachricht von Amy eintraf, dachte Mieke ans Weiterfahren. Rund um Coffs Harbour, das knappe sechs Stunden weiter südlich an der Küste von New South Wales lag, brannte es, die lokale Tierrettungsgruppe bat um Verstärkung. Sofort rief sie Sandy an, um sicherzustellen, dass die Verteilaktion gut lief. »Alles gut hier. Carla, Chani und Maree helfen mir weiterhin und fahren Kisten mit Nähwerken zu verschiedenden Pflegern in der Umgebung, während ich Päckchen für weiter entfernt wohnende Pfleger packe, die per Post verschickt werden. Nachher kommt noch meine Cousine Anja, die kümmert sich um Stelzenmonarchen, Elstern und Krähen, halt die Kategorie der schwarz-weißen Vögel. Sie hofft vor allem auf Nester aus Wolle. Das ist doch okay für dich, wenn sie sich bedient?«

»Klar, dafür sind die Nähwerke da. Um genutzt zu werden.« In dem Fall war die Bezeichnung »Nähwerk« nicht ganz korrekt – die Nester waren gehäkelt, manche gestrickt.

»Bitte macht viele Fotos, die ich an Lina weiterleiten kann«, bat Mieke, was Sandy gerne versprach.

»Rob ist übrigens auch auf dem Weg nach Coffs Harbour.

Ich schicke ihm gleich eine Nachricht, damit er weiß, dass du auch dahin unterwegs bist.«

Als das Gespräch beendet war, dachte Mieke nach. Sie hatte sich in Warialda von Rob verabschiedet. Es hatte wehgetan, war aber notwendig gewesen. Nun hatte sich herausgestellt, dass er keine weitere Beziehung hatte, sondern eine Tochter. Ein offenes Gespräch konnte Klarheit bringen, würde aber gleichzeitig neue Verwirrung und Gefühlschaos schaffen. Was sollte sie tun?

Kurz darauf traf eine Textnachricht von Rob ein: *Kann ich dich anrufen?*

Kapitel 13

Zunächst ging alles schief. Mieke hatte nachgegeben und sich mit Rob in einem Café in Sapphires Beach kurz vor Coffs Harbour verabredet. Ein öffentlicher Ort, eine neutrale Zone. Sie wollte reden, Fragen stellen, Antworten bekommen.

Doch schon unterwegs bekam sie einen Anruf: Ein Mann namens George erklärte ihr, dass Amy ihm ausnahmsweise ihre Nummer gegeben und sie weiterempfohlen hatte. Er bat sie, umgehend in den Ulidarra National Park, nördlich des Stadtgebietes, zu kommen.

»Wir müssen mehrere verletzte Kängurus aus einem Brandgebiet abtransportieren, aber es fehlt ein Experte, der die Aktion leitet, und Amy sagte, dass du eine mobile Intensivstation und eine Erste-Hilfe-Ausrüstung bei dir hast«, sagte George, durch das unzureichende Handynetz immer wieder von Pausen unterbrochen.

»Okay, ich bin gerade auf dem Pacific Highway. In zwanzig Minuten kann ich da sein«, versprach Mieke, hoffend, dass wenigstens ihr GPS sie in dem Nationalpark nicht im Stich lassen würde. Dass der Wildtierverein an der Gold Coast sie nun als Expertin darstellte, war ein großes Kompliment, das sie zu schätzen wusste, obwohl es sie auch beschämte – immerhin war sie erst seit kurzer Zeit mit dabei.

»Wir haben die Kängurus in einem ehemaligen Cattle Yard untergebracht. Sie müssen betäubt werden, bevor wir sie zur Untersuchung wegbringen können.« Er gab Mieke die

Koordinaten, damit sie sie in ihr GPS eingeben konnte, dann riss die Verbindung ganz ab.

Ihr neues Ziel lag auf ihrem Weg. Sie musste den Highway nur ein paar Ausfahrten früher verlassen und anschließend zu ihrem eigentlichen Einsatzort weiterfahren.

Doch das Unterfangen war heikel. Wie Mieke mittlerweile wusste, ließen ausgewachsene Kängurus nicht mit sich verhandeln. Sie würden sich wehren, und das Vorhaben würde nicht in ein paar Minuten beendet sein. Umgehend rief sie Rob an und erklärte ihm die Situation: »Ich muss dort helfen, und ich vermute, es wird sicher einige Zeit dauern. Ich kann wahrscheinlich erst in ein paar Stunden in Coffs Harbour sein«, erklärte sie mit schlechtem Gewissen. »Tut mir leid.« Sie selbst wurde auch nicht gerne sitzen gelassen, und dieses Gespräch war ihr wichtig.

»Kein Problem, ich springe sofort ins Auto«, entgegnete Rob zu ihrer Überraschung. »Ich bin nicht weit entfernt, und zwei weitere Hände können sicher nicht schaden. Schick mir den Standort, wir sehen uns gleich.« Er legte auf, bevor sie widersprechen konnte. Mieke fuhr einen Moment links ran, tippte eine Nachricht mit den Koordinaten, die George ihr gegeben hatte, an Rob und machte sich wieder auf den Weg.

Am Cattle Yard warteten drei Männer, einer davon über siebzig, die anderen um die vierzig, so genau konnte sie es nicht einschätzen, denn dichte Bärte verdeckten die Gesichtszüge. Eine junge Frau in Flipflops stand neben ihnen. Die Einheimischen liebten diese Schlappen, das hatte Mieke in ihrer Zeit hier bereits festgestellt. Hier und in dieser Situation wirkten sie jedoch wenig angemessen.

»Hi, ich bin Mieke von der Wildtierrettung *We for Wildlife*. Ich habe mit George telefoniert. Er bat mich, euch zu helfen.«

Einer der beiden Bärtigen hob den Arm. »Das bin ich. Gut, dass du so schnell kommen konntest. Kannst du damit was anfangen?«

Er reichte ihr eine Metallstange, die Mieke unschlüssig in der Hand wog.

»Habt ihr eine Genehmigung für das Betäubungsmittel bekommen?«

»Klar, ist alles mit Doktor Mahon abgesprochen. Der kann aber nicht selbst rauskommen, er hat eine Kolik-Notoperation.«

Mieke schaute die Stange abschätzend an, eine Art Betäubungsblasrohr, mit dem man die Injektionspfeile, die die Medikation enthielten, auf die Tiere abschoss. Das Gerät war anscheinend einfach zu bedienen, man lud es mit einem Pfeil, zielte auf die Tiere und drückte ab. So weit die Theorie. In den hoffenden Gesichtern der Truppe vor ihr erkannte sie, dass sie in ihr die einzige Chance für die Tiere sahen. Kompetenz bedeutete nicht nur Übung, sondern auch Geschick, entschied sie, ein Versuch konnte also nicht schaden.

»Na dann will ich mal mein Glück versuchen«, antwortete sie mit etwas mehr Zuversicht in der Stimme, als sie fühlte. In diesem Moment fuhr ein weiteres Auto auf die Truppe zu. Den Mann am Steuer erkannte sie sofort, trotz Sonnenbrille und Basecap. Erleichtert änderte Mieke ihren Plan, als Rob auf sie zutrat.

»Ich habe so ein Blasrohr noch nie selbst bedient«, gab sie zu. »Aber mein Kollege kann bestimmt damit umgehen. Darf ich vorstellen, das ist Rob Thompson.«

Erleichtert nickte sie Rob zu, eine Last fiel von ihren Schultern. Rob schaute sie prüfend an, und sie deutete lächelnd auf die Stange. Das war es, was sie an ihm mochte. Es gab viel zu bereden, doch er zögerte keine Sekunde, nahm das Blasrohr an sich und begrüßte die anderen. »G'day, ich bin Rob. Alles klar? Dann wollen wir mal.«

Mieke und die Frau, die sich als Mel vorstellte, kletterten über den Zaun in die Cattle Yards. Ihre Bewegungen waren ruhig und bedacht, langsam und gezielt. Vorsichtig, aber selbstbewusst gingen sie von beiden Seiten auf die Kängurus zu, warteten, bis diese sich dicht aneinanderdrängten, um einen Mindestabstand zu ihnen zu wahren, und blieben dann stehen. Alles verlief wie in Zeitlupe, die Tiere durften nicht in Panik geraten. Sie waren bereits angeschlagen, hatten verbrannte Pfoten, Schwänze und eines hatte eine angesengte Schnauze. Es handelte sich um ein Dutzend ausgewachsene Östliche Graue Riesenkängurus, große, starke Tiere.

Rob trat von hinten auf die Herde zu und betäubte das erste Tier. Die Wirkung trat nach wenigen Minuten ein. Zu dem Zeitpunkt hatte Rob bereits die Hälfte der Tiere erwischt. Aus dem Augenwinkel beobachtete Mieke, wie schnell und effizient er die Spritzen wechselte, jeder Handgriff saß. Jedes Tier schreckte kurz auf, wenn er es traf, aber sie blieben dicht zusammen, denn der Weg nach vorne und zur Seite war durch Mieke und Mel verstellt. Nur ein Tier löste sich aus der Gruppe und versuchte, über den Holzzaun zu entkommen, als der Betäubungspfeil es am Hals traf. Jetzt war es gut, dass die Männer rundherum bereitstanden, um einzugreifen. Mutig warf George sich auf das zappelnde Tier, hielt es am Boden, bis das Mittel wirkte, und verhinderte so, dass es sich in seiner Angst selbst verletzte.

Was folgte, nachdem alle Kängurus zu Boden gesunken waren, war Kraftarbeit. Sie transportierten die Tiere mithilfe einer Bahre zum Lieferwagen. Aus Mangel an anderen Hilfsmaterialien legten sie die Tiere einfach nebeneinander auf den Boden des Lieferwagens. Jedes wog etwa zwischen fünfunddreißig und fünfundfünfzig Kilo. Mieke merkte, dass Rob sich bei der Arbeit schwertat. Vor allem sein linker Arm wirkte verkrampft.

Als alle Tiere sicher verstaut waren, drehte Mieke die Kängurus sorgfältig auf die Seite, achtete darauf, dass die Hälse leicht überstreckt waren, damit die Luftröhre freilag und die Atemwege nicht blockiert waren. Mel half ihr dabei.

»Gut, dass du gekommen bist«, flüsterte Mel leise, um zu vermeiden, dass die Männer sie hörten. »Allein hätten wir das nie geschafft, so einen Einsatz hatten wir noch nie. Normalerweise rüsten wir Stacheldrahtzäune um, bauen Gehege oder pflanzen Bäume. Hier ist meistens nicht viel los.«

»Danke. Aber ihr habt das gut gemacht und vor allem genau richtig reagiert. Ihr habt euch Hilfe geholt, statt es selbst zu versuchen. Aber immerhin hab ihr es geschafft, die Kängurus in das Gehege zu treiben. Das ist beachtlich.«

»Na ja, nicht ganz. Die Kängurus waren bereits hier drin. Sie sind durch das offen stehende Gatter hineingekommen, aber der Zugang verengt sich, bis er die Yards erreicht. Sie haben den Ausweg einfach nicht mehr gefunden.« Sie deutete auf den eingezäunten Pfad, der in seiner schmaler werdenden Form an eine Fischreuse erinnerte. »Dabei hatten sie großes Glück, dass das Feuer die Richtung gewechselt hat, sonst wären sie alle verbrannt.« In der Tat war die Vegetation rund um die Cattle Yards unversehrt. »Wir wurden geschickt, um nach dem Rechten zu sehen, und mussten nur das Gatter schließen«, erklärte Mel.

Das Feuer war schnell durch den Wald gezogen. Mieke hatte auf dem Weg bereits festgestellt, dass es in seiner Hast viele grüne Blätter übersehen hatte. Dort, wo es durchgezogen war, hatte es eine dünne Ascheschicht am Boden hinterlassen.

Es war kein starkes Feuer gewesen. Dennoch waren die Kängurus so schwer verletzt, dass sie Hilfe brauchten. Verkohlte Pfoten konnten sich entzünden, zu Blutvergiftungen führen oder die Tiere daran hindern, schnell genug vor einem Feind zu fliehen.

»Wo bringt ihr sie hin?«, wollte Rob von George wissen, dessen Jeans nicht nur mit Blut-, Asche- und Schmutzflecken besudelt, sondern auch an den Knien eingerissen war.

»Zu Luv. Der führt die lokale Pflegestation im Three Island Drive und hat einen guten Draht zu den Tierärzten, die ihn mit Verbandsmaterial versorgen.« George verzog das Gesicht. »Die Tierärzte verwöhnen ihn so sehr, damit sie sich nicht selbst um die Wildtiere kümmern müssen. Das sollen sie zwar eigentlich, aber es bringt ihnen kein Geld in die Kassen, und sie haben einfach nicht genug Zeit.« Ein subtiler Vorwurf lag in seiner Stimme.

»Bitte beeilt euch, aber fahrt vorsichtig. Das Betäubungsmittel hält nicht ewig an«, bat Mieke sie zum Abschied. Wenn auch nur eins der Tiere vorzeitig aufwachte, würde die Fahrt in einer Katastrophe enden. »Danke für eure Hilfe«, rief Mel, als sie sich beeilte, in ihren Twingo zu springen und dem Lieferwagen zu folgen.

»Mit dir wird es nie langweilig«, stellte Rob fest, während sie den anderen Wagen hinterhersahen. Seine Wangen waren von der Anstrengung gerötet. Kleinere Äste hatten sich in seinen Haaren verfangen, die ihm feucht in der Stirn lagen. Er holte eine Tüte mit Keksen aus dem Auto, fischte einen heraus und reichte den Rest Mieke.

»Da sind wir nun«, sagte sie, angelte sich einen der Kekse und biss hinein. Es tat gut, etwas zu essen, auch wenn es nur eine Kleinigkeit war. »Ohne dich wäre das schwierig geworden.«

Auch Rob hatte sich den Keks in den Mund geschoben und antwortete kauend: »Das glaube ich nicht. Du hättest improvisiert. Wie immer.«

Mieke schaute ihn skeptisch an, was ihn zum Lachen brachte.

»Das mag ich an dir«, sagte Rob.

»Was?«

»Dass du improvisieren kannst. Und ich mag auch, wenn du nur eine Augenbraue hochziehst. Ich kann das nicht.«

Diese Vertrautheit zwischen ihnen, die sofort wieder da war, beunruhigte Mieke. Erst musste sie einiges klären, bevor sie da anknüpfen konnten, wo sie aufgehört hatten.

»Komm, setzen wir uns, ist doch eigentlich ganz schön hier«, sagte sie und kletterte auf die Ladefläche des Pick-ups, mit dem er gekommen war.

Rob legte eine Hand auf die Umrandung und sprang zu ihr. Wieder vermied er es, seine linke Schulter zu belasten.

»Das ist nicht dein Wagen«, stellte sie fest.

»Nein, der gehört einem Kumpel.« Er zog seinen Hut ab, um sich damit Luft zuzufächeln, setzte sich neben sie und sah sie an. »Schieß los«, forderte er sie auf.

»Was ist mit deiner Schulter? Und sag nicht nichts. Ich sehe genau, dass du Schmerzen hast.«

Rob lachte. »Vor dir kann man nichts verbergen. Der Schleimbeutel an meiner Schulter ist entzündet. Deshalb bin ich hier. Unser Betriebsarzt hat mich krankgeschrieben. Ich hatte das leider schon zweimal, und er hat Angst, dass es chronisch wird. Ist trotzdem Humbug, dass ich nicht arbeiten darf.«

»Da bin ich leider auf der Seite deines Chefs. Mit so etwas spaßt man nicht.« Ihre Mutter hatte dasselbe Problem, es wurde jedes Jahr schlimmer, und regelmäßig musste sie mehrere Wochen mit ihrem rechten Arm in einer Schlinge meistern. Mieke wurde ernst. »Rob, ich habe deine Tochter kennengelernt.«

Unvermittelt richtete Rob sich auf. »Hayley?«

»Hast du noch weitere?«

»Nein, natürlich nicht. Wieso? Ich meine, wo?«

Mieke erzählte ihm, dass seine Mutter sie zum Sortieren der Stoffwerke eingeladen hatte. »Sie ist ein hübsches Mädchen«, sagte sie. Stolz funkelte in Robs Augen. »Da kommt sie bestimmt nach ihrer Mutter«, fügte Mieke hinzu. Dabei kniff sie die Augen zusammen. Rob grinste. »Das stimmt. Du weißt, dass ich nicht mehr mit ihrer Mutter zusammen bin?«

»Ich vermute es, aber ich weiß eigentlich gar nichts. Um ehrlich zu sein, bin ich ganz schön durcheinander und würde gerne mehr verstehen«, gestand sie.

Er nickte und begann zu erzählen: »Hayley ist aus einem One-Night-Stand entstanden. Als klar wurde, dass Amanda schwanger ist, haben wir es miteinander versucht, aber bereits vor Hayleys Geburt haben wir uns voneinander getrennt.«

»Warum?«

»Wir liebten uns einfach nicht.« Er schaute Mieke in die Augen. »Damals habe ich gelitten wie ein Hund, aber im Nachhinein weiß ich, dass es besser war. Nur für Hayley tat es mir leid. Da bin ich altmodisch. Ein Kind braucht einen Vater. Sie verbringt die meisten Wochenenden und ihre Ferien bei meiner Mutter und mir. Wir haben eine gute Beziehung. Und mit Amanda komme ich auch klar.«

»Das ist die Hauptsache. Gut, dass ihr euch arrangiert habt.« Sie strich über Robs Wange und wischte den Rest einer Spinnwebe weg, der dort klebte. »Du hast geglaubt, es stört mich, dass du ein Kind hast.« Es war keine Frage, mehr eine Feststellung.

Rob guckte zerknautscht. »Natürlich. Ich habe noch nie jemanden wie dich kennengelernt und wollte dich nicht mit so etwas verschrecken. Außerdem kann Hayley eifersüchtig und, na ja, für ihr Alter auch kontrollierend sein. Ich hatte ein paar, wenn auch nicht viele Dates in den letzten Jahren, und Hayley hat das jedes Mal furchtbar aufgewühlt. Sie findet, wenn ich mich neu verliebe, muss es die Richtige sein. Es tut mir leid, dass ich dir nicht davon erzählt habe.«

Mieke schmunzelte bei der Erinnerung an den Telefonanruf seiner Tochter. »Das ist in Ordnung. Kommt Hayley damit klar, dass du einen gefährlichen Beruf hast?«

»Ich denke, schon, zumindest hat sie nie etwas anderes geäußert. Im Gegenteil, sie ist immer sehr an meinen Berichten interessiert. Und sie hat kein Problem damit, wenn ich mal ein paar Wochen lang nicht da bin. Ich bringe ihr gerne Souvenirs von unterwegs mit. Außerdem kennt sie es nicht anders.«

Wieder schob sich eine Erinnerung hinter Miekes Stirn – da war der Kassenbon von Rob gewesen, auf dem als ein Posten Nagellack gestanden hatte. Wieder schloss sich eine Lücke. Kurz flackerte auch Alex' Bild vor ihrem inneren Auge auf, und zum ersten Mal war sie dankbar, dass sie sich getrennt hatten. Manchmal brauchte das Schicksal eine Weile, um sich zu offenbaren. Sie hatte sich so betrogen gefühlt, nun war sie erleichtert, dass Alex nicht der Vater ihres Kindes geworden war. Früher oder später hätten sie sich ohnehin getrennt, das wusste sie jetzt.

Der Nachmittag auf der Ladefläche bei Sonne und Keksen war lustig, vertraut, und sie hatten viel Zeit, um zu reden.

Als Rob sie für den Abend zum Essen einlud, sagte Mieke sofort zu. Sie beschlossen, dass sie beide eine Dusche dringend nötig hatten, also vorerst getrennt in die Stadt fahren, sich zwei Stunden Auszeit gönnen und anschließend in einem Restaurant treffen würden, dessen Adresse Rob ihr nannte.

Auf dem Weg zu ihrem Hotel kam Mieke an einem Secondhandladen vorbei, der so einladend aussah, dass sie spontan einen Entschluss fasste. Heute Abend würde sie ein Kleid tragen. Nach all dem Staub und der Asche, den aufgerissenen Händen und dem Sonnenbrand, der sich trotz aller Vorsicht auf ihren Nacken geschlichen hatte, fühlte es sich gut an, sich schick zu machen. Sie entschied sich für ein figurbetontes Etuikleid mit weitem Ausschnitt.

Rob belohnte ihre Mühe schon bei der Begrüßung mit den Worten: »Du siehst umwerfend aus!« Der Blick, mit dem er sie betrachtete, tat sein Übriges.

»Das Kompliment kann ich nur zurückgeben«, raunte sie zurück. Rob trug ein kurzärmeliges Hemd, das er einen Knopf zu weit offen gelassen hatte. Mit seinen braun gebrannten Armen passte er gut in das mediterrane Ambiente des Ladens.

Er hatte ein kleines italienischen Restaurant ausgewählt. Es brannte gedimmtes Licht, auf den rot-weiß karierten Tischdecken standen Kerzen, und im Hintergrund spielte Zuccheros Fornaciari. Durch die offen stehende Küchentür hörte Mieke den Koch laut und ein wenig schief, aber voller Inbrunst mitsingen. Sie war aufgeregt, und das machte sie fahrig. Beim ersten Versuch, sich Wasser einzugießen, schwappten ein paar Tropfen über und liefen auf die gestärkte Tischdecke. Dies war ihr erstes Date, ein Versuch, sich richtig kennenzulernen als Mann und Frau.

»Pizza oder Pasta?«, fragte Rob, den Kopf hinter der Speisekarte versteckt, nur die Augen linsten belustigt hervor. Die Sache mit dem Wasserglas war ihm nicht entgangen.

»Hm«, machte Mieke unentschlossen. Sie hatte in der Küche einen echten Steinofen entdeckt, die Pizza wäre also vermutlich köstlich. Aber ihr war mehr nach Pasta zumute.

»Ich nehme die Penne all'arrabiata. Ich hab Lust auf etwas Scharfes.«

»Ich auch. Würde mich dabei allerdings nicht zwingend auf Nudeln beschränken«, konterte Rob und grinste sie verschmitzt an. Er legte die Karte weg, seine Augen suchten die ihren. Wärme lag darin. In der Nacht am Wasserloch war sein Ausdruck voller Lust gewesen. Das hier war anders. Mieke spürte, wie sich etwas in ihr änderte, ein Knoten sich löste.

»Grün steht dir«, sagte Rob und riss sie aus ihren Gedanken. »Und ich mag es, wenn du die Haare offen trägst.« Er griff nach einer Haarsträhne, die ihr ins Gesicht gefallen war, und wickelte sie vorsichtig um seinen Finger, bevor er sie ihr hinter das Ohr strich. Seine Fingerspitzen streiften dabei ganz zart ihre Wange. Wie warmer Sirup floss eine wohlige Gänsehaut ihren Rücken hinunter.

»Danke.« Sie schloss die Augen, als Rob seine Hand ganz langsam wieder zurückzog und dabei zärtlich über ihre Schulter und ihren Arm hinabstrich. Mieke genoss die zärtliche Geste für einen Moment. Dort, wo er sie berührte, schien ihre Haut zu prickeln. Als er die Berührung unterbrach, öffnete Mieke die Augen und begegnete direkt seinem Blick.

»Vielleicht sollten wir dieses Gespräch auf nach dem Essen vertagen?«, murmelte er, und es lag eine gewisse Vorfreude in seiner Stimme.

»Mhm, das könnte man verhandeln. Rob zum Dessert«, versuchte Mieke ihre Nervosität mit Humor zu überspielen und war froh, als in diesem Moment ein junges Mädchen mit schwarzer Schürze und ordentlichem Pferdeschwanz neben ihrem Tisch auftauchte, um die Bestellung aufzunehmen. Sie entschieden sich für zweimal Pasta und eine Flasche guten Rotwein.

Nach dieser Unterbrechung sahen sie sich einen Moment an und wechselten dann in schweigendem Einvernehmen zu einem geselligeren Ton, sprachen über Alltägliches, wie auch am Nachmittag schon.

Der Wein schmeckte gut, die Pasta war ein Gedicht. Frische Kräuter verfeinerten die Soße, und der am Tisch geriebene Parmesan rundete das Gericht vollständig ab.

»Ist schon lange her, dass ich eine Frau ausführen durfte«, gestand Rob. »Und ich hoffe, das ist nicht das letzte Mal, dass ich dich in einem Kleid sehe, das weniger Stoff als ein Geschirrtuch hat.« In seinen Augen stand ein erwartungsvoller Glanz, den sie zuvor noch nicht bemerkt hatte.

»Vielleicht ist es jetzt an der Zeit, dass wir gemeinsam ins Motel gehen?«, fragte Mieke sehnsüchtig.

»Ich habe gehofft, dass du das fragst.«

Sie zahlten, und Mieke fuhr Robs Auto zum Motel hinterher, sie war aufgewühlt, voller Vorfreude und Erwartung. Als sie dann endlich im Zimmer vor ihm stand, war sie fast atemlos. Rob schien es nicht anders zu gehen, er schaute sie unsicher an, schwieg. Doch dann trat er einen Schritt vor, und Mieke legte ihre Arme um seinen Hals. Sie stellte sich auf die Zehenspitzen, kam ihm näher, bis ihre Lippen sich fast berührten. Ihr Herz schlug schnell, als er die Lücke schloss und sie küsste – behutsam und sanft. Sie ließ ihren Arm an seinem Oberkörper heruntergleiten und auf seiner Brust liegen, dann fing sie an, sein Hemd aufzuknöpfen. »Oh, Mieke«, keuchte Rob. »Du machst mich total verrückt.«

Er hob sie hoch, als wäre sie leicht wie eine Feder, und trug sie zum Bett. »He, deine Schulter«, protestierte Mieke, aber Rob legte ihr den Finger auf die Lippen. »Ich muss dich wieder küssen«, sagte er, lächelte, und schon suchte seine Zunge sich spielerisch einen Weg in ihren Mund.

Genussvoll schloss Mieke die Augen. Es war ein langer, intensiver Kuss, der in Mieke einen Sturm der Gefühle losbrechen ließ.

Sie hatte versucht, sie zu verdrängen, doch wenn sie ehrlich war, hatte sie sich genau das seit der Nacht am Wasserloch gewünscht. Alle Probleme, Gefahren und Anstrengungen waren plötzlich weit weg. Nichts zählte mehr, nur sie beide. Mieke ließ sich fallen, in diesen Kuss, in den Moment.

Sie wollte mehr, öffnete sein Hemd jetzt ganz. Als Rob innehielt, um es ganz auszuziehen, drehte sie sich um und hielt ihm ihren Rücken entgegen, damit er ihren Reißverschluss öffnete. Sie schälte sich aus dem Kleid und schmiegte sich dann an ihn, um seinen Gürtel zu öffnen. Es prickelte in ihrem ganzen Körper, als sie ihre Hand in seinen Schritt legte und sein hartes Glied spürte, das sie zugleich zu streicheln begann, bis Rob es kaum noch aushielt. »Das ist gut, Mieke«, stöhnte er. »Viel zu gut.«

Sie genoss, wie sie sich gegenseitig erkundeten und liebkosten, in den Berührungen des anderen aufgingen und sich ineinander verloren.

»Ich will dich, Mieke«, keuchte Rob, und sie lächelte ihn an. Von der Erregung übermannt, zog sie erst ihren BH, dann ihren Slip aus und bedeutete ihm, sich auf den Rücken zu legen. Nun bedeckte sie seine Haut mit Küssen, umkreiste seine Brustwarzen mit ihrer Zunge. Rob stöhnte. Alles in Mieke drängte, sich mit ihm zu vereinen. Verführerisch sah sie ihn an, und als er nickte, setzte sie sich auf ihn, nahm ihn in sich auf.

Er legte seine Arme an ihre Hüften und massierte sie mit seinen großen starken Händen, während er in sie eindrang.

Dieses Mal war es anders als beim ersten Mal – liebevoller, vertrauter. Mieke genoss jeden Moment. Sie ritt auf ihm, bis erst sie den Höhepunkt erreichte und er ihr nur Sekunden später folgte.

Erschöpft rollte sie sich anschließend in seinen Armen ein, bis er wieder anfing, sie zu streicheln. Sofort flammte die Erregung erneut auf. Diese Nacht war noch lange nicht zu Ende, und sie würden noch lange nicht schlafen.

Kapitel 14

Am nächsten Morgen war Mieke mit einem Team der Coffs Harbour Wildlife Association im Orara West State Forest verabredet, der ungefähr eine halbe Stunde von der Küste entfernt im Inland lag. Amy hatte den Kontakt zwischen ihr und Cherry Hopkins hergestellt und sie im Hinblick auf den Baumkletterkurs, den Mieke absolviert hatte, gebeten, ihnen bei der Suche nach verletzten Koalas zu helfen. Bei dieser Gelegenheit hatte Mieke Amy mitgeteilt, dass sie sich gegen die Teilnahme am Award entschieden hatte. »Es tut mir leid, aber ihr findet bestimmt jemand anderen. Es wäre Jodie gegenüber nicht fair.«

Das Gespräch hatte stattgefunden, kurz bevor sie mit Rob im Restaurant verabredet gewesen war. Jetzt lag Mieke nach einer kurzen, aber wunderbaren Nacht neben ihm im Bett und erzählte ihm davon.

»Ich finde es gut, dass du dich so entschieden hast. Ihr seid wirklich ein gutes Team, und auch das gehört zum Erfolg dazu. Auch wenn ich dir den Preis gegönnt hätte. Und übrigens: Wenn ich darf, komme ich natürlich mit zu deinem Einsatz«, sagte Rob, dessen Finger um ihren Bauchnabel kreiste. »Aber vorher würde ich mich gerne noch einmal vergewissern, ob ich heute Nacht wirklich jede wichtige Stelle deines Körpers gefunden habe.« Der Gedanke daran trieb Mieke die Hitze ins Gesicht. »Oh, das klingt gut«, hauchte sie, als er sich auf sie rollte und sie innig küsste.

Um nicht unnötigerweise mit zwei Autos zu fahren, entschieden sie sich für Miekes Wagen, da sich ihre Ausrüstung darin befand und Rob ja noch immer mit dem Wagen seines Kollegen unterwegs war. Unterwegs legten sie einen Tankstopp ein, um im Hinterland keinesfalls in die Verlegenheit eines leeren Tanks zu kommen. Während Rob im Laden verschwand, wusch Mieke die Scheiben. Aus dem Augenwinkel fiel ihr ein Mann mit Schlapphut auf, der in seinem Kofferraum kramte. Ein fauchendes Geräusch ließ sie zusammenfahren; sie war zu sensibilisiert, um nicht zu erkennen, was hier vor sich ging. Ohne Umschweife rannte sie auf den Kerl zu.

»Hallo, darf ich fragen, warum da ein Fuchskusu in einem Käfig in Ihrem Kofferraum sitzt?«, fragte sie den Mann. Er schaute sie im ersten Moment verblüfft an, fing sich aber schnell wieder. Gereizt scannte er sie von oben bis unten.

»Bist du eine von diesen Umwelttussis?«, fragte er Mieke, die den Mann jetzt so wütend anschaute, dass ihm das als Antwort zu genügen schien. »Hau ab«, brummte er missmutig und wollte schon den Kofferraum schließen. Mieke war schneller und schob sich unter die Klappe.

»Nichts da. Ich will sofort eine Antwort. Ohne Lizenz Kleinbeutler zu fangen ist illegal, und ich bin mir sicher, sie wissen das.«

Der Mann verschränkte die Arme und richtete sich auf. Er überragte Mieke um fast zwei Köpfe. »Du verziehst dich jetzt besser, du kleine Schlampe, sonst …«

»Ja, was sonst?« Miekes Kampfgeist war geweckt. Wieder griff der Mann nach der Klappe und wollte sie mit Gewalt zudrücken, doch er stieß auf Widerstand, denn Rob war hinter ihm aufgetaucht und hatte über seine Schulter hinweg selbst nach der Klappe gegriffen.

»Mate, hast du das Tier gefangen?«, fragte er ruhig, die Muskeln im Zweikampf mit dem Mann gespannt, der immer noch versuchte, die Tür herunterzudrücken.

»Lasst mich in Ruhe«, sagte dieser jetzt, deutlich nervöser. »Das Vieh lebte unter meinem Dach. Ich bringe es ins nächste Buschland. Da kann es randalieren, wie es will.«

Mieke zückte ihr Handy und fotografierte ungeniert das Kennzeichen des Mannes und die Beschriftung des Firmenwagens, der einem Landschaftsbauunternehmen angehörte.

»He, was soll das?«, rief der Riese. »Mann, ich habe dieses Jahr schon ein Dutzend der Viecher umgesiedelt. Die toben in meinem Dach wie in einer Turnhalle.«

»Man kann Fuchskusus nicht einfach umsiedeln. Das kommt einem Todesurteil gleich. Selbst wenn das neue Habitat einigermaßen geeignet ist, müssen sich die Tiere gegen etablierte Konkurrenz durchsetzen. Einfach in ein fremdes Revier einzudringen kann gefährlich sein«, versuchte Mieke dem Mann zu erklären, aber den erreichten die Worte nicht. Nervös schaute er in Richtung des Tankwarts, der nun ebenfalls auf sie zukam.

»Dann nehmt das Scheißviech halt mit, wenn ihr so Ökofreaks seid. Ich jedenfalls kann es nicht gebrauchen.«

»Wird gemacht.« Rob zog den Käfig aus dem Kofferraum, nur um direkt danach die Klappe so fest zuzuschlagen, dass das ganze Auto wackelte.

»Sie bekommen in den nächsten Tagen Besuch vom Tierschutz – der RSPCA versteht keinen Spaß. Wir sagen gerne gegen Sie aus. Das wird teuer werden«, versprach Rob, griff nach Miekes Hand und zog sie sanft, aber bestimmt mit sich in Richtung ihres Autos. Dort angekommen, verstaute er den Käfig mit dem Beutler auf der Rückbank und winkte dem Tankwart zu, der daraufhin an seine Kasse zurückkehrte.

Mieke warf einen Blick auf das Possum. Es wirkte völlig verstört, und seine Nase war blutig. Vermutlich hatte es verzweifelt versucht, sich aus der Falle zu befreien. Wie lange hatte es in dem Käfig ohne Wasser und Futter verbracht? Eine Nacht, oder zwei?

Als Rob wieder auf den Highway einbog, sagte Mieke: »Ich finde es äußerst verstörend, dass wir nicht nur gegen die Buschfeuer kämpfen müssen, sondern auch gegen die Engstirnigkeit einiger Menschen. Er braucht schnell Hilfe. Am besten, ich rufe direkt bei Cherry an und frage, ob sie eine Idee hat, wo wir ihn hinbringen können.«

Cherry fackelte nicht lange, als Mieke ihr die Situation erklärte: »Bringt das Tier gleich mit. Wir werden uns darum kümmern«, versprach sie.

Auf dem Weg zum Orara West State Forest telefonierte Mieke noch mit dem RSPCA. Die Mitarbeiterin am Telefon versprach, der Sache nachzugehen.

»Das passiert leider immer wieder. Normalerweise können wir nichts beweisen, aber da ihr den Typ auf frischer Tat ertappt habt und du mir das Nummernschild schicken kannst, sieht die Sache gut aus«, erklärte sie.

An ihrem Zielort warteten zwei Frauen und ein blasser junger Mann auf sie. »Hi, wie toll, dass ihr hier seid. Ich bin Cherry, und das sind Dee und Barnet«, stellte sich eine intelligent wirkende Frau in Miekes Alter vor, bedeutete dem hübschen Border Collie Mischling, den sie an der Leine hielt, sitzen zu bleiben und streckte Mieke und Rob zur Begrüßung die Hand entgegen. Dee war eine rundliche Frau mittleren Alters mit einer auffällig bunten Perlenkette um den Hals. Ihre Gesichtszüge verrieten eindeutig ihr Aborigine-Erbe. Sie wirkte aufgeschlossen und freundlich.

»Und das ist Zap«, stellte Cherry den aufmerksam lauschenden Hund vor. »Er ist ein Koala-Spürhund«, erklärte sie ihnen, während Dee ihm liebevoll den Kopf tätschelte, den er arbeitsbereit nach oben streckte.

»So, dann zeigt mal das arme Ding, das ihr mitgebracht habt«, übernahm nun Dee und ließ sich den Beutler zeigen. »Das sieht nicht gut aus«, bestätigte sie Miekes Vermutung. »Kommt ihr ohne mich klar? Ich werde es sofort nach Hause bringen, um es zu versorgen. Es kann vorübergehend in mein Freigehege einziehen. Meine anderen beiden Fuchskusus, Lolly und Jig, sind gerade freigelassen worden.«

Cherry nickte. »Kein Problem, mit Rob sind wir ja ohnehin einer mehr, da können wir dich entbehren«, erklärte sie und fuhr an Mieke gewandt fort: »Solche Kerle sind echt das Letzte. Ich hatte neulich so einen Farmer am Hals, der meinte, Dingos seien eingeschleppte Tiere, die alle erschossen werden sollten.«

»Sind Dingos denn einheimisch?«

»Das ist Definitionssache. Dingos nehmen hier seit über viertausend Jahren eine wichtige Position an der Spitze der Nahrungskette ein, während die ersten Siedler erst 1788 auf den Kontinent kamen. Die Wahrheit ist, dass es für jedes Tier, das uns nicht in den Kram passt, einen guten Grund gibt, um es auszurotten.«

»Es ist mir unverständlich, wie man eine derart einzigartige Fauna und Flora haben kann und dennoch so wenig Verständnis dafür.« Sie dachte an ein Zitat von der Schriftstellerin Marie Freifrau von Ebner-Eschenbach: *Wir unterschätzen das, was wir haben, und überschätzen das, was wir sind.* Allein über achtzig Prozent der Säugetiere in Australien gab es nur hier, darunter waren so verrückte Arten wie das Baumkänguru und der Bergbilchbeutler. Dennoch waren die Menschen auch hier nur Menschen, die vor allem sich selbst und ihre eigenen Bedürfnisse sahen, denen Harmonie mit der Natur ein Fremdwort oder ein Euphemismus für Öko-Spinnerei war.

Im Wald war es unmerklich kühler, aber der winzige Unterschied half Mieke, die Hitze des Tages zu ertragen. Dutzende feiner Schweißperlen lagen auf ihrer Haut, Cherry hingegen schien die Temperatur nichts auszumachen.

»Wie funktioniert das mit Zap?«, fragte Mieke, die gespannt verfolgte, wie der Hund einer unsichtbaren Spur folgte.

»Er ist speziell darauf trainiert, Bäume aufzuspüren, in denen sich Koalas befinden. Wie die Spürhunde am Flughafen, nur dass er nicht auf Drogen, sondern auf Koalas anschlägt. In diesem Wald hat es nicht gebrannt, aber im Nachbarwäldchen, und wir vermuten, dass sich einige der verletzten Koalas hierhin zurückgezogen haben.«

»Sieht so aus, als hätte Zap Spaß an seiner Arbeit«, kommentierte Mieke.

»Ja, für ihn gibt es nichts Schöneres. Er ist vollkommen von seinem Job besessen. Ich muss ihn nie motivieren, sondern ihn eher stoppen, damit er nicht überhitzt. Die Arbeit ist anstrengend, und es ist meine Aufgabe, sie ein wenig einzuteilen. Aber einen besseren Mitarbeiter kann man sich nicht wünschen. Wenn er einen Koala findet, setzt er sich unter den Baum, um mir seinen Fund anzuzeigen. Dann bekommt er sein Spielseil und darf mit mir Zerren spielen. Das ist für ihn das Größte.«

Zap nahm die Nase nicht vom Boden und lief zielstrebig einen nur für ihn sichtbaren Pfad entlang. Das erleichterte die Arbeit der Wildtierretter, denn sie folgten dem Collie, ohne selbst die Wipfel absuchen zu müssen.

Cherry erzählte, dass die Ausbildung des Tieres ganze drei Jahre gedauert hatte. »Ich habe mir Hunderte von Welpen in den Tierheimen angeschaut, da ich einen ganz bestimmten Typ von Hund suchte. Zap ist mir sofort durch seine energische Art aufgefallen. Außerdem war er absolut von seinem Spielzeug besessen, dem einzigen, was er damals besaß. Ein Stoffteddy, mit dem er ganz selbstständig gespielt hat. Er hat ihn immer wieder selbst wegschleudert und zurückgeholt.«

»Kann er auch andere Tiere aufspüren?«, fragte Rob, der jede Bewegung des Hundes interessiert verfolgte, doch Cherry verneinte. »Nein, er ist ein reiner Koala-Spürhund. Deren Geruch kennt er, und nur bei ihm hat er gelernt, entsprechend zu handeln. Aber er weiß, wie er zu reagieren hat, falls uns ein anderes Tier über den Weg läuft. Dann macht er einfach brav Sitz und läuft erst weiter, wenn ich das Kommando gebe. Somit können wir uns in Ruhe um die Tiere kümmern, die am Boden leben. Aber was in den Wipfeln stattfindet, das sehen wir oft nicht. Einen Koala im Baumwipfel zu entdecken ist fast unmöglich, deshalb brauchen wir ihn.« Sie bahnten sich einen Weg durchs Dickicht, vorsichtig darauf bedacht, die zahlreichen Spinnenweben zu umgehen, die sich von Ast zu Ast zogen. »Spürhunde gibt es in allen Bereichen, ein sensibler Hund lässt sich auf fast alles konditionieren, egal, ob auf Tiere, Drogen oder Knochen tief in der Erde. Ein Kollege von mir setzt seinen Spürhund ein, um Artefakte und Gräber von Aborigines zu finden. Wie gut so eine Hundenase ist, das ist außerhalb des menschlichen Vorstellungsvermögens. Hunde haben bis zu zweihundertzwanzig Millionen Riechzellen, der Mensch hat nur mickrige fünf Millionen. Dabei können Hunde eine Million verschiedene Gerüche unterscheiden. Die ganze Welt besteht für sie aus Duftmarken. Sie müssen nur lernen, dass eine bestimmte Sorte von Interesse ist und belohnt wird. Es gibt sogar welche, die können Krebs erschnüffeln.«

Elegant bewegte Zap sich vorwärts durch den dichten Wald. Mal wand er sich um Hindernisse, um kurz darauf einen Baumstamm zu überqueren. Das alles, ohne merklich langsamer zu werden. Sein Tempo war beachtlich und ließ Miekes Puls ansteigen.

Der Wald lichtete sich, das Grün wandelte sich von Olive zu Jade. Ab hier kämpften sie sich durch schulterhohes Guineagras. Es raschelte dicht an Miekes Ohr, kurz darauf schlängelte sich ein daumendicker brauner Körper an ihr vorbei. Die Schlange schwebte mühelos auf den gefiederten Spitzen des Gräsermeers. Es sah aus, als würde sie an ihnen vorbeischwimmen. Bevor Mieke reagieren konnte, war sie bereits wieder verschwunden.

»Neulich habe ich in einem Artikel gelesen, dass Hunde nicht nur verschiedene Krebsarten, sondern auch Parkinson erschnüffeln können.«

»Ja, das kann ich mir gut vorstellen. Die meisten Hunde werden allerdings nur auf eine einzige Duftmarke trainiert.«

Kaum hatte sie das gesagt, hielt Zap mitten in der Bewegung inne. Wie versteinert stand er da, schnüffelte kurz und setzte sich dann hin. Miekes Blick folgte dem Stamm des Baumes hinauf in die weit verästelte Krone. In der Rinde entdeckte sie charakteristische Kratzspuren. Unten lagen ein paar frische braune Köttel, die Cherry nun mit einem kleinen Stöckchen zerstieß.

»Eindeutig Koala.«

Sie hätte es nicht sagen müssen, Mieke hatte den grauen Beutelsäuger bereits auf einem Ast entdeckt. Cherry hob ihr Fernglas, um den Koala besser erkennen zu können. »Der hat verletzte Pfoten. Er muss mit.«

Jetzt kam Barnet zum Einsatz, der bisher stumm hinter ihnen hergelaufen war. Mit seiner ungelenken Art, sich zu bewegen, und dem kurzen Gespräch, das sie mit ihm am Auto geführt hatte, erinnerte er sie an einen Jungen, mit dem sie zur Schule gegangen und der Asperger-Autist gewesen war.

Barnet löste eine Teleskopstange von seinem Rucksack, befestigte eine zerfledderte Plastiktüte an einem Ende und schob sie auseinander, dann reichte er sie Cherry. Er selbst baute sich eine kürzere Stange zusammen, an der er ein robustes Netz befestigte. Rob ging ihm wortlos zur Hand.

»Ich hoffe, das erschreckt dich nicht«, raunte Cherry ihr zu. »Das ist tatsächlich die Standard-Methode, um Koalas aus dem Baum zu holen. Für viele, die es zum ersten Mal sehen, wirkt es stümperhaft und grob. Aber anders geht es nicht.«

Kurz darauf verstand Mieke, was Cherry meinte. Die Teleskopstange wurde so ausgerichtet, dass sich die Plastiktüte kurz über dem Koala befand und, als Cherry die Stange hin und her bewegte, über dessen Schädel strich. Vom knisternden Geräusch und der Berührung aufgeschreckt, kletterte das Tier den Baumstamm hinunter, aber Cherry folgte ihm mit der Stange. Er konnte ihr nicht entwischen. Als der Koala den Boden erreicht hatte, trat Barnet vor, eine schnelle Handbewegung und der Koala saß in seinem Netz fest. Flugs sprang Cherry auf das zappelnde Tier zu, befreite es und steckte es in sein nächstes Gefängnis, einen weiten, aber undurchsichtigen Baumwollbeutel.

Zap hatte sich nicht von seinem Platz gerührt. Erst als Cherry den Sack oben eingedreht und zugeschnürt hatte, wedelte er mit dem Schwanz. Cherry sagte »Move« und zog ein unförmiges Seil aus ihrem Gürtel. Kurz darauf verzog Zap sich mit seinem Spielzeug im Maul ins Gebüsch zurück und tobte sich aus.

»Er darf damit jetzt fünf Minuten spielen, bis wir unsere Geräte wieder verstaut haben und bereit sind, mit der Suche fortzufahren«, sagte Cherry, während sie die Teleskopstange wieder zusammenschob.

Kurz darauf spürte Zap einen weiteren Koala auf, der so weit oben in einer Moreton Bay Ash saß, dass Barnets Teleskopstange nicht ausreichte, um das Tier zu erreichen.

»Du bist dran«, sagte Cherry und deutete auf Miekes Rucksack, in dem sich ihre Kletterausrüstung befand. Neugierig beobachtete sie, wie Mieke alles auspackte, das ordentlich zusammengelegte Seil entrollte und Karabiner, Wurfbeutel und Auffanggurt bereitlegte.

Sie suchte sich einen geeigneten Ast für den Wurfbeutel und stand bald darauf startklar vor dem Baum.

Sie war aufgeregt, doch zu ihrer Erleichterung klappte der Wurf des Seils bereits beim ersten Versuch. Gespannt sahen die anderen ihr zu, als sie den Baum erkletterte, langsam und mit viel Fingerspitzengefühl. Mit jedem Meter stieg Miekes Aufregung. Bloß nicht nach unten schauen, dachte sie. Aber dann hatte sie es geschafft und den Ast erreicht, auf dem ein Koala-Weibchen saß und sie ängstlich ansah. Der Ast hinter ihm war abgebrochen, es konnte sich nicht weiter zurückziehen, ohne einen weiten Sprung zu wagen. Aber Mieke ließ es nicht dazu kommen. Geschickt warf sie ein Netz über das Tier und hielt es gut fest, als der Koala zu zappeln anfing. Sie hatte einen weiteren blickdichten Transportbeutel mit auf den Baum gebracht, in den sie den Koala nun behutsam mitsamt dem Netz setzte. Sie befestigte ihn an einem weiteren Seil und ließ ihn vorsichtig zu den anderen hinab, die ihn in Empfang nahmen und versorgten, während Mieke wieder hinunterkletterte.

Ein paar Stunden später traten sie alle gemeinsam wieder aus dem Wald. Rob trug zwei Beutel, in denen sich Koalas befanden, Mieke einen. Der Weg war weit, mit jedem Schritt wurde ihr Arm schwerer. Das Weibchen in ihrem Beutel wog knappe sechs Kilo, damit lag es am oberen Ende der Gewichtsgrenze. Gerade war sie froh, sich nicht im Süden Australiens zu befinden – dort waren Koalas um einiges schwerer, die Männchen wogen bis zu fünfzehn Kilo. Cherry war sichtlich zufrieden mit dem Ergebnis, und Zap trug sein Spielseil stolz im Maul, das er auf dem Rückweg als Bonus behalten durfte.

Auch Mieke freute sich über ihren Erfolg und dass sie es ohne Probleme geschafft hatte, ihr Wissen aus dem Kletterkurs anzuwenden.

An den Autos angekommen, verstauten sie die Koalas bei Cherry im Kofferraum, die sie gemeinsam mit Barnet zu Dee bringen würde, um dort die Wunden zu versorgen. Rob und Mieke verabschiedeten sich und fuhren direkt zum Motel zurück.

Gerade hatte Mieke geduscht und sich den Staub und Schweiß des Tages abgewaschen, als es an ihrer Zimmertür klopfte.

»Hallo, Sauerkraut«, begrüßte Jodie die verdutzte Mieke, als sie öffnete.

»Jodie? Was machst du denn hier?« Auch wenn sie den Abend mit Rob hatten genießen wollen, freute sie sich, ihre Freundin wiederzusehen.

»Ja, ich freu mich auch wahnsinnig, dich zu sehen«, konterte diese mit einem ironischen Unterton. »Kann ich das hintere Bett haben?« Obwohl der Satz wie eine Frage formuliert war, klang er mehr wie eine Verkündung, und schon marschierte Jodie durch den Raum und warf ihre Tasche auf das Bett, ohne eine Antwort abzuwarten. In dem Zimmer befanden sich ein Kingsize-Bett und ein Doppelbett. Wie selbstverständlich warf Jodie ihre Tasche auf das Kingsize-

Bett und zog sich die Schuhe aus. Um ihren Hals baumelte eine auffällige Kette.

»Ist die von Oliver?«

Jodie schaute sie irritiert an und fasste sich dann an den Hals. »Ja. Na ja, nicht ganz mein Stil, aber er hat einen solchen Aufwand drum gemacht.«

»Ihr versteht euch gut?«

»Ja, irgendwie schon. Gegensätze ziehen sich an, schätze ich.« Sie zuckte mit den Schultern und grinste. »Schön, dich wiederzusehen, Mieke. Ich habe dich vermisst.«

Die Tür zum Badezimmer öffnete sich, und Rob trat heraus, nackt, um die Hüfte ein Handtuch gewickelt. Seine Augen weiteten sich, als er Jodie sah, aber dann grinste er, hob die Hand und sagte: »Hi, ich bin Rob.«

Später am Abend kehrten sie zu dritt in eine Kneipe ein, die eine vielversprechende Tageskarte hatte. Obwohl Jodie unaufhörlich redete, konnte Mieke den Blick nicht von Rob wenden. Irgendetwas ließ ihn heute besonders attraktiv erscheinen. War es sein Aftershave? Mieke schnupperte und fühlte sich ertappt, als Rob ihr zuzwinkerte.

Jodie quetschte Rob über seinen Beruf aus, und Mieke erfuhr viele Details, die ihr neu waren.

»Ich wusste bereits als kleines Kind, dass ich Feuerwehrmann werden wollte. Ich habe mir sogar eine Uniform aus der Küchenschürze meiner Mutter gebastelt und mit dem Gartenschlauch deren roten Flammenbaum ›gelöscht‹«, erzählte er lachend.

Mieke schmunzelte. »Ich nehme an, die Blüten haben das nicht überlebt?«

»Ja, die waren hin. Mit fünf habe ich dann zum Unmut meiner Eltern eine Katze von einem Baum gerettet. Zumindest habe ich es versucht. Mein Vater musste anschließend die Feuerwehr rufen, um die Katze und mich gemeinsam wieder herunterzuholen. Ich fand es großartig.«

»Deine Eltern waren da bestimmt anderer Meinung«, vermutete Mieke.

»Natürlich, aber es war ein prägendes Erlebnis, nach dem mein Entschluss absolut feststand. Und ich bereue es nicht. Jeder Tag ist neu, es wird nie langweilig. Wir machen alles. Von der Rettung von Entenküken, die in einen Gully gefallen sind, über Rauchmelderfehlalarme, Wohnungsbrände, Hochwassereinsätze, von denen es hier jedes Jahr zur Weihnachtszeit genügend gibt, bis zu Waldbränden.«

Der Abend war lustig. Sie erzählten Jodie von ihrem Einsatz mit dem Koalaspürhund und hörten sich ihre Geschichten von Oliver aus der Stadt an. Erst nach einer Weile fiel Mieke auf, dass Jodies Unterarm ein neues Tattoo zierte: ein Koalakopf, umrankt von Flammen, die ein Herz bildeten. Als sie Jodie darauf ansprach, kommentierte sie verlegen: »Das klingt vielleicht verrückt, aber es hilft mir, unsere Erlebnisse zu verarbeiten.«

»Steht dir. Und ich finde es gar nicht verrückt, sondern sehr menschlich. Stört es dich nicht mehr, dass Oliver was gegen Tattoos hat?«

»Na ja, hat er nicht mehr. Mittlerweile findet er, dass Tattoos zu mir passen. Ich glaube, er hat sich an mich gewöhnt. Und ich mich an ihn.«

Mieke nippte an ihrem Glas und lehnte sich zurück. Sie genoss den entspannten Abend und sah sich im Gastraum um. Plötzlich fielen ihr drei Männer auf, die in einer Ecke saßen und Poker spielten. Geld lag auf dem Tisch. Darunter im Halbdunkel kauerte ein junger Cattle Dog, noch ein Welpe, kein halbes Jahr alt. Um seinen viel zu dünnen Hals war eine

Kette geschlungen. Sein Fell war struppig. Ein hagerer Mann mit polierter Glatze, in der sich alle Sünden dieser Welt spiegelten, hatte das andere Ende der Kette im Schoß liegen. Als er Miekes Blick bemerkte, senkte er bedächtig seine Karten und stand auf. Dabei zog er aus Versehen an der Kette, was den Welpen zum Winseln brachte. Entsetzt beobachtete Mieke, wie der Mann nach dem Hund trat. Wut wallte in ihr auf.

Rob schien es ebenso zu gehen, er war völlig auf den Hund fixiert. Dabei hielt er die Bierflasche so fest, dass die Adern auf seinem Handrücken hervortraten.

Der Glatzköpfige kam zu ihnen herüber. »Guten Abend«, begrüßte er sie mit einer Stimme so sanft und säuselnd wie eine Schlange, die sich einem langsam um das Genick wand. Auch seine merkwürdig fließenden Bewegungen wirkten beinahe reptilienartig.

Rob stellte seine Bierflasche ab, um die Arme zu verschränken, und sah zu dem Mann auf.

»Ihr drei seht aus, als könntet ihr ein wenig Spaß vertragen. Kann ich euch auf eine Partie Poker einladen?«

»Verpiss dich«, sagte Jodie, aber Rob schaute den Mann geradewegs an, wenn überhaupt, wirkte er eine Nummer zu lässig.

»Ach, eine Runde Karten würde ich ganz gerne spielen. Aber Poker? Das habe das letzte Mal im College gezockt. Du müsstest mir die Regeln noch mal neu erklären.« In den Augen des Glatzköpfigen blitzte es gierig, er hatte angebissen. Mieke war klar, dass Rob bluffte. Doch was hatte er vor?

Mitsamt ihrer Getränke zogen sie an den Tisch der drei Männer um, auch wenn Jodie dabei etwas protestierte. Sie reagierte zum Glück auf Miekes warnenden Blick und gab sich geschlagen. Rob nahm dem Glatzköpfigen gegenüber Platz, während Mieke und Jodie sich als Zuschauer die kurze Tischseite teilten. Sie hatten das Angebot, ebenfalls mitzuspielen, dankend abgelehnt.

Die erste Runde gewann Rob. Mieke hatte ganz genau erkannt, dass Rob absichtlich schlecht gespielt hatte, trotzdem hatten die drei ihn gewinnen lassen. Diese klassische Strategie des Betrugs war so offensichtlich, dass Mieke sich zurückhalten musste, um nicht den Kopf zu schütteln. In den ersten Spielen wurde das Selbstbewusstsein aufgebaut, dann die Wetteinsätze erhöht, und flugs war man sein Erspartes los, wenn der Abzocker jedes weitere Spiel gewann. Und tatsächlich, Rob meisterte eine weitere schlecht gespielte Runde, dann gewann der Glatzköpfige die dritte Partie.

Zu Miekes Überraschung holte Rob nun sein Portemonnaie hervor. Mehrere Fünfzig-Dollar-Scheine waren im Notenfach erkennbar.

»Eigentlich brauche ich das, um meine Miete zu zahlen«, behauptete er, strich sich theatralisch über das Kinn und legte einen der Scheine auf den Tisch. »Na ja, ich denke, eine Runde ist noch in Ordnung.«

Um das Spiel noch ein wenig weiterzutreiben, warf Mieke ein: »Bist du dir wirklich sicher? Ich glaub nicht …« Rob schaltete sofort und unterbrach sie beinahe barsch: »Lass mich mal machen! Das klappt schon.«

Die drei lächelten aufmunternd, und der Glatzköpfige mischte die Karten.

»Lass mich mischen«, sagte Rob. »Ihr habt die ersten Spiele gemacht, ich bin dran.« Er zupfte seinem Opponenten die Karten aus der Hand, der mit dieser Wendung des Geschehens sichtlich unzufrieden war.

Unbeholfen mischte Rob die Karten, mehrfach fielen sie dabei herunter. Als er sie verteilte, konzentrierte Mieke sich darauf, ruhig zu atmen und ihre Gesichtszüge zu entspannen.

Sie ahnte, dass Rob einen Plan hatte, konnte aber noch nicht erkennen, wie der aussehen sollte.

Er nahm sein Blatt auf und sortierte es, war völlig in seine Karten vertieft. Seine Mimik war ungerührt, aber er wirkte zögerlich. »Mann, ich kann es mir echt nicht leisten, jetzt zu verlieren«, gestand er einen Tick zu laut. Der Glatzköpfige überlegte kurz und erhöhte seinen Einsatz. Rob zögerte erneut, tat es ihm dann nach. Kurz darauf lagen dreihundert Dollar auf dem Tisch. Als der Glatzköpfige nachlegen wollte, hielt Rob ihn ab. »Deine Hündin«, sagte er. »Ist die reinrassig?«

»Skinny? Ja, aber die ist völlig nutzlos. Aus der wird nie ein guter Wachhund werden. Ist viel zu anhänglich und verspielt.«

»Wenn du Skinny einsetzt, erhöhe ich um fünfhundert.«

»Was?«

Der Kahle zog die Augen zu Schlitzen zusammen. Spürte er, was sich gerade anbahnte? Über ihnen schien sich eine elektrische Spannung aufzubauen, die nur in einem Gewitter enden konnte.

Rob fing an, die Scheine abzuzählen. »Was willst du denn mit der Töle?«, fragte Jodie Rob provokant. Sie stieg in sein Spiel ein, erkannte Mieke sofort. »Da kannst du ja nur verlieren. Entweder du kriegst einen nutzlosen Köter oder verlierst dein Geld.« In diesem Moment hatte Rob die Scheine bereits auf den Tisch gelegt, hielt aber dann aber kurz inne, als wollte er sie wieder zurückziehen.

»He, was liegt, das liegt!«, unterbrach ihn einer der anderen Spieler, und so zog Rob stirnrunzelnd seine Hand von den Geldscheinen zurück. Der Glatzköpfige grinste feist, während seine Kollegen aufgebend ihre Karten auf den Tisch legten.

»Na, dann zeig mal, was du hast, Kleiner«, forderte der Glatzköpfige überheblich. Rob verzog keine Miene, zuckte die Schultern und sagte unschuldig: »Ich glaube, das ist ein Full House, oder?!« Der Glatzköpfige zögerte ungläubig, bevor er seinen Doppelzwilling zeigte. »Wow, ich hab gewonnen«, tat Rob überrascht, griff nach den Geldscheinen, nickte Mieke und Jodie zu und stand auf. Mieke bückte sich unter den Tisch, hob den Hund auf ihren Arm und trat vom Tisch zurück in Richtung Tür.

»Wir müssen los. Schönen Abend noch«, rief Rob und folgte den Frauen. Im Vorbeigehen warf er einen Fünfziger auf die Theke und verließ die Kneipe umgehend. Bevor die Tür zufiel, warf Mieke noch einen letzten Blick über die Schulter und sah, wie Robs Gegenspieler perplex auf die Tischplatte starrten.

»Wir müssen sofort weg«, sagte Rob und hielt Mieke und Skinny die Rücksitztür auf. »Die werden sich schnell fangen, und dann gibt's Ärger.«

Er sprang ins Auto und ließ den Motor an, Jodie ließ sich auf den Beifahrersitz fallen, und schon fuhren sie davon. Durch die Heckscheibe konnte Mieke noch sehen, wie die drei Typen zur Tür herausstürzten und wutentbrannt hinter dem Auto herbrüllten. Was genau, konnte sie nicht verstehen, doch es waren sicherlich keine Glückwünsche.

Mieke saß auf der Bank vor dem Motelzimmer. Sie schaute in den Nachthimmel, fand das Kreuz des Südens, ließ ihren Blick an der Milchstraße entlanggleiten. Zum ersten Mal hatte sie Heimweh. Die Situation in der Bar hatte ihr mehr Angst gemacht als alles, was sie in letzter Zeit in den Feuern erlebt hatte.

»Darf ich mich zu dir setzen?«, unterbrach eine tiefe Stimme ihre Gedanken. Sie deutete auf den freien Platz neben sich.

»Es tut mir leid«, sagte Rob leise. »Ich hätte das nicht machen sollen.«

»Was?«

»Das Pokerspiel. Ich habe euch beide unnötig in Gefahr gebracht. Der Hund tat mir leid.«

Mieke hatte den Cattle Dog untersucht und zahlreiche Verhärtungen unter ihrer Haut gespürt. Skinny hatte viel in ihrem jungen Leben mitmachen müssen, ein Wunder, dass sie trotzdem freundlich und aufgeschlossen, wenn auch schüchtern war.

»Wir haben das Richtige gemacht. Sie hat uns gebraucht. Hat sie etwas gegessen?«

»Sie hat die ganze Dose geleert. Auf ihren Rippen ist kaum Speck, sie ist viel zu dünn.«

»Hoffentlich bekommt sie davon keinen Durchfall«, sagte Mieke.

Sie drehte sich zu Rob um. Sein Gesicht lag ihm Halbschatten, die Wangen wirkten höher, der Mund fester als sonst.

»Es gibt da etwas, über das wir reden müssen. Was ist mit dir los, Rob? Warum bist du bei Leon so ausgerastet, als ich dich hinter der Scheune getroffen habe? Bitte sag mir die Wahrheit.«

Robs Hand suchte die ihre. »Mieke!« Er sagte es bittend, eine Verletzlichkeit in seiner Stimme, die ihr neu war. Dann räusperte er sich, verzog das Gesicht. Es dauerte eine weitere Minute, bevor er loslegte. »Bei Leon ... das ...« Er brach erneut ab, holte Luft, setzte wieder an. »Scheiße, Mieke, ich habe das noch niemandem erzählt. Aber ich vertraue dir und möchte, dass du mich verstehst, auch wenn es mir selbst schwerfällt, es zu verstehen. Was ich dir jetzt sage, musst du unbedingt für dich behalten.«

Mieke nickte. »Das krieg ich hin.«

Unsicher wischte er sich über die feuchte Stirn.

»Nun gut. Ich … verdammt … ich habe Panikattacken. Jetzt weißt du es.« Er atmete tief aus und lehnte sich zurück.

»Panikattacken?«, wiederholte Mieke überrascht.

»Wenn das rauskommt, habe ich ein Riesenproblem. Unser Betriebsarzt würde ein Drama daraus machen, mich zum Psychologen schicken, und mein Chef macht sich ohnehin ständig Sorgen um mich. Und unter den Kollegen wäre es das Gegenteil – ich habe keine Lust, zum Gespött der Staffel zu werden.«

Mieke nickte verständnisvoll. »Meinst du wirklich, deine Kollegen hätten da nicht mehr Verständnis?«

Rob schüttelte den Kopf. »Nein, Mieke. Australien ist vielleicht ein fortschrittliches Land, aber manche Dinge sind rückständig. Ein Feuerwehrmann muss hier ein echter Kerl sein, sonst ist man in den Augen der Kollegen nicht ernst zu nehmen. Wahrscheinlich würde mein Chef mich nur noch für Aufräumarbeiten einteilen.«

Mieke griff seine Hand, die kraftlos in seinem Schoß lag. Seine Ehrlichkeit berührte sie. Sie rutschte nahe an ihn heran, bis die Lücke zwischen ihnen verschwunden war. Sie konnte dem Drang nicht widerstehen, durch sein verschwitztes und von Gel verklebtes Haar zu fahren. Seine Verletzlichkeit ließ sie wachsen.

»Rob«, sagte sie so sanft wie möglich, »ich glaube, du projizierst die Erwartungen, die du an dich hast, auf andere. Und das ist nicht gut. Es ist in Ordnung, Schwäche zu zeigen. Dafür den Mut aufzubringen heißt, Stärke zu besitzen. Natürlich verstehe ich, dass du Angst hast, dein Gesicht zu verlieren, aber so geht es doch auch nicht weiter. Du brauchst einen Plan, um mit diesen Panikattacken besser fertigzuwerden, anstatt sie einfach nur zu verheimlichen.«

Rob brummte, und dann legte er unerwartet seinen Kopf an ihre Schulter. Mieke nahm die Geste an und hielt ihn fest im Arm. Diese Geste war für ihn ein erstes Zulassen von Schwäche, und es war nun an ihr, ihm zu vergewissern, dass es richtig war, das zu tun.

In dieser Nacht blieben sie lange auf der Bank sitzen. Schweigend sahen sie in den Sternenhimmel hinauf, der hier so anders aussah als zu Hause. Rob legte irgendwann seinen Arm um ihre Schulter, und sie schmiegte sich an ihn, genoss seine Nähe und die sanften Berührungen seiner Finger auf ihrem Arm.

Als Mieke zu ihm aufsah, stellte sie fest, dass Rob sie beobachtete, sein Blick war nicht zu den Sternen gerichtet, sondern auf ihr Gesicht. Er schien alles in sich aufzusaugen. Seine Augen waren voller Zärtlichkeit, und dann, zögerlich erst, küsste er sie.

Schnell wurde sein Kuss drängender, fordernder, und doch spürte sie, dass er etwas zurückhielt. Sie wandte sich ihm ganz zu, ließ eine Hand unter sein T-Shirt gleiten, strich über seinen muskulösen Rücken, vergrub ihre andere Hand in seinem Haar und streichelte seinen Nacken. Am liebsten hätte sie jeden Quadratzentimeter seines Körpers berührt. Sie war erregt, wollte mehr, aber sie hielt sich zurück. Was Rob jetzt brauchte, waren Nähe und Geborgenheit. Es ging nicht um Sex, und das war okay.

Als es langsam spät und um sie herum immer stiller wurde, entschieden sie, in Robs Zimmer umzuziehen. Nachdem Jodie aufgetaucht war, hatte Rob ihnen das Zimmer überlassen und war nebenan eingezogen. Er holte eine Flasche Weißwein aus der Minibar, und sie machten es sich auf dem Bett gemütlich.

Plötzlich fing Rob an zu erzählen. Er sprach von seiner Kindheit, seinem Vater, zu dem er ein schwieriges Verhältnis gehabt hatte, bis dieser plötzlich mit einer jüngeren Affäre abgehauen war, und den vielen Tieren, mit denen seine Mutter sich umgab.

»Nach der Trennung schleppte Mama immer mehr Tiere an, unser Haus war ein Zoo. Manchmal vergaß sie, für uns einzukaufen, weil sie stundenlang damit beschäftigt war, ein Joey in den Schlaf zu wiegen oder Vogelkäfige für Possums umzurüsten. Das war ihre Art zu trauern. Wenn sie stehen blieb, es nichts mehr zu tun gab, weinte sie. Also stellte sie sicher, dass sie immer in Bewegung war. Und ich sorgte für Tiernachschub, bin stundenlang an den Straßen entlanggelaufen, um die Beutel der überfahrenen Kängurus zu prüfen, nur um Joeys für meine trauernde Mutter zu finden. So makaber das auch klingen mag – eine Känguruwaise war ein Triumph für mich, denn sie hat meiner Mutter ein Leuchten ins Gesicht gezaubert.«

»Das war bestimmt eine schwierige Zeit für dich.« Sandy hatte es geschafft, ihre Krise zu überwinden, doch vermutlich hatte diese Zeit Rob auch psychisch geprägt.

»War das die Zeit, in der deine Panikattacken losgingen?«, fragte Mieke, während sie durch sein Haar fuhr. Sein Kopf lag in ihrem Schoß, er hatte die Augen geschlossen.

»Ja, vielleicht hat mich das ein wenig verändert, doch der Auslöser war etwas anderes. Ich hatte lange Zeit nicht viel Interesse an Frauen, doch dann lernte ich Rosie auf einem Bush Dance kennen. Sie konnte gut tanzen, ich nicht. Sie war schön, konnte gut singen und hat mich von Anfang an mit ihrem Lachen verzaubert. Alles an ihr wirkte leicht, selbst ihr Gang – und das war ein starker Kontrast zu meiner Mutter. Wir waren etwa ein Jahr lang zusammen, fingen an, unsere Zukunft zu planen.«

Mieke streichelte ihm über die Wange und spürte, dass er sich versteifte. Es war nicht leicht für ihn, sich zu öffnen. Sie unterbrach für einen Moment die Berührung, ließ ihm den Raum und die Zeit, die er brauchte. Instinktiv spürte sie, dass das, was er ihr nun erzählen wollte, große Bedeutung für sie und für ein eventuelles Wir haben würde.

»Wir waren so unglaublich verliebt, und dann habe ich sie gebeten, mich zu heiraten. Alles war gut, wir waren glücklich. Bis zu dem Abend, an dem ich zu einem Einsatz gerufen wurde, der alles veränderte. Rosie war unterwegs gewesen, hatte eine Freundin besucht und mir noch eine Nachricht geschrieben, dass sie losfuhr. Als ich an die Unfallstelle kam, habe ich nicht im Traum mit dem gerechnet, was mich erwartete. Ein Lastwagen war ins Schlingern geraten und mit einem Kleinwagen kollidiert. Ich erkannte Rosies Honda sofort. Er war zwischen dem Lkw und der Mittelleitplanke eingequetscht. Und Rosie konnte nicht mehr geholfen werden. Als ich eintraf, war sie bereits tot.«

Er schluckte, und seine Stimme zitterte, als er weitersprach. »Auf dem Rücksitz haben wir eine Tüte mit einem Trikot der Broncos darin gefunden mit Originalunterschrift meines Lieblingsspielers. Damit wollte sie mich wahrscheinlich überraschen.«

»Oh Rob, du hast deine Verlobte verloren? Das tut mir unendlich leid.« Ihre Stimme zitterte, und ihre Augen füllten sich mit Tränen.

»Ich werde diesen Anblick nie vergessen, Mieke. Ich kann Rosie nicht vergessen. Es ist die Angst davor, wieder vor einem Unfall zu stehen, bei dem ich das Opfer kenne, die mich manchmal lähmt und die diese Panik in mir auslöst«, gestand Rob. »Jahrelang habe ich das in mich hineingefressen. Natürlich habe ich hin und wieder Frauen kennengelernt, aber keine habe ich an mich herangelassen. Und dann bist du mir begegnet. Du bist so stark und selbstsicher und wunderschön.

An jenem Nachmittag bei Leon hat mich die Erinnerung an Rosie überwältigt. Ich kann es nicht erklären, aber ich fühlte mich in gewisser Weise schuldig, weil ich anfing, Gefühle für dich zu entwickeln. Ich hatte das Gefühl, Rosie zu betrügen.« Er schluckte. »Dass ich dich am Stausee so überfallen habe, das tut mir leid. Ich wollte mir selbst beweisen, dass ich noch immer Rosie gehöre, dass die Anziehung, die du auf mich ausübst, rein körperlich ist, und habe ihr nachgegeben. Doch ich hatte mich selbst belogen. Ich konnte danach nicht mit dir darüber sprechen. Hatte Angst, dir von Rosie zu erzählen, meine Erinnerungen an sie zu teilen und über den schrecklichen Unfall zu sprechen.« Er hielt inne, sah sie unsicher von unten herauf an.

Zaghaft, weil sie seine Erinnerung nicht stören oder ihn überrumpeln wollte, beugte Mieke sich hinunter und gab ihm einen sanften, tröstenden und versöhnenden Kuss auf die Schläfe. Sie wollte ihm nah sein, wollte ihm zeigen, dass sie ihn verstand, jedoch selbst nicht die richtigen Worte fand. Sofort spürte sie, wie die Anspannung aus Robs Körper wich. Er richtete sich auf, als sie ihren Kopf wieder hob, und zog sie an sich, küsste sie innig und fast verzweifelt.

»Rob, du kannst mir alles sagen, ich verurteile dich nicht dafür. Ganz im Gegenteil, ich kann dich jetzt viel besser verstehen.«

»Möchtest du sie sehen?« Als sie nickte, richtete er sich auf, um sein Handy hervorzuholen. Er tippte darauf herum und hielt ihr ein Foto entgegen. Das Porträt einer zierlichen Frau, die schüchtern in die Kamera lächelte. In ihrem Haar steckte die mauvefarbene Blüte eines Emu-Busches.

»Das ist sie, das ist Rosie.«

Mieke erinnerte sich daran, wie verbittert Sandy die gleiche Blüte zerknüllt hatte, und wieder schloss sich ein Kreis.

Ihr Tod war der Schatten, der über der Familie lag. Sie war es, an die Robs Herz schon so lange Zeit vergeben war.

»Sie ist sehr schön«, sagte Mieke sanft und betrachtete Robs Miene, die irgendwie erleichtert wirkte. Nur weil Feuerwehrmänner jeden Tag in engem Kontakt mit Gevatter Tod standen, dachte sie, hieß es noch lange nicht, dass sie innerlich gewappnet waren, wenn dieser einen geliebten Menschen holte. Rob streckte sich wieder aus, um seinen Kopf erneut in ihren Schoß zu legen, und Mieke streichelte seine Wangen, seinen Hals. Die Nacht verging schnell und fühlte sich doch an wie eine Ewigkeit.

Da Rob beurlaubt war, schloss er sich weiterhin Mieke und Jodie an, und in den nächsten Tagen arbeiteten sie Hand in Hand. Jodie und Rob schienen sich zu verstehen, Mieke genoss es, im Dreierteam unterwegs zu sein. Skinny hatte schon während der ersten Tage kräftig zugenommen, und sie hatten schnell beschlossen, sie umzutaufen, und ihr den viel passenderen Namen Hope gegeben. Vorübergehend war sie bei einem befreundeten Wildtierpfleger untergebracht, der sie noch ein wenig aufpäppeln und nach ein paar Tagen zu Hayley bringen wollte. Sie freute sich bereits mächtig auf die Kleine. Die beiden würden sich gegenseitig guttun, da war Mieke sich sicher. Hayley konnte lernen, Verantwortung zu übernehmen, und Hope brauchte eine Bezugsperson, die ihr die Sicherheit gab, die sie brauchte, um eine selbstbewusste junge Hündin zu werden und ihre Ängste abzulegen.

Die Weihnachtsfeiertage kamen und gingen, von Feierlichkeit und Weihnachtsstimmung waren Mieke, Rob, Jodie und die anderen Helfer weit entfernt. Es gab zu viel zu tun. Die Tage waren so lang, dass keine Zeit für durchredete Nächte oder viele Gedanken darüber blieb, was zwischen ihr und

Rob passierte, doch es fühlte sich richtig an. Mieke genoss die entspannte und angenehm vertraute Stimmung zwischen ihnen. Anderes hatte jetzt einfach Priorität.

Mittlerweile waren große Teile Queenslands zum Katastrophengebiet erklärt worden, auch in New South Wales, Victoria und Südaustralien brannten jeden Tag neue Feuer. Mehrfach kontaktierte Rob seinen Betriebsarzt, aber der blieb stur. »Er besteht drauf, dass ich mich noch mindestens zwei weitere Wochen erhole. Das ist Wahnsinn, ich werde gebraucht.«

In den Nachrichten hörten sie, dass ein Farmer eine Herde Kängurus erschossen hatte, die vor den Feuern auf seiner Farm Zuflucht gesucht hatte. Mit ländlichem Dialekt verteidigte er sich vor dem Reporter.

»Die fressen meinen Schafen alles weg, Mate. Die Zeiten sind hart und das Geschäft schlecht. Hätten meine Kids auf ihre Weihnachtsgeschenke verzichten sollen?«, fragte er mit einer derart weinerlichen Stimme, dass Mieke vor Abscheu eine Gänsehaut bekam. Erstaunlich, wie Menschen sich ihr Verhalten schönreden konnten.

Weiter nördlich war gerade abgestimmt worden, ob eine gesamte Flughundkolonie aus einem Park am Stadtrand vertrieben werden sollte. Siebzig Prozent der Teilnehmer hatten dagegen gestimmt. Der Stadtrat wollte die Vertreibung trotzdem initiieren, da die Fassade der Bibliothek durch den Kot der Tiere besudelt und somit zu einem optischen Schandfleck geworden sei. Jodie und Rob nahmen solche Nachrichten hin, Mieke wühlten sie auf. »Nimmt euch das denn gar nicht mit?«, fragte sie.

»Man gewöhnt sich an Ignoranz und Dummheit«, erklärte Jodie, und Rob stimmte ihr zu. »Ja, was soll ich mich aufregen? Die einen päppeln Possumwaisen auf, die anderen stellen

Metallfallen auf, in denen die Tiere grausam verenden. Man kann seinen Beitrag leisten, aber man wird die Mehrheit der Menschen nicht verändern, und zerbrechen darf man an dem Elend nicht. Würde ich so etwas an mich heranlassen, könnte ich meinen Job als Feuerwehrmann an den Nagel hängen.«

Und dann war das Jahr plötzlich zu Ende. Am Silvesterabend standen sie zu dritt auf einer Hügelkuppe bei Inglewood und schauten hinab auf einen Brigalow-Wald. Die silbrig schimmernden Blätter der Bäume knisterten ahnungsvoll im heißen Wind.

»Einst bedeckten die Brigalows weite Landstriche. Sie teilten sich die Fläche mit seltenen Eukalyptusarten. Aber die Gier der Farmer hat das Buschland verschwinden lassen«, sagte Rob, während er eine Weinflasche entkorkte.

»Evolution bedeutet nicht, dass wir Menschen uns weiterentwickeln, sondern nur, dass wir handeln und einige dieser Handlungen uns Vorteile bringen«, kommentierte Jodie.

»Ja, ich weiß.« Rob füllte ihre Gläser auf.

»Wir sind nicht verantwortlich für das Handeln anderer. Aber es liegt in unserer Hand, einen Unterschied zu machen«, fand Mieke.

»Wenn nicht wir, wer dann? Und wenn nicht jetzt, wann dann?«, murmelte Jodie. Mieke nickte, das Zitat war ihr bekannt. Sie stieß mit Jodie an. »Auf dich!«

Jodie lächelte, ohne sie anzusehen.

Zwischendurch rief Lina an und erzählte, dass ihre neuen Nachbarn sie zum Silvestergrillen für den Klimaschutz eingeladen hatten. Stolz hatten sie auf ihre zertifizierten Bio-Böller hingewiesen. Lina hatte trotzdem dankend abgelehnt. Bei Lina war also auch ein ruhiger Abend angesagt, allerdings hatte sie bis dahin noch etwas Zeit, im Gegensatz zu ihnen.

Kurz darauf zeigte die Uhr Mitternacht. Rob hob das Glas, stieß erst mit Jodie an und dann mit Mieke, doch bevor er trank, entschied er sich anders, sah ihr tief in die Augen, legte seine Hand in ihren Nacken und zog sie sanft an sich: »Vor dir liegt ein Buch mit dreihundertfünfundsechzig Seiten und zwölf Kapiteln. Was machst du draus?«, flüsterte er nah an ihren Lippen und gab ihr einen zärtlichen, beinahe unschuldigen und doch zutiefst innigen Kuss.

Am ersten Tag des neuen Jahres erwachte Mieke davon, dass jemand sanft über ihren nackten Rücken strich. Wohlig grunzte sie, rückte noch näher an Rob heran.

»Schlaf ruhig weiter, Mieke, es ist noch früh«, flüsterte Rob ihr zu, aber seine Hand fuhr nun über ihren Po und ließ sie ganz aufwachen. »Schön ist das«, murmelte sie. In dem Moment klopfte es an der Tür. »Hey, seid ihr wach? Ich habe uns Kaffee besorgt«, erklang Jodies Stimme draußen.

»Weißt du eigentlich, wie früh es ist?«, schimpfte Rob, aber Mieke winkte ab. »Ich finde, Kaffee ist eine wunderbare Idee. Wir kommen gleich zu dir raus!« Den ersten Satz hatte sie Rob zugeraunt, den zweiten lauter Jodie durch die Tür zugerufen.

Sie zogen sich an und folgten Jodie in das Nachbarzimmer des kleinen Motels, in dem sie eingecheckt hatten. Außer dem Kaffee hatte Jodie noch Donuts besorgt – das perfekte Neujahrsfrühstück, fand Mieke. Während sie kaute, las sie die Nachrichten auf ihrem Handy. Plötzlich sprang sie hoch.

»Scheiße«, entfuhr es ihr. »Neues Jahr, neues Pech.« Sofort wählte sie Leons Nummer.

»Leon, wo steckst du? Wie geht es dir?«, schrie sie in das Telefon, was Rob dazu brachte, zusammenzucken. Sofort stellte Mieke das Handy auf Lautsprecher.

»Es geht«, sagte Leon mit zitternder Stimme. Weinte er? »Ich kann es … nicht fassen. Ist Rob bei dir? Sein Handy ist aus.«

»Ja, er hört mit. Was genau ist passiert?«

»Ich … Mieke, verdammt. Sie sind alle tot. Ich … es … fuck.« Er schniefte, holte Luft. »Gestern ist ein Buschfeuer ausgebrochen. Erst habe ich mir keine Sorgen gemacht, denn wie du weißt, pflege ich meine Feuerschneisen gut. Es war windstill, die Temperatur nicht über achtunddreißig Grad. Trotzdem habe ich zur Sicherheit die Feuerwehr alarmiert. Ein Löschflugzeug kam. Der Himmel färbte sich pink, als das Flammschutzmittel abgeworfen wurde. Es sah aus, als hätten sie das Feuer unter Kontrolle bekommen.«

»Und dann?« Miekes Magen krampfte sich zusammen, sie ahnte, was kommen würde.

»Etwas ging schief. Das Flugzeug flog niedrig, es tat einen Schlag, und eine Druckwelle riss mich von den Füßen. Der Himmel brannte, als eine Feuersäule aufstieg. Das Flugzeug ist abgestürzt.« Er brach ab, um sich zu schnäuzen. »Mate, bist du in Ordnung? Wie steht es um dein Sanctuary?«

Leon antwortete nicht. Stattdessen drang ein tiefes Stöhnen aus dem Hörer.

»Leon?! Antworte mir!«, befahl Rob, sein Gesicht vor Sorge verzerrt.

»Es ist alles abgebrannt, Rob. Alles weg. Ich habe in aller Eile die Gatter zu den Gehegen geöffnet, ein paar eurer Koalas in den Wagen verfrachtet und bin weg, so schnell ich konnte. Keine Sekunde zu früh, die Zufahrt stand bereits in Flammen.«

Nun waren es Mieke, Rob und Jodie, die schwiegen.

»Ich darf nicht zurück, bis das Feuer aus ist. Alle meine Tiere sind auf sich gestellt. Manche werden nicht weit gekommen sein. Andere sind in der Wildnis nicht lebensfähig. Ich weiß nicht, wer überlebt hat, wer Hilfe braucht. Ich kann nichts machen. Ich …« Er brach ab und schluchzte in den Hörer. »Scheiße, Rob, heute Morgen habe ich erfahren, dass in dem Flugzeug drei Amerikaner saßen, die ehrenamtlich geholfen haben, die Buschfeuer zu bekämpfen. Alles drei erfahrene Flieger mit Familien. So viel Elend.«

»Mate, hast du einen Ort, an dem übernachten kannst? Brauchst du Geld?«

»Ich schaff das schon allein.«

»Nichts da. Wir sind heute Abend bei dir.« Damit nahm Rob Mieke das Telefon aus der Hand und legte auf. »Packt die Sachen, wir haben eine lange Fahrt vor uns.«

Kapitel 15

Eine unerträgliche Schwere legte sich auf ihre Gemüter, als sie an dem Campingplatz vorfuhren, auf dem Leon vorübergehend untergekommen war. Als dieser aus seiner schäbigen Containerkabine trat, spiegelte sich die Hölle in seinen Augen. Er war ein gebrochener Mann.

Mit einem resignierten »*G'day*« stieg er zu ihnen ins Auto, und sie machten sich sofort auf den Weg zu seinem Grundstück. Rob hatte mit der Feuerwehr gesprochen und die Genehmigung bekommen, mit ihm gemeinsam das Gelände zu betreten.

Das Sanctuary war Leons Ein und Alles gewesen. Über Jahrzehnte hatte er es eigenhändig aufgebaut und den Tieren den Schutz geboten, den sie brauchten. Binnen einer Nacht war nun all das weg. Die Verzweiflung war ihm ins Gesicht geschrieben, sein Blick wirkte leer.

Als sie jetzt durch die Reste des Eingangstores fuhren, wirkte er allerdings erstaunlich gefasst.

Es war erschreckend ruhig im Wald, die Tiergeräusche, die noch vor einer kurzen Zeit die Luft im Cooee Sanctuary erfüllt hatten, waren verstummt. Auch die Grenzen der Station waren nicht mehr erkennbar, die Infrastruktur zerstört, selbst die Geografie wirkte seltsam verzerrt. Sämtliche Orientierungspunkte fehlten. Dort, wo Büsche gestanden hatten, waren Felsen aufgetaucht, ein entwurzelter Baum hatte die schwarze Erde aufgerissen. Von den Gehegen waren bis auf einen einsamen Unterstand, der dem Feuer wie ein Wunder standgehalten hatte, nur einzelne, verzogene Metallteile und Betonfundamente übrig. Leons Scheune war ausgebrannt, ein paar verrußte leere Käfige zeugten von Leons hastiger Flucht.

»Das Schicksal wirft die Würfel, und wir spielen«, sagte dieser, während er in der Asche stocherte.

Wie ein stummer Schatten wich Rob nicht von Leons Seite, während sie gemeinsam über das Gelände schritten und überlegten, was als Nächstes zu tun war.

Während der nächsten Stunden suchten und sammelten sie rußbedeckte Werkzeuge ein und sortierten sie nach Zustand und Brauchbarkeit, schaufelte Schubkarren voller Asche weg, die sie in eine Grube kippten, bis nach und nach die Fundamente der Käfige wieder zum Vorschein kamen.

»Immerhin habe ich die meisten eurer Koalas retten können«, sagte Leon matt. Dass es nicht alle waren, schmerzte Mieke. Sie atmete tief aus. »Wo stecken die jetzt eigentlich?«

»Ich habe sie zu Lyn gebracht. Das ist eine Bekannte von mir, die sich seit ihrer Frühpensionierung um Wildtiere kümmert.«

Mieke konnte Leons Niedergeschlagenheit und Erschöpfung beinahe körperlich spüren, aber er arbeitete durch. Schweigend und fast verbissen grub er ein tiefes Loch, um all die Tiere zu begraben, die den Weg aus den Gehegen nicht gefunden hatten. Sie hatten dafür eine Ecke unter einem der wenigen Bäume ausgesucht, der das Feuer überlebt hatte. Jeder Leichnam, den sie Leon brachte, versetzte Mieke einen tiefen Stich ins Herz. Die Tränen rannen ihre Wangen hinunter, aber sie stand dazu.

Zum Abschluss sammelten sie Steine – Blumen gab es hier keine mehr –, die sie auf das Grab legten.

Bereits nach zwei Tagen hatten sie sämtliche Zäune abgebaut und die Überreste auf einen Stapel zusammengetragen.

Jodie fuhr jeden Abend zu Lyn, um ihr mit den Koalas zu helfen.

»Fünf der sieben Tiere haben überlebt«, erzählte sie Mieke. »Sophie und Celeste gehören auch dazu. Aber Lyn braucht mehr Hilfe, sie braucht allein fast drei Stunden, um geeignete Eukalyptusbäume zu finden, deren Zweige in erreichbarer Höhe hängen, und sie ist nicht mehr ganz fit auf den Beinen.«

Am dritten Tag tauchten weitere freiwillige Helfer auf, die mit anpackten. Rob hatte ganz automatisch die Organisation übernommen und behielt den großen Überblick. Er teilte jedem Aufgaben zu und achtete darauf, dass das Chaos nicht noch größer, sondern langsam übersichtlicher wurde.

Es wurde gebuddelt, gefegt, geputzt, gesägt und gehämmert. Ein älterer Mann mit Schlapphut brachte eine Anhängerladung mit Holzbalken, ein anderer hatte eine Rolle Maschendraht dabei. Ein paar Frauen hatten es sich zur Aufgabe gemacht, Leon eine Wohnecke einzurichten. Die unerwartete Hilfe brachte neuen Tatendrang und Optimismus mit sich.

Als Mieke sah, wie Leon an einem frisch eingetriebenen Zaunpfosten lehnte und durch die traurigen Baumskelette in die Ferne starrte, trat sie leise auf ihn zu. Sie wollte ihn in seinen Gedanken nicht stören.

»Weißt du, was mich am meisten ärgert?«, fragte Leon, ohne sich zu ihr umzudrehen. »Für Jahrtausende haben meine Vorfahren mit dem Land gelebt. Sie konnten es lesen, wussten, welche Vegetation welches Feuer braucht und wie man ruhige Feuer legt, um das Pflanzenwachstum zu fördern. Ständig pflegten sie das Land mit ihren Feuern und sorgten dafür, dass alles im Gleichgewicht war. Und was haben die weißen Siedler gemacht? Sie dafür böse bestraft, sie als zündelnde Wilde tituliert, verfolgt und getötet und dem Land ihr westliches Denken aufgezwungen. Und jetzt leiten die Einwanderer dieses Land, und es gibt Feuer, die schlimmer sind als je zuvor und die niemand mehr kontrollieren kann.«

»Gibt es heute noch Aborigines, die diese Feuertechniken beherrschen?«

»Ja, natürlich. Dieses Land braucht keine Leute, die das Feuer bekämpfen, sondern solche, die mit dem Feuer gehen, die es verstehen und respektieren und ihm den Freiraum geben, den es braucht. Ein Großteil des modernen Feuer-Managements ist auf Feuerprävention ausgelegt, dabei braucht der Busch das Feuer so sehr. Wenn wir es ihm nicht geben, holt er es sich selbst, und dann entwickelt es seine eigene Macht, die wir nicht mehr kontrollieren können. Der Staat ist zu arrogant, um seine Fehler zuzugeben und auf traditionelle Maßnahmen zurückzugreifen.« Er rümpfte die Nase. »Wusstest du, dass die erste dokumentierte Buschfeuerkatastrophe Australiens etwa zwei Jahrzehnte nach der Vertreibung der Aborigines aus dem Gebiet geschah? Das war in Victoria. Die Siedler hatten es versäumt, den Busch gezielt abzuflammen, zu lange gewartet und dann die Kontrolle verloren.«

Er hatte seine Augenbrauen zusammengezogen, was seine Augen noch dunkler erscheinen ließ, als sie ohnehin schon waren.

»Wir könnten so viel voneinander lernen, wenn wir uns nur zuhören würden«, erkannte Mieke.

»Ja«, sagte Leon und spuckte verächtlich auf den Boden. »Aber das wird niemals passieren.«

Miekes Magen zog sich zusammen, denn Leon hatte recht.

Endlich, am vierten Tag, geschah ein Wunder. Kurz nach Sonnenaufgang war Mieke mit Jodie am Rand des Geländes unterwegs, als sie ein Rascheln in einem der wenig übrig gebliebenen Gebüsche hörte. Im nächsten Moment sprang ein brauner Schatten auf sie zu. Ein Wombat hüpfte wild um ihre Beine und rammte sie mit seinem Kopf.

»Nane!« Sofort hockte Mieke sich hin, um das Tier zu umschlingen, das sich so sehr freute, dass sein ganzer Körper wackelte. »Komm her, mein Schatz, und lass dich ansehen!«

Nane roch nach Rauch, aber das tat alles hier. An einigen Stellen war sein Fell leicht versengt, ansonsten schien er unverletzt.

Sie schaffte es, den aufgeregten kleinen Kerl auf ihre Arme zu heben, und eilte mit ihm auf die anderen zu.

»Leon«, rief sie und konnte selbst vor Aufregung und Freude kaum an sich halten. »Ich habe dir etwas mitgebracht!«

Abrupt drehte er sich zu ihr um und ließ vor Schreck seine Tasse fallen. Es klirrte, Kaffee floss auf den Boden, und plötzlich hatte Leon Tränen in den Augen. Liebevoll drückte er seinen Pflegling an sich. Der Wombat fing zu knattern an und schubberte sich an Leons Schulter.

Dieses Erlebnis brachte erneut frischen Schwung in die Truppe und ließ die Aufräum- und Bauarbeiten zu neuen Dimensionen anwachsen. Kleine und große Erfolgserlebnisse und Fortschritte waren es, die sie brauchten und die sie aufrechterhalten, die sie daran erinnerten, wofür sie all das taten.

Bereits eine Woche nach dem Brand stand eine improvisierte Hütte neben Leons Scheune. Die Gehege waren einsatzfähig, einige Kängurus und Wallabys hatten sie im näheren Umkreis wiedergefunden. Auch zwei Ringschwanzbeutler hatten überlebt; wie, das konnte sich keiner erklären, denn das Feuer war bis hoch in die Baumkronen geklettert.

Leon trug neue Kleidung, die Rob ihm besorgt hatte. Er hatte Leons Gegenwehr, keine Spenden annehmen zu wollen, ignoriert und nach seinem eigenen Gewissen gehandelt. Auch Mieke hatte dazugelegt, und so hatten sie ihm eine Grundausstattung aus Bettwäsche, einen Zweiplattenherd und Geschirr besorgt, außerdem stand in der Scheune inzwischen ein gefüllter Kühlschrank, angetrieben von einem Generator, den ein Nachbar vorübergehend zur Verfügung gestellt hatte, bis Leon eine passende eigene Lösung gefunden hatte.

Auch ihrer Schwester hatte Mieke von dem Unglück erzählt, und natürlich war auch auf sie Verlass. Ohne zu zögern, hatte Lina eine Fundraising-Kampagne für Leon eingerichtet, deren Topf sich schnell füllte.

»Es tut mir so leid, was Leon passiert ist«, erklärte Lina ihrer Schwester am Telefon. »Wir werden von hier aus tun, was wir können, um zu helfen. Aber bitte nimm auch du dir mal eine Auszeit, Mieke. Du hast mehr als genug geholfen«, bat Lina sie. »Du hast die Tendenz, dich so lange für andere aufzuopfern, bis du selbst nicht mehr kannst und zum Opfer wirst.«

»Nun übertreib mal nicht, Lina!«, entgegnete Mieke. Sie selbst sah sich als Kämpferin, und es gefiel ihr nicht, wenn ihre Schwester sie in die Opferrolle drängte.

»Du kennst mich – ich bin immer ehrlich zu dir. Ich weiß, dass du helfen willst, Mieke, aber du bist nicht unverzichtbar. Sie können es auch ohne dich schaffen, und wenn du so weitermachst, müssen sie das auch. Nimm dir die Zeit, um zu Kräften zu kommen. Danach kannst du umso tatkräftiger wieder mit anpacken.«

»Vergeude die Zeit nicht, sie ist der Grundstoff des Lebens«, zitierte Mieke eine Stelle aus Linas Lieblingsfilm.

»Morgen ist auch noch ein Tag«, konterte Lina. »Und du bist weder Scarlett O'Hara noch knackige sechzehn.«

Linas Worte perlten nicht an Mieke ab, denn sie musste zugeben, dass sie sich mittlerweile ausgelaugt fühlte. Aber noch war die Zeit zum Ausspannen nicht gekommen.

»Ich verstehe, dass du dir nur Sorgen machst, aber ich weiß, was ich tue. Und jetzt muss ich weitermachen. Wir sind hier noch lange nicht fertig. Bis dann!«, verabschiedete sie sich und steckte das Telefon wieder ein.

Während der nächsten Stunden verschwand sie immer wieder entweder mit Rob oder Jodie im Wald und suchte zwischen verkohlten Baumstämmen und Aschebergen nach überlebenden Tieren.

Dabei stießen sie auf die Stelle, an der das Löschflugzeug abgestürzt war. Über mehrere Hundert Meter waren die Flugzeugteile verstreut. Es war regelrecht explodiert. Die Polizei hatte das ganze Gebiet gründlich abgesucht, allerdings keine Leichen bergen können. Dort, wo das Flugzeug gelandet war, befand sich eine tiefe Furche im Boden, die in einem Krater endete, in dem Mieke zusammengeschmolzene Überreste des Motors erkennen konnte.

Es war ein grauenvoller Anblick, und obwohl Rob es gewohnt war, mit Unfallstellen konfrontiert zu werden, fiel es auch ihm schwer, zu akzeptieren, was hier passiert war. Sie beide brauchten einen Moment, um innezuhalten, und entschieden, den Insassen einen würdigen Abschied zu bescheren.

Aus schwarz verbrannten Ästen bauten sie drei provisorische Holzkreuze, die sie am höchstgelegenen Punkt in der Nähe der Unfallstelle aufstellten und so gemeinsam Abschied nahmen von diesen mutigen Helfern, die sie nie persönlich hatten kennenlernen können und die dennoch ihr Leben für sie alle gegeben hatten.

Fast zwei Wochen nach dem Brand saßen sie gemeinsam vor Leons improvisiertem Wohnverschlag am Lagerfeuer und starrten in die Flammen. In einem gusseisernen Topf buk ein Damper und verströmte schon jetzt seinen köstlichen Duft. Plötzlich verkündete Leon: »Ab hier komme ich allein klar, Guys. Ihr habt genug getan.« Er zog an seiner Zigarette, deren Spitze aufleuchtete und wie ein rotes Glühwürmchen vor seinem Gesicht zu schweben schien.

»Wir bleiben, bis alles wieder steht«, widersprach Rob.

»Nein. Ich bin euch sehr dankbar. Versteht mich nicht falsch, aber alles, was ich zum Leben brauche, ist wieder da. Jetzt ist die Zeit des Trauerns gekommen. Ich habe noch immer nicht ganz realisiert, was eigentlich passiert ist, und ich brauche Ruhe, muss herausfinden, wie es jetzt weitergeht.« Seine tief liegenden Augen schienen nun beinahe in Kratern zu verschwinden. Der Stress hatte ihn abnehmen lassen, seine Haut war welk wie zerknülltes Papier.

Rob nickte verständnisvoll. »Wir sind nur einen Telefonanruf von dir entfernt. Wenn du mich brauchst, rufst du mich an. Versprochen?«

Leons Zustimmung war zaghaft.

»Ich bleibe bei Lyn«, entschied Jodie. »Allein wird sie es nicht schaffen, die Koalas zu versorgen. Und ich befürchte, dass sie in den nächsten Tagen und Wochen eine Schwemme an Tieren bekommen wird, jetzt, wo du erst einmal ausfällst, Leon.«

Zum Abschied drückte sie Mieke unerwartet fest an sich und raunte ihr ins Ohr: »Erhol dich gut und bis bald.« Und etwas nachdrücklicher: »Schnapp ihn dir!« Mieke grinste und drückte ihre Freundin ebenfalls einen Moment fest an sich, dann machte sie sich mit Rob auf einen letzten Rundgang durch die Umgebung.

»Es fällt mir schwer, jetzt zu gehen«, gestand Mieke.

»Du hast Leon gehört. Ich kenne ihn gut genug, um zu wissen, dass er sich schuldig fühlt, denkt, er hätte die Gefahr besser einschätzen müssen. Wir müssen ihm Zeit geben, sein Schicksal und die Verluste zu verarbeiten.«

Mieke öffnete den Mund, dann fiel ihr ein, dass nicht zu antworten auch eine Option war, und sie schloss ihn wieder.

»Du brauchst eine Pause. Und ich auch. Meine Schulter schmerzt.« Demonstrativ rieb er sich den Oberarm. »Lass uns eine kurze Auszeit nehmen. Nur vier Tage lang. Danach stürzen wir uns wieder in die Arbeit. Ich habe eine grandiose Idee.«

»Was schwebt dir vor?«

»Lass uns nach Koala Island fliegen. Das hast du dir doch gewünscht.«

»Vielleicht hast du recht«, gestand Mieke auch sich selbst ein und lächelte Rob glücklich an.

Kapitel 16

Mieke grub bei jedem Schritt die Zehen in den warmen Sand, als sie den Strand entlangschlenderte, einen Cocktail in jeder Hand. Es kam ihr vor wie ein Traum. Rob wartete in dem Palmenhain, in dem zwei bunte Hängematten für sie bereithingen. Er schob sich die Sonnenbrille auf die Stirn und funkelte sie anzüglich an.

»Kein Bikini?«, fragte er frech.

»Nein, heute bevorzuge ich mein Sommerkleid.« Sie hielt ihm die Gläser hin. »Möchtest du einen Aviateur oder den Martini?«

»Martini, bitte.«

Sie reichte ihm den Cocktail und zwinkerte ihm dann zu. »Aber um auf deine Frage zurückzukommen: Unter dem Kleid trage ich keinen Bikini – und auch nichts anderes.«

»Das werde ich nachher überprüfen müssen«, versprach Rob, zog Mieke kurz an sich und gab ihr einen zärtlichen Kuss, ließ sie aber sofort wieder frei.

Beschwingt setzte sie sich in den Sand und atmete tief aus. »Es ist unglaublich schön hier. Viel schöner, als ich es erwartet habe. Die letzten Wochen kommen mir so weit weg vor, dabei sind wir erst einen Tag hier.«

»Geht mir ebenso. Räumliche Distanz hilft, die Illusion von zeitlicher Distanz zu schaffen.«

Trotzdem fiel es Mieke schwer, völlig loszulassen, denn die Ereignisse ihrer bisherigen Zeit in Australien lasteten schwer auf ihr, ebenso wie die Traurigkeit, die sie immer wieder unterdrückt hatte. Der Kurzurlaub war genau das Richtige. Das Piepsen einer eingehenden SMS unterbrach ihre Gedanken. Mieke zückte das Handy und schaute lächelnd auf die Fotos, die Sandy ihr geschickt hatte.

»Schau mal«, sagte sie und zeigte Rob die Bilder, die Kängurus in Hängetaschen, Fuchskusus und Wombats in Beuteln und ein paar Küken in Nestern zeigten.

»Eure Aktion ist ein voller Erfolg.«

»Ja, als Lina mir zum ersten Mal von ihrer Idee erzählt hat, hätte ich nicht gedacht, dass es so einen Unterschied machen kann.«

Sandy hatte bereits viel verteilt, der Berg an Nähwerken schmolz sichtlich dahin. Ein Pfleger erzählte es dem nächsten, der wiederum jemanden kannte, der nicht wusste, wohin mit seinen Tieren. Manche der Pfleger brachen in Tränen aus, wenn Sandy sie mit Textilien versorgte, jeder hatte eine andere Geschichte zu erzählen. Eine SMS hatte Mieke direkt an Lina weitergeleitet, Sandy hatte geschrieben: *Manche der Fellknäuel steckten bei meiner Ankunft in zusammengerollten T-Shirts oder zusammengeknoteten Hosenbeinen. Es gibt einfach zu viele Buschfeueropfer.*

Nachdenklich steckte sie das Handy weg. Dann sah sie auf, weil ihr etwas einfiel. »Wo ist eigentlich Hayley?«, fragte sie Rob.

Robs Tochter hatte darum gebettelt, mitkommen zu dürfen. Da sie sonst keine Pläne für ihre Schulferien hatte, hatte Rob ihr diesen Wunsch nicht abschlagen können. Mieke machte es nichts aus. Sie mochte Hayley, und es war ihr nicht um Pärchenzeit mit Rob gegangen. Sie hatte sich vor allem auf die Insel gefreut, auf Ruhe und Abgeschiedenheit, und das zurecht.

In den Zweigen über ihnen saßen zwei Kookaburras, die in lautes Gelächter verfielen, als die Sonne tiefer sank. Ein roter glühender Ball, der die Wellenkämme glitzern und die Schaumkronen wie funkelnde Diademe aussehen ließ.

»Hayley macht einen geführten Spaziergang zu den Schildkrötennestern. Sie kommt erst spät wieder.«

Er schaute sie durchdringend an. Da war mehr. Worte, die er dachte und die nicht ausgesprochen werden wollten. Oder konnten.

»Du siehst nachdenklich aus. Immer raus damit«, versuchte Mieke ihn aus der Reserve zu locken. Rob gab sich einen Ruck.

»Was soll ich machen, wenn du wieder weg bist?«

»Wie meinst du das?«, fragte Mieke irritiert zurück.

»Deine Zeit hier ist bald um, und dann fliegst du zurück nach Deutschland, in dein richtiges Leben. Und ehrlich gesagt werde ich dich verdammt vermissen.«

Mieke schaute ihm in die Augen, in denen Ehrlichkeit, Verbundenheit und Erschöpfung standen.

»Ehlich gesagt, ich weiß es nicht. Es fühlt sich nicht mehr wirklich an, als wäre das hier nur eine Urlaubsreise.«

»Ich möchte, dass du weißt, dass du bei mir immer willkommen bist. Und dass du gerne bleiben kannst – und dass ich es schön fände, wenn du es tätest«, gestand er.

Robs Aussage überrumpelte sie ein wenig. »Ich muss darüber nachdenken, Rob. Ganz so einfach, wie es klingt, ist es leider nicht.« Doch schon jetzt war ihr klar, dass dieser Gedanke sie erst einmal nicht mehr loslassen würde.

Als die Gläser leer waren, teilten sie sich eine Hängematte. Eng schmiegten sie sich aneinander, und Rob streichelte zärtlich ihren Rücken. Es war erregend, aber auch gleichzeitig beruhigend. Sie küsste ihn auf die kleine Narbe an seinem Hals, sog seinen Duft ein. Ihre Gedanken drifteten weit weg, dann schlief sie ein.

Am nächsten Tag wanderten sie zu dritt den Oststrand entlang bis hin zu den roten Felsen, die sich über einen Zipfel der Insel erhoben. Teils waren sie unter einer Düne vergraben, die man hochwandern konnte, um einen weiten Blick über das Meer zu erhalten.

Vor der Düne lag der Eukalyptuswald, der sich über die gesamte Insel zog und der Grund für den Namen der Insel war. Denn die Bäume bildeten die Nahrungsgrundlage für zahlreiche Koalas, die wie dicke Pflaumen in den Ästen hingen, die Populationsdichte war einzigartig hoch. Begeistert knipste Hayley Fotos von den Tieren.

»Schau! mal«, rief sie und deutete auf ein Koalajunges, das ganz in der Nähe vom Rücken seiner Mutter kletterte, um auf Erkundungstour zu gehen. Mutig wagte es sich über den wackligen Ast nahe an sie heran. Mieke stand still, als es um sie herumnavigierte. Es war so dünn im Vergleich zu den ausgewachsenen Tieren, der Schädel noch schmal.

Der Weg verbreiterte sich, als sie weitergingen, und Rob ließ sich zurückfallen, bis er neben Mieke ging, und griff nach ihrer Hand. Auch als Hayley aufholte und drauflosplapperte, ließ er nicht los.

»Ich wünschte, Hope wäre hier. Sie liebt lange Spaziergänge, und ihr geht nie die Energie aus. Mama meint, sie sei hyperaktiv, aber ich denke, sie ist einfach jung. Und ihr müsstet mal sehen, wie sie abgeht, wenn man ihr den Ball wirft – das ist das Größte für sie.«

»Vielleicht könntest du sie zum Koala-Spürhund ausbilden lassen.« Sie erzählte Hayley von Zap, und Hayley nickte begeistert. »Das klingt gut, ich werde drüber nachdenken. Es könnte gut passen, denn wenn Hope sich einmal auf eine Sache konzentriert, ist sie in ihrer eigenen Welt.«

Sie gingen weiter, bis Hayley sich über Spuren im Sand beugte.

»Schau mal, sind das Hunde oder Dingospuren?«

»Das sieht nach Dingo aus, gut entdeckt.« Rob studierte die Abdrücke, machte ein Foto mit seinem Handy. Als er sich aufrichtete, klingelte es. Er schaute auf den Bildschirm. »Das muss ich annehmen«, entschuldigte er sich und bewegte sich mit hastigen Schritten von ihnen fort.

»Ich hoffe, das ist nichts Ernstes«, sagte Hayley, ihrem Vater hinterherblickend. Manchmal klang sie sehr erwachsen. Gerne hätte Mieke etwas Beruhigendes geantwortet, aber ihr Gefühl sagte ihr, dass ihr Urlaub gerade zu Ende ging.

»Weißt du schon, was du machen möchtest, wenn du die Schule fertig hast?«, lenkte sie stattdessen ab.

»Klar. Ich schreibe mich an der Uni für Tiermedizin ein.«

Mieke schaute sie überrascht an. »Ein toller Plan. Sehr ehrgeizig.«

»Das Lernen fällt mir nicht schwer. Nur meine Mitschüler mag ich nicht so.« Sie erzählte von zwei Jungs, die sie als Klassenbeste regelmäßig mobbten.

»Irgendwann werden Typen wie diese ihre Haustiere in deine Tierarztpraxis bringen, um sich von dir Rat abzuholen, das weißt du hoffentlich?«, fragte Mieke. Hayley lachte.

»Ja, das weiß ich. Danke.«

Als Rob wieder auf sie zutrat, war seine Miene verschlossen, als unterdrücke er große Wut.

»Wir müssen sofort hier weg.« Er griff Hayley am Arm, um sie mit sich zu ziehen. »Au«, kreischte die auf und entzog sich. »Was ist los, Papa?«

»Erkläre ich euch später, beeilt euch.« Doch statt Rob zu folgen, ließ Hayley sich in den Sand plumpsen. »Nein«, sagte sie seelenruhig. So geht das also, dachte Mieke, nicht wenig beeindruckt.

»Verflucht noch mal, Hayley. Wir müssen zum Resort, um unsere Koffer holen und uns dann mit dem Shuttle-Bus zum Flughafen fahren zu lassen. Hier geht jeden Tag nur ein Flugzeug, und das heutige hebt in einer Stunde ab. Das ist verdammt knapp.«

Nun ließ sich auch Mieke in den Sand gleiten. »Wir hören.«

Fassungslos starrte Rob sie an.

»Es brennt. Am Cape Pelican breitet sich gerade ein Feuer aus. Es gibt keine Feuerwehr auf der Insel, und wie du weißt, kommen wir nur mit dem Flieger weg. Tut mir das nicht an. Spielt jetzt nicht die Helden.«

Sofort war Mieke wieder auf den Beinen. Ihr eigenes Leben zu riskieren, das war die eine Sache – das eines Teenagers aufs Spiel zu setzen, das war etwas ganz anderes.

»Sag das doch gleich! Komm, Hayley, dein Vater hat recht. Damit dürfen wir nicht spaßen, wir sollten uns beeilen.« Mit diesen Worten streckte sie Hayley die Hand entgegen, die sie ergriff und sich mit Schwung hochziehen ließ. Dann rannten sie los.

Sie rannten den ganzen Weg zurück zum Koala Island Haven Resort. Mieke stolperte hin und wieder, auch Hayley war unsicher unterwegs. Ihre Sandalen waren nicht zum Laufen geeignet. Völlig außer Atem kamen sie auf ihren Zimmern an.

Das Packen ging schnell, viel hatten sie nicht dabei. Doch als sie an der Rezeption auf den Shuttle-Bus warteten, eilten immer mehr Gäste herbei, die denselben Plan hatten wie sie auch. Die meisten Touristen waren mittlerweile auf das Thema Feuer sensibilisiert und wussten, dass damit nicht zu spaßen war.

Als der Shuttle-Bus vorfuhr, drängten an die siebzig Leute darauf zu. Mieke sah sofort, dass er nicht mal die Hälfte fassen würde. Mieke und Hayley schafften es hinein, aber Rob half einer alten Dame die Tasche in den Laderaum zu packen und verpasste somit den letzten Stehplatz. Der Busfahrer schloss die Türen.

»Lassen Sie meinen Freund bitte rein«, rief Mieke, aber der Busfahrer ignorierte ihren Wunsch und fuhr los.

»Nein«, schrie Hayley nun so laut, dass der Busfahrer sich umdrehte. »Ich will raus hier! Öffnen Sie sofort die Tür.« Wütend trommelte sie gegen die Scheibe. Dieser Bitte musste der Fahrer nachkommen. Bevor Mieke sie zurückhalten konnte, war Hayley durch die sich öffnende Tür hinausgeschlüpft und fiel ihrem Vater in den Arm. Mieke taumelte hinterher und sah ratlos dem Bus nach, der nun ohne sie wegfuhr.

»Ich hab eh keine Papiere bei mir«, entschuldigte sie sich kurz darauf, als Rob ihr eine Strafpredigt halten wollte.

»Das ist ein Inlandsflug, da brauchst du keinen Ausweis.«

»Na und? Ich fliege nicht ohne dich.«

Rob rieb sich über die Stirn, er musste nachdenken.

»Wir leihen uns Quads aus und fahren damit zum Flughafen.«

Mieke legte eine Hand auf seine unverletzte Schulter. »Rob. Das dauert zu lange. Und so voll, wie der Bus war, werden wir keine Plätze mehr im Flugzeug bekommen.«

Rob nahm seine Tochter in den Arm, die erschreckend blass aussah und deren Lippen zitterten. »Keine Sorge«, versuchte er, seine Stimme optimistisch klingen zu lassen. »Ich buche uns Tickets für morgen und organisiere einen festen Transport.«

Miekes Gedanken überschlugen sich. Egal, wo sie war, das Feuer folgte ihr. Zog sie es an? Es kam ihr so vor.

In Arbeitskleidung eilte sie an die Rezeption. »Machen Sie sich keine Sorgen«, beruhigte die junge Frau am Tresen das Ehepaar vor ihr. »Wir sind hier sicher. Wenn das Feuer sich nähern sollte, werden wir mit dem Bulldozer eine breitere Schneise einfahren.« Mieke atmete auf, aber der nächste Satz ließ sie zusammenfahren. »Leider muss ich Ihren Ausflug nach Koala Haven stornieren. Wie Sie wissen, liegt die Pflegestation direkt an der Anglesea Lagune. Das ist nicht weit vom Feuerherd entfernt.«

Als Mieke an der Reihe war, hörte sie ihre Stimme wie aus weiter Ferne fragen: »Könnten Sie mir mehr über Koala Haven erzählen?«

»Du bist völlig wahnsinnig«, schrie Rob ihr zu, während er sein Quadbike neben sie navigierte. Hayley saß hinter ihm und schien die Fahrt deutlich mehr zu genießen als ihr Vater. Mieke konzentrierte sich auf das ATV unter ihr. Der Verleih hatte längst geschlossen gehabt, aber in der Zündung der Bikes hatten die Schlüssel gesteckt. Also hatte sie sich das erstbeste Fahrzeug geschnappt. Es ließ sich ganz gut steuern, allerdings nur dann, wenn man es mit vollem Körpereinsatz lenkte. In dieser Hinsicht ähnelte es einem Fahrrad.

»Du bist der sturste Mensch, den ich kenne«, hörte sie Rob gegen den Fahrtwind und das Motorengeräusch rufen.

Sie lehnte sich weit in die Kurve, spürte, wie die Räder im tiefen Sand durchdrehten, und atmete tief aus, als sie sich wieder fingen. Es ging einen Steilhang hoch, der Boden war tief zerfurcht. Immer wieder ließen im Sand versteckte Wurzeln das Gefährt hochhüpfen – und mit ihm Miekes Herz.

»Verdammt«, fluchte sie, als sie fast einen halben Meter weit flog und so hart aufsetzte, dass ihre Handgelenke schmerzten. Der Weg wurde schmaler, trotzdem setzte Rob zum Überholen an. Im nächsten Moment sah Mieke den Stein. Ockerfarben schimmerte er unter einem vertrockneten Palmwedel hervor, der quer über dem Weg lag.

»Pass auf!«, rief sie. Zu spät. Rob kam ins Schlingern, Hayley schrie, sie klammerte sich ängstlich an ihren Vater. Dennoch wurde ihr Oberkörper gefährlich zur Seite gerissen. Das Quad geriet aus dem Gleichgewicht und langsam, wie in Zeitlupe, kippte es um. Hart schubste Rob seine Tochter in die andere Richtung vom Quad und sprang hinterher. Bevor Mieke vollständig abgebremst hatte, rutschte das Quad den Hang hinunter. Es drehte sich mehrfach im Kreis, zog lockeres Geröll mit sich und überschlug sich an einem Vorsprung. Metall knirschte, eine Lampe splitterte, der Motor ging aus.

Hayley kauerte zusammengekrümmt am Boden, in ihren Augen standen Tränen. Rob hockte vor ihr, seine Miene versteinert. Er tastete ihr Bein ab, in seinem Blick stand ein unausgesprochener Vorwurf. »Sie hat sich den Fuß verstaucht.«

Sein Quad war fünfzehn Meter unter ihnen zum Liegen gekommen. Ohne die Hilfe einer Zugmaschine war es da nicht mehr rauszuholen, und selbst wenn, war es vermutlich zu nichts mehr zu gebrauchen. Hayley schlang die Arme um seine Schultern.

»Es tut mir leid, Papa«, flüsterte sie, aber Rob winkte ab. »Alles gut, Kleine. Das war ja nicht deine Idee, jetzt hier rauszufahren.« Sein Seitenblick zu Mieke gab zu verstehen, für wessen Idee er es stattdessen hielt. Er winkte ab, als Mieke ihm helfen wollte, Hayley zu ihrem Bike zu tragen. »Allein ist das einfacher.« Sanft, als wäre sie aus Porzellan, setzte er seine Tochter auf dem Sitz ab. »Mieke fährt dich nach Koala Haven«, bestimmte er. »Ich jogge.«

»Aber …«

Rob legte den Finger auf seine Lippen, zu Miekes Erstaunen verstummte Hayley und lächelte schwach.

»Bleib bei ihr, okay?«, bat er Mieke.

»Wird gemacht.«

Hayley klammerte sich fest an Mieke, die versuchte, sämtlichen Hindernissen auszuweichen und eine Geschwindigkeit zu halten, die die Erschütterungen am besten abfing. Hayley schluchzte bei jedem Stoß auf, Mieke litt mit ihr mit.

Die Koala-Haven-Pflegestation lag am Ende einer palmengesäumten Zufahrt. Im Hauptgebäude befand sich der Empfang mit Souvenirshop, dahinter lagen mehrere Gehege und eine Aussichtsplattform. Mieke nahm das alles nur aus dem Augenwinkel wahr, während ein Mitarbeiter der Station ihr half, Hayley in den Untersuchungsraum zu bugsieren, in dem eine Tierärztin den Behandlungstisch desinfizierte. Überrascht schaute sie auf, als die ungewohnte Patientin hereintrat. Doktor Sue McMahon, wie ihr Namensschild verriet, war um die vierzig. Sie wirkte müde, man sah ihr an, dass sie viel arbeitete, und ihre sehnigen Hände und kräftigen Arme verrieten, dass ihre Arbeit oft körperlich anstrengend war. Kein Wunder, denn sie war die einzige Tierärztin der Insel und wurde sicherlich für eine Vielzahl von Einsätzen gerufen.

»Setz dich«, bat sie und zog Hayley einen Stuhl heran. Der Knöchel war geschwollen, das Gelenk überdreht.

»Das müssen wir röntgen«, sagte sie. »Nur so können wir sicherstellen, dass es nicht gebrochen ist.«

Während sie Hayleys Temperatur und ihren Puls nahm, holte Mieke ihr eine Sprite. Man sah dem Mädchen an, dass es große Schmerzen hatte.

Arztpraxen weltweit sahen überall gleich aus, absolut austauschbar, stellte Mieke fest. Weiße Wände, minimale Einrichtung, ein abstrakter Kunstdruck an der Wand – ganz egal ob Human- oder Tiermedizin.

»Was macht ihr hier auf der Station?«, fragte die Ärztin Mieke. »Habt ihr nicht von dem Feuer gehört?«

»Doch. Deswegen sind wir hier. Wir haben keinen Platz mehr in dem heutigen Flugzeug bekommen. Ich bin Wildtierretterin bei *We for Wildlife* und dachte, ihr könntet vielleicht Hilfe gebrauchen.« Die Tierärztin schaute sie stirnrunzelnd an, dann wanderte ihr Blick weiter auf Hayleys Fuß. Mieke schluckte. »Wir haben einen ausgebildeten Feuerwehrmann dabei, der sollte in ein paar Minuten hier sein.«

»Zu Fuß?«

»Ja.« Mieke stieg die Röte in die Wangen. Ihr Auftritt war alles andere als professionell.

»Ihr seid zu dritt mit einem Quad unterwegs, um hier zu helfen?«

Mieke schüttelte den Kopf. »Nicht ganz. Wir hatten einen Unfall und dabei das zweite Quad verloren. Mit Hayleys Verletzung hätten wir nicht auf ein Quad gepasst, deshalb folgt er uns zu Fuß.«

Die Ärztin nickte. »Verstehe. Ich habe von *We for Wildlife* gehört, ihr wart in den letzten Tagen häufiger in den Nachrichten.«

Sue drückte einen Knopf. »Hi Chani, könntest du bitte nachschauen, ob wir den Rollstuhl noch im Lagerraum haben?«, sagte sie in ein Mikrofon. Kurz darauf öffnete sich eine Tür, und eine ältere Frau kam herein, die einen antik wirkenden Rollstuhl schob. »Bitte bring die junge Dame zum Röntgen«, bat Sue Chani. »Sie hat sich den Fuß verletzt.«

»Dann wollen wir mal,«, sagte diese zu Hayley und half ihr, in dem Gefährt Platz zu nehmen. Und an Mieke gewandt fügte sie hinzu: »Und Sie warten bitten so lange hier. Wegen der Strahlung.«

Als sie allein waren, bedeutete Sue Mieke, ihr zu folgen. Durch einen kurzen Gang ging es in ein Büro, dessen Wände mit eingerahmten Fotos von Koalas bedeckt waren. Ein Panoramafenster gewährte einen Ausblick über das glasklare Wasser der Lagune, deren Sandstrände mit Palmen, karminroten Zylinderputzern und Silberwinde gesäumt waren.

»Es ist schön hier, nicht wahr? Ich komme ursprünglich aus Wyndham, an der Nordküste des Northern Territory, das als der wärmste Ort Australiens gilt. Dort herrscht nur brüllend heiße Leere, die einen von innen und außen auffrisst – wenn man nicht vorher von einem Krokodil erwischt wird. Ich habe es gehasst.« Sie deutete mit einer ausladenden Geste über die Lagune. »Hier ist alles voller Leben. Eins der letzten Paradiese dieser Erde.«

Die Beschreibung des Ortes Wyndham glaubte Mieke ihr sofort. In einer Doku hatte sie etwas über Big Crokodile gesehen – eine achtzehn Meter lange Statue eines Salzwasserkrokodils, die alle Reisenden daran erinnern sollte, wer der unangefochtene König der Gewässer rund um Wyndham war. Sich dort in einem Fluss oder Billabong abzukühlen kam Selbstmord gleich.

»Die Station ist sicher«, fuhr Doktor Sue fort. »Aber in den umliegenden Waldgebieten gibt es eine beachtliche Koalapopulation. Die meisten Tiere kenne ich gut, da wir alle drei Monate Zählungen für unser Arterhaltungsprogramm durchführen. Nicht wenige von ihnen waren im Laufe ihres Lebens bei mir Patient, viele haben einen Mikrochip. Es ist absolut essenziell, dass keinem von ihnen etwas passiert. Sechzig Tiere klingt viel, aber wenn es um genetische Vielfalt geht, ist das eine erschreckend geringe Zahl.«

Sie sprach so leise, dass Mieke näher treten musste, um sie zu verstehen. »Hier hat es seit zehn Jahren nicht mehr gebrannt. Damals war es nur ein gesundes Feuer, ein lokaler Waldbrand, dem am Fuß der Anglesea Lagune ein Acre Unterholz und ein paar Stinging Trees zum Opfer gefallen sind. Es erreichte nach wenigen Stunden die Uferlinie und ging von selbst aus.«

Ein silberner Vogel tauchte in das Wasser der Lagune, um kurz darauf mit einem Fisch im Schnabel wieder herauszukommen.

»Normalerweise gibt es ein strenges Programm für ehrenamtliche Helfer einschließlich Einweisung, Mentor-Training und so weiter.« Für einen Moment hielt sie inne und schaute Mieke prüfend an. »Ihr solltet die Insel mit dem nächsten Flieger verlassen.«

»Die Tickets für morgen sind bereits gebucht.«

»Na gut. Wenn ihr schon mal hier seid und mir euer Wort gebt, dass ihr wirklich wisst, was ihr tut. Tatsächlich können wir jede helfende Hand gebrauchen. Im Schuppen gibt es Fangnetze und Transportkäfige. Wenn dein Partner ankommt, könnt ihr gerne losziehen und so viele Tiere einsammeln, wie ihr fangen könnt. Beginnt am besten am Cobblers Rock bei den Casuarinas, dort befinden sich mehrere Koala-Mütter mit Jungen.«

»Casuarinas? Sind das nicht Nadelbäume?«, fragte Mieke, die sich wunderte, denn Nadelbäume boten Koalas weder Nahrung noch guten Schutz.

»Ja, das stimmt, aber aus irgendeinem Grund gefällt es ihnen dort. Es ist gut für euch – man kann die Tiere in den niedrigen Bäumen leicht fangen. Bitte geht möglichst ruhig und systematisch vor. Vermeidet es, die Tiere in Stress zu versetzen, sonst habe ich hinterher wieder viele Chlamydien-

Patienten. Wir können euch auch einen Anhänger für euer Quad geben, dann könnt ihr dort einige Käfige aufladen.«

Während die Ärztin sich nun ihrer ungewohnten Patientin widmete, zeigte die Sprechstundenhilfe Mieke, wo Anhänger und Käfige gelagert waren.

Ein leichter Rauchgeruch lag bereits in der Luft, als sie vor die Praxis traten. Vom Feuer war allerdings nichts zu sehen. Mieke machte sich an die Arbeit und wuchtete gerade den letzten Käfig auf die Ladefläche des Anhängers, als Rob mit hochrotem Gesicht auf den Hof gelaufen kam.

Er hielt an, beugte sich vornüber, stützte die Hände schwer atmend auf die Knie, hatte sich als gut trainierter Feuerwehrmann aber schnell erholt. Dankbar nahm er die Flasche Wasser, die Mieke bereits zur Hand hatte und ihm reichte. Er trank ein paar Schluck, den Rest goss er sich über den Kopf. Dann schüttelte er sich wie ein Hund.

»Was hast du vor, Mieke?«, fragte er streng.

»Nichts«, antwortete sie unschuldig. »Möchtest du nach deiner Tochter sehen? Danach haben wir etwas zu erledigen.« Rob nickte, und sie folgte ihm in Sues Büro, in dem Hayley es sich mit ein paar Zeitschriften bequem gemacht hatte.

Vor ihr stand ein Teller mit Lemon Meringue Pie und eine Tasse Eiskakao. Ihr Bein lag erhöht auf einem Kissen. »Alles gut, Papa«, behauptete sie. Rob strich ihr zärtlich über die Wange. »Wir sind nachher wieder bei dir, Mieke heckt schon wieder etwas aus.« Er warf einen Seitenblick auf Mieke, die unschuldig guckte. »Kommst du allein zurecht, oder soll ich hierbleiben?«

»Ich komme zurecht.«

»Sie hat eine Außenknöchelfraktur distal der Syndesmose«, sagte Sue, die gerade den Raum betreten hatte, und als Rob sie fragend ansah, erklärte sie: »Das bedeutet, dass sie sich das Sprunggelenk gebrochen hat. Allerdings hat sie dabei großes Glück gehabt, dass die Bänder nicht beschädigt sind.« Und an Hayley direkt gewandt sagte sie: »Du bekommst erst mal einen Gips, und mit etwas Glück ist in vier bis sechs Wochen alles wieder in Ordnung. Ihr solltet auf dem Festland allerdings so schnell wie möglich noch einmal zu einem Spezialisten gehen und das überprüfen lassen.«

»Ändern kann ich es eh nicht, und seit sie mir dieses Mittel gespritzt haben, sind die Schmerzen weg.« Die Fassung, mit der Hayley ihr Schicksal ertrug, erinnerte Mieke daran, dass sie Robs Tochter war.

Kurz darauf saß Rob hinter Mieke und hielt sich an ihren Hüften fest. Nachdem er sein Quad in den Graben befördert hatte, war es ihr lieber, selbst das Steuer zu übernehmen.

Der Cobblers Rock ragte aus dem Erdboden wie der Zahn eines Riesen, der in einem Kampf der Giganten aus großer Höhe heruntergefallen war. Irgendjemand hatte seinen Namen in den Felsen geritzt. Von dieser Anhöhe aus konnte man weit über die Lagune schauen. In die andere Richtung versperrte dichter Wald den Blick. Das Feuer war auch von hier noch nicht zu sehen, aber es lag eine merkwürdige Spannung in der Luft. Vogelschwärme erhoben sich aus den Ästen, es raschelte im Gebüsch, Insekten krabbelten die Stämme der Bäume hinauf, Echsen verschwanden in Ritzen. Die Natur bereitete sich auf den Ernstfall vor.

Mieke parkte das Quad und nahm die Bäume in Augenschein.

»Dort drüben«, sagte sie leise zu Rob. Sie nahmen ihre Ausrüstung und gingen damit zielstrebig auf die beiden Koala-Weibchen zu, die in Schulterhöhe auf einem Ast schliefen, die Köpfe vornübergebeugt, zu pelzigen Kugeln zusammengerollt. Der Kopf eines Jungtieres lugte unter der Achselhöhle seiner Mutter hervor. Diese Tiere waren bei Weitem nicht so scheu wie ihre Verwandten auf dem Festland. Selbst als Mieke sich direkt neben den Baum stellte, hob eins der Weibchen lediglich schläfrig den Kopf.

Rob bereitete den Käfig vor, während Mieke zwei Handtücher entfaltete und eins davon Rob reichte. Auf Miekes Kopfnicken hin zogen sie diese gleichzeitig über die Köpfe der Tiere, um diese dann gezielt zu packen und in die Käfige zu verfrachten. Es ging so schnell, dass die beiden Weibchen keine Gelegenheit hatten, sich zur Wehr zu setzen. Das Jungtier grub sich tiefer in das Fell seiner Mutter, schien den schroffen Überfall aber gut zu verkraften. Der Boden des Käfigs war mit einem weichen Tuch ausgelegt, zur olfaktorischen Beruhigung hatte Mieke Eukalyptusblätter darauf verteilt.

»Drei haben wir«, sagte Rob und rieb sich zufrieden die Hände. So einfach ging es allerdings nicht weiter. Die nächste halbe Stunde verbrachten sie damit, einem Männchen nachzujagen, das weiter oben in einer Casuarina saß. Es war um einiges aufmerksamer und schaffte es, dem Fangnetz mit seinen Klettermanövern gezielt auszuweichen. Zahlreiche dünne Äste erschwerten die Navigation des Stabes, zudem mussten sie aufpassen, dass sie nicht den Ast brachen, auf dem sich das Männchen bewegte. Es hatte einen auffällig breiten Oberkörper und fransige Ohren. Auf seiner Brust zeichnete sich ein brauner Strich ab, dort, wo die Duftdrüsen ihr Sekret abgaben, mit denen männliche Koalas ihr Revier markierten.

Mieke erinnerte sich an Sues Warnung, den Tieren möglichst wenig Stress zuzumuten. Natürlich war eine solche Jagd nicht angenehm für das Tier. Aber das hier war ein kräftiges Männchen, das vor Gesundheit strotzte und sich seine

Wildheit bewahrt hatte. Gerade solche Tiere waren wichtig, um einen Genpool zu erhalten.

Endlich gelang es ihr, den Koala dazu zu bringen, den Baumstamm hinunterzuklettern. Sobald es in Reichweite kam, machte Rob sich nicht die Mühe, das Netz zu benutzen. Er packte das Tier mit einer Hand kräftig im Nacken, schob die andere unter seinen Hintern und verfrachtete es in den Käfig, bevor es zubeißen konnte.

Ein Wallaby hoppelte an ihnen vorbei, dann noch eins. Die sonst so scheuen Tiere ignorierten sie auf ihrer Flucht vor dem Feuer. Das hintere Männchen war etwas betagter und ziemlich abgemagert. Es hatte seine beste Lebenszeit schon hinter sich.

Das alte Wallaby blieb schwer atmend stehen und schaute sich um. Es hatte keine Kraft für eine lange Flucht.

»Lauf weiter, Old Mate«, raunte Mieke ihm zu, und als würde es sie verstehen, setzte sich das Wallaby wieder in Bewegung. Aber es hoppelte nicht dem jüngeren Tier hinterher, sondern bewegte sich auf ein breites Loch im Boden zu, in dem es verschwand. Mieke sprang auf, um es einzufangen.

»Lass gut sein, Mieke. Wombathöhlen reichen tief ins Erdreich, dort unten hat es eine gute Überlebenschance.«

Die Jagd nach dem Koala-Männchen hatte ihnen beiden den Schweiß auf die Stirn getrieben. Für eine Pause blieb keine Zeit, denn der Rauchgeruch, der durch den Wald wehte, wurde stärker. Das war eine doppelt schlechte Nachricht, denn es hieß, dass das Feuer nicht nur näher kam, sondern der Wind es auch noch in ihre Richtung trug. Die Zeit drängte.

Kapitel 17

Sue hatte von ihren Mitarbeitern Chani und Bill einige Gehege vorbereiten lassen. Dennoch schien sie überrascht, als hätte sie nicht damit gerechnet, dass Mieke und Rob es tatsächlich schaffen würden, einige Koalas zu finden und einzufangen.

Chani, die Frau, die Hayley zum Röntgen abgeholt hatte, war weit über sechzig, arbeitete als Rezeptionistin, Assistentin und kümmerte sich zudem um das Füttern der Tiere und Reinigen der Gehege. Bill war noch mal zehn Jahre älter und für Wartungsarbeiten und Futterbeschaffung zuständig.

»Normalerweise bekommen wir viele junge Leute zur Unterstützung, aber die letzte Gruppe Helfer ist vor ein paar Tagen abgereist«, entschuldigte sich Bill, die runzlige Stirn in noch mehr Falten gelegt. »Die Feuer, die überall wüten, haben dieses Jahr viele ehrenamtliche Helfer abgeschreckt.«

»Kein Problem, wir machen das«, behauptete Rob, aber Mieke war klar, dass ihre Aufgabe unmöglich zu bewältigen war. Sie brauchten mehr Leute, mehr Zeit, besseres Equipment, um wenigstens einen Bruchteil der Tiere zu retten.

Bill deutete auf eine Kettensäge. »Schaut ihr weiter nach Tieren, die durch das Feuer direkt bedroht sind. Ich kümmere mich um die Feuerschneise. Wenn ich danach ein neues Knie brauche, dann ist mir das egal.«

Sue trat auf sie zu: »Passt gut auf. Ich habe eine aktuelle Warnung per Funk bekommen. Das Feuer bewegt sich in gerader Linie auf uns zu. Außerdem hat sich im Südteil hinter dem Bunya Creek ein neuer Feuerherd gebildet. Zieht euch rechtzeitig zurück, wenn die Lage zu brenzlig wird. Ihr seid auf euch gestellt – seid vernünftig und werdet zu keiner Statistik. Ich werde hierbleiben, die Tiere entgegennehmen und versorgen.«

Bald waren sie wieder unterwegs und beeilten sich, Tiere aufzuspüren. Es dauerte nicht lange, da hatten sie zwei weitere Koalas eingesammelt, dieses Mal zwei junge Männchen mit weißen Tupfen im Fell. Ein weiteres Männchen entwischte ihnen, sie ließen es ziehen. Ihm hinterherzujagen hätte enormen Stress für das Tier und Zeitverlust für sie und Rob bedeutet. Diese Zeit hatten sie nicht. Die Koalas gerieten in Bewegung, um sich oben in den Wipfeln in Sicherheit zu bringen, der Rauch verdichtete sich minütlich, und der Himmel bekam seine charakteristische orange-graue Färbung, die das Firmament näher an den Boden rücken ließ. Man hatte das Gefühl, dass jeden Moment die vier apokalyptischen Reiter aus dessen Dichte hervor galoppieren könnten. Nach zwei weiteren Tieren war der Anhänger voll, und Mieke und Rob fuhren zur Station zurück, um die Tiere abzuladen. Sue nahm sie entgegen, und sie fuhren sofort zurück, um weiterzusuchen.

Mieke erwischte ein älteres Weibchen, als es gerade den Baum wechseln wollte. Leider rutschte sie im Nacken ab und bekam nur sein Hinterbein zu fassen. Das Weibchen schnellte herum und biss Mieke in die Hand. Diese ließ los, aber da war Rob bereits zur Stelle und hob das zappelnde Tier hoch. Blut tropfte in den Sand, und natürlich hatten sie hier keine Erste-Hilfe-Materialien dabei. Etwas Wasser musste reichen, um die Wunde grob zu reinigen. Es brannte höllisch.

»Alles okay?«

»Ja, geht schon«, log Mieke, die Handoberseite wegdrehend, um vor Rob zu verbergen, wie tief die Wunde war. Unauffällig wickelte sie sich einen Streifen Stoff um die Hand.

Dieses Mal packten sie zwei Koalas in jeden Käfig, auch auf die Gefahr hin, dass sie sich stritten. Lieber ein paar kleinere Wunden und etwas mehr Stress, dafür aber mehr Tiere gerettet. Es blieb einfach nicht genug Zeit, um ständig zur Station zurückzufahren. Wenn ein Koala zu hoch im Baum saß, fuhren sie weiter. Es gab genug Tiere, die leichter zu erreichen waren. Das unebene Gelände machte die Fahrten mühsam; der Anhänger war zwar offroadtauglich, aber der unebene Boden ließ ihn auf und ab zu springen.

In einer Bucht, die auf zwei Seiten von Felswänden eingefasst war, stoben mehrere Kängurus auf und hüpften gen Buschland. Gerne hätte Mieke auch sie in Sicherheit gebracht, aber in diesem Gelände war es unmöglich, sie zu fangen. Immerhin konnten Kängurus zielgerichteter und schneller vor einem Feuer flüchten. Hinzu kam, dass Koalas im Gegensatz zu den Grauen Riesenkängurus eine gefährdete Tierart waren. Dennoch zwang sich ihr ein schlechtes Gewissen auf – wer war sie, zu entscheiden, wer leben durfte und wer nicht?

Ein Dingo zwängte sich durch eine schmale Schlucht zwischen den Felswänden hindurch, auch er verschwand ins Ungewisse.

Mitten im Sand, auf freier Fläche, hockte ein verloren wirkender Koala. Er wirkte erschöpft und verunsichert, und als Mieke auf ihn zuschritt, erhob er sich und trottete auf sie zu. Langsam hockte sie sich hin und schaute sich den Kleinen genau an. Er war jung, wahrscheinlich ein Wurf aus dem Vorjahr, gerade entwöhnt und alt genug, um sich allein durchzuschlagen, aber noch zu unerfahren, um ernsthaft mit der Gefahr klarzukommen. Sein Fell war stumpf und staubig, durchtränkt von einer klebrigen Substanz, die unangenehm nach Kot roch. Seine Nase war bedenklich rau. Mieke holte ihre Flasche hervor, goss etwas Wasser in eine Steinmulde vor sich und wartete. Der Koala beugte sich vor und schleckte das Wasser gierig auf. Als er fertig war, hob Mieke ihn vorsichtig hoch, sie spürte, dass dieses Tier zu erschöpft war, um Widerstand zu leisten. Wie ein Baby wiegte sie ihn sanft hin und her, der Koala schloss die Augen, Luft entwich seinem Mund, als seufzte er. Entweder war er in Pflege aufgewachsen oder so gestresst, dass ihm jede Hilfe recht war.

»Du bist in Sicherheit«, versprach Mieke ihm und drückte ihn fester an sich. Bevor sie ihn in den Käfig zu dem älteren Weibchen steckte, rieb sie ihn mit einem Handtuch sauber. Nach drei Touren zum Koala Haven hatten sie zwei Dutzend Tiere eingesammelt. Die Station hatte fast ihre gesamte Kapazität ausgeschöpft.

»Unter normalen Umständen könnten wir kein weiteres Tier mehr aufnehmen«, sagte Sue. »Aber das ist eine Ausnahmesituation. Wir müssen jetzt allen Schutz geben, die wir finden können, und später über alternative Lösungen nachdenken. Bestimmt können wir morgen schon wieder einige Tiere freilassen.«

In den Gehegen ging es hektisch zu. Der Feuergeruch, die ungewohnte Nähe zu den Artgenossen und die fremde Umgebung machten die Tiere nervös. Auf den Holzstämmen, dem Betonboden, den wackligen Vasen, in denen die Eukalyptuszweige steckten – überall tummelten sich Koalas. Chani versuchte, Ordnung in das Chaos zu bringen, indem sie einige der Tiere umsortierte. Ein aggressives Männchen kam in die Isolierstation des Krankentraktes, nachdem es sich zur Aufgabe gemacht hatte, alle anderen Tiere in seiner Nähe zu vermöbeln. Die alte Frau arbeitete erstaunlich schnell, jahrelange Übung hatte ihren Handgriffen Präzision verliehen.

Gerade öffnete Mieke die Tür des letzten Käfigs, in dem sich das Koala-Jungtier befand, das sie am Strand gefunden hatte. Zu ihrer großen Überraschung hatte es sich eng an das ältere Weibchen gepresst, das Mieke zuvor gebissen hatte. Seine dürren Ärmchen waren fest um dessen Hals geschlungen. Das Weibchen ließ es sich gefallen. Vielleicht war es jünger, als Mieke zunächst geschätzt hatte. Vorsichtig hob sie den Käfig an und ließ die beiden herausrutschen. Eng umschlungen blieben sie dort hocken, als Mieke die Tür zum Gehege schloss. Eilig lief sie zum Quad zurück und prallte mit Sue zusammen, die eben aus ihrem Büro trat. Sie war blass vor Sorge.

»Das wird eure letzte Tour, dann wird es zu gefährlich. Wir müssen uns in Sicherheit bringen, bis sich die Situation entspannt hat. Fahrt nicht zu weit, bleibt auf den Hauptwegen.«

Hayleys Gesicht erschien am Fenster, Rob winkte ihr aufmunternd zu, aber auch ihr war anzusehen, dass sie den Ernst der Lage erkannt hatte. Stumm biss sie sich auf die Lippen, ihre Wangen waren rot, sie hatte geweint. Es musste schrecklich für sie sein, untätig herumsitzen zu müssen, während alle anderen hektisch umherwuselten und aktiv helfen konnten. Trotzdem mussten sie weitermachen. Die Tiere brauchten ihre Hilfe jetzt mehr als Hayley. Mieke schwang sich auf das Quad, Rob stieg vor ihr auf, und sie fuhren erneut los.

Dieses Mal hatte Mieke Rob das Steuer überlassen. Ihre Handgelenke schmerzten von dem ständigen Aufschlagen des Quads auf dem Grund, und ihre Augen brannten. Der Rauch war zwar nicht so dicht, dass er einem den Atem raubte, aber die feinen Partikel reizten die Schleimhäute der Lider. Langsam wurde es brenzlig – im wahrsten Sinne des Wortes, doch diese eine Runde wollten sie noch schaffen.

Sie fanden zwei weitere Tiere, die nicht allzu viele Probleme machten. Anschließend nahm Mieke ein weiteres Tier ins Visier.

»Ich kann die Ohren nicht sehen«, sagte sie und ließ das Fernglas sinken. Bisher hatte sie es genutzt, um schnell erkennen zu können, in welchem Zustand ein Tier war, denn an den Ohren erkannte man die Verbrennungen zuerst.

»Dann lass uns aufhören. Es wird zu gefährlich«, entschied Rob, und Mieke stimmte ergeben zu.

Doch dann entdeckte sie sie: Ganz in der Nähe hatte sich eine Gruppe Koalas in den niedrigen Zweigen einiger Mangrovenbäume niedergelassen, deren spitze Wurzeln im Schlick einer Wasserzunge steckte, die mit dem Meer verbunden war. Kleine Krebse huschten zwischen ihren Füßen hin und her, um sich blitzschnell einzubuddeln, während sie die Tiere eins nach dem anderen aus den Ästen holten.

Es kostete Mieke Disziplin, sich langsam und ruhig zu bewegen, um die Koalas nicht zu verschrecken. Sie wollte keinen zurücklassen, doch ihr Platz auf dem Anhänger reichte nicht aus. Die letzte Fahrt, hatte Sue befohlen, doch unter diesen Umständen war auch Rob nicht bereit, vorzeitig aufzugeben.

Ein wirklich allerletztes Mal fuhren sie hinaus und schafften es tatsächlich, die restlichen Tiere von den Mangroven zu sammeln. Keine zwanzig Minuten später waren sie wieder auf dem Rückweg, doch plötzlich entdeckte Mieke ein weiteres Weibchen mit Jungtier auf dem Rücken. Es huschte über den Weg und kletterte in Windeseile einen Eukalyptusstamm hinauf.

Sie deutete darauf, und Rob riss den Lenker herum. Er bog in den kiesigen Trampelpfad ein, der sie einen niedrigen Hügel hinauf- und wieder hinabführte. Normalerweise hätte Mieke keine Chance gehabt, das Tier rechtzeitig zu erwischen, aber das Jungtier war schwer, die Mutter vom Rauch angeschlagen. Problemlos griff Mieke nach dem Duo und brachte die beiden in Sicherheit. Das Weibchen hustete, als es im Käfig saß. Das Jungtier guckte sich um, in seinen tiefschwarzen Augen stand reines Unverständnis.

Jetzt bemerkte Mieke die Rauchwolke, die über ihnen immer dichter wurde. Das Feuer war nicht mehr weit. Ein weiterer Koala saß reglos einige Meter vor ihnen auf dem Weg. Als Mieke auf ihn zuging, machte er sich so schwerfällig auf die Flucht, dass sie ihn ebenfalls mühelos auf ihren Arm heben konnte. Er schien beinahe dankbar dafür zu sein, nicht weiterlaufen zu müssen, denn er ließ sich ohne Gegenwehr in den Käfig verfrachten, in dem er sich in die hinterste Ecke verzog. Seine Pfoten waren versengt, eine Kralle abgebrochen.

Rob entschied, noch ein kleines Stück weiterzufahren, bis sie die nächste Kuppe erreichten.

Die Bäume lichteten sich für einen Moment und gaben den Blick auf ein Tal frei, in dem hauptsächlich niedrige Büsche wuchsen, die, verwoben mit den dichten Blättern der wuchernden Katzenkralle und ihren gelben, trompetenförmigen Blüten, wie ein lebendes Warnschild wirkten.

Am Hang gegenüber hatte sich das Feuer bereits ausgebreitet. Glühend rote Flammen leuchteten zu ihnen herüber. Dicke Rauchschwaden stiegen in den Himmel und zwischen ihnen Funken. Ein paar einzelne gelbe Blütenkelche tanzten im Aufwind auf, als wollten sie vor ihrem Schicksal fliehen.

»Verdammt.« Rob bremste ab. »Hier kommen wir nicht weiter.«

Mieke starrte in das Feuer. Seine Front verlief wellenförmig. Dort waren die größten Flammen zu sehen. Dahinter lagen einige Meter brennende Vegetation, weiter hinten war bereits alles schwarz verkohlt. Doch auch dort konnte man, selbst von hier aus, Glutnester erkennen, die sich tiefer in den Boden fraßen. Es ging so schnell, dass ein Ökosystem auf Status null zurückgesetzt wurde.

Wieder war die Frontlinie ein paar Meter vorangerückt, sendete Funken aus, die Vorarbeit leisteten und erste Wunden schufen, die Hitze verteilten, die nichts unverschont lassen würde.

Auch auf ihrer Seite raschelte es hier und da im Gebüsch, als die letzten Kleintiere sich auf den Weg in vermeintlich sichere Verstecke machten. Die Vögel und auch die Kängurus waren längst verschwunden.

Mieke war wie hypnotisiert von dem Anblick des Feuers. Faszinierend schön und gleichzeitig so entsetzlich grausam. Müdigkeit machte sich in ihr breit, langsam schwanden ihre Kräfte.

»Das war's!«, entschied Rob und wendete das Quad. Sie fuhren denselben Weg zurück, den sie gekommen waren, erreichten aber den Hauptweg nicht. Als sie schließlich an einem Termitenhügel vorbeikamen, an den Mieke sich absolut nicht erinnern konnte, rief sie Rob von hinten zu: »Wir haben die Abzweigung verpasst!«

Sofort hielt Rob an.

»Bist du sicher?«

»Ja«. Sie deutete auf den Termitenhügel, nur um sofort darauf vom Quad zu springen, als sie wieder einen Koala entdeckte.

»Komm«, rief sie und lief geradewegs ins Gebüsch.

Ein Sprung, ein Griff – schon hatte sie das Tier im Nacken gepackt. Es war ein ausgewachsenes Männchen mit breitem Gesicht und Wuschelohren. Sein kuscheliges Aussehen täuschte, es war wild und hatte Angst. Grunzend zappelte es, drehte den Kopf – Mieke zog den Arm weg. Leider schabte ihr Handrücken dabei an einem Baumstamm entlang, die Bisswunde, die das Weibchen ihr zugefügt hatte, riss auf.

»Mist«, wieder sickerte das Blut aus der noch immer zu frischen Verletzung. Der Koala befreite sich, schoss vor. Mieke warf sich ebenfalls nach vorn und packte erneut zu. Wütend ging der Koala zum Angriff über und stürzte sich auf sie. Bevor Rob zur Stelle war, biss er sie erst in den Arm, dann in die Hand, genau dort, wo auch die erste Wunde saß. Mieke schrie vor Schmerz auf. Verzweifelt versuchte sie, sich ihm zu entziehen, ohne ihn loszulassen.

Wieder biss er zu, dieses Mal spürte sie auch seine Krallen, die sich zeitgleich in ihren Hals, ihre Mundwinkel und ihre Schulter bohrten. Endlich zog Rob das Tier von ihr herunter. Mieke richtete sich entsetzt auf, spuckte Sand und Blut aus. Es war noch nicht vorbei, der Koala zappelte wie verrückt. Nur Robs Kraft konnte verhindern, dass er sich auch in dessen Gesicht krallte. Mit ausgestreckten Armen hielt er das Tier von sich weg.

Mieke vergaß ihren Schmerz, zog sich das T-Shirt aus und dem wild um sich schlagenden Koala über den Kopf. Der Stoff verfing sich im Maul des Tieres. Diese Ablenkung irritierte das Männchen so sehr, dass es für einen Moment innehielt und Mieke Gelegenheit gab, den Stoff enger und ihm ganz über den Kopf zu ziehen. Die plötzliche Dunkelheit nahm dem Koala seinen Kampfgeist, und endlich konnten sie ihn zum Quad transportieren.

»Alles okay?«, fragte Mieke an Rob gewandt, der trotz allem einige Kratzer im Gesicht abbekommen hatte.

»Ja. Und bei dir?« Er sah sie besorgt an.

»Nichts, was nicht verheilen kann«, versuchte sie, ihn tapfer zu beruhigen. Doch das Sprechen fiel ihr schwer, denn die scharfen Krallen hatten ihr den Mundwinkel aufgerissen. Deutlich schmeckte sie den metallischen Geschmack des Blutes.

Die Wipfel über ihnen wiegten sich stark hin und her – das war der Wind, der dem Feuer voranging.

»Wir sollten uns jetzt wirklich beeilen«, lenkte sie von ihren Verletzungen ab. »Das Feuer kommt näher, und wir müssen noch die Abzweigung finden.«

Mieke kniff die Augen zusammen, um deutlicher zu sehen. Weder sie noch Rob konnten den Weg entdecken.

»Vielleicht sind wir wieder daran vorbeigefahren?«, überlegte sie.

»Der Pfad ist hier zu schmal, um das Quad mit Anhänger zu wenden. Wir müssen uns eine breitere Stelle suchen.«

Die Luft wurde sekündlich schlechter, immer mehr Büsche verschwanden im Rauch. Wieder erreichten sie die Hügelkuppe, diesmal etwas weiter westlich. Miekes Augen weiteten sich. Das Tal war nicht mehr zu sehen. Keine fünfzig Meter von ihnen entfernt schossen hohe Flammen in den Himmel, und der Rauch füllte die Senke vollends aus.

Jetzt versuchte Rob doch, das Quad auf dem wurzeldurchzogenen Untergrund zu wenden. Ein Rad verhakte sich, das andere drehte durch. Der Motor heulte auf, aber es half nicht. Mieke sprang ab, um das Rad aus dem Geflecht zu befreien.

»Leg den Rückwärtsgang ein.«

Es half nicht, sie steckten fest. Ein brennender Schmerz auf ihrem Arm – die ersten Funken hatten sie erreicht. Nun fingen die Koalas in den Käfigen an zu randalieren. In einer fast menschlichen Geste ergriff ein Koala die Gitterstäbe, um fest daran zu rütteln.

Der Motor der Quads erstarb, Rob fluchte. Die Koalas brüllten, steckten sich gegenseitig an. Wie weit waren sie von der Station entfernt? Zwei Kilometer oder drei? Instinktiv griff Mieke nach ihrem Handy, aber es befand sich nicht mehr in ihrer Gesäßtasche. Hitze wallte ihnen entgegen, das Feuer kam unerbittlich näher. Und zum ersten Mal, seit sie ihre Arbeit als Wildtierretterin angenommen hatte, bekam Mieke Angst. Auf einmal fühlte sie sich verletzlich. Sie hatten es übertrieben.

Ihre Brust zog sich enger zusammen, bis sie kaum noch Luft bekam, und plötzlich erkannte sie, dass Lina recht gehabt hatte: Sie hatte das Wohl der Tiere über ihr eigenes Leben gestellt.

Dies war der Ort, an dem sie sterben würden. Die Büsche fingen an, sich zu drehen, bis sie dunkler wurden und sich mit dem Himmel vereinten.

Ein Hammer schlug ihr auf die Brust. Mieke schwebte in tiefer Finsternis, sie war schwerelos. Süße Hoffnung ließ sie weiter sinken, der Ruhe entgegen. Wieder schlug der Hammer zu. Es knackte. Ein beißender Schmerz durchzuckte ihren Körper, und sie stöhnte auf.

»Mieke?«

Sie seufzte, die Dunkelheit war zu verlockend. Etwas grub sich unter sie, dann wurde sie leicht, flog in den Himmel zu den Sternen. Eine hohe Stimme aus der Ferne, Streit. Wasser klatschte in ihr Gesicht, lief den Hals hinunter, sie spürte, wie einzelne Tropfen in ihren BH drangen.

Endlich löste sie sich aus der einlullenden Tiefe. Als sie die Augen aufschlug, brauchten ihre Pupillen einen Moment, um sich zu fokussieren. Ein schmales Gesicht war über sie gebeugt, unter ihrem Rücken spürte sie Polster.

»Hayley?« Träumte sie?

Der Teenager vor ihr löste sich nicht auf. Die Erinnerung kam wieder, schlagartig war Mieke hellwach. Stöhnend richtete sie sich auf, ihre Brust schmerzte.

»Wo bin ich?«

»In Sicherheit. Bleib liegen, wir sind im Auto. Rob meinte, du seist weggesackt, gerade als ich um die Ecke bog und euch entdeckt habe. Er hat dich ins Auto getragen und fährt uns gerade zur Station.«

Mieke schaute sich um. Sie lag auf dem Rücksitz eines Wagens, um sie herum waren Käfige mit Koalas gestapelt. Die Tiere waren aufgeregt, es roch nach Urin und Fäkalien. Ein Käfig war umgefallen, ein anderer rutschte zur Seite, als Rob kurz vor einer Kurve bremste. Sie betastete ihren Brustkorb. Es schmerzte, aber gebrochen schien nichts. Sie richtete sich auf. »Was machst du hier, Hayley? Was ist passiert?«

Robs Augen trafen ihre im Rückspiegel. »Hayley hat sich Sorgen um uns gemacht. Deshalb hat sie Sues Ford geklaut, um uns zu suchen.« Zwischen seinen Brauen stand eine tiefe Falte. »Wenn meine Ex mir deswegen nicht den Kopf abreißt, wird es meine Mutter tun. Oder Sue.«

»Du konntest mit deinem gebrochenen Fuß Auto fahren?«

»Ja klar. Das ist ein Automatikwagen. Außerdem hat Sue mir eine Schiene angelegt und mir Schmerzmittel gegeben. Und ich habe den Wagen nicht geklaut, sondern geliehen.« In der Tat steckte ihr Fuß in einer improvisierten Mischung aus Holz- und Plastikstangen, die mit Gummis und Mull zusammengehalten wurden.

»Du meinst, du hast den Wagen ohne Sues Wissen und Zustimmung geliehen«, brummte Rob.

Mieke fasste sich an den Kopf. »Du hast uns im richtigen Moment gefunden. Ich weiß nicht, was ohne dich passiert wäre.«

Hayley lächelte. Rob hingegen kniff die Augen zusammen. Er schien eine Standpauke mühevoll zu unterdrücken. »Geht es dir besser?«, fragte er gepresst.

»Ja.« Demonstrativ kletterte Mieke nach vorne und schnallte sich auf dem Beifahrersitz an, hielt sich dabei jedoch schmerzend die Seite.

»Das Quad?«

»Ist verloren. Aber die Koalas sind alle mit dabei, wie du siehst«, erklärte Hayley.

»Und du?«, fragte Mieke an Rob gewandt.

»Was ist mit mir?«

»Alles okay? Geht es dir gut?«

Rob sog die Unterlippe zwischen die Zähne, ohne zu antworten.

Sie passierten das Gatter mit dem Willkommensschild, doch die versprochene Sicherheit blieb aus. Die Luft war dick wie Sirup, die Gebäude erst zu erkennen, als sie bereits vor dem Haupteingang parkten. Rob zog Mieke an sich, schaute sie prüfend an. Missbilligend untersuchte er einen Kratzer auf ihrer Stirn und tastete über ihren zerfetzten Mundwinkel. Scharf sog sie die Luft ein, als er sie berührte.

»Es ist wirklich alles gut«, behauptete sie trotzdem, das rumorende Gefühl in ihrem Magen unterdrückend. »Ich kümmere mich um Hayley und die Koalas. Such Bill, der kann bestimmt Hilfe bei der Feuerschneise gebrauchen.«

»Wenn das alles vorbei ist, dann …« Mieke legte ihm einen Finger auf die Lippen. Was immer Rob jetzt sagen wollte, es war der falsche Zeitpunkt.

»Bis später.«

Unweit entfernt lehnte ein Besen an der Hauswand. Mieke drehte ihn um, sodass Hayley ihn sich als Stütze unter den Arm klemmen konnte.

»Versuch, dein Bein möglichst wenig zu belasten«, ermahnte sie das junge Mädchen. Vorsichtig zog sie Hayleys

Arm um ihre Schultern, während sie das Mädchen zeitgleich an der Hüfte absicherte.

»Ist schon in Ordnung. Ich habe es allein vom Büro zum Auto geschafft, ich schaffe es auch ins Haus hinein.«

»Du bist ganz schön taff.«

»Das habe ich von meinem Dad«, sagte Hayley stolz, und Mieke musste lachen.

Die Eingangsstufen waren geschafft, dahinter lag der Flur. Mieke brachte Hayley bis in Sues Büro.

»Meinst du es ernst mit meinem Dad?«, fragte Hayley unvermittelt, als sie sich auf den Sessel gleiten ließ und ihr verletztes Bein auf den Ottomanen vor sich legte. Mieke stellte den Besen ans Bücherregal und drehte sich langsam zu ihr um.

»Ich verspreche dir, dass ich, egal, was passieren wird, fair und ehrlich zu deinem Vater sein werde. Ich mag ihn sehr, aber alles andere hatte keine Zeit, um zu wachsen. Wir müssen, glaube ich, beide erst noch herausfinden, ob und was das zwischen uns werden kann. Reicht dir das?«

Hayley nickte. »Ich würde mich freuen, wenn es mit euch klappt. Du bist in Ordnung.«

Am Wagen warteten bereits Sue und Chani auf Mieke. Kommentarlos wuchteten sie einen Käfig nach dem anderen in eine Schubkarre. Die Tiere tobten so heftig, dass es nicht ganz einfach war, die wackelnden Käfige auf der Karre zu halten.

»Die sind völlig fertig mit den Nerven.« Auf Sues Gesicht lag ein Vorwurf, der, wie Mieke vermutete, allerdings nicht dem Zustand der Koalas galt. Und wie zur Bestätigung fügte Sue hinzu: »Ich habe euch gewarnt, dass es zu gefährlich wird. Ich habe dir vertraut, dass du vernünftig handelst. Sonst hätte ich euch nicht erlaubt, uns zu helfen. Wäre euch etwas passiert, hätte ich drei Menschenleben auf dem Gewissen gehabt.«

»Hättest du anders reagiert?«

Sue schwieg.

»Wohin mit denen?«, fragte Mieke, statt weiter auf das Thema einzugehen, und schob die Karre um das Gebäude herum.

»Alle Gehege sind überfüllt«, mischte sich Chani mit zittriger Stimme ein. Ihr Gesicht war so rot wie die Blüten des Feuerbaums. »Da geht nichts mehr rein, ohne dass es Streit gibt.«

»Zum Waschraum, und den Quarantäneraum haben wir auch noch«, sagte Sue. Chani hob eine Augenbraue, aber entgegnete nichts. Sie wählte einen Käfig mit einem großen Männchen, das sie wütend anfunkelte, und brachte ihn zum Quarantäneraum. Sue bedeutete Mieke derweil, ihr zum Waschraum zu folgen.

Tatsächlich war der kleine Raum nicht ungeeignet, um wenigstens ein paar der Tiere kurzfristig unterzubringen. Sie schlossen die Chemikalien in den Schrank, legten Decken auf Waschmaschine und Trockner, eine Wasserschüssel kam in die Ecke. Die Steckdosenleiste verschlossen sie mit mehreren Lagen Klebeband, Sue schob zusätzlich einen Hocker davor.

Mieke suchte die Käfige mit den drei kleinsten Koalas aus. Sie stellte sie in die Mitte des Raumes und öffnete die Türen. Keines der Tiere traute sich heraus. Nur ein kleines Köpfchen streckte sich aus dem Schatten der Box heraus, dunkle Knopfaugen schauten sie unsicher an, dann verzog es sich wieder.

»Sie können selbst entscheiden, wann sie herauskommen wollen«, entschied Sue. »Es gibt keinen Grund, sie zu nötigen. Die anderen kommen ins Vortragszimmer. Dort liegt zwar Teppichboden, aber dafür haben sie viel Platz, um sich aus dem Weg zu gehen.«

Das Vortragszimmer diente nicht nur zu Bildungszwecken, wie die zahlreichen Poster an der Wand verkündeten, sondern war auch Konferenzraum, Empfangsraum, Versammlungszimmer und diente Besuchergruppen als Lunchstube.

Nach den drei ruhigen Jungtieren in der Waschküche kamen die Koalas, die Mieke hier entließ, ihr vor wie Rüpel auf der Reeperbahn. Der erste Koala sprang mit einem Satz nach vorne, sobald sie das Gitter öffnete, um mit schmutzigen Pfoten quer über den Teppich zu laufen, bis er sich schließlich unter einen Schreibtisch hockte, um sich zu erleichtern. Ein anderer Koala galoppierte im Kreis, bis er gegen ein Stuhlbein stieß. Der Stuhl fiel um, alle Koalas drehten sich um die eigene Achse. Binnen weniger Minuten war das Zimmer verwüstet. Broschüren waren von den Kommoden gerissen, der Teppich ruiniert, die Tische zerkratzt. Zwei Männchen kämpften, ein Weibchen rannte immer wieder im Kreis um die Tischgruppe herum.

»Chani, kannst du die Rabauken eine Weile beobachten?«, fragte Sue die alte Dame, die gerade wieder zu ihnen stieß. »Hoffentlich kehrt hier bald Ruhe ein; wenn nicht, ruf mich.«

Die alte Frau nickte unglücklich. »Ich gebe mein Bestes. Aber das wird nicht einfach«, klagte sie, schob sich ihre Brille hoch und fing an, Stühle umzukippen, damit die Tiere hinter den Sichtbarrieren Rückzugsorte fanden.

»Komm mit.« Mieke folgte Sue ins obere Stockwerk. Hinter einer blau gestrichenen Tür lag ein Zimmer. Ein Bett, ein Schrank, ein Tisch, so karg wie die Schlafkammer eines Zisterzienserklosters.

»Zeig mal deine Hand her, das müssen wir dringend behandeln, damit es sich nicht entzündet.« Während sie Desinfektionsmittel und einen Verband hervorholte, sah Mieke sich um.

Auf dem winzigen Schreibtisch stand ein gerahmtes Foto, das eine uralte Frau zeigte.

»Meine Mutter«, sagte Sue, während sie mit dem Finger über das Glas fuhr. »Sie war auch Tierärztin, die Beste, die ich je kennengelernt habe. Jetzt kümmert sie sich im Hobart um verwaiste Tasmanische Teufel. So, der Verband sitzt«, sagte sie und ließ Miekes Hand los. Als Nächstes widmete sie sich den Kratzern und Rissen im Gesicht. Säuberte und desinfizierte sie. Dann fixierte sie Mieke und fragte sie mit zusammengekniffenen Augen: »Du weißt, dass nicht alle der Tiere überleben werden, die ihr vorläufig gerettet habt? Wenn die Pfoten nicht heilen können, werde ich …«

»Ich weiß«, fiel Mieke ihr ins Wort. Sie wollte es nicht hören, die Hoffnung trug sie durch den Tag.

Sue klappte ihren Rechner auf, mehrere Fenster waren geöffnet, darunter auch eine interaktive Satellitenkarte.

»Hier sind wir«, Sue tippte auf eine Bucht an der Anglesea Lagune. Eine kleine Lupe erlaubte ihr, auf der Karte einzuzoomen. Dächer und Wassertanks wurden sichtbar, die kurvige Zufahrt war gut erkennbar. »In diesem Bereich vergrößert Bill die Feuerschneise. Die pflegen wir zwar sporadisch, aber sie ist im Laufe der Jahre immer schmaler geworden.«

»Rob ist Bill zu Hilfe geeilt.«

»Das ist gut. Wie du siehst, gibt es eine Zufahrt zum Flughafen, dem Resort und Main Beach. Das Feuer kommt aus der Richtung des Horseback-Hügels, den es nicht kreuzen kann, da der sandige Boden spärlich bewachsen ist.«

Mieke schaute sich die Karte genau an. Etwas stimmte nicht. »Das Quad steht hier«, sagte sie entschieden und deutete auf eine Stelle.

»Nein, das kann nicht sein.«

Mieke ließ sich nicht beirren. »Doch. Der Weg macht eine scharfe Rechtskurve, bevor es steil bergab geht.«

Sue schaute sie entgeistert an. »Dann ist das Feuer um den Horseback-Hügel herumgewandert. Auf der anderen Seite wächst Mischwald, darunter viele Eukalyptusbäume. Bist du dir sicher?« Ihre Hände zitterten, als sie die Maus verschob, um einen anderen Browsertab anzuklicken. »Wenn das wahr ist, haben wir ein Problem. Damit hätte ich nie gerechnet.«

Mieke rannte durch das Haus, um zu prüfen, ob alle Fenster geschlossen waren. Die Türschlitze verdichtete sie mit zusammengerollten Handtüchern. Je weniger Rauch eindrang, desto besser.

Kurz schaute sie bei Hayley vorbei, die es geschafft hatte, ihren Sessel so weit zum Fenster zu rücken, dass sie hinausschauen konnte. »Wo ist Papa?«, fragte sie besorgt.

»Ich schaue gleich nach ihm.«

In der Küche schnappte Mieke sich zwei Wasserflaschen, bevor sie auf die Veranda trat. Der plötzliche Luftwechsel brachte sie zum Husten. Die eben noch schön blühenden Büsche lagen grau in der rauch- und aschegeschwängerten Luft vor ihr. Kettensägen und das Krachen einzelner Äste verrieten ihr, wo sie die beiden Männer finden würde.

Die Feuerschneise war ein mehrere Meter breiter Streifen, der die Station halbmondförmig bis zur Wassergrenze der Lagune umkreiste. Tatsächlich war sie vernachlässigt worden, denn auch wenn der Boden nur mit niedrigen Büschen und hüfthohen Gräsern bedeckt war, berührten sich die ausdehnenden Zweige der Bäume von beiden Seiten.

Rob stand auf einer bedenklich wackligen Leiter. Er hatte sein Hemd ausgezogen, Schweiß lief seinen nackten Oberkörper hinunter, Erde und Späne hingen in seinen Brusthaaren.

Die Kettensäge in seiner Hand heulte laut auf, als er sie an einen widerspenstigen Ast ansetzte. Bill schob totes Holz und Pflanzenreste mit einem Rechen zusammen, um es anschließend mit Schwung ins Gebüsch zu kehren.

»Hier«, Mieke reichte ihm das Wasser. »Wie kann ich helfen?«

»Danke.« Bill deutete auf eine Sense. »Schlag das Gras an der Wurzel ab. Je weniger Bodenbewuchs, desto besser. Und für die Schösslinge kannst du die Blattsäge benutzen.«

Sie arbeiteten im Akkord. Miekes Arme wurden schnell schwer, der Rücken schmerzte von der krummen Haltung. Aufgeben würde sie nicht. Jedes Mal, wenn ihr Schlag langsamer wurde, tauchte Hayleys Gesicht vor ihrem inneren Auge auf, sie sah die Koalas vor sich, die in ihren Gehegen gefangen waren, dachte an Leon, der ja einen ähnlichen Schicksalsschlag erlitten hatte. Ihre verletzte Hand war geschwollen, an der anderen wuchsen minütlich weitere Blasen.

Sie arbeiteten, selbst als es so dunkel geworden war, dass Mieke nicht mehr sehen konnte, wohin die Sense schlug. War es tatsächlich schon so spät, oder hatte der Rauch das Tageslicht besiegt?

Mieke fasste sich ans Gelenk. Ihr Puls ging schneller, als sie zählen konnte. Bill stolperte mehrfach, ihm war schwindlig. Aber es war Rob, der schließlich verkündete: »Da vorne ist das Ufer. Wir haben es gleich geschafft.«

Das Funkeln des Wassers wiegte Mieke kurz in Sicherheit. Im Notfall konnten sie vor dem Feuer wegschwimmen – falls es hier keine Haie gab. Das im Stockdunkeln herauszufinden war allerdings kein reizvoller Gedanke. Nur mit letzter Kraft schafften sie auch die letzten Meter, griffen sich ihre Werkzeuge und eilten dann zur Station zurück.

Dort erwartete sie ein Moment der Ruhe. Hayley hatte mithilfe der Besenkrücke den Esstisch im Mitarbeiterraum gedeckt, Sue kochte. Es roch nach Tomatensoße, die Nudeln waren bereits fertig.

»Ihr seht schlimm aus«, sagte Hayley, und Rob gab ihr zur Antwort einen zärtlichen Kuss auf den Scheitel.

Eine Kerze brannte. Für einen Moment geriet Mieke in Versuchung, sie auszupusten. Es kam ihr unpassend vor, fast als würde Feuer im Haus jenes in den Wäldern anlocken. Hayley bemerkte Miekes Blick, deutete ihn aber falsch.

»Die wirft ein hübsches Licht, ne?«, fragte sie, sichtlich stolz, diese Oase der Normalität geschaffen zu haben. Neben den Tellern lagen Servietten, im Wasserkrug schwammen Zitronenscheiben.

»Danke, Hayley.«

»Ihr habt fünfzehn Minuten, bis das Essen fertig ist. Macht euch ruhig frisch«, sagte Sue. »Das Badezimmer ist hinter der dritten Tür links.«

Mieke ließ den Männern den Vortritt, die sich das Bad teilten. Nicht nur, weil Mieke es nicht mochte, wenn diese vor der Tür warteten, während sie drinnen beschäftigt war, sondern auch weil die beiden deutlich angeschlagener und schmutziger wirkten als sie. Besonders Bill war völlig erschöpft. Auf dem Rückweg war er mehr gehumpelt als gelaufen, Mieke hatte sein Werkzeug getragen.

Als sie an der Reihe war und vor den Spiegel trat, erschrak sie. Ihre Haare waren wirr und hingen voller Späne und Blätter. Teilweise klebten sie im eingetrockneten und verschmierten Blut ihres lädierten Gesichts fest – einige ihrer Wunden waren von der Anstrengung erneut aufgeplatzt. Schade, dass sie ihr Handy verloren hatte. Sie würde dieses Bild zwar nie vergessen, aber sie hätte es später gerne mit Lina geteilt.

Hastig versuchte sie, ihre Haare ein wenig zu bändigen und den größten Schmutz herauszuklauben, wusch sich vorsichtig Gesicht und Hände und kehrte dann zu den anderen zurück.

»Wie ging es voran?«, fragte Sue, als sie die Nudeln verteilte.

»Gut. Die Schneise ist fertig. Wohl fühle ich mich trotzdem nicht, sie hätte ruhig ein paar Meter breiter sein dürfen«, seufzte Rob.

»Ja, ich weiß. Wir hätten die Schneise besser pflegen sollen, aber es ist einfach immer zu viel zu tun«, behauptete Sue, aber Mieke sah, dass Rob diese Ausrede bekannt vorkam. Er hatte sie bestimmt schon Dutzende Mal gehört.

»Die Koalas sind alle versorgt. Die Außengehege haben wir geschlossen, weil die Luft zu schlecht ist. Die Tiere sind in den Gebäuden, damit sie uns nicht in den nächsten Tagen kollabieren.«

»Gibt es Neuigkeiten bezüglich des Feuers?«

Sue ließ sich viel Zeit mit der Parmesanreibe. Die Antwort fiel ihr schwer.

»Ja. Ich habe per Funk mit dem Festland telefoniert. Die konnten mir keine genaue Auskunft geben. Morgen früh schicken sie Löschflugzeuge los und einen Helikopter, um uns auszufliegen. Die Koalas können sie aber nicht mitnehmen. Damit hat sich die Sache für mich erledigt.«

»Wie meinst du das?«

»Genau so, wie ich es sage. Ich werde bleiben und weiterhin die Tiere versorgen.«

Die nächsten Stunden verbrachten sie gemeinsam im Mitarbeiterraum. Sue setzte Tee und Kaffee auf, Bill holte eine Packung Kekse aus seinem Zimmer. Niemand hatte Lust, sich zurückzuziehen und mit seinen Gedanken allein zu sein.

»Die Salbe ist gegen die Schwellung, aber die Wunde ist entzündet. Du musst auf dem Festland unbedingt zum Arzt gehen«, schärfte Chani Mieke ein. Sie hatte die Rolle der Krankenschwester übernommen, denn Miekes Finger waren zu taub für diese Aufgabe.

Aus dem Pumpenhäuschen drang das wummernde Geräusch der Wasserpumpe, die Sue vorsorglich angeworfen hatte. Es war ein schwerfälliges Gerät, das über einen Dieselgenerator versorgt wurde und lange brauchte, um in Fahrt zu kommen.

»Leider ist die Pumpe nur mit den Wassertanks verbunden, nicht mit dem Meer«, seufzte Sue. »Das war zu teuer, weil die Pumpe ja nur im Notfall zum Einsatz kommt. Die normale Wasserversorgung für die Station läuft über eine andere Pumpe am Bohrloch.«

»Ich gehe sie mir mal anschauen. Hast du das System kürzlich getestet? Nein? Macht nichts«, verkündete Rob.

Mieke stand auf, um ihn zu begleiten. Der Tank stand hinter der Scheune auf einem bröckelnden Betonfundament. Es klang hohl, als Rob erst weiter oben, dann unten gegen das Metall klopfte. Erst im unteren Drittel wurde das Klopfen dumpfer.

»Der umfasst vielleicht zwanzigtausend Liter«, stellte Rob fachmännisch fest. »Aber es sind maximal siebentausend Liter drin. Damit können wir die Hauswände und die Flächen vor den Gehegen wässern. Falls der Schlauch so weit reicht. Weißt du, wo wir den finden können?« Er prüfte die Anschlüsse am Tank und knipste dann seine Stirnlampe an.

»Er liegt in dem halb offenen Geräteschuppen links neben dem Haus«, sagte Mieke, in die ungefähre Richtung deutend. »Meinst du, es kommt so weit, dass wir ihn brauchen?«

»Das lässt sich nicht voraussagen. Niemand rechnet ernsthaft damit, in so eine Situation zu geraten. Und wenn es so weit ist, kämpft man nicht allein gegen das Feuer, sondern auch gegen die eigene Fassungslosigkeit. Ich habe das oft beobachtet. In solchen Momenten lernen Menschen sich besser kennen und finden heraus, aus welchem Holz sie geschnitzt sind.«

Vielleicht war der Schlauch vor langer Zeit mal ordentlich zusammengelegt worden, jetzt bildete er ein wirres Knäuel, das mit Pflanzen überwachsen war und in dessen Windungen Spinnen nisteten. Mieke achtete darauf, dorthin zu greifen, wo der Lichtschein ihrer Stirnlampe alles gut ausleuchtete.

»Ich hoffe, hier verstecken sich keine Schlangen«, sagte Mieke mit der Erinnerung an die Todesotter, die Jodie erwischt hatte. Mit vereinten Kräften trugen sie den Schlauch zum Wassertank, um ihn dort zu entrollen. »Mist. Der passt nicht. Kannst du Sue fragen, wo sie ihre Anschlüsse aufbewahrt?« Ächzend richtete Rob sich auf. »Aber vorher ...« Er zog sie an sich und küsste sie auf die Nase. »Ich bin verdammt froh, dass ich dich kennengelernt habe. Mit dir kann man durchs Feuer gehen.« Er lachte. »Und hoffentlich auf der anderen Seite wieder hinaus.« Seine Hände waren rau wie Sandpapier, aber sie waren auch warm, beruhigend und kräftig und versprachen Sicherheit.

»Hätte mir jemand vor einem Jahr prophezeit, dass ich in Australien Koalas vor dem Buschfeuer rette, dann aber selbst gleich zweimal in Lebensgefahr gerate – ich hätte ihn für einen Idioten gehalten. Es kommt mir selbst surreal vor. Aber ...« Sie senkte ihre Stimme. »Es war alles wert. Jedes Leben, das gerettet wurde, jede Erfahrung, die Menschen, die ich kennengelernt habe – und du.«

Sie stellte sich auf die Zehenspitzen und schmiegte ihre Wange an seine.

»Bald ist die Feuersaison vorbei. Vielleicht noch zwei Wochen oder drei. Und ich denke, dann sollten wir unseren wohlverdienten Urlaub nachholen. Gemeinsam.«

Ihre Lippen fanden sich zum Kuss. Miekes Mundwinkel war wund, die Geschmacksknospen mit feinen Rauchpartikeln belegt, die Schleimhäute trocken. Es war kein erotischer Kuss, sondern einer voller Zärtlichkeit. Einer, der sie vereinte.

Nachts um vier stürmte Bill in das Zimmer, in dem Mieke schlief. Sie hatten sich damit abgewechselt, Wache am Panoramafenster im ersten Stock zu halten. »Wir müssen raus.«

Mieke hob den Finger an den Mund. Hayley hatte sich wie eine kleine Kugel auf der Couch zusammengerollt und schnarchte leise. Auf Zehenspitzen schlich sie aus dem Zimmer und schloss die Tür.

»Das Feuer hat die Schneise erreicht. Wir müssen alles tun, um sie zu verteidigen.« Bills Schultern hingen entschuldigend herunter, als sei es seine Schuld.

Mieke befeuchtete ein Tuch, das sie sich um den Mund band. Sie durchquerten das kurze Waldstück hinter dem Haus, bis sie zur Schneise kamen, die Arme voller Equipment.

Auf der anderen Seite brannte der Wald. Stämme hatten sich in Flammensäulen verwandelt, einige wenige Baumsilhouetten waren noch intakt. Wie geplagte Geister zeichneten sie sich vor ihren Artgenossen ab, doch es dauerte nicht lange, da sprangen die Funken über, um auch sie zu vernichten. Dabei loderten die Flammen jedes Mal besonders hoch, wenn sie neues Material erreichten. Die unerträgliche Hitze wurde stoßweise vom Wind an sie herangetragen und schien direkt in die Lunge einzudringen.

Das Feuer war nicht breit, vielleicht fünfzig Meter, aber der Wind schien es nach vorne treiben zu wollen. Mieke stolperte in einem Schlammloch, das durch die Löschversuche entstanden war, und ruderte mit den Armen, um das Gleichgewicht wiederzufinden. Rob stand ein paar Meter entfernt, den Schlauch abwechselnd auf die Schneise und die Bäume auf ihrer Seite gerichtet.

Mieke schaute sich nach Chani und Sue um, die alles Tot- und Kleinholz auf ihrer Seite, das Bill früher am Tag hier abgelegt hatte, aufsammelten, um es weiter weg zu tragen. Bill schleppte zwei Eimer, die er direkt vor ihr entleerte. Es galt, die Kriegsfront zu verteidigen, an der der feurige Kampf wütete.

Mieke schaute in die brennenden Bäume, deren Blätter wie verwundete Vögel von den Ästen fielen. Im Unterholz brannten Grasbäume, einige von ihnen waren zwei Meter hoch. Unscheinbare Bäume mit palmartigen Stämmen, auf deren Kopf eine Graskrone thronte – dennoch ein ökologisches Desaster, wenn man bedachte, wie vielen Tieren diese Bäume Lebensraum boten und dass sie pro Jahr nur etwa einen Zentimeter wuchsen.

In den Flammen bewegte sich etwas. Ein Känguru, bereits in Flammen stehend, hoppelte auf sie zu, die Konturen verwischt von der heißen Luftbewegung. Instinktiv ballte Mieke die Faust. Für dieses Tier kam jede Hilfe zu spät. Es stolperte, fiel, blieb liegen und wurde vom Feuer verschluckt.

Schnell schnappte sie sich zwei weitere Eimer, um Bill zur Seite zu stehen. Durch einen Trampelpfad ging es knappe hundert Meter durchs Gestrüpp an den Strand, wo sie die Eimer auffüllen konnten. Ihre verwundete Hand tat so weh, dass sie beim Tragen des schweren Eimers einen Schmerzensschrei unterdrücken musste. Immer wieder schwappte das Wasser heraus, wenn sie im Dunkeln einen Stein übersah und stolperte.

Rob schrie etwas, das im Brausen des Feuers unterging. Ein Baum fiel um, stieß gegen einen nächsten. Eine Kettenreaktion folgte, bis ein junger Ironbark mit einem Krachen auf die Schneise fiel. Der Boden vibrierte. Entsetzt sah Mieke, wie die aufsteigenden Funken zu ihnen herübertanzten, wie sich brennende Blätter lösten, um den wassergeschwängerten Boden wieder auszutrocknen. Rob richtete den Wasserstrahl auf den Baum, sobald die größten Funken erloschen waren, stürzte Mieke vor und goss ihre Eimer auf dem Stamm aus. Ein Funke traf sie am Ohr, sie wischte ihn weg wie ein lästiges Insekt.

Sue bekam einen Hustenanfall, der so schlimm wurde, dass Chani sie zum Haus begleitete. Das Brüllen des Feuers wurde leiser, die Flammen beruhigten sich, nachdem auf der anderen Seite alles schnell brennende Material verkohlt war. Die Feuersbrunst verwandelte sich in einzelne Flammen, und Flammen wurden zur Glut. Irgendwann glaubten sie, das Feuer einigermaßen unter Kontrolle zu haben, als Robs Wasserstrahl versiegte. Ein Blick auf die Uhr zeigte ihnen, dass es bereits fünf Uhr morgens war.

»Verdammt! Der Tank ist alle.«

Nun schleppten sie zu dritt Wassereimer. Die Sonne musste bereits aufgegangen sein, aber sie war hinter dem Rauch nicht zu erkennen. Bill setzte sich auf einen Stein und griff sich an die Brust. Mieke ahnte das Schlimmste. »Dein Herz?«, fragte sie besorgt, aber Bill winkte ab.

»Nein. Mein Kreislauf.«

Sein Gesicht war puterrot, der Atem ging schnell. Mieke griff nach seinem Handgelenk. »Ungefähr hundertdreißig Puls. Du brauchst eine Pause.« Nun fing Bill an zu zittern. Erst seine Arme, dann die Schultern.

»Scheiße«, flüsterte er. »Scheiße, Scheiße, Scheiße.«

Das war nicht nur die Erschöpfung, die den alten Mann

einholte. »Atme ganz ruhig und langsam. Schau mich an.« Als Bill nicht folgte, hob sie sanft sein Kinn. In seinen Augen stand Resignation. »Wir kommen hier heil raus. Ganz bestimmt.« Sie legte einen Arm um seine Schultern. »Komm mal her. Und jetzt tief einatmen, und wieder aus …«

Über ihnen ertönte ein Motorengeräusch aus weiter Ferne. Mieke hob den Kopf. War das ein Flugzeug? Bevor sie zu einer Antwort fand, hörte sie ein Rauschen, und Sekunden später tränkte sie alle ein Schwall Wasser.

Das Löschflugzeug kam acht weitere Male und entlud seine Ladung über dem versiegenden Feuer, das weiter an Kraft verlor, bis die triefende Nässe der Landschaft es schließlich ganz erstickte. Dort, wo die Flammen gewütet hatten, schwelten noch hartnäckige Glutnester, doch die Kraft der Hitze, sich voranzutreiben, sich selbst zu ernähren und in den Himmel zu wachsen, hatte das Wasser ihr genommen.

Der Wald wirkte jetzt lichter und deutlich offener, denn Unterholz und Blattwerk fehlten. Dadurch wurden auch die Geräusche nicht mehr abgefedert, jeder Schritt auf der schwarzen Erde klang klar und war weithin hörbar.

Der Himmel zeigte ein unschuldiges Blau, die Sonne schien zwischen den verkohlten Stämmen hindurch, beleuchtete Ascheberge und Pflanzenskelette. Es war nicht viel stehen geblieben. Mieke lehnte an der Motorhaube von Sues Ford, als Rob sich zu ihr gesellte. »Hast du noch Kraft?«

Sie lehnte sich zur Seite, um ihren Kopf an seiner Schulter abzulegen. Für einen kurzen Moment schloss sie die Augen, horchte in sich hinein.

»Ja«, sagte sie, drehte sich zu ihm hin und schlang ihre Arme um seinen Hals. »Da draußen warten viele Tiere auf uns. Wir sind ihre letzte Hoffnung. Und deshalb habe ich noch Kraft. Verstehst du das?«

Rob küsste ihre Haare. »Wenn nicht wir, wer dann?«, wiederholte er Jodies Worte von neulich.

Mieke atmete tief aus. »Und wenn nicht jetzt, wann dann?«

Am späten Vormittag fand sich ein Trupp Helfer ein, der aus Mitarbeitern und Besuchern des Koala Island Haven Resort bestand, die das Flugzeug am vergangenen Tag ebenfalls nicht erwischt hatten und nun die Zeit sinnvoll nutzen wollten. Unter ihnen befand sich ein Arzt, der sich um Hayleys Bein kümmerte, bis der Rettungshubschrauber eintraf, um sie in ein Krankenhaus aufs Festland zu fliegen. Dort würde ihre Mutter das Mädchen in Empfang nehmen.

Sue, Chani und Bill kümmerten sich um die geretteten Koalas. Und Mieke und Rob standen in einem Wald, der keiner mehr war, um nach überlebenden, aber verletzten Tieren zu suchen.

Links von ihnen lag das Meer mit einem nun schwarz gefärbten Sandstrand, ein bizarrer Anblick, an den sich das Auge nicht gewöhnen wollte. Die übermächtige Wut des Feuers hatte einen Großteil des Altbestands an Eukalyptusbäumen auf der Insel vernichtet und damit den Lebensraum der Tiere weitgehend zerstört.

Im Auto hinter ihnen befand sich bereits der erste Koala, den sie mit wunden Pfoten in einem Gebüsch aufgesammelt hatten. Es würde nicht der letzte sein. In der Ferne hörte Mieke bereits ein Männchen bellen. Doch sie hatten überlebt! Die Feuersaison neigte sich dem Ende zu. Wenn man die Brandstellen jetzt gut im Auge behielt, war ein weiteres Feuer nicht zu erwarten. Die Station mitsamt den Tieren war gerettet.

Für den Augenblick war alles gut, aber Mieke spürte, dass nichts mehr so sein würde, wie es mal war.

Epilog

Zwei Monate später.

Die Blätter des alten Eukalyptusbaumes raschelten verheißungsvoll, als eine Brise durch seine Zweige fuhr.

Mieke schaute in seine mächtige Krone, ließ den Blick hinübergleiten zu den anderen Bäumen, die dicht an dicht standen und deren Äste sich überkreuzten. Dort oben befand sich eine Welt für sich. Dort herrschte ein anderes Klima, gab es eine andere Fauna. Dieses Waldstück, keine dreißig Kilometer von Robs Hütte entfernt, war ein Paradies, das die Buschfeuer unbeschadet überstanden hatte.

Unwillkürlich musste sie lächeln. Der Schrecken war vorbei, zumindest für dieses Jahr. Die Buschfeuer waren landesweit erloschen, die Tagestemperaturen gesunken, es hatte sogar zweimal geregnet.

Und sie? Sie war geblieben. Ihr Visum konnte erst mal um ein Jahr verlängert werden, alles Weitere würde sich dann zeigen. Es hatte viel zu tun gegeben, unermüdlich hatte sie Wasserstationen gebaut, zwischendurch Pflegestationen und Pfleger besucht, um die letzten Nähwerke aus Deutschland zu verteilen oder um nach den Tieren zu schauen, die sie gerettet hatte. Sie war erschöpft, aber spürte dennoch eine neue Energie, die sie durch jeden Tag trug. Jodie war zwei Wochen lang bei Lyn geblieben, bevor sie nach Hause gefahren war. Gestern hatte sie sich mit ihr unweit von hier in einem Café getroffen.

»Ich fang noch mal von vorne an«, hatte Jodie ihr mit einem Leuchten in den Augen verraten. »Ich habe mir gedacht, dass ich als Verkäuferin in einem Beruf gescheitert bin, den ich gehasst habe. Also warum nicht etwas versuchen, das mir gefällt? Ich habe mich bereits auf eine Ausbildungsstelle zur tiermedizinischen Fachangestellten in Oakley beworben. Das Vorstellungsgespräch lief gut, und das Team scheint echt in Ordnung zu sein.« Mieke freute sich ehrlich für sie. Sie selbst hatte darüber nachgedacht, eine Ausbildung zum Rettungssanitäter zu beginnen, die wurden in Australien immer gebraucht, und sie brachte die nötigen Qualifikationen dafür mit.

Überhaupt hatte es in den letzten Wochen überwiegend hoffnungsvolle Nachrichten gegeben. Leons Pflegestation war notdürftig aufgebaut, er nahm bereits wieder die ersten Tiere auf. Nur entlassen konnte er die Pfleglinge nicht mehr an seinem Grundstück, der Wald würde lange brauchen, um sich zu erholen, genug Nahrung und Unterschlupf zu bieten.

Auch Rhoda hatte sich gemeldet: Ihr Haus war abgebrannt, aber die Scheune auf einer baumlosen Weide, in der all ihr Werkzeug lagerte, was verschont geblieben. Was Mieke am allermeisten freute, war, dass ihr tot geglaubter Hengst Kordokan es geschafft hatte, sich vor den Flammen zu retten.

»Ich frage mich, warum er jemals in seinem Paddock geblieben ist – anscheinend waren die Zäune kein Hindernis für ihn, als er geflüchtet ist«, hatte Rhoda am Telefon gesagt. »Vielleicht sollte ich ihn fürs Vielseitigkeitsreiten ausbilden lassen. In der Dressur kriegt er bereits Bestnoten, und wenn ihm das Springen liegt, kann er sich leicht platzieren.«

Schritte ertönten hinter Mieke.

»Bist du so weit?«, fragte Rob und deutete auf die zwei Käfige, die vor ihr standen. In ihnen befanden sich Celeste und

Bob, zwei der Koalas, die Jodie bei Lyn aufgepäppelt hatte. Heute war ihr großer Tag gekommen. In seiner Hand hielt Rob immer noch das Lesegerät, mit dem er die Mikrochipnummern der Koalas überprüft hatte.

»Ja.« Mieke kniete nieder, um die Tür des ersten Käfigs einen Spaltbreit zu öffnen, während Rob dasselbe tat. Das Lesegerät legte er neben sich. Gleichzeitig hoben sie die Koalas heraus und setzten sie sogleich wieder am Fuße des Stammes ab. Dann traten sie ein paar Schritte zurück.

»Alles Gute, Celeste. Leb wohl, Bob!«, raunte Mieke.

Verwirrt schauten die Koalas sich um, während ihre Krallen zum ersten Mal seit langer Zeit wieder in den Stamm eines Eukalyptusbaums fuhren. Beide hatten Verbrennungen an den Pfoten gehabt, hatten wochenlang Handschuhe getragen und durften nicht klettern, bis sie schließlich testweise in ein kleineres Gehege mit im Boden verankerten Ästen gekommen waren, in dem sie ihre Muskeln wieder hatten aufbauen können.

Jetzt war der Moment gekommen, an dem sie wieder in die Freiheit gehen durften. So recht schienen sie es selbst nicht zu fassen, denn das Männchen kletterte nur langsam den Stamm hinauf, während das Weibchen unten verharrte.

»Du bist frei, Celeste«, murmelte Mieke leise, als der Koala den Kopf ganz drehte und sie direkt anschaute. Treue, dunkle Augen, dennoch wild und unzähmbar. Eine Gänsehaut bildete sich auf Miekes Armen, und ihr wurde warm ums Herz.

»Die zwei werden es hier gut haben«, versicherte Rob ihr. »Beide sind groß und stark, besonders Celeste.« Dabei legte er den Arm um ihre Schultern, und sie atmete tief aus. »Ja, das denke ich auch. Ich wette, es dauert nicht lange, bis sie ein Junges im Beutel hat.«

Wie auf ein Stichwort kletterte das Weibchen nun ebenfalls den Baum hinauf, bis es in schwindelerregender Höhe den ersten Ast erreichte. Dort ließ es sich nieder, kratzte sich den Rücken und schaute ein letztes Mal hinunter, bevor es hinter den Blättern eines Zweiges aus ihrem Sichtfeld verschwand.

»Das war's für heute«, sagte Rob leise.

»Ja, für heute schon. Aber aufhören wird die Arbeit nie.«

Gemeinsam packten sie die Käfige wieder ins Auto. Aber bevor sie nach Hause fuhren, nahmen sie sich Zeit für einen Spaziergang durch diesen wunderschönen, verträumten Wald, in dem Insekten surrten, Vögel sangen, Schnabeligel im Gebüsch scharrten und weit über ihnen die Koalas durchs Geäst kletterten. Hand in Hand schlenderten sie den Trampelpfad entlang, bis sie schließlich an einen See kamen, auf dem weiße und rosa Seerosen blühten.

Mieke setzte sich ans Ufer, schlang die Arme um die Beine und schaute auf ihr Spiegelbild im Wasser. Es war eine verrückte Zeit gewesen, ein Abenteuer, wie sie es sich nie erträumt hatte. Sie war an ihre Grenzen gegangen, an sich gewachsen, hatte Freundschaften geschlossen und sich in ein Land und in einen Mann verliebt. Aber das Beste an der Sache war: Das Abenteuer war noch längst nicht vorbei. Es ging jetzt erst richtig los.